人民艺术家·王蒙
创作70年全稿

讲谈编

访谈录

王蒙和夫人回新疆

目　录

就风格、流派诸问题答《当代文艺思潮》编辑部问 ……（1）
回顾与展望…………………………………………（3）
与《小说界》记者的谈话…………………………（6）
"空中百花园"直播记录……………………………（15）
关于中国文学现状…………………………………（29）
圈圈点点说文坛……………………………………（34）
探寻中国文化更新与转换的契合点………………（44）
把中国建设成为文化大国…………………………（62）
敞开心胸，欣赏与接纳大千世界…………………（66）
答韩国《现代文学》杂志社问……………………（83）
文学不再高姿态是正常的…………………………（85）
当今文坛泡沫多……………………………………（89）
扎扎实实搞学术……………………………………（92）
我对文学的未来充满希望…………………………（94）
全球化能把中国文化怎么样？……………………（97）
作家怎么了…………………………………………（103）
当代文坛的几个话题………………………………（111）
"文革"和中国崛起…………………………………（117）
不是我个人被绑在十字架上………………………（122）
关于当代文学的答问………………………………（126）

面临现代的传统 …………………………………… (134)
答《南华早报》记者问 ……………………………… (146)
俗不可怕，可怕的是只有俗 ………………………… (148)
公信力、包容性和人文精神 ………………………… (152)
全球化时代如何防止"精神贫血" …………………… (157)
与中华书局友人的谈话 ……………………………… (160)
永远不要说文学要衰微了 …………………………… (171)

答日本共同社记者问 ………………………………… (181)
我看毛泽东 …………………………………………… (194)
与意大利记者桑德罗·维奥拉的谈话 ……………… (203)
我只是文化蚯蚓 ……………………………………… (208)
我永远是学生 ………………………………………… (213)
理解比爱更重要 ……………………………………… (219)
答《中华英才》杂志问 ……………………………… (227)
没有她就没有我 ……………………………………… (229)
沧桑与热情同在 ……………………………………… (233)
我这三十年 …………………………………………… (240)
有同情心的"革命家" ……………………………… (264)
乐观是一种武器 ……………………………………… (269)
"无可救药"的乐观主义者 ………………………… (274)
答《新周刊》记者问 ………………………………… (284)

"狂欢"也被泪催成 ………………………………… (290)
从"青春"到"饱经世故的清明" ………………… (293)
不要以为自己就是尺度 ……………………………… (296)
把自己没有趴下的经验告诉大家 …………………… (301)
说《青狐》 …………………………………………… (304)

我清醒所以我困惑 …………………………………………（310）
从《青狐》说开去 ……………………………………………（318）
回归文学传统，从容写小说 …………………………………（329）
为历史存真 ……………………………………………………（336）
"相信"是我的光明的基调 ……………………………………（343）
我把《红楼梦》还原成生活 …………………………………（347）
中国还是要提倡理性，不要动不动就洒热血 ………………（354）
"民族复兴"恐怕很难标准化 …………………………………（359）
"天机"何以窥破 ………………………………………………（362）
《这边风景》就是我的"中段" ………………………………（376）
荀子不那么浪漫，更求真务实 ………………………………（391）
我怎么能冷漠，我怎么能躺平 ………………………………（397）

就风格、流派诸问题答
《当代文艺思潮》编辑部问

记者:您认为中国当代文学正在形成不同的流派吗?

王蒙:可喜的是,作家们正在表现着不同的风格,至于流派还看不出。我想流派不仅决定于风格的接近,还要有一些其他因素,如流派刊物、文学社团等。

文学与戏曲不同,我不认为文学上形成流派有多少必要。还是强调风格吧,八仙过海,各显其能,各搞各的也就行了。

记者:您比较留心哪些作家的创作动向?

王蒙:凡能带来哪怕是一点点新意的作家,不论大、小,不论是老、中、青、专业、业余、初学,我都愿意留意。例如,最近我就很注意韩少功、张辛欣、京夫和王安忆的作品。

记者:您有空看外国文学作品吗?近年读了哪些?印象如何?

王蒙:有空就看,看得并不多。我挺喜欢美国的约翰·契佛和约翰·厄普代克的小说。前一个约翰写得生动,后一个约翰写得富有节奏感。

记者:请谈谈您今后的创作计划和艺术上的追求。

王蒙:答不出来。反正是努力生活,努力学习,努力写,绝不停滞和苟安。努力做到有益于我们的社会和人民。

记者:您比较留心哪些文学刊物?印象如何?

王蒙:《人民文学》《北京文学》《收获》《十月》《当代》《上海文

学》《钟山》《新疆文学》《延河》《青春》等都看,都有值得看的东西。

也可能我之留意这些刊物是因为我给他们写过稿。

记者:您对《当代文艺思潮》杂志有何希望?

王蒙:百花齐放,百家争鸣,平等讨论,服膺真理,在真理面前人人平等。这是一。

多介绍一点国内外文艺思潮动态,少发空论。这是二。

注意对文学青年的团结,引导发挥他们的积极性。这是三。

有货就出,没货宁可不出,宁缺毋滥。这是四。

发表于《当代文艺思潮》1982年第1期

回顾与展望[*]

记者：新中国建立三十五年以来，我国文学创作取得了很大的成就。在这些成就中，您印象最深的是些什么？

王蒙：我个人印象深刻的有三次浪潮。一是建国十周年前后长篇小说的丰收。最早的是《保卫延安》，其后出现了《红岩》《青春之歌》《红旗谱》《红日》《创业史》《小城春秋》，直到稍后一些的《李自成》（第一卷）。这些可以说是至今仍然耸立在那里的长篇创作的高峰。

其次是"四人帮"垮台前后，以四五运动为标志的诗歌运动。我以为，这样的诗歌运动将写在历史上。

第三次是党的十一届三中全会前后开始的中短篇小说与报告文学代表的创作浪潮。这些作品所表现的勇敢、痛苦、热情、坚定、沉着、历史感、使命感、探索精神、源远流长的文化传统与"拿来主义"的胃口与消化力，以及它的群众性、社会性，我以为，在古今中外的文学史上都是不多见的。

浪潮这个词儿也许不准确，就叫几次丰收也可以。

一九五六年和一九五七年上半年也有一次小丰收，如众所周知。

文学作品毕竟是个体劳动的产物，你再多讲几次浪潮也概括不了所有的佳作。再说，我对小说以外的体裁也不熟悉。

---

* 本文是《中国青年报》记者对作者的访谈。

记者：您怎样估价我国当代文学创作在世界上的地位？

王蒙：我国近年来的创作成果，愈来愈吸引包括西方国家、日本、苏联、东欧国家和第三世界国家的汉学家与文学家的注意。一些国家盛大地举行了中国当代文学的讨论会，这本身就说明了一些问题。

我接触到的只是有限的翻译成中文的当代外国文学作品。我的印象是，我们完全有理由为近年来我们的创作成果而自豪。在概括生活的深度、广度，对时间和空间的感受，感情与心理的强烈、真挚、细腻，思想的活泼等方面，我常常觉得倒是本国同行们的作品更好些。我们的差距是在充分发挥艺术想象力方面。

当然，语言的障碍，社会背景、文化背景、意识形态的巨大差异以及文学艺术本身的独特性、复杂性等等必然阻碍着人们公正恰当地评价一个国家的文学成就，特别是活着的人们搞出来的当代文学成就。

我不喜欢什么文学"走向世界"的提法。现在根本不存在什么世界文学的奥林匹克大赛，说什么某篇作品可以"走向世界"，本身就是一种土包子心态（请原谅）。当然，我赞成与国外加强介绍（翻译）和交流。

记者：您怎样评价近年来涌现的青年作家？

王蒙：怎样划分青年作家？

记者：大体上四十岁以下的吧。

王蒙：总体来说孔捷生和张抗抗反映了党的十一届三中全会唤醒的青年一代的新的觉醒和追求，包括某些不足。张承志表达了新一代的革命理想主义和一种年轻的诗人兼哲人的气概。王安忆和路遥等是那样勇敢、敏锐、忠实地直面人生，让生活、人物、形象说话。陈建功体现了新一代人的锐气，同时不乏机智乃至成熟。韩少功既有清新又有某种深度。邓刚很有气势，也有生活。铁凝似乎体现了更年轻的一批人的乐观、善良、天真，她更少"伤痕"而更多对美、善的信念，虽然也俏皮。唐栋、海波、刘兆林、李斌奎——我不知道李存葆是不是青年——他们正在开拓着军事文学的新进展,更真实、更注意军人生活与整个社会生活的联系,更注意灵魂的探索也更大胆地试验各自不同的表现手法。贾平凹也很有趣,多产,他也是"上下而求索"。噢,还有诗人、报告文学作家、剧作家……可惜,我对他们不太熟悉。

总之,他们带来了一些新的东西。当然,也有明显的不足。也和我们这些中年作者一样,也有生活根底不足,学问知识不足,艺术修养不足的问题……

记者:正好,最后一个问题是请您谈谈"不足"与今后展望。

王蒙:我没有展望的水平与本事。当前文学创作的浪潮也带来某种危险。刊物太多,新作太多,平庸之作淹没佳作。特别是比较年轻的作家,往往在发表了一两篇成功之作、受到称道之后就缺乏后劲了。这就是说,要注意量,更要注意质。其次,要注意创作,更要注意积累。积累是指生活、体验、读书、求师求学等等。现在往往是一出名就文债高筑,入不敷出,早晚会出现赤字、窘态,弄不好就会破产了。

改革、生活的新变化带来一系列伦理、审美上的新情况、新问题。只有认真生活、认真学习、认真探讨,才能使文学的步子赶上去。

文艺批评和理论研究使作者和读者受益匪浅。我相信今后会搞得更生动活泼、求实准确。我特别希望有更多、更经常、更严肃而且更亲切的批评,指出当代新作,包括受称赞之作的缺陷、不足,乃至失误,这种批评可以更加认真。有的作品个别看还较好,与作者的其他作品摆在一起看便显示出了某种不妙的势头,批评家有权也有责任提醒一下。

从看《霍元甲》的盛况可以看出人们对娱乐性作品的要求之热烈。对这个问题,我们还缺乏认真的研究。我们完全应该有自己的、更加使广大群众喜闻乐见的、提供美好文化休息的作品。

发表于《中国青年报》1984 年 8 月 23 日

与《小说界》记者的谈话*

记者：新时期以来，您最早在小说观念方面进行了开拓，对我国新时期以来的小说创作产生了很大的影响。请您谈谈对新潮小说和现代派小说的成果及其产生的实际影响的看法。

王蒙：我在小说的创作和理论方面，有一些新的试验和开拓，特别是在小说的结构上，并不仅限于所谓因果关系的"线性结构"。我自己也试验了许多种小说的可能性，包括写得非常短的小说、专写心理的小说、抒情的或荒诞的小说。经过一段时间的实验，人们对小说的整个看法显得宽泛多了。我们把现在报刊上的各种小说与五六十年代的那种小说做比较，可以看到，那时的小说固然也有写得不错的，像上海的茹志鹃，还有王汶石、杜鹏程等等，像长篇小说《创业史》《红岩》《红旗谱》等，但是那时小说创作在艺术处理方面，走的是一条相近的路子。这条路子就是苏联提出的"社会主义现实主义"，把这一概念规定为"真实地、历史地、具体地描写"，还要求将此种描写与对群众进行社会主义思想教育的任务结合起来。这无疑也是一种很重要的写作途径，而且对我国的左翼文学运动有过很大的影响。但对文艺作品来说，这不是也不可能是唯一的方法，并不是只允许这样一种写法。比如韩少功的中篇《爸爸爸》，是一个历史和现实的结合体。所谓历史的，就是明清的、民国的、解放以后的、原始社会的，

---

* 原题为《王蒙访谈录》。

甚至是外国的,作品好似写得很抽象,又恰恰是一种无处不在的氛围,也是一种精神、一种文化,就像鲁迅写阿Q一样,是一种反映作家主观感受的东西。虽然作品反映出那个时代的特点,但它所表现的东西,并不那么直接。我一九八九年底在《收获》发表的《我又梦见了你》,确实是一连串梦境。当然,这些梦不见得都是我的梦。所谓梦境并不是现实生活。我们的最大收获和进步,就是对小说观念的开拓,这使读者在阅读小说作品时思路更宽广、选择性更强。

记者: 现实主义是一个老话题了,是我国当代文学创作的主流,请您对此谈谈看法。

王蒙: 对现实主义的解释,有各种说法。我认为,对个人的创作来说,说实在的,我对这些定义没什么兴趣。比如说我的作品,既是现实主义的,但我又不准备遵循现实主义的各项"规则"。你说不是现实主义的?我当然是反映现实的,不管我写得多么荒诞,但都是我在现实生活中得到启发,然后把这种启发或与古代的、或与外国的事情联系起来。我认为,第一,把文学创作划分为不同的方法和"主义",这主要是大学教授的事情,是文艺学研究者的事情,对创作者和作家来说,可以懂得一些,也可以不懂。第二,不管作家用什么方法写作,都必然与现实有关。一个人生活在现实之中,尽管他把自己很孤独地禁闭在一处,把自己囚禁在很小的一个生活范围,但他仍然离不开现实。我们每天呼吸的空气、听到的声音、接触到的人,哪怕只接触到自己的亲属,这都是现实,哪怕你看到的星星、月亮,你闻到的空气有污染,你买东西要花钱,这都是现实。所以我说,文学作品不反映现实是根本不可能的。至于用什么方式反映现实,与现实的本来面貌保持多大的距离,这都可以由作家选择。他可以用现实的本来面貌来反映,也可以用完全看不出现实的方法来确切地表达他对现实的一些感受。荒诞的故事、神话的故事、动物的故事、童话的故事、历史的故事,或是月球上的故事、科幻故事,都是可以的。第三,我同样认为,作家很客观地描述一件事情,不管作家自己想的是如何客观,仍然表达着他的匠心,仍然有对自我的表现。可能是我想得过于简单,我总觉得,那些文学的争论,不过是属于瞎子摸象的争论,摸到尾巴的人说像绳子,摸到身体的说像墙,摸到耳朵的说像蒲扇……实际上,文学是由几方面的东西构成的,都是不可缺的。比如说再现与表现,哪个作品能够不表现作家?哪个作品能够不再现哪怕一点点现实?所谓心理现实和外在现实,又怎么能分开呢?离开了人类表面的喜怒哀乐,人又怎么可能具备灵魂生存的心理?所以我觉得,只是各个作家有自己的侧重,而不是一种势不两立的关系。

记者:请您就当前的文学批评谈谈您的看法。

王蒙:我在前面已说过,我觉得文学理论方面的争论,往往是各执一词的结果。实际上,各种主张都反映了文学特性的某一个部分。比如说文学是阶级斗争的武器和工具,这在阶级斗争十分激烈的情况下,是完全可能的,也是应该的。文学参加革命的潮流,也是正常的。有人说,文学是一种娱乐,是人类的一种智力游戏,对此说法,完全没有否定的必要。文学当然具有娱乐的性质,它毕竟不是非常当真的。《红楼梦》中贾宝玉祭晴雯,整段文字显得非常悲愤,显然不是游戏之作,但当黛玉在后面一说他写得怎么样时,他马上解释说这是随便写写的,然后两个人就探讨其中的词句。这就把活人对死人的追悼变成了文字的探讨,实际上是转移了人的悲愤,这就是文学本身的既是严肃的又是游戏的含义。我从来不主张把文学完全当做游戏,但我认为,应当承认文学的游戏性,包括有些青年人说的"玩文学""哄得大家发笑",其实是针对那种要用文学来判断革命与反革命、来决定党和国家的命运的太言过其实的说法的一种反拨。越是气急败坏地要去批,这些年轻人就越是要去"玩文学"。其实,现代人在工作的时候是很认真的,玩的时候也是认真的。"奥运会""亚运会"英语中都有 game 这个词,就是游戏的意思。玩也应该有技巧、有道德、有风格。唱歌是玩,但也有唱得好的、唱得不好的。还有一些争论是对作品的争论,这是很正常的。各人对作品都有不同的理解和差异。对成年人来说,对作品的理解,有时简直是一半对一半。一半是靠着作家对作品的情感投入,另一半就是读者对作品的体验。有这种情况,一部普通的作品,会引起很多人的特别喜欢;还有一种情况,不少人对一部作品的理解截然相反,比如说对电视剧《渴望》的看法。另外,对一部作品,我们年轻时阅读觉得非常好,感动得不得了,但过了几十年再读,倒会感到作品的思想感情很肤浅,会觉得在那些华丽词藻后面的思想感情是很幼稚的;相反,我们曾经读过某部作品,当时觉得它不知所云,语言也是干巴巴的,但是随着年龄的增长,反而会感到它充满了人生的经验。有时读者也会自己跟自己打架、跟自己过不去,读这一遍和读那一遍,感觉也会不一样。

记者:党的十一届三中全会以后的十几年来,我国的作家表现出崇高的使命感和群体意识,如曾经有过的伤痕文学、反思文学、寻根文学和对某一社会热点的关注(如知识分子政策、知青返城、边境自卫反击战等)。然而这些年,不少作家更加着重于个人的生命体验,文学创作似乎无中心可言,处于多向发展时期,前几年曾出现的"轰动效应"似乎也不见了,您对此有什么见解吗?

王蒙:我没有掌握或是阅读许多作品,所以较难概括你提出的这些问题。但我觉得,前些年文学作品产生的"轰动效应",与那时政治上的急剧变革和意识形态上的重大选择是有重要关系的。"四人帮"统治时期,实际上是一种封建法西斯主义的意识形态和专政,从那时回到现在的由中国共产党所领导的、有中国特色的社会主义经济建设时期,这既是急剧的政治变动,也是伟大的意识形态的转变,在这种时候,文学作为一种非常敏感的载体,它起着一种得风气之先的作用。我常举这个例子:天安门事件还没有平反的时候,上海已上演了话剧《于无声处》。现在,我们国家进入了一个以经济建设为中心的新的历史时期,经济活动逐渐变成了人们活动的热点,比如说上海的浦东开发和千家万户的炒股。然而,能不能笼统地说现在文学的影响面正在缩小?我觉得在中国,到目前为止,文学的影响还是相当大的,因为现在出版的刊物种类多。比如你们《小说界》,总有三四万订户吧,全国还有那么多的文学刊物呢!这与其他国家相比,真是太多了!有的刊物只有几千订户,但如果都加在一起也不少啊。就拿上海来说,除了《小说界》,还有《收获》《上海文学》《上海文论》《海上文坛》《萌芽》《文艺理论研究》《故事会》等,如将这八种刊物的读者都加在一起,那未必少。还有全国各出版社的长篇小说、选集、全集,各地报纸的副刊、周末版,还有一些所谓的行业报纸,都比一些纯文学刊物办得还要活,发行量也大,如《中国检察报》《中国减灾报》《中国环境报》,物资部办的刊物《洪流》,都有文学版面。现在图书、报刊的数量、品种多了,印数自然会小一些。"文革"前出版一部长篇,印数五万册甚至更多。现在的长篇多得不得了,还有外国的、古典的,虽然印数会少一些,但对读者的覆盖面来说,显然更大。有人在读普鲁斯特的《追忆似水年华》,那不也是读文学作品吗?

记者:是什么促使您在从事小说创作和评论的同时,对红学有那么一种爱好?

王蒙:这是我早就有的一个夙愿。我看到很多人物都谈《红楼梦》,包括伟大领袖毛泽东。但我总觉得,我自己读《红楼梦》,总有我的心得、体会和联想,我运用我的生活经验来看《红楼梦》,所以我在六七年前,大约是一九八五、一九八六年,正式要我去文化部工作时,我就对人说过,要是有时间,我一定要写一部我对《红楼梦》体会和看法的书。当时却不可能,行政工作、社会活动,还有自己现实题材的文学创作,使我无法抽空潜心此事。一九八九年秋天,我离开了文化部的工作岗位以后,就觉得可以有一段完整的时间来读读书,在某种意义上说,这也是对自己心态的一种调整,但这种调整也不是说不做什么事。我就一头扎到《红楼梦》当中去了。

记者:您对红学的研究,是否有古为今用或者非文学的因素?

王蒙:没有。我觉得,不存在特别的一个古为今用的问题。每一个人都是在运用自己的生活经验来理解文学作品,获得与文学作品的沟通。一个对爱情没有体验甚而连一点渴望都没有的人，怎么可能喜欢读《安娜·卡列尼娜》《罗密欧与朱丽叶》或者是《西厢记》？我的许多人生经验，包括情感经验、政治经验，都使我对《红楼梦》产生属于自己的看法。比如说，大观园中柳家的女儿柳五儿因为玫瑰露、茯苓霜的事闹出些麻烦，就被怀疑到她妈妈，让她"停职反省"了，不让她到厨房工作，让秦显家的进去了。秦显家的一去，就一面查前任的问题、批判前任，一面给各方面送礼。后来因平儿的干预，知道柳家没有什么大问题，多半天以后，当天傍晚，又宣布停止对柳家的审查，恢复"原职原薪"，把秦显家的轰走了，不让她干了。这立刻使我想到所谓"一月革命"时候的"造反夺权"，这是类似秦显家的短命的夺权，夺权以后把前任骂得一塌糊涂，然后自己也弄得很狼狈。像这些东西，并不是我要古为今用，而是后人生活经验与前人经验的一种沟通，或是一种重复。还有王夫人听了花袭人的汇报之后，立刻就相信了花袭人，而且每个月给她加二两银子，这还是从王夫人自己的"小金库"中支出的。这种特殊贡献津贴既是主观主义的、又是笼络人的办法，使人读了忍俊不禁。

记者：虽说文学在当前商品经济大潮中受到了不小的冲击，但一些青年作家们表现出灵活的生命力，写了不少好作品。请问，您对哪些作家、作品感兴趣？

王蒙：两三年前，我没有时间读很多作家的作品。自从不再担任行政工作之后，我才有时间读他们的东西。当然，首先是王朔，这是任何人都不可回避的文学现象。王朔用调侃的态度，在向个人迷信、向假大空、向拉大旗作虎皮的东西挑战，同时，他也是用调侃的态度，化解了现实生活中的一些矛盾，所以，王朔的调侃，既是挑战性的，又是和解的。王朔作品中的口语实在是非常漂亮的。他的作品被改编为影视节目后，每个人的说话，确实都像活人说话似的。还有一位刘震云。刘震云不动声色地把生活中一些卑微、渺小、愚昧的东西刻画出来，而作者并不动情，不做任何判断。刘震云虽然很年轻，但他对生活的看法有一种穿透力。池莉的作品我看得不多，但我最近看了她的《白云苍狗谣》，觉得她反映的社会生活实际上是非常真实的。莫言小说的感觉非常好，但他的作品后来写多了，也参差不齐了，他的艺术感觉是十分敏锐的。五年前，我读了莫言的《爆炸》，曾说过我觉得自己老了。在没读到此篇作品前，我还从未觉得自己老过。残雪最近的新作不如她以前那般集中、独特，她最近的作品显得有点拉杂，但我觉得这也没什么关系，实际上，她仍在试验，仍在拓宽自己的风格，当然，对这种拓宽，读者需要有一个接受的过程，她本人也需要一个不断学习的过程。我最近在《读书》杂志上写了文章，特别提到上海王安忆的小说《叔叔的故事》等。不管是王安忆，还是刘震云、池莉，我觉得，他们都有一种非常强的叙述意识，他们都把文学的基本要素看作是叙述，而不是做出什么判断；他们都逐渐用作品的叙述意识来代替主题意识，他们认为重要的是告诉你生活中有这样的人、这样的事，而不是告诉你他们对已经发生的事情做出的评判。王安忆的作品往往是用作者的语言即用王安忆的文学语言来叙述，而刘震云、池莉他们则更多的是告诉你：生活本身就是这样的。邓刚的作品我最近读得很少，他对文学有自己的独特见解。我还是很欣赏他的看法：作家还是要写，你就是从早到晚地写，也未必有人拿你当一回事，但你要是再不写，那就全完了。我在《读书》上曾谈到铁凝的小说《孕妇和牛》《笛声悠扬》，我的评价非常好，因为我觉得现在很少有人能那样写，那样充满爱心，那样倾心地用美好的语言来写生活。文学上，我不赞成搞绝对化。要求人人都用美好的语言，或者要求人人都不写美好的语言，那都是一种专断，一种蛮横。不论是棍子式的蛮不讲理，或是狂徒式的蛮不讲理，都是我所不赞成的。这两年，不少作家仍很勤奋，当然，他们的作品都呈曲线上升的趋势，这也大致是正常的，我们希望作家能越写越好。我们这一代的作家，不管写什么东西，都是有所为而写，即有明显的主题意识。现在有些年轻作家不管这一套，他们是无为而治："就是要把这些事情告诉你们，至于它有什么意义,那是你们自己的事情。"有意义就算是有意义,没意义也就是一样的。他们的作品只告诉你生活中有这样一种形态、这样一种过程,并不明确地告诉你这是在揭露谁、批判谁、歌颂谁、赞扬谁。

除了以上提到的一些作家在叙述意识方面透露出的信息外,在一些上了年纪的作家作品当中,表现出一种闲适的心理,这首先表现在大量的散文上。我说的闲适,是给人的一种感觉,至于内里,也有它的锋芒和臧否。像汪曾祺的有些作品,越老越红,作品越写越好,艺术形式也显得很简朴。另外,值得我们注意的是调侃。实际上,调侃的作品越来越多,这是事实。王朔是调侃,刘震云、池莉也不乏调侃。此外,张承志、张炜的作品表达了经济生活成为人们生活的中心以后人们所产生的精神上的需求,我把它称为精神上的焦渴。战争年代时,较少存在这种精神上的焦渴,因为那时人们的眼中都是未来,就是"如果我战胜了,一切都会好了"。那时候,这个问题不突出。现在发展市场经济,我们越来越接近小康的社会。在这种小康的生活、小康的趣味、小康的水平后面,作为文明古国的中国,肯定会有许多知识分子感到精神上的饥渴,他们肯定希望得到精神上的满足,更多地理解人和人之间的真情,包括对形而上的一些问题的探讨,对宇宙、宗教、美、艺术、语言、文化的深入理解。

记者: 您的生活和写作习惯如何?

王蒙: 在生活习惯方面,我恐怕可以算是最正常的一个了。每天睡八小时不嫌多,午睡半小时左右。早餐是烤馒头,弄点咸菜炒肉丝、肉松、煮鸡蛋,有时也烧砖茶、喝咖啡,吃得并不多。一般都是早晨八点钟开始写作,到十二点为止,其实真正聚精会神地坐在那儿写作,只有三个小时左右,比如说到了十一点,就得离开一会儿翻翻报纸。下午,我喜欢处理些杂事,或是去看看朋友、老作家或者接待来访的客人,包括各个编辑部的来访者。晚上也是接待客人,听听音乐。我睡觉很少晚于十一点,最多十点半就睡觉了。我吃饭也就是吃这三顿饭,基本上不吃零食,也没有暴饮和少吃的习惯。任何一顿饭,如果少吃,我会觉得很痛苦。我有颈椎病压迫神经引起的晕眩,现在用电脑写作,因为是平视,又是用十指运动,要好些了。生活爱好方面,我一个星期游两次泳,有时非常有节制地喝一些酒,夏天则喝啤酒,我还喜欢听音乐,我曾给《艺术世界》写过《在声音的世界里》,养猫也是我的爱好,我还给猫做食呢。

我写作没有大纲。但如是长篇创作,我经常写点纸头,把人物关系拉个表,把有几个章节写一下。我不断地写纸头,也不断地把纸头丢掉,真正到我要写作的时候,有时就找不到原来写的纸头了。是不是一稿写成,现在就很难说了。我已用电脑写作,它可以一边写一边不断地修改,可以把一大段删去,也可以将两段互相调离。但我的大部分作品,差不多都是一口气写下来的。写作的整个气势贯穿文字。

记者: 最后,请您对我们《小说界》说几句话好吗?

王蒙: 我认为,《小说界》是一个严肃的、励精图治的好刊物。但是,讲老实话,它所刊登的有特点又有震动力的作品较少。当然,它也发过一些好作品。从专一的方针来说,我还是希望你们要有自己的主见,要有所为又有所不为,要有所坚持,为读者提供好小说,也要敢于创新、探索,敢于冒险。其实,哪部文学作品是完美无缺的?《红楼梦》有没有缺点?在全国来说,有相当影响的文学刊物的发行量不一定很多,但能使人感觉到,他们认准了自己的发展方向,始终如一地向着繁荣文学创作的目标,不受其他问题的干扰。我觉得,这与他们的稳定性和有主见是分不开的。应该像李瑞环同志最近在内蒙古讲的话那样,思想应该更解放。只要我们的刊物不违反宪法和法律,我们就应该有自己的见解。我还希望刊发一些新作者的东西,扶植文学上的新生力量。现在就可以看到,新的一代就是有新一代的文学思路,我们这一代人绝对出不来王朔,也出不来刘震云。

发表于《小说界》1993 年第 1 期

"空中百花园"直播记录*

主持人：去年您发表了长篇小说《恋爱的季节》，而我们的栏目叫"文学四季"，我觉得把它们之间的某些吻合与其看成一种巧合，不如看成一种缘分，所以我们才能把您请来。据说您的系列长篇计划写五部，构成了"季节"系列。我想问的是一年只有四季，您为什么要写五部呢？

王蒙：这也是一个大概的计划，写作中常常不能按原有的计划做。我只是想通过这样一个系列把年龄像我这样的人在新中国的经历和感受表现出来，而新中国的历程太丰富了，一部写不出来，于是我就想到了写四五部。

主持人：去年党的十四大之后，我看到您在一篇文章中说，新的经济体制的确立又给文艺创作打开了一个新的局面，您是这样认为的吧？

王蒙：是的。我觉得我们整个国家经济生活的开放、搞活、改革必然会使人们的物质生活水平有所提高，物质生活的提高必然会带来精神生活的丰富和发展。

主持人：现在出现了这样一种令人困惑的情况：一方面人民大众感到自己的文化生活并不丰富，觉得电视没什么好看的，文学作品、戏曲、戏剧也没什么好看的，希望看到大量的非常有意思的文艺作

---

* 本文是作者在北京人民广播电台"空中百花园"栏目直播的记录稿。

品。而另一方面作为生产文艺作品的部门或单位又都喊危机——文学危机、话剧危机、京剧危机、严肃音乐危机、相声小品危机等等。您对这种一方面需求大,另一方面又喊危机的状况是怎么看的呢?

王蒙:我想我们的社会是处在一个变化的过程里边,所以人们的思想、要求、口味都有变化。现在大家对文艺作品的要求与五十年代、六十年代已经非常不同了,比如我记得是一九六〇年吧,那还是自然灾害期间。《红岩》出版了,王府井大街上排长队买这部小说。当然这是《红岩》的成功,但也与当时人们的精神生活不像现在这么多样这么挑剔有关系。刚才您所说的广大群众对文艺生活的不满意,首先我觉得这是一个好现象。我们的观众、听众、读者是在新的基础上,希望满足他们多样的、不同层次的需要。在这样一个基础上人们产生的不满完全是有道理的。另一方面是"生产部门"今天如何满足大家的要求,这里面既有政策的问题,也有改革开放体制方面的问题,比如说如何让这么多艺术表演团体发挥出作用来。也有一些是需要调整的问题,出现了新的文化生活的格局。五十年代、六十年代的青年人,文化生活一是看小说,一是听广播,再一个就是看电影,只有很少的机会能看演出,此外几乎就没有别的了。现在就热闹多了,首先电视把一大部分人吸引过去了,又出现了通俗的文化产品和消费,如歌舞厅、卡拉OK、体育馆大型的文艺晚会、歌星演唱会等等。在这种情况下,原来占四分之一天下或五分之一天下的小说诗歌,如何适应今天这样一种状况,来争取自己的读者,借用一个术语就是如何拓展自己的市场,确实是新的问题。总的来说,我有一点看法和您刚才说的不完全一样,当然刚才说的也不是您个人的看法。我不赞成把危机说得那么玄乎。一个小说一出来就立刻发行一百万册几十万册这恐怕也是不能持久的,能发行一万册两万册,好的到八万册十万册我看也很不错,也许我是太容易满足了。

主持人:我有一个朋友在国外,他就非常喜欢《当代》《收获》《十月》这些文学刊物,让我给他寄。当我去购买的时候人家说卖没了。这不是有些矛盾吗?

王蒙:进得非常少,在发行体制上也有问题。您知道整个"文革"期间我都在新疆,一九七九年我才迁回来,常去一些书刊门市部,像八面槽那个地方,不过现在那儿已不卖书刊,改成卖时装了,那儿的杂志多数都是文学杂志。现在你难得看到一两样文学杂志。这个情况也不全是坏事,因为老百姓的选择更多了。时装、烹饪、体育、围棋等方面的杂志过去哪有这么多呀?还有纪实、报道热点、文化生活周末版等各种样式的报刊纷纷出现,这不能说是什么坏事情。在这样一个满足大家消费要求的情况下,慢慢提高大家欣赏的趣味,使他们接受一些精品也是一个复杂的问题。我觉得远远没有那么悲观,因为我们是个大国,十一亿人哪,这里面有文化能看得下小说来的总有几亿吧,其中哪怕只有万分之一、十万分之一的人看就不错。如果这个都达不到,那作家也得找找自己的问题,改善一下吧。当然这个问题也非常复杂,有时一个确实很好的作品而读者也非常少,但我想过一段时期它也许会被社会被读者所接受,这也是可能的。

主持人:顺着这个话题我又想到随着经济的发展,改革大潮的到来而出现的文人下海文人经商这个问题,对此您怎么看?

王蒙:有一部分作家想在商业生活中试一试自己的身手,这是他个人的事情。也可能他从此弃文经商,也可能是半文半商,也可能是文而后商,商而后文。作为整个社会的分工来说,当作家并不意味着经商,如果作家意味着经商的话,那也就没有作家了,你总不能把作家协会与工商联合并吧。

主持人:有些作家耗尽了他们的生活积累,需要重新接触生活,读者已不像先前那样喜欢他们的作品了。您是否认为他们需要一个重新认识生活感受生活的过程?

王蒙:我想作家对生活的认识和思考是永远不会停止的。有些作品受欢迎或不受欢迎这倒不一定取决于题材。如果作家对新的生活想有所认识有所接触，就是我们常说的深入生活，到"海"边儿上转一转或到"海"里边游两圈再回来，那都是可以的，但这都是以文学生活为目的为出发点的。有一个情况不知您考虑过没有，这也许是我瞎想出来的，过去在那种控制得比较紧的经济体制下面，一个人有经商的才能他也无法去经商，他自由竞争的机会太少了。所以在那个时候一个人想出人头地想表现表现自己想把自己的能量发挥发挥，最后都选择了文学这条道路。在很多年以前我曾在《中国青年报》上写过一篇文章，说不要都拥挤在文学这条小路上。对一个国家来说不可以也不可能有那么多的人都来写小说。现在呢，经济上放开的速度比一些人想的要快得多，经济改革的春潮汹涌澎湃，一部分作家被经济战线上的这种大好形势所吸引，甚至自己也按捺不住了。有的还认为自己经商的本事大得不得了，起码不次于他写小说，或比写小说还好，当作家不是最好的，而做商人是第一流的超一流的。若是他有这样一种感觉，那他也不妨去试一试，但要知道这个试是要付出代价的。这与深入生活，与到乡下住俩月又回来了可不一样，所以我实在是没有这方面的豪情壮志。我对这方面吹牛吹得特别厉害的作家十分怀疑，一个真正的商人能吹得那么玄乎吗？我也不懂，也许现代意识就是越商越吹。

主持人：您觉得您要去经商本事够吗？

王蒙：我觉得——第一，我从来没有考虑过这个问题，也许是我太呆板了。第二，即使我具有这种可能性我也不去干，因为我太希望把自己的力量放在写作上了。过去因为坏事、好事，总是搞得我不能安心写作。谁能发财发去吧，我祝他成功，祝他成为大款，可是他别犯法。我写我的小说，我也温饱，吹一句我也小康，我干吗要看着人家经商的人眼红呢？从世界各国来说，作家从来就不是大款。

主持人：王蒙老师，我记得您提出过作家学者化的问题，我觉得这是一个新思维，您对这一点有什么具体的解释吗？

王蒙：我要一解释稍微有点绕嘴，我提的主要是作家"非学者化"的问题,就是我们这一代人的平均文化水平比过去的老作家要低一些。五四时期的一些老作家,鲁迅、郭沫若、茅盾、巴金、冰心、曹禺等,他们受过比较严格的高等教育,会几国文字,知识比较丰富。我们这一代人实践的机会多一点,参加革命运动了,而在知识这方面就少一点,所以我希望我们的作家提高自己的文化素养和知识。并不是说所有作家都变成学者,或者说小说都变成学术著作,再把数学式、化学公式大段大段往小说里干,那更卖不出去了!

主持人:您的意思绝不是让作家都当学者?

王蒙:是,我的意思是说我们的作家应尽可能地去丰富自己的知识,提高自己受教育的程度,培养知识面更宽的文艺人、作家。我觉得我们总的文化素质还是不够,对作家来说是这样。我们一些演员,一些很好的演员文化素质也不够。这是对大多数作家来说的,个别作家有时有特殊的情况,这不能一概而论的。但对于特别有志气的作家来说,要舍得花工夫来提高自己、充实自己。

主持人:最近我拜读了您的《红楼启示录》,尽管您自称不是红学家,只是和大家一样是《红楼梦》的读者,但是这本书确实给我们许多新的启示,您用现代人的思维、现代人的语言来评点《红楼梦》,使用了一些现代名词如"拉赞助"呀什么的。您是怎样以今人的眼光评《红楼梦》的呢?

王蒙:你说的是贾雨村找冷子兴,我说这不是作家与企业家联姻吗?冷子兴是皮货商,皮货现在归外贸吧。后来宝玉他们搞诗社,让王熙凤参加,王熙凤并不懂诗,但是她知道她的参加是为了给赞助。她还说,我要不参加,不成了大观园的反叛了吗?

《红楼梦》里有一副对联"世事洞明皆学问,人情练达即文章",我觉得《红楼梦》的可读性,它的价值很大程度上是由于它表现了我们中国的社会生活、家庭生活、感情生活直到官场上的人际关系及其微妙的运作机制和种种的矛盾。毛主席说《红楼梦》是中国封建社会的百科全书。它确实够得上是百科全书,里边什么都有了。当然现在我们的社会制度等一切方面都不一样了,但是现代生活与古代生活也必然有许多可以相通的东西,如果不能相通,我们就无法阅读古代文学作品了。为什么我们读到林黛玉死、宝玉出家这些事情,我们心里也很难过呢?就是因为我们今人也能体验和理解这种失恋的痛苦,这种生离死别的痛苦。在不同的社会里有许多不同的故事,这是毫无疑问的,但另一方面又有它相通的东西。比如在"文化大革命"中我看《红楼梦》中描写秦显家的夺权,夺柳五儿她妈柳嫂的厨房的权,她就夺了一天。去了以后先是查前任的问题,批前任。批完以后下午平儿让人告诉她柳嫂的问题审查清楚了,没有什么大问题。"厨"复原职!把秦显家的给轰走了。我当时想这不就是造反派夺权吗?这当时可不敢说呀!要这么说可了不得了。我觉得类似的这样一些东西都能从《红楼梦》中找到。比如王夫人听了袭人的汇报,袭人的汇报又投合王夫人的需要,又非常虚伪,因为她自己本身与贾宝玉不清不白,结果她却向王夫人汇报说宝玉越来越大了,和姐姐妹妹在一块要注意男女的大防啊,显得她倒是维护正统维护封建道德的。王夫人听后一高兴一月给加二两银子,给津贴,好像袭人有了什么特殊贡献。这就太偏听偏信了,其实这是一个假情况,一个伪信息。对于类似的事情不是说我要用《红楼梦》来研究今天的生活,那是不可能的,而是说古人和今人会有经验上共通的东西,或者是情感上共通的东西。我是今人,我当然得用今人的眼光、今人的心灵来理解古人,我无法把握自己把自己装扮成一个古人,我也缺少那一方面的学问。

主持人:那就是古为今用?

王蒙:倒也不是古为今用,我觉得是古今之间的一种沟通。古为今用是让古服从今天的需要,而这个古,说得不好听一点,又常是被歪曲了的古。

主持人:可以看成是古今之间一种内在的联系?

王蒙:是的。人们免不了有时会以今解古,以古证今。

主持人：另外，我听说您有几句格言是"无为""逍遥""不设防"？

王蒙：也谈不上是格言，是我的三枚闲章。中国的文人有时有这样的习惯，除了刻有自己姓名的图章以外，还收存一些闲章来玩，带有自娱的性质。

主持人：您为什么选择了"无为""逍遥""不设防"呢？

王蒙：这几个我都写了文章。"无为"不是说我什么都不做，而是不做那些违反客观规律、不得人心徒劳无益的事情，不做那些不该自己做的事情。我觉得一个人做他应该做的事情固然很重要，不做不应该做的事情更重要。"逍遥"谁知道这是什么习气呀，也许是太喜欢庄子了。正是因为自己太紧张了，工作很紧张，写作也很紧张，处理各种事情也很紧张，就希望自己精神上能更超脱一些，更洒脱一些。现在时髦的词不是"逍遥"是"潇洒"，什么都潇洒了。你看今天咱们俩这么聊着，也得潇洒一番，比较老的词儿就是逍遥了。"不设防"主要是希望人和人之间更真诚，是什么样就是什么样，你看今天我到这儿来之前就没有做任何准备，咱们有什么就说什么，至于说错了，那错了就错了呗！欢迎听众多提意见多批评。

主持人：现在听众的电话已经打进来了，我想问的还没有问完，也只好先满足听众的要求了。

听众：我是公安大学专修部九二管理班的学员，久仰您的大名，早就想见到您，今天终于听到了您的声音。我想提一个问题就是您的作品有些人觉得看不懂，您认为您的作品最适合什么样的读者呢？

王蒙：很抱歉。我当然希望越多的人看越好。就我所知道的情况来说，我的读者更多的还是偏重于知识分子这一方面，其中包括大中学生和一些干部，当然我也陆续收到过农村读者的来信。另外，在二十多个国家和地区有我许多作品的译本，这当然也就有外国人看，我无法了解他们都是干什么的。

听众：我们这儿文学气氛还比较浓厚，希望您能对这些文学的爱好者说几句话。

王蒙：喜欢文学毕竟是一件好事情，在市场经济越来越发达的情况下，我们也会越来越关心自己精神的品格和境界。通过文学作品的阅读可以得到休息、得到娱乐，同时也会充实自己提高自己。我祝这些喜好文学的朋友生活快乐。也希望这些朋友继续喜好文学，如果大家都不喜好文学，我们就该失业了。

听众：是王老师吗？想请您谈谈对"王朔热"的看法。社会上还流传着王朔、王蒙势不两立的说法，是这样的吗？我也不会说话，就直截了当了。

王蒙：关于王朔我已经正式发表过两篇文章了，一篇是在今年第一期《读书》杂志上，另一篇是在去年秋天的一期《中国检察报》月末版上。总的来说，我认为王朔的作品独具一格，他的语言非常的生动，口语十分漂亮。他对生活采取了一种与我们这一代作家完全不同的态度，他更看得开，颇多调侃，假大空的东西被王朔剥掉了画皮。王朔的作品可以说是应运而生，我对他的作品首先是肯定的，而且也是赞扬的。至于那个"势不两立"的说法实在是毫无根据的胡侃，不知什么意思。我与王朔也见过几次面，当然他年龄比我小多了，但我们之间还是非常讲友谊的，是一种友谊的关系。他的《编辑部的故事》我也很爱看，有时看了笑得肚子疼，还学里边的词儿。由于看《编辑部的故事》，我对葛优、吕丽萍的印象也特别好。有一次活动我见到吕丽萍觉得特别眼熟，就是想不起在哪儿见过。看来我也是老了，等我想起是谁人家已经走了。这说远了。对王朔的《爱你没商量》我没有看完，所以谈不出更多的意见。长本大套的电视剧的问题也是一个十分艰难的问题，所以压根儿我就根本不敢"触电"。我是下了决心——一不写电影剧本，二不写电视剧本，悬赏三百万我也不干，我没那个胆子。王朔要长期搞下去，他的作品是不是在这种轻松调侃口语的作品之外还应补充更有分量的内容呢？王朔特别聪明，他会比我明白得多。我们完全可以相信王朔会有新的成绩，这是我的看法。

主持人：您对他的《我是你爸爸》这部作品怎么看呢？

王蒙：我觉得这是他的小说里比较好的一部，尽管他写得很轻松，但他对这种小人物的生活，特别是对一个孩子希望得到理解、希望得到尊重、希望摆脱父权之下的折磨的描写，用一个词儿可以说是"催人泪下"的。这个词用到王朔身上，可能王朔自己也觉得有点眼儿。催人泪下不见得都是写得惨兮兮的，你觉得他在那儿穷逗，逗完了以后又颇有几分辛酸。这部小说写得好。

主持人：刚才著名作家从维熙同志打来电话。你们二位是同行又是朋友，他要问您的是您进入政协之后对于文艺立法怎么看？在电话里边他说涉及文艺的案子太多了。

王蒙：这两年关于文艺的诉讼是非常多的，这既说明了我们法制的发展和人们法律意识的增强，也反映了我们的法制不够完备，有些规定还不够详尽。特别突出的一是著作权方面的诉讼，这是很多的，比如著名老学者钱锺书先生写了《围城》，辽宁又出了一个《围城续集》，那么这到底构成不构成侵权，法律的规定就非常不完善。当然这个问题后来在中华版权代理总公司的调解下已经妥善地解决了。所以我说著作权方面的法律还要更完善。另一方面就是反诽谤这一方面的法律，也是应该更加完善。这方面的诉讼也非常多，今天报纸上还登出了朝阳区法院宣布王国藩同志胜诉，作者古鉴兹同志和作家出版社败诉的消息，也引起了各个方面的关注。还有我觉得文艺社团法也很重要，现在有一些文艺社团名义上是代表很大一部分文艺工作者的，结果搞成一个小的圈子，搞成了自我服务、关起门来封官许愿的社团，这就违背了这样一些文艺社团的初衷，所以我觉得文艺社团法也需要。还有就是文艺基金法，以文艺的名义搞来基金，以后怎么样使用？怎么样管理？这也需要以法律为依据。

听众：我是国际关系学院中文系的学生，向您提一个问题就是现在还存在不存在一个文学的主潮？

王蒙：我们国家现在文学刊物非常多,文学的从业者编辑和作家也非常多,怎么样概括文学的主潮对我来说是有困难的。但是我可以说这么一句——我们整个的文学的活动和文学的作品确实反映了在这样一个改革开放的年代,人们的思想越来越解放,人们的精神生活越来越活跃,人们对文化的各个方面的需求越来越增长。

听众：王蒙老师,我是您的忠实的读者,从八十年代我就读您的作品,像《春之声》《夜的眼》《风筝飘带》等等。

王蒙：非常感谢。

听众：对您的作品我非常喜欢,对《春之声》我是把它当成一篇散文来读,您的语言好,想象非常丰富,有些我是反复地读。您不是简单地给我们讲个故事,读完以后很值得回味。刚才您讲的我非常同意,现在文学呈现多元化的局面,有阳春白雪又有下里巴人,有严肃文学的作家也有通俗文学的作家。我还想谈谈您最近的两个作品,一个是小说《调试》,一个是《来劲》。

王蒙：《来劲》不是现在的,写得很早了。

听众：我很欣赏《调试》中很精彩的一句话——要想达到最佳就得不断地调试。就是说一个人要不断地适应新的生活。《来劲》在语言上我觉得也很新奇。我就说到这儿,谢谢。

听众：王老师您是不是觉得中国现在是文化滑坡了？如果文化滑坡,会不会导致经济滑坡和一系列的滑坡？

王蒙：对中国目前的文化我觉得很难用一句话,比如"滑坡"还是"没有滑坡"来说明。在通俗文学大为发展的情况下,许多作家仍然在很努力地写,但写出来以后能达到什么程度,还需要经过时间的考验。我觉得你提的问题非常好,就是我们在发展经济的同时,必须提高人的素质。如果人的素质得不到提高,甚至像你所说的出现滑坡的现象,那么从长远来说实现我们国家现代化的目标也难于达到。一个现代化的国家也包括了人的文化素质的极大提高。所以我们在大力发展经济的同时,必须特别关注文化生活中出现的新的问题、一些新的可能性,使我们国家的文化生活越来越好,我和你的愿望是共同的。

听众:王蒙老师,刚才您提到您很喜欢庄子,我想问一下您对庄子和儒家思想有一个什么样的看法?我们青年人是不是应当多吸收一些我国古代优秀思想家所阐释的人生哲理?

王蒙:我首先要声明我对儒家也好,对老庄也好,都没进行过认真的学习,没有受过科班的训练,不过是浅尝辄止,有所接触。我喜欢庄子的原因是他的洒脱和语言上的造诣,包括他的那些比喻特别吸引人。至于从思想上怎么评价,这是一个哲学问题,我讲不上来。老庄思想中有考虑到这一面、也考虑到另一面的辩证因素,使你不至于由过分的偏执而走向极端,这对我们今天来说也还是有积极意义的。至于儒家方面,它比较重视道德,注重个人在家庭、国家和社会中所负的责任,把人看作是伦理的因果链中的一个因素,这个对我们中国人的影响也是非常深的,也是有它的积极意义的。至于它的消极方面,那些封建主义的东西,也就是五四时期提出要砸烂的孔家店的东西,则是为我们所不取。老庄消极的东西当然也是非常明显的,也为我们所不取。面对中国和世界优秀的文化遗产,我感到自己学习得太少了,书也读得太少了,回答也就太一般太浅薄了。很对不起。

听众:王蒙老师,我想向您提一个问题。您曾任文化部长,扶植过先锋派艺术,它对中国的文化界起到了一种促进的作用,但它也产生了一些消极影响,如宿命论和文化虚无主义等。它现在似乎处在退潮之中,对它的前景您作何估计?

王蒙:首先我要声明对先锋派艺术我也不是都懂。对绘画中、音乐中的先锋派作品我很少研究,也看不大懂,对文学中的有些我读起来也很困难。但是,对这些作品我主张只要它们没有那些为我国的宪法和法律所禁止的内容,就应该允许它们出现,同时也应该允许读者、批评家和社会各界人士包括我们的领导同志来研究它们、讨论它们，看能否从中找到某些可取的意义，因为它毕竟是一种创造性的探索、一种尝试。是不是所有打着先锋旗号的人或是他们搞出来的东西都有价值呢？这不可能，你打什么旗号也不见得都有价值。你就是打出最最最革命的旗号，你可能也是伪劣的，所以，打着先锋旗号的人，有的作品也不好，甚至反映很坏，起了不好的作用等等，我想这是完全可能的。我们并不是根据一个作品是否先锋来决定对它的态度，我们的态度是根据作品本身是否有艺术感染力，是否有一定的深度，是否有创造性的特点来决定。这也是我对待所谓的通俗文艺或是其他最不先锋、最传统的文艺的态度。比如评书我也爱听，曲艺我也喜欢，要是有人能搞出像《三国演义》那样的章回小说我看也很好。我认为对先锋这一类的东西不要急于做结论，还是要让它在创作和被接受的过程中受考验，让我们读者、听众、观众慢慢地来选择它们。

听众：如果有机会您还会再做文化部长吗？

王蒙：（笑）这是绝对不可能的。我真是太高兴了能有这么多时间从事文学活动。你看，如果我是部长，在这儿和你说话就别扭多了，因为那样我就不能光代表我个人说话了，弄不好我得带上五本文件，随时得翻出来给你念，咱们这节目也就砸了。我不是说部长不好，部长有部长的作用，他该说什么就说什么，不该说什么就不能说。而且部长因为有权可以对国家做出很好的贡献，当然他使用不好也可能造成损失。

听众：王老师我想问一下您喜欢京剧吗？

王蒙：我是越来越喜欢。刚才那个听众不是谈到当部长的事儿吗？我当部长三年多，一大收获就是喜欢了京剧，我原来的机会少，后来在文化部工作期间必须经常去听京剧，这样就越来越听出点儿味儿来了。

听众：我是学理工科的，我是个戏迷，京剧昆曲我都喜欢，但我现在有一种感觉——京剧就这么完了挺好的，挺悲壮的。前年纪念徽班进京二百周年,特别隆重的一次是许多名角儿联合起来串演《龙凤呈祥》。我对这个就特别不感冒。没有文学剧本,没有导演,杂乱无章,而且是在总结性的场合演出,国家领导人还上台与演员见面。戏看得让人觉得特别累。尽管我自己是个戏迷,可我确实感到京剧这玩意儿没有活力了。我想请教一下王老师,您对这个怎么看?有必要花那么大的人力物力死乞白赖把它扶植起来吗?没有人看!这是实话。

王蒙: 你说的徽班进京最后演的那出《龙凤呈祥》我没有看,所以我很难具体地评价那次演出。我想在庆祝活动中有一类是造气氛的,弄很多名人在一块儿把气氛搞得火火的,可是作为具体的演出它不是很理想的。我们的国家花相当大的力量来扶植来帮助京剧,我觉得这作为国家的政策是无可怀疑的,因为它是我们民族戏曲的一个瑰宝。至于京剧在这种情况下能在群众中,特别是在青年中有多大的市场,这是另外一个问题,我也解答不了。

听众: 王老师,第一我想问的是《红楼启示录》脱销了,您知道哪儿有卖的吗?

王蒙: 三联书店有没有人听这广播,你们赶紧再印哪。

听众: 您说一个作家或一个学者,他的良心应当是什么呢?

王蒙: 我想每个人都有他自己的价值标准。

听众: 刚才您说到不设防,可我在写东西的时候却常是知而不言,言而不信。您作为一个作家在写东西时候有这种情况吗?

王蒙: 一个作家在写作的时候所能做的,就在于把他能感受到、能体会到的东西,或自己的经验中接触到的东西提供出来,至于他提供的这些东西有多大范围的影响,在判断上有多大的价值,讲老实话,作家自己也没有多大把握。如果让一个作家来解决社会上还没有解决的问题,那对作家来说这个分量就太重了,背不起这个分量。

主持人: 因为时间关系,我们现在只能接最后一个电话了。

听众: 我是一个湖北青年,暂时在北京工作一段时间。很幸运我昨天得知您今天要来谈话,我没有错过这个机会。我是您忠实的读者,上中学时就读您的作品。后来对您的消息知道得很少,对您的新作也知道得很少,非常希望您能谈谈自己的近况。

王蒙: 我的近况还是不错的,这几年出了九本新的书,也常到国内国外的一些地方去旅行,接触各式各样的人,我十分感谢关心我的读者,也请读者放心,我会愉快地生活,会集中精力来为读者提供新的作品。

原题为《王蒙的直播记录》,发表于《海上文坛》1993年第4期

关于中国文学现状*

中国仍是纯文学杂志最多的国家

关于中国文学的现状,我去年五个月在国外访问,对全局没有一个概括性的意见。但我知道,在北京一大批年富力强的作家都在写自己的作品,张洁女士还被美国文学院聘为院士。还有上海的王安忆、河北的铁凝等,新作很多,佳作迭出。

但也有一些作家对经济大潮的来临感到不安。这是因为在过去的计划经济体制下,作家的行业收入较多,可以自由获得薪金以外的收入,而今天这点稿酬相比之下显得非常少,有点可怜。一些老教授、老作家的书再版重版非常困难,我知道有一位国内知名的老诗人,辛辛苦苦编了自己的一本诗集,而最后由于订数太少,不能开印,这使老诗人很不愉快。

我的书从来不是最畅销的,一般订数七千册,不够理想,不过还可以开印。散文集订数一两万册,《红楼启示录》达到三万册。虽然达不到五十年代那样,但我没有权利要求那么多人读我的书。

我再说一句,严肃文学的销路是下降了,但中国仍是世界上纯文学杂志最多的国家。

---

* 本文是作者在全国政协八届二次会议期间接受中外记者采访时的谈话。原题为《王蒙谈中国文学现状》。

经济发展也有利于民主的扩大

我个人欢迎市场经济的发展,这种发展实际上使经济生活民主化,即消费者的态度对生产者起更大的作用,有利于民主的扩大。文化市场也是如此,精神产品也要投入市场,如一本书,希望卖得多,就需要讲究推销、包装乃至广告。这本身没有什么不好。如辽宁春风文艺出版社出版的一套"布老虎丛书",约了一批作家写故事性、戏剧性较强的小说,像铁凝《无雨之城》、洪峰的《苦戒》,销路就不错。

当然,民主是逐渐扩大的。这里还有一个市场本身不稳定的因素,有些读者偏重于消遣、娱乐和刺激,这需要靠教育和引导,不能过多地谴责,乃至取消市场,回到一切自上而下的旧计划体制中去。

对严肃文学而言,如果从物质上说大体还过得去,一些有相当成就的作家在创作和生活上不会有很大的问题。市场的冲击、引诱,我觉得这是一个个人的选择问题。如果你选择的是艺术的价值、精神的价值,你就不会太在乎。

有的文艺团体困难非常多,与其说是市场经济造成的,不如说是由于不合理的旧体制造成的。一个京剧团上百人,一些人不能上舞台,却还要管他们养老救济等本来属民政部门管的事,能好过吗?

真正"下海"的作家我还没见过

市场经济发展以来,去年关于作家"下海"的消息报道很多,但严格意义上的"下海"、不从事文艺工作而成为合格的企业家的,我还没发现过。

就讲咋唬得最厉害的张贤亮,他是以宁夏文联的名义策划了几个公司,他做了董事长,到处讲。因为历史给他的机会很少,连小组长也没让他当过。但他还不算个真正的企业家,因为赔钱不赔他自己的,赚了也没他的事。

另一个报道多的是陆文夫,办了一个《苏州》杂志,开了一个茶馆,当经理的是他的小女儿。陆文夫今年六十七岁了,与世无争,他每天上午写一点东西,到下午三四点就开始喝酒,喝到最醉的时候会给我拨一个电话,聊几句天儿。我也不认为他是"下海",不过他是支持他的小女儿罢了。

其他,如魏明伦先生开了一个文化公司,要我们拍一个电报过去以示支持,结果也不知下文。这方面的报道消息较多,我看这跟作协、文联经费相对减少有关,有些人很害怕,生怕有朝一日完全取消了。去年初,《文学报》有一个记者问我:由政府把作家养起来好不好?我回答说不好。这使上海一些作家很愤慨,好像我要把他们的饭碗都给砸了,其实远远没到这一步。

一九九三年文学:人文主义的丧失?

一九九三年,有一些关于文学的争论是很有趣的。首先是北京大学谢冕等学者,提出了当代文学已进入后新时期,与后现代主义联系起来。他们认为:理想主义衰弱了,价值观念不确定,已使文学变得不可理解。

上海的一些评论家认为:人文主义的追求正在失落,一些作家用调侃的方式"潇洒走一回",那种满不在乎、嘲笑一切的态度淡化了许多矛盾,人文主义的价值在沦落,作家的灵魂在失去。北京很成功的作家王朔就是这方面的代表人物之一。

我认为,上海的评论界没有完全理解王朔。他的作品中还是有认真的东西,譬如《我是你爸爸》里,就有对小人物的同情、悲哀,甚至愤慨。只不过王朔的宣言比行动走得更远,如讲文学都是"哄哄人的""骗几滴眼泪"等。

这个现象的出现,是对文学的反抗。由于过去我们对意识形态强调太过分,强调革命和阶级斗争,强调它的纯洁性,结果越来越糊涂,现在青年人认为何必太严肃,不如一笑了之。

当然,文学不能停留在这个阶段上,人人都嘲笑一切也很奇怪。总会有一些作家思考更严肃的问题,但不能要求所有的作家和读者都这样做。

对《废都》最尖锐的批评不是来自官方

有一个大争论是关于《废都》,最尖锐的批评不是来自官方,而是来自知识分子,认为它缺少人文主义的追求,写得粗俗、鄙俗。也有人认为,《废都》是有社会内容的,表达了贾平凹对人生的颖悟。但批评的人多,说好的人少。

陕西有很独特的文化现象,譬如电视台最早播出霹雳舞大赛,赶时髦,接受新事物非常快。

贾平凹这次也来参加政协会议了,但他一直有病,在西安医科大学还保留着病床,所以提前回去了。前几天,中央电视台来拍纪录片,我还特意把他叫到会场,以通过电视让很多关心他的读者看到他安然无恙。

在他刚到的那天,我也到他房间去看他,希望他更冷静地对待眼前的争论,从长计议,不必情绪波动。贾平凹比我小十八岁,主要是养好身体。陕西已连续有几位中年作家去世了,路遥才四十二岁,邹志安四十六岁就死去了。

深圳文稿竞价拍卖匪夷所思

深圳文稿拍卖,缘由是现在的稿费确实太低,国家规定还是每千字三十元,而在五十年代,我就获得每千字二十五元了,那比现在二百五十元还管用。所以他们的用意是做大幅度提高稿酬的尝试,当然是很不成熟的做法。

拍卖开始前他们也来找过我要稿,我没给。因为我作为一个作家,不是给钱就完了,更关心是由哪个出版社出版,能印多少册。同时还有跟出版社的友谊、伙伴关系。我明确说不参加,但他们还是给了我一个顾问。我想全世界没有一个地方有这样拍卖文稿的,也没哪家企业会把文稿买去,然后不知下落。能拍卖的只有作家的手稿,而且大都是出版过。如果谁能找出李白的手稿,我想是可以卖出大价钱的。

所以,深圳文稿竞价拍卖是匪夷所思,我个人估计它将是唯一的一次。

文艺立法有益于许多问题明朗化

在政治上,这两年来在文艺界没搞什么大批判,也没因某一篇作品的问题而采取普遍性的措施。不像过去为了一首诗,就把全体诗人整肃一遍。我和我的朋友们在写作上没有感受到有什么政治压力或影响。

当然,也不尽善尽美。文艺需要制定法律,有益于许多问题明朗化,如什么样的书应当禁止,最好有法律明确规定。这样对文艺问题的处理、操作,能够被广大公众所了解,也能够得到广大公众的支持。

文艺立法也能使文化市场更规范化,避免领导人灵机一动的色彩。如某一部电影,一位领导人看了说问题严重,不应该放,要做重大修改;而更高一级的领导人看了,说很好,可以放。底下里小道消息就纷纷扬扬,使许多人捕风捉影。如果有法可依,就不会出现这样的问题了。

1994 年 4 月

圈圈点点说文坛[*]

王山：贾平凹的《废都》引起了许多人的注意，一时间文坛内外的有识或无识之士争说《废都》，争说《废都》性描写的成败得失，由《废都》衍生出不少文章，甚至还有几本书。您是在去年访美之前看的《废都》吧？

王蒙：是的，《废都》的性描写，说好的少，批评直至愤慨较多。如讥之为低劣，偷鸡摸狗，缺少人性深度，缺少更丰富的思想情感内容等。性描写并不容易，千万不要以为性描写是能讨好的葱花、料酒、芝麻盐，但我觉得关于性描写的讨论或有攻其一点或炒来炒去之嫌。《废都》的重点不在这里，《废都》的要旨在于一种与现实的疏离和苦闷。《废都》所呈现在人们面前的生活方式、思维方式、感情方式，既是纷纷扰扰的，又是与大背景无涉的；既充满了世俗的欲望，又了无时代、政治的痕迹，几乎是"一尘不染"。

我想贾平凹可能是受了那种文人名士的狂诞任性的风格的影响，以那样写为真为风流，乃至以此作为对他心目中的司空见惯的虚伪的挑战，在《废都》的后记中他就宣布了"笑骂由他笑骂"。但是他缺少魏晋文人那种潇洒与审美风度——搞得画虎不成，但也不是简单的扫黄问题。最近读报，见有的地方以淫秽书籍处理此书，似乎未必妥当。

---

[*] 本文是作者与王山的谈话。

王山：一九四九年以来，难道就没有过类似《废都》这样的作品吗？

王蒙：还真没有见过。一九九三年出了一本《废都》，这似乎并非偶然。

王山：最近何士光出了一本所谓的长篇纪实小说《如是我闻》，作者以优美的文笔论及宇宙、生命、佛、灵魂等等，但有些滑稽的是，书中那些对气功、特异功能的过于具体生动的描写，无形中又消解了、破坏了那些玄虚问题带给人们的神秘感和庄严感。

王蒙：继柯云路和刘真之后，又有一个非常优秀的作家何士光醉心于气功，何自称走火入魔，并从中获得了启示。从中国作家选择、关注的多样性这样一个角度来说，这反映了一些文人精神空间的一个层面。也许以文学家的敏感和想象力探讨，追踪气功和特异功能会有一些新的发现。当然，与《废都》一样，这些现象也在表现一种与现实的疏离与无奈，他们在渴望着另一种现实：更神秘、更虚空也更自说自话。何士光的书写得真诚但不免天真，有些他为之狂喜的说法其实早已有之，但是士光以为是新东西——如对《西游记》的分析。觉得书并非个人所写也毫不新奇，所有的作家都有过类似的体验；一场战争打完了，指挥官也会有天假其手的感觉，如此等等。同时整个社会的气功热、特异功能热却有恶俗化发展的危险。

王山：前一段时间，舆论界以至官方对歌星、追星族持一种批评态度，我认为未免过于集中了。您对此事是怎么看的？

王蒙：以前我们的文艺缺少通俗文艺这一大块，突出的是宣传作用，而不是娱乐作用。这在革命战争时期是理所当然的。天下太平了，群众自己花钱参与、欣赏的文化活动大部分都是娱乐性的，这是很正常的，即使是在"文革"时期，也还是有娱乐活动，如打扑克牌、打麻将，输了就得喝凉水、钻桌子，反正你不可能天天时时念语录。大多数城市青年、文化层次较低的个体户有了钱以后去卡拉OK听歌，捧歌星，原来不会识简谱的慢慢也会识简谱了，乐感也增加了，歌曲的内容虽然平庸,但也不乏真情。过分疯狂的举动自然不足为训,也只能正面引导,退回到钻桌子取乐,实无可取。

王山:滥用公款组织歌星演唱会,假借义演之名发不义之财,以及歌星的偷税漏税、收入和工薪阶层的巨大悬殊等问题是很容易犯众怒的,也是"招骂"的重要原因。

王蒙:我们要承认新的文化格局的多样性、多层次。文化的消费呈金字塔形,高雅的是顶尖,高级,但数量不太多,大众(包括通俗与流行)是塔基,面很大,二者互相不能代替,不能以顶尖的标准去要求塔基,也不能以塔基的标准去要求顶尖,它们具备互补性。不可能要求而只能提倡下班后学习政治时事、读严肃文学作品。一个人的消费方式也并不总是停留在一个档次上,可以从听通俗歌曲开始,逐渐发展到喜欢交响乐,也可以既听通俗歌曲又听交响乐,可以喜欢听马勒,可以喜欢听李谷一,也可以听布加乔娃,听帕瓦罗蒂。高雅文化与通俗文化之间也并不存在一条鸿沟,约翰·施特劳斯的圆舞曲、刘天华的二胡曲算高雅还是算通俗?美国的乡村音乐,中国的评书、京剧算高雅还是算通俗?金字塔的高处总是少数,需要一种通达的态度,而不是势不两立。当然工作中的问题会有很多,应该加强领导和管理。

王山:完全不同的人,采用完全不同的思路,有时却会得出同样的或者近似的结论,做出同样的或者近似的反应,这恐怕也是一种殊途同归吧。如果大家都骂世风日下人心不古,还怎么把改革搞下去呢?对于歌星、追星族的批评需要把握一定的分寸,矫枉无需过正。歌星的存在首先是因为社会有这个需求,因为有追星族的存在,而追星族的主要构成是处于青春发育期的青少年,他们强烈而又颇为微妙的情感需要某种寄托、某种宣泄的渠道,很可能很快他们就会改弦更张,并觉得自己当初是多么天真幼稚。我们不应该用自己的世故、老到去讨伐别人的天真,用我们自己的成熟、稳定去轻视别人的幼小,用我们自己的无情去指责别人的多情。爱与崇拜并不总是秋天的果实、理智的产物,以旁观者的角度去看往往觉得爱是盲目的、崇拜是荒唐的。总而言之,我们需要一种更加平和、更加体察俗人之心因而也许就更加公允的态度。关于人文精神的讨论,您有什么要说的吗?

王蒙:最近思想文化界的一个话题是人文精神。对于反对金钱至上,提醒知识分子社会的、艺术文化的使命感,这种声音是很可贵的。但有一个提法我是不能同意的,即人文精神的失落,这个意思是原来似乎颇有人文精神,而现在没有了,而我认为实际上原来就没有那种欧洲意义上的人文精神,倒是有过一些反人文精神、伪人文精神的东西。从表面上看,计划经济全是人文精神。斯大林说,社会主义的经济规律是最大限度地满足人民需要,而资本主义是最大限度的利润。看,还是计划经济好!中国的人文传统与革命阶级的价值观是另一回事。不能用是不是人文来衡量中国的道德伦理并决定取舍。如果一些人认为现在需要多讲人文精神了——这个前提是否成熟,我很怀疑——那也是人文精神的建设与逐渐的增加。而一味地抱怨人文精神的失落,大讲精神滑坡、道德沦丧,以至于人欲横流,既不切合实际,恐怕也呼唤不来人文精神,倒很有可能招来人文精神的杀手。

王山:文稿拍卖活动也热闹了一阵子,而且好像还遗留下来若干后遗症。

王蒙:拍卖文稿,议论纷纷,反映了社会上的一个要求:就是对于写作劳动,应该提高报酬,但是具体做法确实值得推敲。最初我就和一些朋友商议过,商品一经卖出就达到了目的。但是文稿的目的不仅仅为了换钱,一个作家写出稿子,他最重视的是找一个好的出版合作伙伴,使他的稿子能变成印刷、装帧精良,发行状况正常、良好的书籍。如果别人重金买了去却与出版无关,那就太糟糕了。

王山:我觉得与其说是反映了不如说是在一定程度上利用了提高写作劳动报酬的要求,才有了文稿拍卖活动。实际上,参加文稿拍卖活动的主要是一些公司而不是出版社,这就很让人难以理解了,自我广告宣传的商业气味似乎压倒了文学本身的吸引力。

王蒙:文稿拍卖问题确实很麻烦,和美术作品不同,买来一幅画挂在那里就行了。

王山:围绕着顾城、谢烨的《英儿》手稿的拍卖和出版问题,现在就有不少的说法。从公开披露的情况来看,我对顾城的人品和作品都不敢恭维,吹得太厉害。而且我常常感到惊异:为什么有些人那样习惯于将肉麻当有趣呢?说得严重一点,是丧失了道德上起码的分辨能力,不仅仅是顾城这档子事上。

王蒙:关于顾城别人已经说得太多了,我实在没有兴趣再说一个字,但这使我想起在某报上看到的一篇文章,讲接连有诗人自杀,和诗人自我感觉错乱、被捧得太高有关,这不无道理。但是这篇文章接着说阿Q怎么死的,阿Q进了县城知道了很多信息,回到未庄还要"革命"呀什么的,因此是自己找死,这使我大为震惊。在一个自命为"非常革命"的报纸上,竟然宣传阿Q咎由自取的赵太爷式的观点,使我大有不知"今夕是何年"的感觉。

王山:奥斯卡金像奖的评选越来越引起了人们的注意,令人遗憾的是我国电影的不景气似乎和电影体制的改革联系在了一起,国产片的吸引力每况愈下。这恐怕不能仅仅用电视录像、卡拉OK的冲击来解释。合拍片的情况也许稍好一些,但也引发了一大堆复杂的有时还是十分尴尬的问题,比如《北京杂种》《蓝风筝》《活着》《霸王别姬》等等。《一地鸡毛》的开机停机,几上几下,也够累人的。

王蒙:《霸王别姬》的引人入胜之处在于把舞台与人生、戏曲与情节、性格与现实的或者说是历史的事变糅合起来,让你感觉到"假作真时真亦假,无为有处有还无",如真,如史,如戏,如梦,如幻。《霸王别姬》令人不喜欢的地方是不停地人为地搞刺激,影响了影片的艺术品位。有没有人专门从政治上贬低或欣赏这部电影?当然是有的,但我相信并非国内国外所有的人都把《霸王别姬》的上映或不上映、获奖或不获奖看成一个政治事件。即使有人想通过《霸王别姬》来追求某种政治目的,也只能毒化我国的艺术氛围,令广大社会公众厌恶与不取。

王山:和政治联系得过紧固不足取,和金钱联系得过于密切也不足称道。看一些国产的电视连续剧,如《京都纪事》《海马歌舞厅》等,总有一些轻飘飘的空虚贫乏的感觉,最近北京电视二台刚播完日本电视连续剧《101次求婚》,在轻松娱乐的剧情当中,还是有不少感情上的细腻的东西。男主人公那么笨,那么不会讨巧,但又确实有他的动人之处,所以在金钱之外,还是要考虑其他的一些东西。"布老虎丛书"似乎是想走一条既畅销又有文学思想价值的路子。

王蒙:在文艺活动当中有越来越多的商品经济的因素的影响在里面,这恐怕也是避免不了的事情。春风文艺出版社的"布老虎丛书",也反映了这种努力,或者说是尝试,即把文学,把相当不错的作家推向市场。他们取得了一定的成功,但不是没有付出代价,毕竟只是选择之一种,并非典范,更不是唯一。

王山:在这里您所说的代价指的是什么?

王蒙:一些作家在迎合时尚、增加可读性的同时,也失去了一部分自己的独创性。可读性往往与某种套子有关,这是事实。在市场经济面前,有的作家是我行我素,以不变应万变,照样拥有一定数量的读者,如汪曾祺、林斤澜、王安忆。有的作家弄潮影视,如陈建功、赵大年,早些年有张弦等,扩大接受面,也争取更好的经济效益。还有的作家在坚持自己的创作道路的同时,以艺术为主,兼顾其他,或吸收一部分通俗文艺的程式来包装与推销自己的作品,有攻有守,有得有失,亦不失为一种选择,如布老虎一族。

王山:现在文学与影视之间的互相影响、渗透是越来越普遍越来越深入了,MTV之后,又有了文学电视。文学需要影视的全方位覆盖,影视需要文学的故事情节、思想艺术内涵,但真要做好这件事情,也不容易。广播电影电视部的刘习良副部长就说过,世界范围内,名著改编成影视作品的情况很多,但真正改编成功的并不是很多。张艺谋想拍武则天,就同时约了五个作家写本子,搞得很热闹,可见电影的魅力、金钱的魅力。但对张艺谋感到不以为然的也确实大有人在,在一些人的眼中,《红高粱》《大红灯笼高高挂》《菊豆》总是难逃取悦洋鬼子的嫌疑。

王蒙:在海外我也常常听到对张的批评,但是我觉得看电影也要看你怎么看。电影本身更通俗也更商业。亨廷顿的文化冲突学说在中国的影响很大,另一方面中国还在加强爱国主义教育。我认为在这方面掌握要适度,文化这种东西既有世界性又有民族性,一个有价值的文化常常是属于全人类的。比如舒伯特的音乐,既属于德国,又属于奥地利,毕加索既属于法国也属于西班牙,肖邦既属于波兰也属于法国,赵无极既属于欧洲也属于中国。越是民族的越是世界性的这个命题不能绝对化,有些狭隘的、落后的民族的东西无法为世界所接受,反过来也要说越是世界的越是民族的,越是进步的,只有进步、开放才能强化、保持一个民族的生命力。我们常在民族文化问题上用一种非常草率的态度,一会儿骂一通,一会儿又把民族文化的一切方面视为宝贝,这是不成熟的表现。

王山:可惜总是容易走极端,而且还确实有市场、有群众基础,《北京人在纽约》《曼哈顿的中国女人》成为了一些人奋斗的楷模。我在这里并没有从根本上否定的意思,异国风光、发洋财、情妇,乃至不甘"人下人"的情绪、不仅在商场上而且在情场上战胜对手,自然有它的吸引力,容易引起共鸣。一会儿十亿人民九亿侃,一会儿不侃了又全都经商去了。文人下海,教授卖馅饼,都成了热门话题。

王蒙:文人下海,从全世界来说,以文为业的人是极少数,文人兼职,在一些企业兼做职员,或在大学做教授以及记者、编辑,司空见惯,十分正常。当年恩格斯为了支持写作和生活的需要,也要经商,但恩格斯之所以是恩格斯,不是因为他经商,而是因为他缔造了革命的理论。马来西亚的诗人吴岸给一个老板当秘书,新加坡的陈美华是新友贸易公司的负责人之一。至于一个作家由于自己职务、名望的关系而在某种文化性质的企业当中担任一个兼职,更是很普遍的事情。文人下海,教授卖馅饼,都是不甘寂寞地炒起来的,中国的文人还是在做自己的事情。

王山:我想,文人的以文为业、为生,似乎有两种不同的情况。一种是他确实有为文的兴趣,而且更有为文的天赋、修养、能力;另一种则要对上述的几个问题打上个问号,但他要以文为生、为业,因为他觉得以文为生似乎比以其他为生更便捷一些,更出人头地一些,当他觉得以文为生不再那么便捷,出人头地之时,也许就是下海之日了。

王蒙:这和文人从政也一样嘛,不存在纷纷下海的问题。还有一种论调,下海是为了支持市场经济,其实,作家写一个非常美好的童话,也是支持市场经济。市场经济的发展使人们的生活更多样更丰富而不是更贫乏。计划的时候大家众口一声颂计划,这可以想象,但是市场经济了就都说市场,这是根本不可思议。和文人下海有关的另一个话题就是所谓的作家"卖身",各国作家有被出版社买断的先例,这不叫卖身,而是作家和出版社双向选择的长期合作关系。

王山:类似的情况还有歌星与音像出版公司、影星与电影公司、足球运动员与体育俱乐部的契约关系。

王蒙:总而言之,作家希望自己的劳动获得更高的报酬,出版社希望有自己的固定的高质量的作者,具体什么方式可以百花齐放。"卖身"云云也是胡炒胡闹、苦肉计或者咋唬,少见多怪。

王山:闹待遇似乎也是合情合理的,尤其是当各行各业的待遇都得到不同程度的提高了的时候,如何公允地解决作家的待遇问题,看样子还得摸索一阵子。作为一种改革措施,广东青年文学院就已经面向全国招聘合同制作家了,受聘的文学院院士可在两年内获得一千二百元的月工资,作品优秀者另有重奖。

王蒙:可见相当优秀的作家,既有较高的艺术水平又有相当数量的读者、处在创作旺盛期的作家,他们的日子还是不错的,多数处在众多的约稿包围之中,可以择优而取,择木而栖,其实他们还是很舒服的。革命战争时期,一切参加革命而且从事着对革命工作有利的人组成了我国特有的干部大军,无论是演员、医生,还是作家、教师,都算干部,随着社会的成熟发育与市场经济的发展,社会分工的越来越细,干部队伍也势必分得越来越细。作家的劳动具有自由职业者劳动的性质,因此用月工资的形式来支付文学劳动,便有着一般所谓的"养起来"的好处与各种弊端。为了解决作家的待遇问题,我建议:

1. 成立国家文学院,使德高望重的老作家、文学大师获得院士称号及相应的待遇。

2. 设立文学创作基金,根据个人的创作计划,参考已有的实绩,逐人逐项审批和给予资助,资助要落实到出成果上。

3. 大大提高稿费的标准,根据中国目前物价的水平,长篇小说每千字以一百元或更高为宜,精短作品按篇计算。优质优价。

4. 建立规范化的文学评奖制度,大大提高文学奖金的额度。

5. 建立文学公益金,发展文学公益事业。帮助老、弱、病、残作家和确有希望的青年作家解决住房、工作等问题,增加创作之家、俱乐部、基金会之类的机构建设。

6. 提倡作家兼职,不但有利于提高作家收入,而且免得作家脱离生活。

沿着这个方向的改革我想是大趋势,这样,专业作家云云就是有出有入活水一潭,至于怎样、何时才能落实,是否还需要一个很长的过渡时间,则不是我所能回答得了的。如果一听到议论这些问题便惊慌失措或生气骂人,以为是谁要夺走他的饭碗,未免滑稽,也太孱弱了。

王山:我出差去外地,书摊上摆的书以言情、打斗、犯罪、鬼怪居多,录像厅里放的片子也大同小异,杀杀杀、爱爱爱之声不绝于耳。您认为我国的严肃文化,现在究竟处于一种什么状况呢?

王蒙：严肃文化的低迷，已经有许多人在呼吁了，但我的看法是不见得低迷。《读书》今年增加了一万订户，《文汇读书周报》增加了几千，《收获》《钟山》都办得可以，新创刊的《东方》，学术质量与编辑方针都很高档，《大家》《寻根》《中华读书报》《书与人》《散文与人》《爱乐》《今日先锋》等刊物的出现，正在形成一股新的势头，十分可喜。我还要提醒一句，中国仍是世界上严肃文学刊物最多的一个国家。国家"养"着这么多文学刊物，这是绝无仅有的。当然，也有不"养"而办得极好的，如《收获》。

王山：我发现您倒挺乐观的。我觉得可喜也是真的，可悲也是真的，瞎子摸象式的感慨相对来说也是很有价值的。严肃文化从来就是少数人的事情，这不那么令人鼓舞，但却是真实。通俗文化的普及性不言而喻，问题的关键也许在于如何把通俗文化当中普及到极点的、格调太低的那些东西逐渐提高，这靠行政命令的方法、强迫的手段恐怕难以奏效，甚至会适得其反。这个题目很值得去认真研究，少一点情绪化的东西，多一点科学的、求实的与建设性的态度。关于"后新时期"的提法，您能同意吗？

王蒙：最近谢冕提出了"后新时期文学"的概念，这个问题是有的放矢的，很重要。新时期文学有它特定的含义，主要是欢呼三中全会以来的改革开放，批"四人帮"，实际上依然和政治结合得比较紧。经过十几年来文学大潮的汹涌，现在文学所思考的对象、方面、方式宽阔得多了，新时期文学应该打上一个句号了。但是"后新时期文学"的提法太绕嘴，特别是容易让人联想到后现代主义，有东施效颦之感。究竟怎么提，可以再商量。

王山：那么您认为这个句号应该打在何处呢？

王蒙：也许是一九八五年吧。

发表于《上海文化》1994 年第 6 期

探寻中国文化更新与转换的契合点*

公正、和谐与适度的宽容

丁果：知道王蒙先生要来，大家都很兴奋。现在到处都在讲太平洋时代，大家对中国、对亚太地区特别关心，都期待着王蒙先生给我们带来关于中国的最新信息。您对温哥华的印象如何？

王蒙：我是第一次到加拿大访问，但并不觉得陌生。我曾经多次到美国来，离加拿大很近，到缅因州的时候，朋友告诉我再开一个小时的车就到加拿大了，到西雅图换飞机离加拿大也非常近。有几个我的亲友的子女也在加拿大求学或就业。昨天才到，觉得温哥华是个很漂亮的城市，环境非常好，起码空气好，污染小一些。但我想以温哥华人的标准看，他们可能觉得污染也很多。

丁果：是这样，这里的人们认为应加强对汽车废气排放的管理。

王蒙：显然这里的华人移民很多，各种社团、出版物不少，文化学术活动也很活跃。

丁果：王蒙先生的到来给我们带来了新的刺激。

王蒙：有限。

丁果：我们都知道您个人的经历就是一部很奇特的传记，五十年代您发表了小说《组织部来了个年轻人》，碰上"反右"，您被打成右

---

* 本文是作者在加拿大温哥华与留加青年学者丁果的谈话。

派;一九五九年之后又下放到新疆待了很长时间,尘封了二十年。改革开放以后,您复出文坛,创作热情好像经过二十年的积累而大爆发。在胡耀邦、赵紫阳时代您还官拜文化部长。之后,离开政界,又回到写小说的位子上去。您能否用简单的几句话,来归纳一下自己传奇式的经历,大起大落、曲折往复的人生?在这种经历上面,王先生建立起来的人生信念是什么?

王蒙:我想在我的身上,当然也反映出中国的一些变化。我的童年时代是在日本军队的占领下度过的,爱国、救国的热情与社会理想主义相结合,使我走上了激进的追求社会主义、共产主义的革命道路。单凭理想主义总是要碰壁的,理想与现实之间总是有距离,革命并不仅仅是一种浪漫激情的表现,革命碰到的是很现实的东西,中国的事也不是一次革命就能万事大吉的。所以在革命成功、人民共和国建立起来以后,就有了各式各样的麻烦。我个人碰到的麻烦看起来很荒谬,以我一个从少年时代就追求社会主义、共产主义的年轻人,竟被自己所追求的革命宣布为一种异己的、敌对的力量。但我觉得这种情况的出现也有它的必然性,因为过分激进的理想主义,本身有太强的排他性,也许我在革别人命时,也曾经是这么激进、不眨眼,对自己认为不革命或反革命的,就是要压倒他们,而这种命运也落到了自己身上。所以五十年代后期中国所采取的过"左"的做法,实际上有其历史的必然性,它是激进理想主义的产物。

几十年过去了,邓小平主持改革开放以来,人们越来越认识到有把理想与现实、特别是把理想与经济生活的现实结合起来的必要,因为革命的结果应该是提高人民的生活水平,而不是降低人民的生活。因此对现实采取一种务实的心态,已被越来越多的人所接受。如果要概括我现在的心态,那就是更冷静、更客观地面对现实。我从来没丧失过对社会、对国家走向繁荣、民主、富强和文明的信心,同时我也知道这是一个长期的、积累的过程,比起年轻的时候我耐心多了,更能看到事物的各个方面,更愿意承认思想见解多元互补的状况,这或许可以说是比过去更成熟了,很多事情看得更透。

丁果:看得更透,这是很有意思的提法。我们能不能提这样一个问题:写《组织部来了个年轻人》时的王蒙先生与改革开放以后的王蒙先生,内心的追求在更深的层面上是一致的,还是有了变化?

王蒙:我很难做这样的总结。写《组织部来了个年轻人》时,我不但有革命的、道德的理想主义,也还有一种青年人的单纯,希望这个社会中人与人的关系都能比较纯洁。对这种更纯洁、更理想的社会关系的向往,甚至是带几分罗曼蒂克式的幻想,今天我也仍然能为这种诗意的幻想而激动、而歌唱;但现在我确实要清醒多了,因为我知道人生实际上并不是只有单纯的、美好的、浪漫的东西,社会与人际关系总是越来越复杂,人的际遇与经验也越来越复杂,所以我现在更多追求的不再是单纯。人不能老是追求单纯,如果说我二十一岁半写《组织部来了个年轻人》时有权利与愿望追求单纯,我现在六十岁半,也就是过了近四十年后,我追求的已不是单纯,而是公正、和谐与适度的宽容。当然我也喜欢青年人的单纯,因为中国近百年来乖戾之气太厉害了,所以我选择了对人的善良本质的追求。

走向成熟

丁果:听了您的话我很感动,经过了四十年的风雨您的内心仍在不懈地追求着。如果把时间的跨度再往后拉二十年三十年,您在回忆过去的时候,更喜欢二十一岁时的自己,还是现在的自己?

王蒙:这是很难讲的,因为每个人的童年、少年和青年时代都是特别宝贵的,永远不会忘记,不管你怎样度过。我的青年时代是欢呼着参与了革命;有些人的青年时代是当了红卫兵,后又上山下乡;甚至有些人的青年时代是像小流氓一样度过的,像王朔的作品所写的"文革"时期的那群孩子就是这样,他们既不是红卫兵,也不是被迫害的老干部或知识分子,他们的青年时代就是在没人管束的情况下度过的,北京话叫"胡同串子",就是在胡同里串来串去,乱搞一气,有时也偷点东西,但又不是真正的小偷。不管是哪一种人,他们都会珍惜怀念自己的青年时代,因为人的青春只有一次。说到人的发展和变化,一个是个人的发展和变化,一个是社会的发展和变化,我们不能按单一的价值标准做出判断。

革命的最大好处和魅力是向千万人应许了一个全新的前景和希望,唤起了全中国人民的革命热情,使他们如醉如痴,但你不可能老是让人民保持那样一种如醉如痴的状态,特别是在取得政权之后。和平建设时期我们面临的是很实际很具体的事情,尤其是在经济领域,产品要提高质量、要讲效益、要盖房子、要修道路等等。所以整个国家像一个人一样,也有一个走向实在、走向健康和成熟的过程。我们不能把这个过程理想化。

丁果:从个人的生活经历来说,不管社会的大背景如何,少年时代、青年时代都是十分珍贵的,是我们精神上、人生道路上的一笔财富。但是,如果我们把个人撇开,单纯来看社会的大背景、时代的大背景,我们常会发出感叹——没有那段历史悲剧该多好!您有过这种想法吗?

王蒙:我从来没有这样想过,因为我觉得中国社会巨大的矛盾所积蓄的能量太大了,爆炸是一定会发生的。我说的爆炸就是人民的大革命。这不是一个价值判断的问题,而是历史的必然性问题。没有人能够阻挡中国人民的这场大革命,我也很怀疑,企图阻挡这个革命会是正确的。在激烈的大革命中,一些过分的想法和做法的出现也是必然的。我常举这样一个例子,人在初恋的时候总有一些不切实际的幻想,但你无法禁止一个人初恋。一个老人也不应该把自己爱情乃至性生活中的不愉快告诉一个孩子,说你不要去恋爱了,今天你们爱得难舍难分,明天就可能打起架来,就可能为一万元、为一所房子而上法庭,就会引起无穷的烦恼。这样的告诫既是不可能的,也是不道德的。该恋爱是一定要恋爱的,该发疯是一定要发疯的。谁能说这是不对的？谁能说这是错误的呢？由于爱情的乌托邦而吃了苦果的故事真是太多太多了，我写二十部小说也写不完。国家也是这样，在它的发展过程中，有些看似偶然和荒谬的事情其实包含着必然的因素。

我回忆自己年轻时期的那段政治生活、社会生活的经历，尽管也有过分的时候，也有干蠢事的时候，也有搬起石头砸自己脚的时候，但我仍然感到它的珍贵。一解放，像我这样一个非常年轻的人，马上就以革命后掌握了国家权力的主人身份参与工作，对我认为不革命的人颐指气使。从这点来说，我对后来遭受到的一些事情，认为自己也有责任。对我这个看法很多人是不接受的，特别是很多和我同命运的人不喜欢我的这个看法。在革别人命的时候，我也是毫无同情心，毫不疼惜别人的。我绝不会与一个我认为反动的家伙坐下来聊聊天，一起喝一杯咖啡。后来人家认为我思想有问题，认为我对革命造成了危害，于是对我采取一种很没有情义的态度，这我完全能理解。人都不是纯粹的，革命者不是纯粹的，一个搞极"左"的人也不是纯粹的。还有一些人利用政治运动陷害人，捏造罪名把别人推到地狱里去，为自己铺路，他们当然有他们的责任，正像领导有领导的责任，毛泽东有毛泽东的责任，如果我给自己戴一顶"革命青年"的帽子，那也有我这个革命青年的历史责任一样。当然责任的性质和大小是有区别的。

丁果：很可贵，王蒙先生把反省的剑也指向自己，就是说在社会的大背景之中，既有领导者的责任，也有参与者的责任，而不是单单以一个受害者的眼光去看，把自己说成一贯正确。

王蒙：是这样。

最适合我的还是当作家

丁果：《防左备忘录》的主编赵士林博士（现在东京做访问学

者),说您是共和国最出色的一位文化部长,任内度过了愉快的一段时光。您离开部长的职位以后,出现了专门批判您的文章,以后又出现了"稀粥事件",看到了您打官司的报道,海外华人也都为您捏一把汗。这种情况好像到邓小平南巡讲话之后才有所改观。这些事情过去几年了,但许多人记忆犹新。您能不能谈谈那段时间里您的心路历程,以及您在部长任期内最满意和最遗憾的事情是什么?

王蒙:赵先生说的是他个人的经验。从我来说,我只能说我在任上是努力做了一些事情,也有一些令人愉快的回忆,比如意大利歌唱家帕瓦罗蒂和西班牙歌唱家多明戈对中国的访问,那盛大的场面都令人难忘。

我做的事情虽然有限,但也有一些。我是小说家,很多作品还是幽默型的小说,所以在这我不妨说句玩笑话——我开放了舞厅。在我上任前不久,中国几个部门还在严格禁止开办营业性的舞厅,在我任内这种情况才有所改观。现在中国的舞厅很多了,而且再也不可能关闭起来了。在中国,能不能跳交际舞,这个反复的过程就是一部很厚的历史。当然在我任内好事情、坏事情都很多。艺术表演团体的改革也是在那个时候开始摸索。

同时,我也觉得自己不是一个非常理想的文化部长,首先一个最主要的原因是我实在不想当这个部长。

丁果:这个我们都知道。

王蒙:我还是文人的脾气太厉害。当部长要开一大堆会,说话老得按政府的统一口径,而作家又总是喜欢说点自己的话,开开玩笑,或者尖酸刻薄地讲点挖苦话。当部长对于一个作家来说,需要有太多的自我控制了。

再说,我本身是一个作家,有时也被迫地陷入文人之争里去。作家和作家是最难团结的,古今中外都是这样子。比如托尔斯泰是完全否定莎士比亚的,当然他们不是在同一个时代,不在一个作家协会里,所以他们打不起来。契诃夫并不喜欢托尔斯泰,陀思妥耶夫斯基既讨厌屠格涅夫,又讨厌别林斯基。中国就更不要说了。有些大师、有些知名作家相互关系都不是很好,所以我作为一个作家又去当部长,就会把文学界的矛盾也带到我身上。讲老实话,我个人拼命想超脱于这些矛盾之上,但矛盾总是找到你的头上,实在没有办法。

我是一个搞文艺创作的人,从好处来说我是大家的一员,许多文艺工作者是我很好的朋友;坏处来说,则是我缺少约束能力。文艺家,不管是在中国,还是在外国,不管是在美国,还是在加拿大,一般说来,他们很可爱,但他们比较情绪化,容易感情用事、意气用事。作为一个部长,你不能只体现善意和友情,你还要控制、管理呀,而我实际上下不了手。他是写诗的,我是写小说的,我怎么去管他?我真心地认为我不是一个理想的部长,所以从部长的位子上退下来写我的小说是件大好事。当然在做部长的过程中也学习到许多东西,我也认真地做了,并不只是应付。现在的文化部长刘忠德先生有比较丰富的管理方面的经验,与文艺界的矛盾没有更多的瓜葛,我衷心地祝愿他能把工作做好。

丁果:也就是说卸任之后您有如释重负之感。

王蒙:是的,如释重负,没有悲伤。唯一不愉快的是当时有些人对我有敌意。

丁果:听说当时文化部的头等大事就是批判您。

王蒙:那我倒是不知道,只觉得当时弥漫着这样一种气氛。讲实话,当时中国的最高领导并没有要怎么修理我的意思,还是用相当客气的语言宣布了我的去职。不管是发表作品,还是应邀到国内外去旅行,基本上没有受到什么阻挠。一九九一年"稀粥事件"前夕,我还访问了新加坡,回来以后事情就闹起来了。另外还有一种情况,就是对我的作品或言论持批评态度的人也不少,他们批评的观点也不尽相同,其中之一就是比较保守和僵化的观点,这种批评直到今天也没有停止,有的刊物在不停地发表批评乃至批判我的文章。还有一种是以超激进的态度对我进行批判,包括在香港和美国,一直没有停止过。这种情况我认为是正常的和可以理解的,中国正处在一个转型期,各种观点,各种争论,甚至很激烈的言词都会产生出来。

丁果:"稀粥事件"是有些人故意把您的作品和中国最高领导对立起来,当时您有没有很紧张?

王蒙:还好,因为我有一个预测,有一个估计,就是一九九一年与一九六一年或一九六六年大不相同了,把一篇小说上纲上到那种程度,很难被读者、知识界及领导层所接受。心情上自然有些不快,但并不觉得多么可怕。

丁果:这也看出了中国的进步,要是在六十年代问题就大了。

王蒙:你说得很对。我常讲,一九九一年我能不但不接受上纲式的批评,还要告他。而在过去一个作家受到批判,你就是跪在地上哭、检讨、悔过,都不会有人听你的。从这点来看,也说明中国的民主、法制和创作自由等方面有了进步。

丁果:我们知道,邓小平的一生三起三落,是相当传奇的经历。您刚才谈到离开部长的职位有如释重负之感,我相信这是真实的,但在未来中国社会的变革当中,您有没有重新回到政坛的可能?

王蒙:我觉得没有这种可能,因为我自己的选择是十分坚定的。我觉得最近这三四年,实在是我一生中最快乐的时期,我有很多时间来读我喜欢的书,我有大量的著作发表,包括国外的翻译介绍,我到地球的各个地方去旅行,所有这些都是我当部长的时候办不到的。我觉得对政治家的要求和对作家的要求有许多不同的地方,实际上政治家是要付出代价、做出许多牺牲的,包括对于自己个性的牺牲。一个政治家不能按个人的情绪和兴趣办事。我认为最适合我的还是当作家,从政对我来说没有太大的必要。但是,现在我也不等于跟政治绝缘,我的写作也可以对政治有所参与,虽然不是直接议政。另外,我还是全国政协的一员,还是有许多讲话机会的。

丁果:这就是说不做政治家,不等于脱离政治,因为社会生活中充满了政治。可是海外许多人还是难免很政治化地来看您,从您个人来说,是愿意被当做一个政治人物,还是愿意被当做一个纯粹作家来看待呢?

王蒙:我觉得这是互相影响的。中国一个很大的问题是泛政治化,搞文学是政治、拍电影是政治、外国人给你一个奖或不给你奖也是政治。泛政治化使人永远不能得知作品真正的好坏,不能比较公正地判断一个电影、一出戏或一部小说的价值,就像医生总是摸不准病人的脉一样。这是一个很大的毛病,但它的产生是有历史原因的。近百年来急剧的政治变动,使人们习惯于对一切问题都从政治的角度看,投资要考虑政治,一个电影能不能演也要考虑政治。但从长远来说,这种现象必须改变。一个社会越正常、越健康,人们各行各业社会分工的观念就会越明确,文学就是文学,科学就是科学,电影就是电影。有的电影政治性很强,有的只是娱乐而已。

丁果:我想这也许是为了满足一般民众要求参与政治而又无法参与政治的心理。这也可能是人类的一种天性,有了国家和社会以后,就很难脱离政治。

王蒙:一方面你离不开政治,一方面又不能人人参与决策、参与政治斗争,人人参与实际上是不可能的。如果十二亿人,人人参与决策和政治斗争的话,那太可怕了。

丁果:"文革"恐怕就是人人参与政治斗争的例子。

王蒙:如果放在革命造反的年代这是可以的,放在和平建设时期是不可以的。和平建设时期强调社会分工,强调各司其职。你是打篮球的,就应努力打好球,如果你投不进球,而很会辩论,那你可以改行。

令人沉重的教育问题

丁果:中国的政治权力处在一个换代时期,经济上正由计划经济向市场经济转变。海外的中国人都希望中国能有一个稳定的政治和经济的发展环境,但我们也看到了中国现存的一些矛盾,如中央与地方的矛盾、通货膨胀的压力、腐败的现象等等,使人感到中国在发展的过程中隐藏着很大的危险性。您怎么看中国目前的形势和人民的心态?

王蒙:我想有些问题我是回答不了的,尤其是经济方面,我缺少这方面的基础知识。如果我们说中国社会正处在一个社会的转型期,我想这大致是不差的。从过去的以阶级斗争为中心到以经济活动为中心,从苏俄式的计划经济到社会主义的市场经济,再加上领导人的新老交替,给中国社会带来了巨大的变化。一方面使人感到社会日新月异,使人振奋;另一方面是各种矛盾都暴露出来了。贫富的距离拉开了,有人高消费,有人则挣扎在温饱线上。还有农村的问题,计划生育的问题,教育的问题,国营企业的问题等等。我相信所有这些问题只能在进一步改革当中解决,靠走回头路恐怕不行,这是一个艰难的、渐变的过程。经济的发展可以很快,城市面貌的变化可以很快,包括道路、桥梁、星级宾馆和一下子冒出来的很多漂亮的小汽车,但社会矛盾的解决只能靠渐进的积累和建设。

说起来令人沉痛的是教育问题。中国是一个有着五千年悠久历史的文明古国,而现在人口太多,受教育的程度太低,文化素质太差,实际上还有许多文盲、半文盲,起码的教育、教养都没有,不文明、不礼貌、迷信。八十年代,四川一个农民还想当国王,全村的人都把女儿献给他做妃子,一下子弄了几十个老婆。一开始党的支部书记还反对他,后来看大家都给这个国王下跪,他也跪下了。东北一个农村还发生过一个农民活埋他父亲的事情,大儿媳妇是个女巫,跳大神宣布她公公被黑蛇精附体,大家就把她公公捆起来,用火烤用烟熏,以为这样一熏他就会显原形——变成黑蛇。最后把他活埋了,把他放进棺材以后,他在棺材里又哭又叫。由于这个事逮捕了许多人,这一家子几乎都参与了这一犯罪行为。当然这都是非常极端的例子,而不是说中国现在就是这个样子。但从这极端的例子我们可以看出,有些地方缺乏起码的科学和文明。精神文明的建设我们还要走很长的路。幻想中国一下子变成人间乐园，那是不可能的，这既是一个经济建设的过程，也是一个普及和发展教育的过程。现在中国的知识分子都不愿意当老师，没有最优秀的人去当老师，以次等、三等人才去教育下一代，培养出来的人怎么可能是最优秀的呢？

文学地位的边缘化

丁果：依我看自一九七八年改革开放以来，中国最大的变化是从泛政治化走向世俗化，从理想主义走向现实主义，有时甚至是虚无主义。您认为中国作家在经历这种剧烈的转型过程时，所面临的最大的苦闷和挑战是什么？李泽厚最近提出中国需要建立一个"宗教性道德体系"，刘心武提出"良知体系"，请问王蒙先生您是怎么看的呢？

王蒙：我对这些问题没有深入地思考过。在这样一个过程中，有相当一部分作家表现出焦虑以至愤怒，他们是以抗拒和抵制世俗化的姿态出现的，他们都是一些很优秀的作家，他们文章的言词很激烈，比如说像张承志、韩少功、张炜等，也引起了许多喝彩。我觉得世俗化，包括通俗文化的发展，还是一个比较自然的发展过程，实际上有利于中国文化更健康地、多元化地发展。我不认为有特别值得焦虑和愤怒的必要。我的这个观点受到许多青年人的批评。我觉得建立"道德体系"或"良知体系"的任务，不能完全放在文学作者的身上。这实际上是一个全社会的任务，既是政府的任务，也是哲学家、伦理学家、历史学家，当然也包括文学家共同的任务。

我有一个观点，就是每人做好你自己的事，如果你是写小说的，那么把小说写好就是你对社会的最大贡献；你是搞绘画的，那么拿出最好的绘画作品就是你对社会的最大贡献。只有社会分工明确了，每个人努力做好自己的事，忠于职守，从敬业做起，同时创造一种人与人之间相互尊重,爱惜社会公德的气氛,才能使我们的社会更加祥和。

丁果:是不是可以这样归纳您的话:口号的时代结束了,在实现现代化的过程中,更重要的是各司其职,如果不把自己分内的事做好,说别的就会变成空话。从社会发展的趋势看,一方面是社会分工越来越细,另一方面也有合的趋势,边缘科学的相互渗透也越来越多。在这样的时代,作家应如何找到自己的位置?

王蒙:作家对国家、人民和社会的责任感,用上海的一个说法就是"人文关怀",我想这任何时候都是需要的。从政治和国家领导来说,是可以提出一些口号的,如精神文明、爱国主义等,问题是如何把这些口号变成人们的行为规范。在目前的这个转型期,人们的行为确实有许多失衡失范的情况,比如假冒伪劣商品的问题,做事玩忽职守,报喜不报忧,浮夸不实等等。现在有一种说法——文学的地位正由中心向边缘转移。我想如果有这样一种现象的话,也没有什么可悲痛的。在以阶级斗争为中心的时期往往把意识形态的重要性提高到一个吓人的地位,把一个小说、一个文学作品的重要性提高到一个吓人的地位,比如由领导出面号召大家都学习或批判某篇小说,这样的做法既不利于社会,也不利于文学。如果文学开始边缘一点,没什么不好,因为文学本身并不能决定国家的命运,也不能决定经济建设的成败,文学提供给人的是一种精神上的营养和娱乐,如果这个国家有许多好的文学作品,使人们从中得到道德上、审美上、知识上的一些好处,那作家就已经做出了自己很好的贡献。我们无法设计由文学救国。

丁果:就是说我们的作家在中国社会发展的过程中,陷入了一种吊诡(paradox):一方面在意识形态高涨时成为牺牲品,许多作家受到打击,但同时也意味着这时候作家地位的崇高,因为你被利用的时候,是处在高位的时候。这又使作家产生出一种救世主的心态,作家的这种心态,依您看是不应该有的吗?其原因是没有从历史中吸取足够的教训？

王蒙：如果要说文学的地位、作家的地位，苏联是最高的。我最近写了一篇文章叫《旧梦重温》，发表在去年十月的《读书》杂志上。我翻出来一些旧书，报道苏联的第二次作家代表大会，开会的时候，苏联的赫鲁晓夫、布尔加宁等高官、元帅、大人物（在台湾背景下生活的人可能不熟悉这些人，对我们来说是太熟悉了），呼啦一下子都出现在克里姆林宫的大厅里，接见并宴请这些作家。这样的风光在加拿大、在美国，就是得了诺贝尔奖、贝尔诺奖也不可能有。我知道在美国得了普利策奖是由总统颁发的，但这只是充当一个程序，总统可以不看这本书，因为决定给不给这个奖与总统无关，由总统颁发无非是说明这个事很重要。日本也有由天皇颁发的文学奖，但天皇也不管文学的事，天皇看不看文学的书对文学没有任何作用力，他看也可以，那完全是个人的兴趣。

以意识形态为中心的时候，把文学看得太重了，似乎一本书就可以决定一个人的思想、决定一个人的命运、决定国家的面貌和未来。反过来我们不以意识形态为中心，而以经济建设为中心，文学艺术的位置就会发生很大的变化，它的教育功能、潜移默化的作用还是很大的，但另一方面它娱乐、调剂的功能越来越明显。更多的人是以平常心，以一个普通人的心态去接触文艺作品的，用它来换换精神，轻松一下，看看故事，长点知识，甚至说得难听一点用它来消磨时间——翻翻小说，唱唱歌曲，文艺明显地边缘化了。对此有些人就感到冷落，大声疾呼，要求呐喊，这实际上是落在了生活的后面。

刚才你说到 paradox，我也是太喜欢吊诡了。有人攻击我老是这一方面那一方面，但我没有办法，我没有其他的更好的表述方式来说明我的想法。在我们说文艺边缘化有其合理性的同时，又要看到确实存在的问题。有些出版社或书商为了追求利润，粗制滥造。一个作品或一个杂志弄个花花绿绿的封面，放上一个色情半色情的镜头或一支血淋淋的手枪，再起个刺激性的名字，书便能畅销，好作品反而出不来。这种情况在前几年尤为突出，它使一些人非常愤怒。安徽的老诗人公刘，他绝不是教条主义者，也不是极"左"，他对当前文艺的状况、文化的状况愤怒得不得了。他认为中国的文化在崩溃，说中国现在搞的是"裤裆文学"。你不能说他这样愤怒是想把中国拉回到"文革"时期，他在"反右""文革"时期备受磨难，是吃尽了苦头的。现在中国的知识分子当中有这样一种说法：文化专制主义的大棒并未消失，拜金主义的枷锁又套到了中国文人的脖子上。他们对中国文化的现状持一种悲观的态度。我不采取这么悲观的态度，很多年轻的作家也不采取这么悲观的态度。我们完全可以在市场经济的大潮中摸索出自己写作的道路。

我们民族的精神支柱在哪里？

丁果：就是说对社会的发展要有一个比较客观和准确的把握，这是很重要的，不过我觉得这些作家的激愤之情也有可以理解的地方。甘地先生几十年前就提出一个败坏的社会有七大罪恶：有政治而没有原则，有财富而没有勤奋，有商贸而没有道德，有娱乐而没有良心，有教育而没有品德，有科学而没有人性，有崇拜而没有献身。不能否认这些现象在中国或多或少地存在，很多人为此而忧虑，可能其中不乏道德乌托邦的色彩。依王蒙先生看，一个民族需不需要精神支柱？如果需要的话，那现在中国的精神支柱在哪里？

王蒙：这又是一个非常大的问题，中国的问题出在什么地方呢？我觉得中国一百多年来，就是通常我们所说的自鸦片战争以来，一方面是老的传统的制度在解体，另一方面是大家争着把最新的，把认为最进步、最管用的思潮拿到中国来试验，包括民主主义的思潮，民主与科学的口号，共产主义、马克思主义的思潮，还有现代主义、后现代主义的思潮。在精神上对中国来说有好几种参照系，如历代的儒家的系统；儒道互补的系统；中国民间的道德系统，以义为先，供奉关老爷,这又与儒家正统的仁义道德的观念不完全一样,所谓"江湖义为先";"五四"以来的以欧洲为中心的价值体系,讲民主、科学、理性,这方面还可以加上基督教所宣扬的博爱和忏悔的精神;国际共产主义、马克思主义的价值体系,这个体系也是非常厉害的,是非常英雄主义、非常悲壮的,无产阶级在斗争中失去的是锁链,得到的是整个世界,全世界无产者联合起来!这是马克思、恩格斯在《共产党宣言》中提出的一种全新的价值体系,绝对的"普罗"化,正像《国际歌》所表现的那样——起来,饥寒交迫的奴隶……一旦把毒蛇猛兽消灭干净,鲜红的太阳照遍全球!这对中国知识分子的震撼是十分巨大的;还有就是中国的农民战争所创造的价值体系,最突出的表现就是延安精神,住窑洞,艰苦奋斗,联系群众,革命领袖可以坐在炕头上和贫农老大娘聊天,毛主席也是喝小米粥,吃辣椒,爱吃枣园的枣……

中国的悲剧就在于这几种价值体系互相打得一塌糊涂,都在宣布别人是罪恶、是魔鬼,只有自己的价值体系是正确的,这样我们在精神上赖以生存的东西就越来越少。一个价值体系本身又在斗,类似"文革"中两派三派之间势不两立一样。我觉得要是沿着这条你批判我、我批判你、你否定我、我否定你的道路走下去,中国的问题永远也解决不了,只能使我们精神上越来越荒芜,最后就会斗成精神的废墟。我说得可能有些夸张。

我们现在需要找到一个契合点,在这个契合点上我们不应当拒绝中国几千年来的文明、儒家的传统、儒道互补的传统;不应该拒绝中国民间的今天仍然可以接受的东西,比如朋友之间讲友谊,这有什么不好呢?妇女必须守寡今天就不能接受了;我们也不应该拒绝延安精神,这对干部廉洁自律、艰苦奋斗和联系群众很有益处;更不应拒绝国际共产主义运动对社会公正的理想,特别是它对最痛苦、最困难、最下层的劳动人民的利益的维护;同时,我们也不应拒绝世界所公认的文明社会应具有的一些准则,如民主与法制,当然具体在中国怎么实行是另外一回事。只有寻找到这样一个契合点,才能实现中国传统文明的更新和创造性的转化。住在美国威斯康星州的学者林毓生,是我小学的同学,他到处宣传中国文明的创造性转化。我觉得他的这个提法还是有几分道理的。

至于这种创造性的转化到底是个什么东西?这不是我的想象力所能回答得了的。广东和北方都在出《三字经》。印到几百万上千万册,这会不会有什么好处?还要再看一看。中国互相批判的调子如果能降低一点,以消灭对方为己任的斗志如果能减弱一点,大家来添砖添瓦,我想对中国的文化建设会有好处。

丁果:中国的文化需要更新和转化,又必须改变一输一赢的思维模式,把各种有益的东西吸收起来,去创造一个有中国特色的文明。您的这些见解我觉得很好。刚才您谈到了基督教,使我想到海德格尔把我们生存的世界分成天、地、人、神四重结构的说法。大家津津乐道多元,它固然很重要,但它也可能带来相对主义和不确定性的负面效果。我最近读了一位先锋派作家的小说,他的作品洋溢着浓厚的宗教意识,不知王蒙先生对此怎么看?

王蒙:这也很自然,长期以来人们爱引用马克思的一句话——宗教是人民的鸦片,以为说完这句话,宗教就被打倒了,实际上问题要复杂得多。有人告诉我中国的另外一个作家,也是我很好的朋友,也表示信仰基督教。张承志的作品也表现出对伊斯兰教的追求,但我可以明确地说,张承志绝不属于伊斯兰教的哪个教派,但他对伊斯兰教的清教徒的精神,他叫做"清洁"的精神特别欣赏和宣扬。我还从报纸上看到,曾在样板戏《红灯记》中扮演铁梅的刘长瑜皈依了佛教。我觉得这都是很正常的事情。但中国的历史传统与欧洲、与中东是完全不一样的,它是半人半神的一种宗教,也是相对的、不死硬的一种宗教,必要的时候它可以儒、释、道三位一体。我很怀疑在中国能形成一个强大的宗教势力,何况在中国,马克思主义的无神论、唯物论是很深入人心的,也是很强大的,所以这样的事例再多,我觉得也只是作家、艺术家的个人选择。

力争把握中国当代文学的全貌

丁果：有人认为九十年代中国文学的主流是进入了一个解构的时代，王朔的痞子文学是在解构意识形态的教条，余华、苏童的小说是在解构历史和人，而这些小说在解构陈旧的意识形态时，把维系社会的普遍性伦理原则也解构掉了，把一切属于意识的东西也解构掉了，人本原则、人道原则也成为一种被嘲弄的对象，这是有其危险性的。您认为这些解构小说的意义在哪里？它们批判精神的哲学基础在哪里？

王蒙：我很怀疑这样一种概括是否能反映中国文学的全貌。拿王朔来说，他最活跃时期是一九八九、一九九〇、一九九一这三年，一九九二年以后他开始向边缘移动。去年秋季王朔甚至发表了一个告别文坛的声明，他受到作家和学者很多批评。实际上王朔不过是作家中的一个。其他作家也有许多历史的调侃，像刘震云，他写中国农村的历史是充满了调侃的。此外，我再也找不到王朔型的作家能够和他成为一派。我由于说了一些对王朔作品肯定的话，到现在还受到一些包括海外的学者和作家的猛烈批评。我觉得这个逻辑也很奇怪：我肯定王朔，就意味着我要把王朔当成样板树立来推荐给大家，要大家都向他看齐。与王朔完全不同的作品、完全不同的价值体系也还是有的，比如写中国农村深受好评的张炜，他的《九月寓言》在上海获头等奖。陈思和称他为民间的寻美者，他的作品是从民间寻找人情味，寻找对美好生活的向往和对爱情、对大地、对人的肯定。他和王朔是完全不同的两种类型。我的不幸就在于，我既非常喜欢张炜的作品，又丝毫没有感到对王朔的作品有加以排斥和贬低的必要。我非常理解王朔的一些玩笑，王朔的玩笑是个出气孔，它能让人透点气，没什么不好。去年四月份，我在美国明尼阿波利斯，一个很有名的诗人比尔·赫姆向我说起米兰·昆德拉讲过的一段故事：捷克在布拉格事件以后,苏联的克格勃特别多。作家们发明了一个鉴别克格勃的方法,一群人坐在一起讲一个笑话,大家都跟着笑的不是克格勃,如果有一个不但不笑,而且瞪着眼看你,这个人多半是克格勃。这本身就是一个笑话。王朔的作用就在于让人们笑一笑,通过笑也把自己情绪宣泄一下,这实在没什么不可以。如果连王朔的这种调侃都不能原谅的话,这个作家是很可怕的作家,是个很没有人情味的或心胸狭窄的作家,这是我的看法。我并不认为王朔是中国文学的典范,但也否认不了他作品的意义和影响。不是说百花齐放吗?十花齐放都受不了怎成大器?

丁果:我们都知道,您八十年代率先发起文体革命,促进了中国小说的兴盛和一系列的发展变化。在未来的日子里,您在小说创作上有些什么计划?

王蒙:我现在正在写以"季节"为题的系列长篇小说,第一部叫《恋爱的季节》,第二部叫《失态的季节》,我想大概写五部,通过这个系列长篇来反映一九四九年以后一代人的心路历程。目前第三部还未动手,在做准备工作,预计明年可以写完。在这个系列里,我追求的是一种把历史的讲述、回忆与个人的抒发结合起来的自由文体。另外,我还会写一些短篇,在形式的追求上,短篇比长篇方便。我常把长篇与短篇比喻为衣服与头巾手绢。衣服怎么变化,也总是上下身八九不离十,头巾手绢则可长、可方、可圆、可三角,能变换许多花样。长篇再变也不如短篇,因此我写短篇,仍然没有放弃在形式上的追求。七月号的《上海文学》将刊登我的一个短篇叫《白衣服与黑衣服》,是比较超现实主义的一种写法,不知能不能引起读者的兴趣。

1995年4月
发表于《书与人》1995年第5—8期

把中国建设成为文化大国*

记者:您提出把中国建设成文化大国的理论,我特别赞成。您为什么要提出建立一个文化大国呢?您是怎么思考这个问题的?

王蒙:我首先声明,我是在今年政协会上提出这一见解的,它目前只是我个人的观点。我的想法是:中国本身是一个大国。首先它是一个人口大国,同时也是一个地理上的大国和政治上的大国。从历史上看,它也是一个大国。中国现在就是一个大国。

中国的目标不是一个军事大国。因为,第一,中国没有必要成为一个军事大国。第二,在可以预见的未来,中国的军事实力,不可能超过美国,也不可能超过俄罗斯,而且中国也屡次宣布了它的军事力量完全是以防御为目的的。

那么,能不能做经济大国呢?西方有一种说法,说中国的国民生产总值有可能很快上升至世界前三名,即美国、中国和日本。甚至有人认为再过几十年,中国的国民生产总值会超过日本和美国。但我对这一点不做过高的希望。因为中国的经济实际上还是非常落后的。这里有两个问题:一是经济问题要看人均数量。目前中国的人均收入在世界上还是比较低的。另一个是经济问题不但要看数量,而且要看质量。中国产品中属于高科技、高投入的所占的比例还相当小。这一点无法和美国相比,也无法和日本相比。

---

* 本文是日本《朝日新闻》社记者对作者的访谈。

同时，中国人又有很强的自尊心，希望国家的地位和它的历史、人口数量相称。因此我觉得应该提出建设文化大国的目标。中国的文化是世界上唯一没有中断的从古代就保留下来的文化，是目前以西方为基地的主流文化的一个最主要的参照系。另外，提出这个目标也有助于中国为自己塑造一个美好的形象。因为中国早就宣布过永远不做超级大国。对中国来说，争夺世界霸权毫无意义，对世界也毫无好处。所以我觉得，建设一个文化大国，把文化的特色贡献给全人类，这是一个美好的选择，这也有助于把中国人的爱国主义、民族主义情绪吸引到正确的方向上来。

建设文化大国的具体内容，我想有这么几点。一、对汉语和汉字的重视。汉语和汉字是中国一个非常独特的创造。中国对自己的语言和文字要特别重视。作为官方政策，中国政府曾经宣布过汉字改革的最后目的是实现拉丁化。根据实践经验，我个人很怀疑汉字能否走拉丁化的道路。我认为没有汉字就没有中华民族，也没有中华民族的统一，也没有中华民族的文化。我知道许多日本友人也不赞成中国走最后废除汉字的道路。中国政府应该花更大的力量，包括财力，来鼓励本国和外国人学习汉语和汉字，而且要学得好。二、对中国的历史和哲学遗产的重视。一个是对文物（日本叫文化财）的保护，我们现在做得还很差。还有就是出版中国古代典籍。对文物和历史风貌的保护以及对中国古代典籍的整理和出版，应该成为全民的共识。

再有，中国民族和民间的文化遗产，也是非常丰富的。文化部主持编纂的"十大集成"，就是把中国历史上以及民间的各种戏曲、故事、曲艺等资料保护起来。这是非常有意义的。

建设文化大国绝不是不学习外国的好东西，而是要更大胆更全面地学习国外一切有益的东西，学来以后把它变成中国文化的一个组成部分。比如中国有越来越多的人学习意大利歌剧，中国人表演和演唱意大利歌剧带有一种东方的色彩。他们声音响亮的程度可能比不上欧洲人,但他们表达感情比较细腻,用中国人的说法叫做嗓子比较甜。虽然是用意大利语表演意大利歌剧,但中国人表演和意大利人表演不一样,它已经变成中国的意大利歌剧。又比如芭蕾舞。芭蕾完全是外来的艺术,中国的芭蕾舞最早是在俄国(当时是苏联)人的帮助下发展起来的,但是目前中国有了自己的剧目。中国人的身材与斯拉夫人不一样,表达感情的方式也不一样。中国芭蕾舞演员手的动作要比欧洲人细腻得多。在表达感情方面,也具有东方人的特点。这方面我觉得日本的经验也是很有意义的。我曾经三次访问法国,法国的大菜是很有名的,但我最满意的法国菜是在日本的富士县吃的。那里的一家法国餐馆的菜做得既有法国菜的味道,又有日本菜的精细。

我说的文化大国的意思,仍然是一种开放的文化。中国文化只有在开放的过程中,才能获得新的生机,焕发出自己的光彩。我希望建设文化大国的思路能够成为中国政府,特别是中国的知识分子一个共同的目标。它有利于中国更团结更稳定,也有利于中国走上建设性的道路。

记者: 您提出文化大国的想法差不多半年了,有没有人响应?是否有人发表对此做出反应的文章?

王蒙: 在我所在的政协那个文化组里面,有几个作家和画家赞成我的思路。到现在我还没有听到反对的意见。

记者: 您谈这个思路时,举了法国的例子,是出于什么考虑?

王蒙: 因为法国提出了这个口号,做文化方面的超级大国。我很欣赏他们的这一提法。它既表达了法国人的民族自尊和自豪感,又不陷入和美国争夺世界霸权的争斗。

记者: 您的观点能否得到中国政府的支持?它实现的可能性大不大?

王蒙: 我认为有实现的可能。我正在整理我的思路。在刚刚结束的全国政协举办的"展望二十一世纪"论坛上,我的发言也谈到这一点，还是受到与会者的欢迎的。

记者：兴办文化教育需要花很多钱，中国的财力如何？

王蒙：最大的问题就在这里。因此中国政府把发展经济作为最迫切的任务，对此我也没有异议。中国还有六千万到八千万人口在温饱线以下，他们还吃不饱饭。在这种情况下，文化方面提出过高的经费要求，也办不到。因为人必须吃饭，文化高的人要吃饭，没有文化的人也要吃饭。

记者：最近我到青海省，看到那里的文物古迹被盗掘得很严重。

王蒙：这是一个很大的破坏。自《文物保护法》颁布以来，惩治过许多盗掘文物的罪犯，直至处以死刑。但这个问题仍然非常严重。

记者：建设文化大国，国民素质很重要。因而教育很重要。中国的九年义务制教育，有些地方还达不到，这样就产生了"希望工程"。在提高国民素质方面，中国如何考虑？另外，从中国社会主义的发展来看，很多政治运动都是从文化开始的，比如"文化大革命"。文化比较敏感，文化部长往往成为运动冲击的第一个目标。您怎么看这个问题？

王蒙：这就牵涉到文化与意识形态的关系问题。意识形态是文化的一部分。特别是在革命时期和革命刚刚胜利的时候，意识形态问题会变得非常尖锐。当文化问题全都意识形态化政治化了的时候，会导致文化问题得不到心平气和的讨论。但自一九七九年以来，中国已经把意识形态领域里以阶级斗争为纲的提法抛弃了，转向以经济建设为主。我提出建设文化大国的想法，除了"文化大国"四个字是重要的，"建设"两个字也是重要的。就是说不是靠斗争斗出一个文化大国来，而是靠全面的建设。首先是教育，我同意您的讲法，就是要发展教育。

发表于《知识与生活》1997年第2期

敞开心胸,欣赏与接纳大千世界*

一 选择的可能性

静矣:坦率地说,作为一个访谈对象,您的生平经历够吸引人的:十四岁入党,十五岁参加革命工作,十九岁开始写作长篇小说《青春万岁》,二十二岁发表《组织部来了个年轻人》。二十四岁就被错划为右派、开除党籍,新疆一去十六年。您曾经是赤诚的革命青年,也戴过"右派"的荆冠。当过共青团干部、生产大队长,也担任过中华人民共和国的文化部长,现在您则是一位专注于创作的专业作家了。这样风风雨雨、大起大落的人生,对作家来说是不多见的。从五十年代末到现在的当代中国史中,您始终是一位活跃的在场者、参与者、见证者和叙述者,一直与奔腾变幻的当代文化思潮保持着同步对话的关系。尤其是新时期以来,您的声音常常是跳跃性和包容性的,提醒人们对文化现实的复杂性和多样性给予理智的尊重。那么,对当前中国的文学现状,您大概持怎样的看法?

王蒙:这样的大问题难以回答。我倒是有一些零星看法,例如一是承认读者可以有多种选择。我用一个词,可能我是个外行啊——一个经济学术语来描述:过去精神生活和物质生活一样,是卖方市场。市场上卖什么,我们就只能买什么。譬如说买衣服吧,那时候最

---

* 本文是作者与《北京文学》静矣、章德宁的谈话。

高级的布料是双面卡,式样有两种:中山服、学生服,号分大中小三号,性别:两种,价钱:一样。我要是有钱,就买中号双面卡,买回来一穿,准合适。文学也这样。一年五至十部长篇小说,或者看这几部书,或者干脆不看,没有别的选择。所以它们的成功是全面的——一部《青春之歌》出来,人人爱看。《红岩》的成功也是全社会公认的。《创业史》更是那个时代的典范——既有深厚的生活基础,又有浪漫的革命想象,既有对现实真切的文学叙述,又有对党的农业合作化路线赤胆忠心的投入,而作家的这一切投入都是真挚的,柳青绝不是投机的人。现在是买方市场了,光是皮夹克就有许多种。文学作品也是这样,作品越来越多,作品与作品的追求大不相同,读者的选择也就不同。说好说坏,都不集中,得满分越来越不可能,作家写作时也有了多种选择的可能:他可以选择现实主义的写法,也可以选择先锋的写法,可以贴近大众生活,也可以探索自己的隐秘世界⋯⋯现在很多作家的写作非常认真,下很大的功夫,绝不是越写越差,但是他们难以获得"十七年"作品的那种全面承认。譬如说张炜的长篇和一九五九年的相比,当然是前者写得更精致、深沉和勇敢,但是要达到一九五九年的成功已不可能。于是有人以此为尺,认为现在的创作不行。

静矣:作为历经世事的宽容长者,您更敏感到现在的进步。但是,如果您用世界文学的最高成就来衡量中国当前的文学创作,还会这么乐观吗?

王蒙:这就是我要说的当今文坛的第二个特点:可选择性一旦产生,就会包含好的和不好的,大众的和精英的,沉稳的和浮躁的,主旋律的和个人化的。只有这样,才能维持一种文化上的生态平衡——既有"三驾马车"的关怀民生之作,又有余华、苏童的先锋文学;既有所谓"私人化"的女性文学,又有张炜、张承志表达终极关怀的大作品⋯⋯与此同时,也有大量商业化、平庸化、鄙俗化的货色出现。我的这种罗列不包含价值判断,我要说的是:这种局面很好,但是也有不好的可能,那就是歧义越来越多。好的作品很可能淹没在大量平庸乃至低劣的作品中。有些作家陷入偏执,只承认自己是最好的,不承认别人也有好的。这种排他性,表明他们对买方市场的憎恶和不适应,有时他会因此痛恶全民文化素质的低落——我拿出这么好的作品,居然还有人无动于衷、指手画脚、冷嘲热讽!他对读者选择的多样性没有思想准备,于是导致愤世嫉俗和浮躁情绪。浮躁是什么意思呢?一是偏执,一是急于求成,想赢得所有的分数和喝彩。再加上种种操作炒作,弄得乌烟瘴气。在这种浮躁气氛中,有些作品就缺少超越。

静矣: 对自我成就、自我感觉和眼前境遇的超越吗?

王蒙: 对。缺少以世界文学和中国文学史的最高成就为参照系的自我超越,就限制了作家的发展。

静矣: 您刚才说到作家"对买方市场的不适应",那么怎样才是"适应买方市场"?

王蒙: 这里所说的"适应买方市场",只是一个比喻,指的是现在读者分流、作品分流,再好的作品也难以覆盖全民,再难出现那种第一版就印五万册的长篇小说了,你必须适应那种苦心孤诣地写了又写,第一版只印七八千册的情况,不必生气,不必影响自己的创作情绪,这里绝无适应市场、讨好群众的意思。所以说这些,是因为现在人们耐不下心来读你的全文,往往抓片言只语就跟你抬起杠来没完没了。还有一些人物,更是通过"简报""摘录"来掌握"动态"的。

章德宁: 文坛上有些作家形成了这样的习气:只认为自己是最好的。只许自己以某种姿态存在,不容纳别人的存在。虽然现在基本上有了一个繁荣、开放的局面,可是我们还记得,到现在为止,每一个历史时期总有一个文学流派为主导,这个主导流派就会自觉不自觉地认为自己获得了存在的唯一合法性,认为其他流派是非法的、没有认识到历史大趋势的、愚蠢的。这样,我们的文学史就成了不断更换主角的独角戏,很少有哪种文学流派能落地生根,成为文学发展的积淀性因素,您以为这是什么原因呢?

王蒙:追究历史原因,我想可能是由于近百年来中国文化斗争、思想斗争的残酷性造成的吧。"五四"以来,文化、文艺上的纠纷往往都和背后的政治、思想和战争背景相关。比如日本侵略中国时,爱国青年谁不谈抗日? 这时候谁风花雪月谁就像是卖国贼,根本就没有选择的余地,解放后相当长一个时期也是,一点文艺纷争会造成极其严重的后果,弄不好就家破人亡。

还有一个原因——这和中国文化的泛道德化传统有关系。我们容易把一切问题最后归结为道德问题。如果一个人的意见与众不同,他就被认为别有用心。再比如"作文先做人"的说法,使得写作者在做艺术选择的时候往往也在做道德选择。比如我要在作品中贯穿对社会的严厉批判,这是一种道德选择,如果你没有在你的作品里表现出对社会的批判,那你就是不道德的,于是作家的题材选择、风格选择、表现方法的选择就都变成了道德姿态选择。泛道德化是中国文化里最根深蒂固的东西,它往往把人不必要地推向别无选择的可悲境地。

在这里我要插句别的——说说足球。大家都在谈足球,我也来谈,可能我就成了世界上最讨厌的人之一了。我可能是胡说——我觉得足球老输就是因为实力比人家差,可我们批评球队的根据就是道德品质决定一切、领导的方针战术决定一切。其实即使战术好、意志强,如果实力差也照样会输的。巴尔扎克说:一个贵族三代才能培养出来,足球运动也不例外呀! 他爸爸要是病号,儿子的基因肯定也有。我这是打比方,你再想想,足球不行怕什么,咱不是还有乒乓球吗? 一个乒乓球把有的人烧成什么样啊!

所以,我们要正视自己跟大家的差距,然后在可能的领域里迎头赶上,岂止是足球不如人家,公共厕所、服务态度也不如人家呀,不必把什么都看得与民族荣誉相关,只要把关系到国计民生的大事做好,能不断追求发展和进步,咱就有好的民族荣誉了。日本以前在亚洲金牌第一,现在一年比一年少,不如中国也不如韩国了,可这也不妨碍它世界经济强国的地位。Olympic Games 嘛,game 就是游戏啊,要有点游戏精神,赢得起也输得起,而我们谈足球时,不但把它泛道德化,也泛政治化了。

章德宁: 不但足球,文学有时也是如此——有时文学选择不但是道德选择,而且也是政治选择,这就成了非常严重的事情,当然难以用平常心对待,所以一讨论什么,就会沦为绝对化的争吵。

静矣: 好像王小波说过一句好极了的话:创造建设性的精神财富才是知识分子的职责。专注意别人对自己、对他人说了些什么,然后争吵一番,这恐怕该算知识分子的一种失职吧。

王蒙: 所以文化论争最后就容易被弄成人际关系、人身攻击,百家争鸣很难真正实现。一位批评家跟我说过:他的最大期望就是文坛能像下棋一样,游戏规则明确,胜负都有个风度。

我想,中国人思维爱走极端,从根本上看,是生存环境太严峻且人口过剩所致,互相感到受威胁,于是为了开拓自己的生存空间,只好拼命排挤他人,这就造成非此即彼、非好即坏的判断习惯。西方有一种理论:极权主义的特点就是不承认有中间状态,或者好,或者坏,或者敌,或者友,或者流氓,或者圣贤,或者神,或者鬼。以前我们这里就是这样,但现在我们的文化和现实中有各种各样的中间状态,可以说局面是越来越好了。

静矣: 您听说过一种文化相对主义的观点吗?大意是说:最新的文化人类学成果表明,一种文化总是一个民族或一个群体最有效的生存范式,任何试图改变它的企图,其实都破坏了这种范式的有效性,因此文明无优劣之分,由此推论,我们的中华文明是中华民族最有效的生存范式,我们无须向西方学习什么,也无须改变自己的什么,只要保存好自己的文明就行了,对这个说法您怎么看?

王蒙: 你说的这些让我想起另外几个有趣的观点。一个观点是说:二十世纪西方世界的三个神话都破灭了——第一是科技的发展能带来人类幸福的神话,事实证明科技的发展并没带来人类的幸福,人类反倒好像更不幸福;第二是民主是一种最好的生活方式的神话,现在认为民主搞了以后还是很糟;第三是个性解放的神话。他说出了西方最新的思想成果,最后的意思是:咱们根本没有过这三个神话,这说明咱们走到人家前头去了,还是咱们了不起!这里逻辑行不通的地方在于:虽然这个观点很先进,但说的是人家,他并没看到我们自己的真实情况。一百年后一千年后人类还是会遇到新的生存困境,一个又一个神话还会接着破灭,但人类却一直在发明创造和自我完善中进步,不会因噎废食。这种观点就像是这样的情形:一个人在饿肚子,而我却吃饱了撑得慌,我就对他说:你千万别吃饱!吃饱有什么用?吃饱是个神话!我吃饱了照样不幸福!我就想自杀!我现在就上吊给你看!这么说对饿肚子的人合适吗?他肯定会揍我一顿。科技发展是个神话,如果是指科技不能给人带来完全的幸福,这我承认。可咱这儿还跳大神儿哪,相比之下,恐怕没人会否认科技更能给人带来幸福——拿西方最先进的思想武器说自己,这么抬杠的人很多。对文人来说可能这只是文字游戏,可如果真的推而广之,结果很简单,就像撑得慌的人劝饿肚子的人别吃饭一样。

　　还有一个老掉牙但长盛不衰的观点是"越是民族的,就越是世界的",认定"越土越洋",但他是以"世界的"为价值追求。或者他会说:连外国人都说了,你们一定要保留你们的民族文化、民族风格,我们自己不就更应该保留了吗?但我认为这个观点的逆命题也是成立的:"只有跟得上世界的,才能是民族的。"如果你在世界文化的交流、激荡、竞争之中没有立足之地,如果你没有为人类的发展留下有益的东西,如果你这个民族不能吸收人类文明的一切积极成果,那么你就只能灭亡,或者顶多成为人家的一个博物馆,供人家观赏。所以,我们的文化创造必须有活力,必须在世界上经得住冲击和检验,才能成为我们民族赖以存在和发展的起点。

二 要开拓艺术空间和精神空间，让想象力自由地驰骋

静矣：聊聊文学本身吧。我们不断听到"先锋文学已经终结"的消息，您觉得是这样吗？您认为先锋文学给现在的文学写作留下了怎样的起点？

王蒙：我一直对先锋文学很感兴趣。现在，先锋文学的写作技巧和它的一些意识已经被广泛吸收到各种不同的作品中——譬如叙述角度的转换、人称的转换、时空的处理、心理描写、潜意识的表现、结构的立体化、魔幻与现实的混同、荒诞手法的运用等等，现在已经司空见惯。当初我写《夜的眼》《春之声》都有人说看不懂，现在有人说，那时候王蒙的先锋还是穿着干部服的我党干部形象呢，算什么先锋啊。所以说，这是先锋文学的最大功绩——丰富了文学表达的手段和角度，使人们的审美能力更成熟。在这种情况下，怎么坚持先锋的姿态呢？我觉得先锋本身不是目的，它只是寻找新的文学可能性的一种手段罢了。其实也许这种"新"在我们的古典和民间文学传统中已经存在了，问题是要把它创造性地加以转换。比如一度算作先锋文学的朦胧诗，它最引人注目的是对常规语言、语法的断裂和扭曲，但是古典诗歌里这已经不新鲜了。杜甫的名句"香稻啄余鹦鹉粒，碧梧栖老凤凰枝"，不就是主宾颠倒吗？还有那种不加标点的长句子，在贯口相声里表现得最典型，听听马三立的《报菜名》就知道了。仔细研究起来，先锋文学的一些元素和古典传统与民间传统的东西是一脉相承的，并不是凭空生造出来的。现在批评家们不断宣布先锋文学的死亡，恰恰说明它并没有死亡，就像传统并没有在先锋文学里死亡一样。正如马克·吐温所说："再也没有比戒烟更容易的事，我已经戒了好多次。"先锋试验的精神就是敢为天下先的精神，如果这种精神死了，文学就没有希望可言。

静矣：但是现在先锋文学正面临着贫乏化的困境，似乎所有的试验都做过了，所有的想象都已穷尽，眼下除了自我重复和通俗化之外，已无路可走。

王蒙：这就是先锋作家的麻烦——形成了一种风格之后，这种风格反过来会束缚你。所以先锋不能画地为牢。但批评家也不能要求先锋作家一直先锋下去，他也有权利走通俗化乃至传统化的道路。

全世界的先锋艺术我觉得最成功的是造型艺术，从中可以看出人类奇幻的想象力。在国内我也能看到一些先锋色彩的雕塑，给人很好的感觉。可也有让人哭笑不得的例子——在一大片草坪上，就雕了一只小白羊在吃草，在海边，就是一个小孩准备跳水，还不如看一个真小孩跳水呢。真是贫乏得吓人。

章德宁：这种贫乏在一批更年轻的作家们那里也存在。按照文学史的惯例，一批新作家的崛起往往意味着对文学表现方式的新贡献，但是我们这里的迹象却似乎不是这样，现在更多的是文学题材重心的偏移——都市的生活表象压倒了所有的表达。如果在差别不大的题材下活跃着不同的表现方式和迥异的想象力，那也弥足欣慰。但是，目前的都市小说调子都相似；另外，这些都市小说还创造了一批大同小异的都市中产阶级或"模拟中产阶级"的主人公，他们百无聊赖地玩着一些欲望的游戏，而潜本文中却期待着阅读者对这种游戏姿态的意义诠释。但实际上，这些本文的意义空间实在有限。您前面谈到当下作家选择的可能性越来越多，但是，在可以选择的时候，现在似乎又没什么好选择的了。

王蒙：你说的使我想起一个有趣的微型小说，说的是一个单位要派一个五人代表团出国访问，需要做西装。这些人都跑来问团长：做什么样的？用什么布料？选什么颜色？团长说：别问我！百花齐放嘛！愿意做什么样就做什么样！大家就都自己做去了。等上飞机那天一看，五个人的西装全一样。

静矣：这里面是不是有一个当代生活的"可写性"问题？也就是

说,当下生活不太适于高频率地进入小说,小说家在选择写作材料时,遇到了意义的困难和施展想象力的困难?

王蒙:我一直强调:要开拓艺术空间和精神空间。每个人的生活空间都是有限的,多数都比较狭窄。但精神生活应该是广大的,艺术空间也应当是广大的。当然,艺术空间的开拓要依靠作家的素养、能力和想象力。

刘绍棠生前有一句话说得好:我们缺少两样东西:一是想象力,二是幽默感。中国作家在想象力上有个症结——因为文学一直强调贴近现实、反映现实的功能,以为文学创作用不着想象。五十年代讨论文学的公式化、概念化时就有一个说法:我们的生活就是公式化、概念化的,写出来的可不就公式化、概念化吗?现在也有人这么说:我们的生活就是这样千篇一律,我们的小说可不就千篇一律吗?可我觉得,一个人的整个人生中,应该有一些空间是我们的身体从未到过的,那里只有我自己的想象力在驰骋,否则人生就太乏味了,但我想现在青年作家的想象力应该比以前好多了吧?

章德宁:比以前好一点,但也不尽如人意。现在生活还算丰富,但是从作家的作品来看,反倒不如生活本身的丰富性了。所以有些读者说:要猎奇不如看纪实,要思考不如读学者随笔,要感受写作的艺术,不如读世界文学的经典,可是读当代小说,却什么也得不到。这话虽然有点尖刻,但也多少说出了当代小说读者减少的原因。

王蒙:所以这里又涉及到作家的职业化弊病问题。我的观点以前就遭到过一些作家的批评,认为我是在损害他们的利益。其实这是两个论域的问题。我的本意无非是说:作家的职业化会使他们脱离真实的、常人的生活,写作成为他们的职业压力,会迫使他们关在屋子里,为写而写,这样就丧失了写作自然喷薄出来的那种原创力。这是一种可能,而且非常可能。当然,事情有另外一个方面,那就是作家的生存状况本来就十分严峻,稿费如此之低,如果没有工资,岂不是雪上加霜?

但我始终认为,文学在本质上是业余的。我所说的"业余"并不是水平初级、可有可无的意思,而是:第一,它是一个真实、充实、坚实的人生的副产品,是真正的爱憎、奋斗、探求的副产品。第二,它是非急功近利的。因为发自本真的性情,"业余的"具备了真正意义上的完美高度。而"职业的"却往往有明确的功利意图,就会变得匠气,不那么纯粹了。

静矣:罗素也曾经这样奉劝那些一心要在写作上成名而又无事可写的青年:"放弃写作的企图,相反地,尽量别去写什么,走到大千世界中去吧:去做一个海盗,当婆罗洲的国王,到苏维埃俄罗斯去当劳工吧;去寻找这样一种生活,让基本的身体需要的满足占据你的全部精力吧。"他说,"我相信,经过几年这样的生活,这位前知识分子就会发现,不管他怎样遏制自己,却再也不能阻止自己不去写作了,在这个时候,他就不会觉得自己的写作毫无意义了。"

现在文学创作的职业化造成这种状态,文学批评的职业化又造成另一种状态,您觉得现在的文学批评有什么特点?

王蒙:我零星想到了这么几点:一是注意宏观不注意微观,喜欢树立旗帜,笼而统之;二是急于进行价值判断,不注意认知判断,我有时看看外国人写的评论,发现他们讨论问题十分具体,比如日本人研究从维熙作品中的花、张爱玲作品中的色或者我的作品中的梦,外国人研究作家往往先搞他的年表,再搞他的作品目录,然后一篇不落地搜集他的作品,哪怕远隔千山万水,也要搞全。中国的批评家绝对没有这么做的。中国人喜欢大而化之,甚至你的小说还没写完,他就敢写批评。太急于做价值判断,急于说他是好还是坏,但作品到底是怎么回事,作品中有哪些是创新的,哪些是借鉴,哪些是和古今中外不约而同,很少有人说。但外国批评家整天就做这些。而价值判断这东西就是王小波说的"明辨是非"——一个人什么都不会,就会明辨是非,只凭一些粗浅的原则,就对世界妄加判断,结果整个世界都深受其害。

章德宁：这种状况和批评家本身有关系。他们往往是先建构一个理论框架，然后把作品用作阐释自己理论的例证。这样，作品就不是被作为具有独立意义的文本来对待。批评家们的这种倾向也是急于树旗的表现，对文学研究很不利。

王蒙：急于树旗，急于提出无所不包的概念，高度概括，否定异己，这是中国文人的老毛病。结果文学批评成了争夺话语霸权的场所，于是离真正的学术越来越远。

当前文学批评还有一个特点——提出问题的能力很弱，而提出的问题本身应当是实实在在的，有审美价值的，有创造性的，有趣味的。王小波经常说人应当有趣，这个我也特别赞成他。可有些人话怎么干巴怎么说，怎么无趣怎么说。另外，有些批评家自己没有提出问题的能力，他就专和你抬杠。你说小说需要单纯，他就从古今中外找出二十个例子证明小说可以写得复杂；你说小说需要想象力，他也可以找出二十个例子证明小说可以如实反映生活。这就大大降低了文学批评的品格。

所以，对文学批评我有三点期待：一是期待它不仅有宏观批评，而且还有微观批评；二是希望批评家不要急于做价值判断，多做点认知判断；三是期待能有创造性的、生动有趣的文学话题出现，能有站得住脚的建设性成果。多年前，我曾写文章说：中国人的思维重视演绎法，譬如我们常说"大河没水小河干"，实际有时自然现象是"小河没水大河干"。在做文学批评时，你小说不熟悉、诗歌不熟悉、老作家不熟悉、青年作家也不熟悉，就熟悉"世纪之交的文学方向"，就会为文学发展勾勒宏伟蓝图，这多可怕啊！

静矣：虽然这是可怕的，可我还是想请您"勾勒"一下"宏伟蓝图"，其实就是您理想中的文坛状态是什么样子。这也表明您对当前文坛的看法。

王蒙：中国的变化很快，进步很大，但也会由此在文化上产生新的问题。

我希望文学界有一天会出现"和而不同"的局面,作家之间既坚持个性,又保留风度。粗俗点说,现在的文坛论争有种"狗屎化效应",只要报刊把一个争论的消息公布三次,双方就要打破头,把学术论争变成人身攻击。这时候传媒起了挑拨是非的作用。我希望有那么一天,褊狭浮躁的气氛少些,大家把自己最好的作品拿出来,允许别人对它说三道四,听到不同意见时不要紧张,从容一点,怒气冲冲、即将爆炸的作家少一点。

静矣:是不是多数中国作家对人间秩序、世俗利害过于关注了,于是就缺少一种不计利害地探究客体奥秘的智慧冲动和心智能力?而这些会不会是我们的文学想象力不够发达、人性力量不够强大的原因呢?

王蒙:前面说过,泛道德化、泛政治化的思维方式往往限制着中国作家的想象力。

静矣:所以我们的文学对"个人"的立体表现好像一直不太充分,同时它又衬托出对存在环境的表现十分平面化,西方作家在这方面倒留下了一些让人无话可说的范本。

王蒙:最近因为需要,我读了读海明威小说的英文原文,有个感觉——我还没想清楚为什么——他的小说写得很单纯,而某些中国作家的短篇小说看起来就很累,那么短的篇幅和他要说的话不相称,好像要被压弯了腰的样子。可海明威没想说那么多,你看了却要琢磨半天。

静矣:马原写了一篇《我为中国的短篇小说疲劳不堪》,也谈到这个问题。他说我们的短篇太沉重了,不适应现代的阅读要求,把读者都吓跑了。

王蒙:比如说海明威有一个短篇《杀人者》,写两个大汉到一个酒吧里,说要杀一个人。大家表情都很淡漠,告诉他那人六点来,等到七点了还没来,大汉就走了。酒吧的酒保跑到那人家里报信,那人病了,躺在床上。酒保说:有人要杀你,怎么办?那人说:怎么办?谁知怎么办？酒保说：要不要报警？那人说：报警干什么？讨厌，不用报警。说完，面冲墙壁，不再理他，小说写完了，你说他写了什么？它让您怎么想都可以，中国就绝对没有这样的小说。中国的小说要么有时代的背景，要么有社会的背景，要么是党的路线。要看到这么一篇小说，编辑就会觉得：你在写什么？不明确啊！就退稿了。

短篇小说可以有一个完整的故事，也可以提供一条线索，一个契机，人生的一种形式，不一定非要负载那么多社会内容、哲理内容、思想内容，而且是以那么直接的方式。

静矣：也许是海明威觉得个体生命本身的种种处境就是小说的材料，而我们常常要在找到个体之上的某种宏伟名义后，才会把它变成小说。比如说性，同性恋，必须是它们象征了某种形而上的精神困境时，才可以被写作，否则，中立地写性或同性恋，就有贩黄的嫌疑。

王蒙：说到写性，我觉得中国严肃作家有几种突出的类型。一种是乡村文人型的，写性感受时流露出阿Q追求到吴妈的心态，但我相信他的确不是为了贩黄而写性；一种是顽童型的，比如王小波，他的性写得很露骨，但很干净，看了你会觉得他是个顽童，没有渲染和煽情。还有些女作家，她们的写性另有特点。

实际上，对小说意义、内容、背景的要求有时弄得每篇小说都背着好多负担，作家于是很难以纯粹的心情写，读者也很难以轻松的欣赏的心情读。

静矣：我们往往习惯于把社会学的解释带进作品里，那么，社会意义和生活的日常理性是否能等同于艺术的目的？如果两者之间出现了偏差，是否艺术的价值就不存在了呢？

王蒙：显然不是这样。小说家过多地带着各种解释进入创作，就没趣了，而且写得非常麻烦。还有就是，当大家都抱着同样的意图写作、劲儿都往一处使时，就会出现一种可怕的大同小异的局面。而文学之美，却在于她的参差多态。其实我<u>丝毫不贬低文学的社会意义</u>，我的作品绝不是不要社会意义，相反，是有太多社会意义了。但社会意义不应该成为外加的沉重负担,而应该是自然的流露,应该是一种提供——提供给读者去思考,而不是做出判决加给读者。

静矣:当前文坛存在着两种极端——要么在作品中以社会学的态度直接叙述"现实",要么在现实面前背过身去,使当代主体生活在文本中缺失。

王蒙:你所说的"在现实面前背过身去",其实也包含了一种现实态度。不管怎样,丰富多样的文学是好的。生活里有的,要反映它,生活里没有的,就在作品里用想象力补充它。这是文学的两种功能。两种都承认,就是好的,只承认一种,就不好了。

三 我生活在几个世界里

静矣:谈谈您自己吧,作为一个作家,您怎样评价您自己?

王蒙:近年来,我常常想,我作为一个写作的人,姑且叫做作家吧,和其他作家有什么不同之处——过去我并没意识到这种不同。过去给自己归类,就是"中国作家",或是"五十年代那批作家"。但现在,我认识到我有许多所谓的"特点"——对社会生活对革命有很多投入,常常处在风口浪尖上。这样,我身上就缺少像汪曾祺那样的恬淡超脱和文人趣味,也没有冯宗璞那种清纯雅洁、如兰似菊的书卷之气。我也无法和学者作家相比。这是我的弱点,我现在能够正视它。我没受过完善正规的教育,正经上学只上到高一,那年我十四岁。但我非常好学,所以我的认知和写作多依靠经验。我确实有过大起大落的生活经验,但另一方面,我也确实有生活经验不足的地方。我指的是:我有革人家命的时候,也有被人家革命的时候,但却很少既不革人家的命也不被人家革命的时候,这样,我就一直缺少一种"脚踏实地"的日常身份和细致入微的日常体验,所以我就永远也没有贾平凹的那种别有韵致的心态。一位作家跟我说过:你的作品里有许多不能交流的东西,那么多政治斗争术语——什么"斗批改"

"扫五气",除了经历过那个时代的人,谁懂啊!这是我的弱点,也是一个特点。要说有什么好处呢,那就是:我一直没把写作当做一件封闭的事,一直认为它和社会生活相关。这没什么好羡慕的,也没什么好悲伤的。一个作家不用羡慕别人,羡慕也没用。我现在也要到国外去拿俩博士学位,也想学贯中西,像钱锺书老先生那样,已经晚了;要练冯宗璞的功夫,也来不及了,历史在塑造人,这是没办法的事。

静矣:您的生命中是否发生过一件突如其来的事,以致它影响了您一生的命运?

王蒙:对我来说,的确有那么一件事,我记得那是一九四五年的下半年,我十一岁半。有一天我站在平民中学(现在的四十一中)的操场上,这时候过来一个高二学生——他是我们学校的垒球明星,叫何平——跟我聊天。我们不认识,但都知道对方的名字。他问我最近看什么书?我就说看了某某书。然后说:我觉得现在我思想左倾,看到贪官污吏什么的,心里烦透了。恰恰何平是地下党员,我到现在也不知道自己当时为什么会突然说出这么一句话,可就是这句话决定了我的一生。这次谈话以后,各种进步书籍就源源不断地供应上了——像艾思奇的《大众哲学》、毛泽东的《新民主主义论》、卡塔耶夫的《我是劳动人民的儿子》……这些书和当时的语境正好相符——日本投降了,国民党来了,把老百姓搞得一塌糊涂,中国并未得救,而那些书似乎指出了拯救这个国家和人民的真理,我坚信这些真理,走向革命。当时,在革命与不革命之间,我是有选择机会的,但是做出这样的选择,是和我的气质有关。我的确是个忧国忧民的热血青年。而我的悖论在于:我相当理解那些走入象牙之塔,"为艺术而艺术"的人,我自己也不无纯艺术的迷失直至狂热。可我要是说我是象牙塔里的人,别人肯定会笑死——谁给你象牙之塔了?黄土泥塔也没有啊!我的入世是显然的。只是同时,我也被艺术的梦幻的乃至出世的力量撕扯着。

静矣:您已经六十多岁了,其中的坎坷和波折,非我这样的年轻人所能体会。我最感兴趣的是,为什么您能在无数幸与不幸、禁锢与自由中一直保持着活跃的思维、开放的心态和温柔的赤子之心呢?

王蒙:其一是因为我经常反省我自己,很少有自恋的倾向。尽量地不封闭自己,不认为更不宣称自己已经达于至善。这样,也就不为任何挫折和非议而过分苦恼。正是由于经历的坎坷,我才常常反省自己做过的事,才能超越一时一地的得失和荣辱。一个人如果能敞开心胸,让宇宙的风自由地吹入,欣赏、谛听和接纳常常不如人意却又生生不息的大千世界,尽可能地理解自己、生命和万物,他就会在一切盛衰得失之后,仍能感到深沉的幸福。这是一种智慧的境界,也是我们所追求的心理的健康。我希望自己能企及它,并为此感到幸福。

还有一个原因,就是我生活在几个世界里。我写小说,这是一个世界。写小说时我不受任何干扰——政治处境和其他处境我都不会去考虑,我不会因为自己被谁点了名,或者被谁大大恭维了一番,就懊丧或得意地写不下去小说。

我也喜欢学外语,搞点翻译,这又是一个世界。想起搞翻译是因为一九九〇年一连好几个月的开会,什么也干不了,没法写作。这时候我想起冯宗璞跟我说过:翻译就像针线活,不怕被打断。就是从那时候起,我开始翻译一点小说什么的。

另外,我个人的兴趣特别多,喜欢玩——旅行、游泳之类的,什么都玩。去年一家报纸还批评我提倡"娱乐救国"呢,因为我说过"玩也很重要"。或者换一句话:我热爱生活,追求生活的丰富与色彩。

我认为,多几个世界,可以避免偏执、骄躁和郁郁寡欢,可以多点自嘲和幽默感。我常常自己跳出来评判自己与嘲笑自己。自嘲是很重要的。王小波就是既敢自信,又敢自嘲。他说:我为什么要写作?因为我相信自己有文学才能,我应当做这件事。而紧跟着的这句话更重要:"但是这句话正如一个嫌疑犯说自己没有杀人一样不可信。所以信不信由你吧。"这表明他自信极了,也骄傲极了,这样的自信和骄傲是需要极其坚强的精神信念来支撑的,因为在他生前,他并未得到文坛足够的承认,并未获得现在的声名。但同时他也允许嘲笑他。不但允许别人嘲笑他,他也率先嘲笑了自己。这是好的,好在他有着广阔的胸襟和惊人的心理弹性。而很多作家会说出他的前半句,但绝对说不出他的后半句。

章德宁: 今天我们听到了您对当前文坛现状的看法,您对作家、批评家的创造力与想象力的认识和期待,您对选择与宽容的文化精神的呼唤,以及您对自己的精神历程的真诚回顾,我们为您提供的这一切感到深深的谢意。

王蒙: 不要客气。我还要感谢我和你们共度了一个愉快的下午。

发表于《北京文学》1998年第2期

答韩国《现代文学》杂志社问

记者:您如何用简单的话描述二十世纪的特点?

王蒙:突飞猛进,难得太平。平民流的血太多了。

记者:您怎样展望新的千年?

王蒙:仍然是充满了麻烦,但又不能不抱一点希望。

记者:您认为过去的这个世纪最有价值的文学作品是哪些?

王蒙:很抱歉,我的印象中最有价值的书籍多是十九世纪的。我受见闻和主、客观条件的限制,难以开出书目。但我可以提到中国的鲁迅的《野草》,印度的泰戈尔的《吉檀迦利》,德国的海因里希·伯尔的《损害了名誉的卡杰林娜·布鲁姆》和美国的约翰·契佛的短篇小说集。

记者:作家通常比别人更爱用一些词汇,您能否举出您比旁人更爱用的十个词?

王蒙:好心。温暖。记忆。忘却。算了。光明。谁知道呢。也许。忧愁。沉重。

记者:随着通讯技术和全球化的发展,您如何认识文学的作用的变化?

王蒙:那些只是传播方式的发展,它会影响书籍的存在方式,如光盘书籍会发展起来,但并不影响文学的本质和作用。

记者:随着英语在当今世界的优势,您认为会不会对您的文学活动产生影响?

王蒙：对我的国际交往影响极大,我至今没有停止过对于英语的学习与自我训练。对我的文学写作,影响甚微。

记者：人们争论大学对文学产生着重要影响,您如何看待它们对文学的积极的或消极的影响？

王蒙：在我们中国,大学对文学的影响远远没有传媒大。大学集中了一些教文学、学文学和评论研究文学的人,没有这些人,我们的小说家和诗人的作品就会少卖一半。

记者：您最著名的文学作品是什么？

王蒙：例如,韩国的《中央日报》出版社用韩语出版了我的小说《活动变人形》,请翻阅一下该书。

记者：您认为文学在新的千年里将如何发展,即走向如何？

王蒙：谁知道呢？

记者：二十世纪开端之际,尼采说："上帝死了。"您认为,在新的千年有无可与之比较的一种形而上的说法？

王蒙：我不知道。就是说："我不知道。"

记者：请补充您想说的别的话。

王蒙：谢谢,再有两天就是中秋节了。祝大家快乐。

发表于《中华读书报》1999 年 9 月 29 日

文学不再高姿态是正常的[*]

记者：新加坡最近比较少听到你的消息，能不能谈谈你的近况？

王蒙：我过得挺好的。刚刚结束了欧洲之行，访问了挪威和爱尔兰，又到奥地利参加了欧亚基金会参与主办的讨论会，讨论个人与社会的关系、东西方文化的比较。

今年，我的"季节系列"长篇小说的第四部出版了。在国内也算掀起一阵小小的浪潮。这是我的长篇小说系列，每一卷都是三十万字左右，有《恋爱的季节》《失态的季节》《踌躇的季节》和《狂欢的季节》。这是我在一九九三年后开始写的，是我一种带有回顾性的作品，写我们这一代人在一九四九年以后的精神历程。我还有一部中篇小说《歌声好像明媚的春光》，不久前在《收获》杂志上发表。

另外我还搬了家。我原来住的小院子要拆了，就搬到一个大的公寓房子，挺高兴。

记者：九十年代以后，中国文坛出现非常巨大的转变，你怎么看这个现象？

王蒙：跟过去相比，中国文坛现在是非常多样，但形成不了一个趋势、一个大家共同关心的主题，或者共同推崇的一个作家。社会上对文学的关注好像也没有过去那么高。对这个现象，各种反应不一，各种各样的看法都有。有人认为很糟糕，觉得作家不关心人民，不关

---

[*] 本文是新加坡《联合早报》记者对作者的访谈。

心现实,在写些莫名其妙的东西,人民也就不关心文学了。还有人认为市场经济和消费社会开始出现,文学必然被排挤到边缘去。我个人倒没有那么悲观。中国曾经非常重视文学,那是和革命的意识形态的要求有关。我们知道,中国共产党是通过发动人民进行革命来取得政权,而在启发、发动人民这方面,文学的作用非常大。所以到革命胜利以后,文学就成为意识形态上一根最敏感的神经。现在,在发展经济,特别是市场经济的状况下,文学不再具备那种特别敏感的政治的、社会的、意识形态的神经,甚至于不再具备那种煽情的作用。

简单地说吧,我觉得目前中国文坛出现的这些局面,包括种种消极现象,是在正常化。正常的社会都是这样的。一个正常的社会,不会大家全体都在等待一个作家发动一场什么思想革命。

记者:你说文学不像过去那么政治化、煽情,你是指哪个时代的作品?

王蒙:比如说,有些政治运动就是从对一个文学作品的评价开始的,像批《海瑞罢官》啦,批《武训传》啦。现在,即使有人对哪个作品有批评,也没有那么重要的,你批评你的好了。

再比如说,那种精神导师式的作家也没有了。一九四九年前后,许多进步青年都把鲁迅当做精神导师。现在就没有哪个作家能充任这种角色。

我想这和社会状况的变化是有关系的。当人们处在一个前革命的时代,很快这个国家就要发动一场大的政治斗争,这时候,作家写文学作品,不管有意无意,确实起着点火的作用,比如说鲁迅对旧社会的批评。还有巴金,在过去,巴金远远不是一个共产主义者,他是无政府主义。但是巴金那些写革命的书,包括那些批评封建的书,对中国青年的革命化起了很大的作用。当一个社会处在一种山雨欲来风满楼的情势下,文学就是那个风,起码是风之一;文学里面,充满了火热的、战斗的、批判的、控诉的,甚至是煽情的因素。

现在,文学不再有过去那种高姿态,我觉得这是正常的。

记者：中国现在很多新的作家,好像余杰一批人的"十作家批判书"中有一卷就专批王蒙。两年前,南京一批人发动"断裂",其中有人就说"王蒙对文学的理解以及他的作品的艺术水平都是业余的"。另一方面,像《糖》《上海宝贝》这类作品,却在中国铺天盖地地流传,你的意见怎么样?

王蒙：我认为这是开放政策的一个代价。开放也好、言论自由也好,甚至民主也好,并不能保证文学的质量。恰恰相反,开放和自由,首先是使低质量的东西大量涌现,并流行开来。如果你要求所有作品出来,都是最好的作品;要求所有言论出来,都是最负责任的,或等于真理的言论才能出炉,那你等于取消言论的自由。

言论的自由必然带来言论的贬值,因为你可以随便说嘛。现在中国文坛上你骂我我骂你,这个和那个断裂,那个和这个断裂,我觉得这个是个代价,也是一个过程。

另一方面,这也反映青年人一个很好的愿望,他们希望超越前人,他们不承认他们的父辈有资格教育他们。特别是在文学上,他觉得你那些作品写得不怎么样,我一定要超过你。有这个愿望,年轻的文人带几分狂妄的劲儿,这是可以理解的。

我开始写小说的时候,也几乎不承认任何一个比我年长的小说家写得比我好,我相信我是最好的。比如说我是二十岁开始写,如果写了半天还不如人家六十岁的那我写它干吗?我就认定了只有我能写出这个来,那个六十岁的打死他他也写不出来。所以,我觉得他们的想法也是合理的。

至于他们的作品,非常抱歉,所有这些人,从文学的水平上来说,我不觉得有什么特别值得重视,对人生的深沉的思考、体验,起码我还没有什么发现。你说的那个热闹一阵的东西,一阵就过去了。

记者：这次有关你的诺贝尔文学奖的提名被接受,你有什么感想?

王蒙：纽约和康州有一批以华人为主的学者、作家向瑞典科学院提名我作为诺贝尔文学奖候选人。我非常感谢他们的好意,但是我并不认为这就意味着我进入了候选人的行列。据我所知,瑞典科学院经常向一些学术团体和机构征求候选人的提名。中国作家协会也曾经多次提名巴金和艾青,但这和实际候选和获奖还有相当的距离。

这个奖并不是个世界性的奖,它是面向世界,但是以欧洲,特别是北欧为中心。中国作品想得到北欧人普遍的、高度的认同,并不容易。这里既有语言的障碍,也有历史背景、社会背景、意识形态上的差异。

中国人不得奖也无所谓,关键是能不能有好作品。比如说我们有唐诗宋词、有《红楼梦》,那个时候有什么奖?

从我个人来说,我并不关心得奖不得奖。我曾经多次讲过,如果你是等待这个奖给自己增光,那么,得不得无所谓。如果你的得奖能够给这个奖增光,你可以得。

我最关心的是,我是不是尽了力量把作品写好,作品是不是能得到读者的理解和共鸣。我一直是入世很深的作家。从参加革命,做地下工作、迎接解放,又成为被革命的对象,又被平反重新积极地参加了政治生活,后来又担任国家的高职务。就我的特点来说,我希望我的作品能够对中国的社会、中国的进步起积极的作用。说一句心里的话,我希望我的文学才能,能得到尽情的发挥。

2000 年 10 月

当今文坛泡沫多*

记者：最近这些年的文坛很活跃,但我觉得浮躁现象也很突出,您怎么看待这个问题？

王蒙：很多人是炒作,很多人是看热闹。作家还是要写好作品。有的作品俗赏雅不赏,但市场很看好,而对他们的文学成就就不好评说了,这是一类。也有一部分作家,他们的小说被改编成电视剧,市场也看好,但他们不仅仅为迎合市场,有一定的文学含量,又是一类。说到这里,我倒真想和作家们说说,要克服一切困难,要克服浮躁,塌下心来写点东西。

记者：我常想尽管俄罗斯的经济衰退,但它的文学仍保持了独特的优势和地位。而我们中国的文学有这样的优势吗？您怎么评说我们现在的文学势态？

王蒙：俄罗斯文学和他们的作品真正保留下来的并不多,就那么几个。而认真进行创作,努力追求作品分量的作家任何一个国家都有。一个国家文坛上不要说出三四十人,这样的作家就是有三四位也不容易了。有的只是一时气魄很大。我们国家尘埃落定正常生活才三十来年,能有这样的势态也不容易了。

记者：这几年来对鲁迅的争议比较多,您怎么看这个现象？

王蒙：现在文坛思想确实很活跃。鲁迅是一个重要的文学遗产,

---

* 本文是《文艺报》记者对作者的访谈。

应该更好地研究、继承、弘扬。但多年来也附加了许多非鲁迅的遮蔽。我从里面看到几种观点，而这几种观点实际上本质是一致的。第一种是把鲁迅说成是整个国家、民族、文学的例外，用鲁迅的伟大来论证上至政府下至草民的卑劣。第二种是近百年来中国人，包括鲁迅，都不灵，只有外国人行。第三种就是一有点对鲁迅的议论就积极捍卫，不允许有任何正常的学术上的争论。

我看这几种表现形式看上去不同，其本质都差不多。我们尊重鲁迅不应以贬低民族为代价，我们批评鲁迅也不应以贬低民族为目的。至于那种所谓政治上的"誓死捍卫"的观点，则加进了许多情绪化的因素。情绪化的因素加上商业炒作的因素，没有意思，也闹不清他是什么见解，跟着吵吵就更没意思了。

记者：您对当前文坛有什么担忧？

王蒙：文坛现在的炒作比较令人担忧。泡沫的东西较多，在泡沫中人们反倒看不见文学的真正之"流"，人们看到一大堆泡沫，一会儿觉得这部作品重要，一会儿觉得那部作品重要，其实都不重要，没几年大伙儿就都全忘了。

比如刮过一阵风，你在作品里就歌颂这个，歌颂那个。刮另一阵风时，看你的作品就根本不知道中国还有共产党存在，那种被描述的生活方式和日本、泰国一样或者跟明朝一样。跟风实在是令人担忧的文学倾向。

记者：如果作家不追风，用心灵写作会是什么局面？

王蒙：用心灵写作当然好。但有许多作家还是追风的，包括媒体也追风。这就诱导着一些作家的创作倾向。过去认为越革命越好，现在认为越不革命越好。这就是用一种不同的政治标准对待另一种政治标准。不同年龄段的作家之间也有不同的标准。

现在的文坛有些分化。有很认真的，有实实在在写作品的，也有游戏人生的，也有紧跟形势的，也有炒作的。这种分化，有可能产生相互间的冲突，也有可能形成或者娱乐性强一点的，或者战斗性强一点的,或者艺术性强一点的作品,说好听了就是多元互补,有的偏于怀旧,有的偏于探索。不管怎么变化,真正的作家要潜心写作,用心写作,写出好作品最重要。

记者:您对中国文学走向世界的话题谈过多次了,在这特殊情形下请您再说几句。

王蒙:中国文学压根儿就走向世界了,中国大量的作品被翻译成外文。张贤亮、陆文夫等等好多作家的作品早就翻译到国外去了。当然,成为畅销书的不多。以往获诺贝尔文学奖的作品中国早就见到了,包括近来的大江健三郎,但除了很小的圈子以外,它们几乎在中国的文学生活中就不占地位。而中国的古典文学作品《三国演义》和《西游记》在国外的影响大大超过《红楼梦》。《红楼梦》他们实在读不明白,又是曲,又是灯谜,又是诗词。走向世界问题只能听其自然,你要写外向型的作品就成搞外贸了,即使成功了也不完全能从文学上征服读者。

发表于《文艺报》2001年1月16日

扎扎实实搞学术[*]

我和中国艺术研究院打交道还远在我到文化部工作以前，特别是跟《文艺研究》杂志早有联系。因为八十年代《文艺研究》杂志经常发表我的一些文章。我想印象不错的话有连续三年我都写了对年度短篇小说的总评论，因为我当时担任《人民文学》的主编，而《人民文学》又受中国作协的委托主持和操办中国短篇小说的评奖。我的文章应该说还是写得比较用心的，因为这不是对某一个作品的评论，而是对一个年度的短篇小说的评论。一九八六年我到部里工作以后，碰到一个问题就是调整中国艺术研究院的班子，老同志老领导年岁都偏大了，需要做一些调整。有很多部里的同志和我讲，研究院能够对文化艺术起很大的作用，有一些老专家是全国非常少有的专家，比如戏曲、美术、音乐等等方面，所以我心里边还是非常重视的。当时我听取了中国艺术研究院一些老同志的意见，也听了党组当时其他成员的意见，对艺研院的班子进行了调整，我从《人民日报》请了李希凡同志来研究院主持工作，从人民大学把冯其庸同志也请了来，从门头沟调来一位在基层行政工作有点经验的刘颖南同志任党委书记，还从院里产生一位副院长薛若琳同志，组成了当时艺研院的领导班子。后来希凡同志一直找我，让我兼院长。我不知道艺研院过去

＊ 本文是中国艺术研究院有关人员就建院五十周年对作者的访谈。原题为《艺研院访谈录》。

的体制,以后就形成了常务副院长负责制,实际上我是挂着院长名字,具体的行政工作我没有参与过,院务工作也不怎么介入。当然在部里边工作我也有责任,也应该多关心院里的事情。现在我觉得回过头来看,希凡同志这一段在艺研院还是做了许多工作的。给我印象比较深的是当时随着全国推行的学位制和学术论文的答辩。我参加过一次,答辩的是谁我已经记得不大清楚了,是关于戏曲方面的博士论文答辩,因为有很长时间中国把学位制给扔一边儿了,得正常化地走起来,所以参加那次活动我觉得还是很好的。体现了我们研究院学术上的严格要求和我们应有水平的活动,我也参加了一些很重要的带有某种礼仪性、仪式性的活动,像给研究生颁发毕业证书、结业证书、学位证明这一类的活动我也参加过一些。我参加的意思是希望研究院保持那种严肃的研究,还有一些小的活动我也记得不太清了,像有些老专家老领导他们到了年龄了,该退休了的时候也要见见面,坐一坐,还要交流交流,还去过一些老专家的家里进行过访问。特别是一个时期遇到社会上有些舆论或有些说法,就与我们院里的出版、编辑等有一些联系。用意是掌握正确的方向,避免误导和偏差,也尽量减少狭隘性和宗派倾向。现在我也和院里有一些合作,特别是和红楼梦研究所、《红楼梦学刊》有联系。我多次在《红楼梦学刊》上发表过文章、讲话,也还参加过红学会的一些活动。我和《文艺研究》一直保持着联系,文化艺术出版社也一直在和我约稿。

艺研院给我的印象这些年来在学术上是认真的,一丝不苟地做自己该研究的事情。艺研院有比较严谨的学风,什么赶浪头啊,追时髦啊,都没有,也不进行什么炒作,我们的这些刊物也没有什么特别畅销的或是怎么样的火爆,但都是扎扎实实地在搞学术,我还是希望咱们越办越好。就艺研院来说其实我没做过什么真正的深入的工作。

2001年5月

我对文学的未来充满希望*

记者：王蒙先生，目前的通俗文学与严肃文学关系的新变化，已经引起了人们的普遍关注，不知你对此有何看法？

王蒙：通俗文化应该有，而严肃文化更不能没有，通俗与高雅并不是相互排斥、相互对立、你死我活的关系，而是可以流动，可以共存的。我曾经做过许多尝试，努力把小说写得有味。到现在我慢慢悟出一个道理：高雅文学与通俗文学的区别与矛盾在于，通俗文学是有一定的套路的。你要把作品写得深刻，思想向上，又想要更多的人喜欢你的作品，那就得弄清通俗文学的基本要求，从内容、情节两个方面下功夫，你只要掌握这个套子，就能够让读者喜欢。为什么有些作家的作品没有多少人看，就是因为他们抱着一种属于两极思维的观念："宁可没人看，我也决不写通俗文学。"你不掌握那个套路，就写不出受欢迎的作品，这是我个人的体会。另外，要写通俗的作品就得付出代价，比如我写《暗杀》，也付出了代价。但我觉得并没有失去我个人的文学品位和追求。当然，这部作品怎样，还应该由读者去评价。

记者：你认为现在文学作品中还需要人道主义吗？

王蒙：人道主义永远是需要的。我认为，无论是社会还是作家的对人道主义的理解和所做的工作都远远不够。所以，对人的尊重、关

---

* 本文是《中华工商时报》记者对作者的访谈。

心,人们之间的相互帮助与友爱,这些都是作家,也是社会和人类永远需要提倡的。就我个人来说,人道主义在我的作品中会得到反映,我相信你会看到这一点。

记者:关于目前文坛上比较活跃的作家们,你能谈谈吗?我随便指出几位,譬如陆文夫、张贤亮、张承志,还有王朔、苏童那一批青年作家。

王蒙:我只能就个人的印象谈谈。陆文夫的短篇小说是很有趣味的,也很有蕴含,有意味。他的大多数作品风格不温不火,不急于表达自己的思想。而张贤亮的作品要比前者厚重得多。特别是他那些经历的描写,心灵的挖掘,人性力量的展示,已经到了一种很高的境界。至于张承志,他是个严肃的、用心灵写作的作家,我比较喜欢他的作品。对他的种种见解我无法说清哪种更好,我对外国记者曾说过,张承志是一个风格独特的作家。王朔的作品其实不光是调侃,他也有他较深的内在意义,也有深刻性。只不过这种深刻性,往往隐藏在嬉笑调侃的背后。这也说明我对他的肯定。至于苏童,我觉得他文笔优雅,感情细腻,感觉相当细致,情节描写非常老到。还有他们那一批很多青年作家都很有才气,写得很有技巧,具有非常好的形式感和文体感。但我觉得苏童的激情过重了一些。在这里强调一下:我对这些年轻作家们充满信心与希望,他们每个人的情况不一样,但都有个性,有自己的东西。他们还在成长,还在发展,他们的生活经验、对社会的观察、对生命的体验、对历史的认识程度都在加深。我相信他们中大多数会更成熟,写得更好。再说一遍,我对他们充满了希望。对文学的未来充满希望。

记者:您的《红楼梦》论文集曾被称为"红学"界的一颗新星,请问您现在还写吗?

王蒙:我写红楼梦论文集只是我个人对古典文学的特殊理解,活学活用。我一直是《红楼梦》的热心读者。至今没有读完,准备继续读下去。《红楼梦》是中国民族传统古典文学的一部巨著,我感觉古人和今人有些相通之处,这是个有趣的话题。当时只花了几个月。不会再写,也许以后会写别的研究论文。

记者:西方人有一种观点,认为中国作品太沉重、痛苦,没有幽默感,您怎么认为?

王蒙:我的看法相反,认为中国人很有幽默感,而且历史渊源要比西方深远。比如近代林语堂的作品,还有钱锺书的《围城》、杨绛的《洗澡》等;庄子的古代哲学著作你看了吗?那才是大幽默。你能说一个有五千年历史的民族没有幽默感吗?如果都按西方人的标准,可以得出中国不仅没有幽默,还可以得出没有爱情、没有欢乐、没有语法、没有逻辑、没有知识分子、没有诗人,甚至这种标准本身就是可疑的。所以我不想多评价。从古到今中国人这么多,这么苦,这么困难,而且这么挤,如果再没有幽默感,那就要闹事了。西方可以举出许多类似的例子。我个人认为中国人是有很多很多幽默的。

记者:您认为自己的作品哪一部最满意?销路如何?

王蒙:没有哪一部最满意,最满意的是几十年来的人生经历,这才是最宝贵的。至于作品销路,自己认为还可以的《坚硬的稀粥》印数最多。最少的是短篇小说集和一些评论集,只有四千册。《红楼梦》评论集也卖得不错,要出第三版,我的作品从来就没有滞销或者畅销,介乎中间吧。

2001 年 7 月 2 日

全球化能把中国文化怎么样?[*]

记者：您认为加入WTO对中国文化会产生什么样的影响？

王蒙：我的了解很有限。WTO主要是贸易层面的,但它也牵扯到另外两个方面,文化产品和文化服务,比如电影院的经营,音像制品的发行,零售市场的开放,这些毕竟会带来一些外国的东西。外国的东西,虽然你看着非常技术性,但往往和他们整个的文化方式、生活方式和价值观念有一定的关系,这还都是比较具体的,看得见的。看不见的是心理上的影响,因为中国正在进一步融入国际社会（我个人并不怎么喜欢"融入"这个词儿,但我也没有想出更好的词来）。现在对大城市来说,这个心理准备在走向成熟。我们可以回想一下,二十世纪七十年代末期八十年代初期,那时开放的标志是戴一副蛤蟆镜,或者叫盲公镜,实际上就是墨镜,上边还贴一个商标,让人知道他这是从香港买来的。现在早已超越这个阶段了。互联网特别有助于人们心理的成熟,因为它可以让你接触到更多的信息,接触到不同的立场、不同的观念,这样人们自己判断和选择的机会和能力也会增加。

记者：加入WTO是刚刚发生的事情,但全球化的影响早已渗透到我们生活的方方面面。为什么到今天还有一些知识分子对全球化那么忧心忡忡？

---

[*] 本文是《南方周末》记者对作者的访谈。

王蒙：我觉得这个世界上的任何趋势都不是单向的，而是双向的。所谓全球化、一体化、数字化、标准化，首先从工业生产上是这样，必须是相容的或者是兼容的，否则你在美国买的电脑拿到中国来怎么用？在北京街头，也有同样标志、同样服务方法的美国快餐，还有最近的星巴克咖啡馆、FRIDAY 餐厅等等，这是事物的一个方面。已经有越来越多的人意识到要把外语学得更好，我们看到石广生部长在多哈的会议上，一会儿用汉语发言，一会儿用英语发言，一会儿用法语发言；在莫斯科申奥的会上，何振梁也是这样。而另一面，在全球化的过程中，每个民族、每个国家、每个人群一直到每个个人都非常珍惜自己的个性，所以融入并不等于失却自我、失却自己的身份和独特性，反而会让人们比过去任何时候都更爱惜自己的特点。北京现在保护四合院，可是解放以后谁那么喜欢过四合院？还有唐装，上海 APEC 会议上我们送给嘉宾的唐装会不会普及开来，我不知道，但我到深圳到香港，发现到处都有得卖，它的一个缺点是贵，比买一身好西装还贵。

有些知识分子是靠中国文化吃饭的，他对全球化忧心忡忡，这是可以理解的。但反过来说，你再忧心忡忡，你想阻挡住全球化的潮流，也是不可能的。这种情况外国也有，美国开经贸组织会议的时候，西雅图闹出那么大的事来，不久前八国外长会议在意大利召开的时候，也是闹出了很大的事，还死了人。中国当然有很多批评全球化的声音，批评电视，批评跨国公司，这些批评都有它的价值，但你批评归批评，他发展归发展，全球化你挡不住，因为它对经济的发展有很大的好处，没有全球化就没有中国这二十年的进步，我们改革开放的目的也就是为了使我们能进入这个世界经济的体系。而在全球化的同时，那种地域化、民族化、个性化的趋势也会越来越顽强，越来越强大，这个同样挡不住，尤其是在文化层面，因为文化层面是最难统一的。

记者：中国人一向自豪于中华文化海纳百川的包容性，以目前我们文化上的劣势,我们是不是有被西方文化尤其是美国文化大面积同化或者侵蚀的危险?

王蒙:我想没有那么悲观。当然现在再吹嘘或者依恋过去中国文化同化别的文化的那份辉煌,已经不现实了,因为中国文化并不处于优势。但中国文化本身有很大的适应性和再生能力,它往往是学过来以后,让它发生变化,为我所用。比如佛教,这是印度的东西,到了中国它出现了禅宗。我记得在好多年以前,在美国有一次跟一些美国大学生谈到这一点,就举了一个例子,我说可口可乐一开始在中国并不是很成功,想了很多促销的办法,才流行起来。后来可乐大面积地成功了,尤其是孩子们特别喜欢喝可乐,有的家长不让喝太多,怕那里头有咖啡因。我就说可乐中国人慢慢喝一定也会喝出中国人独特的方法来,不会跟美国人一样地喝。说完这话我回到北京就知道了,中国人用可乐煮姜末来治疗感冒,拿可乐当感冒冲剂。我就试过,觉得有一定效果,按中医说法,可乐可以起到发散的作用,用它来煮姜末,喝下去以后起码有发汗的作用。它这点咖啡因对受感冒折磨的人来说可以让他提点精神。过去感冒吃 APC,那个 C 指的也是咖啡因。这是当笑话说了。可乐到中国喝法发生了变化,XO 到中国喝法也发生了变化。我个人觉得,中国的文化被同化是根本不可能的,因为语言文字是文化的根基,我们的汉字是很独特的,怎么可能被同化呢? 这是无须忧心忡忡的。

记者:有人认为全球化是在推行一种新的殖民主义,您认为是这样吗?

王蒙:全球化是一个大的趋势,任何卷入其中的集团和个人都在利用这个大的趋势,我不能说利用这个大趋势的人个个都怀着善良的和天使般的动机。如果他是殖民主义者,他会利用全球化来推行殖民主义。如果他是恐怖主义者他可以利用全球化来推行恐怖主义。比如互联网,据说就被用来指挥恐怖活动,邪教也利用全球化。你如果是一个民族主义者,一个相当激烈的反霸权主义者,那你也可以利用全球化。全球化本身并不能保证价值的取向,它是一个客观的趋势。全球化有很强的高科技色彩,它带来了很多方便,比如交通高速公路和信息高速公路,这都是全球化的成果,但怎么使用它,将会因国而异,因人而异。

记者:当我们自己的流行文化和美国的流行文化放在同一个货柜上的时候,显然美国的东西要占较大的优势。他们在赚取巨额利润的同时,会以更大的力度向我们灌输他们自己的那一套文化观念、生活方式和意识形态,能不能说这是美国的双赢?

王蒙:对这个东西我也没有想得那么绝对。世界上最著名的摇滚歌星不一定是美国人,当然更不会是中国人。他可能是美国人,可能是英国人,也可能是巴西人,还可能是某个拉丁民族的人。中国人接受流行歌曲受语言的限制,也受调式的限制。我看现在的青年人,我指的是我孙子辈的人,他们喜欢的流行歌曲很少是原文的,都是现在比较流行的中国内地的或者港台的一些歌曲。说在同一个货柜上,人们就只接受美国的东西,我觉得这是一个臆想出来的问题。现在比较占绝对优势的是好莱坞的大片,属于消费的文化也可能美国的东西所占比例会越来越大,但还有一些深层次的东西,属于精神建构性的东西。我不知道中国人到底能接受多少美国人的哲学,他们接受了多少爱默生多少富兰克林呢?我们的脑子里装的恐怕更多的还是孔孟啊、老庄啊,一直到孙中山、章太炎、鲁迅、胡适,然后到毛泽东、邓小平,大家还是接受这些比较多一些。

记者:美国有一家号称专门研究中国的杂志说过这么一句话:"在中国面临的各种危机中,核心的危机是,中国人正在失去中国之所以为中国的'中国性'。"您认为,随着我们加入WTO,随着更加猛烈的全球化浪潮,我们会不会丢掉更多的"中国性"?

王蒙:我根本没有这种感觉。我不知这是美国的一家什么杂志。中国人的"中国性"一点都没有失去,从上到下。中国有多少干部?我就没看见哪个干部失去了"中国性",变得和外国官员一样。中国八亿农民哪个失去了"中国性"？这完全是臆想出来的问题。别说在中国本土，就是那些定居在美国、欧洲，拿了绿卡，甚至变成了外国公民的中国人都不会失去"中国性"，那些在那儿定居了五代六代的人都没有失去他们的"中国性"。

记者：时不时会有人提到要保卫文化的纯洁性。经历了五四运动，经历了改革开放二十年的变迁，您认为中国文化还存在所谓的"纯洁性"吗？在一个流动的、无国界的市场的推动下，是不是任何文化的纯洁性都是不可能存活下去的？

王蒙：文化发展的一个特点，就是只有既保持自己本土的族群特色，又不断地在与外来文化的接触和碰撞中对其加以吸纳才能得到发展。那种纯粹的文化只能存在于博物馆里，那样就不会有变化和受到冲击的危险了。半坡村的"半坡文化"很纯粹，埃及的卡纳克神殿，它的金字塔文化、木乃伊文化和圣殿文化很纯粹，但是古埃及人现在一个也找不到了。所有活的文化都是充分利用开放和杂交的优势，在和异质文化的融合和碰撞当中发展的，语言文字也是如此，语言文字本来是最稳定的、最富有民族性的，但不知不觉地，我们已经不知道吸收了多少的外来词语和外来的修辞方式。我认为纯洁性的提法是一个逆历史潮流而动的提法。

记者：这些年文化的娱乐化倾向十分明显，WTO之后，是否会更加娱乐化？

王蒙：会，肯定会。这事非常有意思，文化的力量并不在于它的说教，而在于它的潜移默化。比如说很多人崇美，他根据什么崇拜美国？他又没去过美国，他也不会是听了"美国之音"就去崇拜美国。这里边起最大作用的就是好莱坞电影，很多人认识美国就是通过好莱坞电影，天非常蓝，树非常多，楼非常高，女人特漂亮，汽车那么高级，也还有某些美好的情感。但好莱坞又是最商业化的，他不会摆出这样一种姿态，说，看电影的人，你们好好接受我们美国人的价值观念吧。他并没有这样说。但总体来说，他就是在这种不经意的娱乐性很强的东西里边让你读出他们对人生对各个方面的看法。另一方面，他们也有由社会乃至由政府资助的完全不以盈利为目的的人文科学的研究。我们的文化日趋娱乐化只是一个方面，另一方面就是花钱而非赚钱的文化活动越来越多，这方面我们现在有了有利的条件，那就是大学的经费比过去多了，大学已经不仅是教育的基地，它正在文化的建设中发挥越来越大的作用。

原题《入世后能把中国文化怎么样？》，
发表于《南方周末》2001年11月22日

作家怎么了*

记者：传媒很兴奋地炒作着"王蒙在接近七十岁的时候书写女性的身体和欲望"，把您的写女性跟当下弥漫的七十年代八十年代女性作家欲望描写的潮流归结到一起，您自己也说过老来张狂的话，您好像并没有把自己和她们分开。您是将计就计吗？

王蒙：你看得对。这里有将计就计，也有以讹传讹，但都不是无中生有，而是别有天地。我要说明在我的女性书写、欲望表现之中，有大嘲笑、大怜爱、大悲悯、大剖析存焉。早在七十年代末，我就提倡剖析，我的话是，一经剖析，医心自见。也就是说《青狐》中有医心在。这些当然与那些作品风马牛不相及。你如果再看一看呢，也许会发现，我的"性"书写包含了对于身体一类写作的颠覆、戏弄，北京话叫做打镲。即使是性，在"王家老店"里也充溢着沧桑感和超越感。

记者：但是我感觉《青狐》是很容易被误读的一部书，事实上我在看完这部书的时候发现所谓的女性身体或者欲望的表达只是一个外壳。我读到四百四十五页的一段话，您说："并不需要有缺陷的政治体制，只需多一些有缺陷的老婆，就足以把精英们的头脑扼杀殆尽。"实际上这部书更多的篇幅和容量在描写政治或文化官员和名流们的生存状态，描写他们不被人见的内心世界。

---

* 本文是《南方周末》记者对作者的访谈。

王蒙：你瞧，你就没有误读，你可以做出更多的或更偏于一面的解释，而别的传媒，可以另作解读。一本书能解释得多样一些，探讨的空间能够渐渐扩充，才好呢。

记者：一九七九年之后中国出现的思想解放运动，思想启蒙浪潮，文化、文学和艺术的复兴，清除精神污染，反资产阶级自由化运动，最后是商业社会和经济时代的来临，您的主人公们就是在这样的社会背景之下生活，他们的各种行状、各种情态被您用《浮世绘》的笔法勾勒和描绘出来。

王蒙：差不多，对这些我如数家珍，记忆犹新。历史推举着人，涌动着一些人飞向潮头浪尖。历史打扮着也遮蔽着人。同时人和历史也互相为难，互相挑战……但我并没有着力描写这些历史事件本身，我着力写的还是人。

记者：可能《青狐》是我们目前能够读到的最贴身描写意识形态生态环境的一部书，虽然它是小说，但是熟悉一九七九年之后中国现况的人都能读懂您的真实和深切的表达。您的表达的真实、深切和自己身在其中有很大的关系吗？

王蒙：第一，是的。第二，这只是一个叫做王蒙的人的个人的视角，只是一种"掌子面"。而历史其实需要多种视角，需要立体化的解读和温习。它真实，但并非无所不包，它也无意做出简明的判断，它不排斥不同角度的表达，它本身也需要更立体化的解读和发挥。我也相信不同的人会对之有不同的体察。

记者：女性的身体的描写和欲望的表达只是您找到的一个奇巧的角度，经由这个角度您让我们看到您对革命、历史、民主和权力的洞察和个人化解读。这种洞察和解读因为您的在场而变得深刻和真切。

王蒙：不能说仅仅是奇巧，人性当中包含着欲望，不同的社会环境、文化环境下，人的欲望有不同的满足或者被压抑被扼杀的形式，这很重要。再说到底，这是写小说，不是写正史，不是写档案。小说要求小说的种种特点,要求小说的总体性、生活性、可咀嚼性与趣味性。您不论如何从中论证开掘演绎,您别忘了,这是供阅读的小说。

记者: 您经历了一个世纪不同时期的不同历史,社会变迁和政治变革,也亲历了文学的不同形态的演进。现在文学对您来说是什么?对今天的现实而言,文学已经不再被公众所关注,文学本身的力量也在消失。

王蒙: 现在文学对于我是真正的文学。在前革命时期,文学像战旗和炸药。今天,文学像镜子、好友、营养剂,当然也有苦口的药。这当然不是绝对的。我的印象是,到目前为止,中国仍然是世界上最重视最关注文学和作家的国家。

记者: 除了语言的壁垒,还有什么是中国作家走向世界的障碍呢?

王蒙: 障碍是双向的,而且不仅是中国文学。中国文化还处于弱势。中国国情与强势文化国家相距甚远。意识形态的鸿沟,强势文化者的拯救心理与旅游心理,等等。同时,我多次谈过,我不喜欢"走向世界"这种往人家那边靠的提法。

记者: 您一直是一个对社会介入比较深,或者说是一个受革命影响比较大的作家。从少年时代的布尔什维克经历,到后来的一九五七年反右,再到一九七九年在中国文坛的复出,包括后来您担任文化部长,可以说您一直置身在政治之中。回顾您半个多世纪的文学生涯,对社会的介入对政治的介入成就了您的写作,还是伤害了您的写作?一直有一个说法,就是作家不能离社会太近,作家要远离现实,作家要远离政治。

王蒙: 不同的作家有不同的活法、不同的写法。没有比以一种作家的模式衡量另一种作家更愚蠢的了。没有人能为作家设计普遍适用的人生蓝图。即使你设计得最好,相信一个像样的作家的人生图景,一定超过你的设计。作家都远离政治与作家都拥抱政治都是不可思议的。而王蒙,如果是另一种活法,他绝对不是王蒙。我即使羡慕人家也是白白羡慕，反过来说，我本身也无法替代。

记者：作家现在被市场制约。中国作家越来越少有那种植根于世界人文传统的人道关怀。像巴金老人那样执着于一个民族的历史反思，执着于一个民族的灵魂拷问已经再难见到。

王蒙：不一定。是方式更多样了，任何一个作家都不可能也不应该重复别人，也不应该重复自己。即使那些喜剧型作家，不也有他们的深刻与巧妙之处吗？

记者：有一种作家创造了很多优秀的作品，但同时也持久地保持着对社会关注的热忱和激情，像左拉、萨特、加缪等等，法国的作家具有这方面的历史传统。包括南非的戈迪默、德国的格拉斯，包括日本的大江健三郎，还有美国的苏珊·桑塔格，这些作家都表现出对公共事务的强烈关注。您对这种类型的作家怎么看？

王蒙：很好。但我不怎么相信关注公共事务的作家，他们在公共事务上一定和他们在文学上一样优秀。即使最伟大的作家，他们的特长多半不是实践而是书写，公共事务就不仅是书写而且是实践，主要是实践的了。许多善写爱情的作家本人的爱情生活并不成功，没有理由相信他们在公共事务上有比在爱情生活中更优秀的实践性天赋。当然，作家出自自己的良心、使命感，不擅长也要做许多实际的事，这是应该肯定的，这也是知其不可为而为之或者如康德所说，这也是一种绝对命令吧。

例如南非的戈迪默我见过，一九八六年我参加国际笔会纽约年会的时候看到过她。那是个说话做事都很决断的人，她坐过监狱，因为反对南非种族主义隔离，跟曼德拉站在一条战线上。她是一个白人作家，但是她站在黑人一边，一生都把废除南非种族隔离当成自己终生奋斗的理想。曼德拉因为坐过监狱，深感做犯人的痛苦，一生憎恨监狱，主张用西方文明对待国民，例如废除死刑。但是现在南非废除了种族隔离制度，又面临着自己的新的问题。面对新的现实，戈迪默话似乎不多。用我的话来说，很多作家都可能面对"后革命"的困惑乃至尴尬。作家都是理想主义者,要是他的理想经过革命奋斗牺牲,付出了巨大的代价(不管是天鹅绒的还是尸横遍野的),变成了现实,而这个理想在实现的过程中与原先的设想不可能完全没有两样,他该怎么办呢?这样的经验中国作家也不陌生。

记者: 当代的中国的作家好像不那么关注公共领域,在世界重大事件发生的时候中国作家的声音是缺席的,这是因为公共领域距离作家太遥远,还是作家已经失去了关注的热忱?

王蒙: 这和文化传统、行事方式与体制也有关系。你怎么想象比如说中国作家个人发表一个声明谈朝鲜核问题呢?

我可以举出一打例子,证明作家不是疏离了而是富有使命感地介入着各种问题,例如张平、陆天明、周梅森之于反贪,张炜、徐刚之于环境和土地,张承志、韩少功之于爱国主义,阎真、王跃文之于吏治,"三套马车"之于城乡改革,军旅作家之于治军,唐浩明、熊召政、张建伟之于以史为鉴,冯钟璞之于知识分子传统等等。同时,我完全相信,你可以举出更多得多的例子,证明确有疏离。

有疏离的,有紧着投入的,大致正常。同时,提倡投入的可以批评疏离,提倡特立独行的可以嘲笑投入,那样的文艺评论不是会热闹些么?

记者: 但是作家对公共事务的关注和介入,有的时候仅仅是出于制作一部畅销书的原则和对出版市场的精心谋划。比如我们所看到的很多热销和热播的致力于揭贪和反腐作家的小说或影视作品,我们看到的是作家和出版商、影视从业者联手对商业市场的开疆拓土,我们看不到他们真实的忧患,看不到独立的思想和有效的社会见识。

王蒙: 这说明,对于公共事务的介入也有三六九等,就像以孤独疏离寂寞或以批判战斗抵抗自诩的文人也有三六九等,乃至有作秀,有假冒伪劣,有偏执一样。

记者: 作家在本世纪之初是公共知识分子的一部分,而且是很重要的一部分,他们承担着公共知识分子的使命,成为社会正义和世道良知的守卫和保护者。但是,现在为什么我们在公共领域很难看到作家的身影,很难听到作家真实而有建树的声音?

王蒙:是这样吗?我的总体印象是,中国作家够公共的了,让他们自己选择自己的方式吧。对于我来说,我宁愿多看他们的好作品,而不是听某些人的一知半解、望文生义、大而无当、煽情兮兮、门户之见而且一会儿一变的言说。

作为公民社会和公共空间的一员,所有的其他成员的责任作家也都有。责任与权利分不开,权利越充分责任也就越大。同时作家的责任离不开他的写作,激发爱心,启迪思想,保持记忆,寻找精神的依托、根底和怜悯、愉悦,最大限度地使用和培育语言……同时作家千万不要膨胀过度,自恋过度,等等。

记者:您认为文学不再高姿态是正常的,现在没有哪个作家能够充当精神导师,为什么?

王蒙:关键在于前革命与后革命的历史背景、历史使命、读者期待即语境之巨大差异。鲁迅有鲁迅的时代。认为今天读者们还是嗷嗷待哺地等待着作家们的指引与拯救,是不是太唐突、太一厢情愿了呢?您再考证一下古今中外的文学史,有几多地点与时间文学的姿态那么高耸呢?曹雪芹是导师?李白是导师?巴尔扎克是导师?契诃夫是?雨果与托尔斯泰的姿态高一点,也是在基督教义道德层面上。

如今,中国文学仍然可能有巨大的思想、道德、理念内涵,姿态却不必是导师式、统帅式、救世式、独清式的。

记者:书写是作家唯一的存在方式吗?作家对公众、对社会发言的唯一通道是纸和笔,或者是键盘和电脑吗?那么这是不是中国作家独有的方式?因为法国作家不是,俄罗斯作家不是,捷克作家也不是。我们追问这个问题是因为对作家这个职业和行为的困惑。

王蒙:书写是作家最擅长的方式,并不是创造历史解决公众事务的最有效的方式,例如面对SARS,作家的书写就远不如医生的行动有力。作家除了书写还可以做许多事,没有任何好事是作家不应该做的。做不做得好则是另外的问题。

这里还有一个道德与使命感的问题,作家同时还是人、公民、国家、社会、民族、家庭的一分子,有些事他认定了自己必须做,他一定会去做,做不成也要做,作家们有许多这样的记录,多数是令人景仰的。

记者:您经常会走出国门,参与国际文学活动,那么依您的所见,别的国家的作家怎么生存,怎么写作,他们怎么对待公共领域,怎么对待公共事务?

王蒙:在西方就是那些获诺贝尔文学奖的作家在他们的国家也是相对寂寞和边缘的。在美国有六个获诺贝尔文学奖的作家,得奖的那几天很热闹,电视台和报纸都盯着他们,采访、报道。但那几天过去后就没什么事了。要是在中国真有一个得诺贝尔奖的,那还不成神仙,整天被人供着追着捧着。国外的作家不一样,就是得了诺贝尔奖,也是原来干什么后来还干什么,当教授的照当教授,做记者的照做记者。索尔·贝娄、布洛茨基,还有辛格,他们就是获得诺贝尔奖也没有改变他们的写作方式和生活状态。欧美一些重要作家的收入还是靠他们写作之外的职业,或者教授或者律师或者新闻记者等等。相反,在美国如果是一个职业作家就是指斯蒂芬·金,写恐怖小说的。美国的主流文化、主流文学并不接受这样的写作。

我发现作家对公共领域、公共事务特别关注的大多数是第三世界的国家,用文学写作介入政治,干预现实。到现在用文学介入政治最深的一个是秘鲁的略萨,一个是哥伦比亚的马尔克斯。略萨积极参加社会活动,他还竞选过总统,马尔克斯跟卡斯特罗的私交甚好,好像高尔基跟列宁一样。马尔克斯写过不少关于古巴革命和古巴领袖卡斯特罗的文字。

法国《解放报》曾经请世界各国的作家回答过一个问题,就是:为什么写作。凡是第三世界国家的作家都写得比较沉痛,巴金、丁玲的回答都把写作跟拯救和唤醒民众脱离黑暗的现实作为写作的理由,而西方的作家更强调写作的个人性,强调写作的内心需要。作家对文学的态度跟他们所在的国家命运和社会现实、个人际遇有关。

记者：对中国更多的作家而言,一个现实的境况是边缘化,从话语权力的中心转移到边缘地带,作家以前所赖以存在的文学期刊也在艰难困窘中苦心经营,而出版的全面商业化对文学的冲击和裹挟已经使严肃文学、严肃作家四面楚歌,更多的作家成为庞大影视工业机器的一个螺丝,成为影视影像的底本摹写者,我想问的是：一种独立而自由的文学,一个有精神立场和创造力的作家在今天还会是可能的吗？文学能不向商业妥协而保持自己独立的品格吗？

王蒙：古往今来,古今中外,文学都与生活息息相关,文学家之不同各如其面,妥协有各式各样的,独立与自由也是各式各样的,同样对文学的干扰与影响也是各式各样的,我相信作家们,特别是优秀的作家们有足够的能力来实现自己的追求与使命。同时有大量的随波逐流的作家,投机取巧的作家,由于江郎才尽而变得"忘年妒"的作家等等。作家与各行各业一样,有好的,有假冒伪劣,当然。

记者：最后我想问一个问题,依您个人看,作家是一种什么样的职业？作家是一种什么样的人？什么样的理由才能使一个社会和一个社会的群体对作家产生尊敬和爱戴之心？

王蒙：只有在中国作家才有这么高的地位。这和中国的"作家"一词有关,家者,成名成家之谓也。在其他语言中作家只是写者的意思。在英语里,任何一个书写的人都可以自称作家。在维吾尔语里,作家与记工员、记者可以用同一个名词。作家中有三六九等,有的被尊敬,有的被爱戴,有的则仅仅是被享受和消费,还有的被怜悯和蔑视,何况还有被厌恶的所谓作家呢。

发表于《南方周末》2004年1月15日

当代文坛的几个话题*

记者：日前，您和魏明伦在全国政协十届三次会议上对帝王戏的媚俗化倾向与帝王崇拜意识进行了尖锐的批判。古代中国的历史，很大程度上是一部朝代更迭的帝王史，谈中国历史不可能不谈中国皇帝，而且一切古代史都是当代史，历史对现实是有借鉴意义的，因此扫"皇"不应该是把所有的帝王戏一扫而尽。前两天您在河北作协做报告时谈到希望能在中国文坛上看到一种建设性的文化品格，有所破还要有所立，您理想中的帝王戏，或者说您希望看到的帝王戏是什么样子的？

王蒙：我做过一个统计，有一次在黄金时段打开电视，七个帝王戏，六个武侠片。现在帝王戏和帝王小说非常多，有些很好看，从中能学到很多东西，对我也很有启发，比如说湖南唐浩明的《曾国藩》《杨度》《张之洞》等作品。可是这种题材如果处理不当，会在客观上形成对帝王意识的宣扬。我们不能对帝王政治、帝王特权、帝王的杀戮与骄奢淫逸认同，更不能让观众产生羡慕心理。我认为帝王戏应该尽可能地做到实事求是，尽可能地不把它做太不像样的歪曲，或者把帝王生活的那种快乐、任性、阴毒、血腥当成正面的东西来歌颂，那样我有点受不了。说汉武帝是"燃烧了自己，温暖了大地"，这种语言太像歌颂孔繁森和焦裕禄了，我不认为汉武帝能够配得上这样的

---

* 本文是《河北日报》记者对作者的访谈。

语言,即使是《史记》,对汉武帝的描写也都是相当负面的,他做过很多不合民心民情的事。

记者:近来,一些媒体宣称,面对母语危机,您呼吁全球华人一起来保卫汉语。今天的中国,上至耄耋老人,下到刚学语的孩童,几乎是整个民族都在学习外语,而我们的母语却受到了冷落,很多人汉语还没学好,却花费大量的时间和精力去学英语,结果是汉语没学好,英语也不精通。外语是人生斗争的武器,学外语绝不是什么坏事,而且就现在的情况看,说"汉语保卫战"也有点言过其实,还没到那个程度。然而,人们冷落母语追逐外语的现象的确让人忧虑,您说呢?

王蒙:首先我要纠正一下,"汉语保卫战"完全不是我的话,这不是保卫战的问题,而且我从来不把学好母语与学好外语对立起来。我并不认为学外语会影响汉语,而且反过来,从更高层次上来说,母语好是外语好的基础,外语好是母语好的参照。我经常举几个人作例子,一个是钱锺书,一个是林语堂,一个是辜鸿铭。他们的外语都很好,一些作品还是先用外语写成后来又翻译成汉语的;同时他们的汉语水平,包括古文水平也都很好。辜鸿铭曾因为胡适不懂拉丁语而看不起他,认为不懂拉丁语不配讲西洋哲学史。有一次辜鸿铭在伦敦坐地铁,拿着《泰晤士报》倒着看,两个英国青年笑话他不懂英语,分不清正反,辜鸿铭回过头来用标准的牛津英语说,英国字母太简单,我要正着看对我的智力是一个侮辱。因此说,我们应该母语好,外语也好,但是作为中国人首先应该母语要好。尽管"汉语保卫战"不是我提出来的,但是日常生活中人们用语的不规范和影视作品中错误百出的语言确实常常让我对国人的语文水平产生忧虑。

记者:也是在全国政协十届三次会议上,您在批评帝王戏充斥着帝王崇拜意识之时,还谈到了当前电视小品存在着内容粗糙、质量低下的现状,为此您指出传媒应该注意文化含量与文化品位,注意文化提高与文明积累。您的话让我想起了今年的春节晚会,小品的数量几乎占去了半壁江山,但质量却让人大失所望,没有内涵,没有深度,没有智慧,更没有关怀和悲悯,甚至连最基本的搞笑都谈不上,看过之后,根本留不下什么印象,本来只能算一般的赵本山的小品竟然是当代中国最好的小品,不能不令人深感遗憾。

王蒙:近年来,随着年龄越来越大,一到晚上就没精神,只能是看看电视翻翻报纸。搞笑的东西我很喜欢看,甚至包括一些极无聊的东西,它们可以使人紧张的神经得到放松,但是这些东西如果数量太大了,变成了主体,变成了灵魂,就会让人感到一种文化的饥渴,智慧的饥渴,甚至是精神的饥渴。大众化是一个好的东西,文学和戏剧都能被大众所接受,但是正如鲁迅所说,大众化也会付出代价。我不喜欢用精英化这个词,我喜欢用大众化和精、高、深的文艺作品这种表述。小品是随着电视发展起来的,它占的分量越来越大,那些小品演员都很敬业,表演得也不错,我看的时候也笑得肚子疼,有时候我甚至认为,二十一世纪中国人的形象可能慢慢地就会被小品演员的形象所代替了。我们需要搞笑,但搞笑也是有层次的。前两天我在河北师大开讲座,他们文学院的院长说了一段话我很赞同。他说,卓别林也搞笑,但它的笑声后面有多么深厚的社会和人性的内涵,它包含着多少文化,多少智慧,多少关怀;而我们的搞笑,常常是笑中国人尤其是乐于表现中国农民有点傻又有点奸、有点坏又不是很坏的性格,从中很难看到文化、智慧和精神,看过之后常常让人感到饥渴。我们可以再说得简单一点,看完这么多小品,我们是更智慧了吗?还是变得有点冒傻气了呢?有些小品突出我国农民的奸诈欺骗和另一种农民的愚昧无知,这样子太多了,是不是也要考虑一下呢?

记者:几年前,在一次关于中外小说及电影如何塑造中国人形象的谈话中,您谈到"伪风俗"问题时提到了张艺谋,您对张艺谋一直极表敬意,但您认为张艺谋在《大红灯笼高高挂》一片中所表现的"挂灯""驾幸",并以"捶脚"增进性欲等情节,全都是杜撰,中国并不存在这样的风俗。今天,关于张艺谋的电影,人们争论的焦点已经不是"伪风俗"了,而是他的形式大于内容,及其商业运作的成功。

从《英雄》到《十面埋伏》，画面都很精美，但内容的单调、空洞、乏味，不免让人对张艺谋的实力和前景产生怀疑。陈晓明在《读书》上撰文指出，《十面埋伏》以内在的空无完成了对历史的拒绝，张艺谋不再需要历史和文化的标识，他摆脱了文化上的恋父情结。我想，张艺谋在消解历史、消解文化、消解内容的同时，也在消解着中国电影本就不深厚的根基。

王蒙：张艺谋对我国的影视业做出了很大的贡献，为我们争得了光荣。张艺谋是我迄今为止所看到的最富有想象力、对视觉艺术把握最好的天才导演，我觉得他称得上电影导演里面的点子大王，所以他不但能导电影，还能够导歌剧《图兰朵》。张艺谋的《英雄》和《十面埋伏》，一方面取得了商业上的成功，一方面在知识界却遭到了批评，很多人对他导演的雅典奥运会闭幕式上的八分钟演出也进行了批评，这是我无法判断的。我无意批评张艺谋，也无意声援张艺谋，但是我觉得他促使我们深思，就是对文艺的价值追求：虽然张艺谋是一个天才的导演，但是他艺术的道路有点走向价值的空心，也就是说你不管用多少手法，除了让观众看以外，你总得有自己对人生、对社会、对人类、对民族、对国家的一种关切、一种向往、一种珍惜。张艺谋的电影恰恰少了这些东西。我们还可以举一些成功的好影片作例证，比如《金色池塘》，表达了两代人的亲情与对于老年的思考与关怀，《辛德勒的名单》显示的人道主义与人物的复杂性，所谓好电影，都是有巨大的人性或历史内涵的，这是无法摆脱的东西。以张艺谋之才，不该只做一个商业片制作者。当然，他也有权做出安于炒作票房的选择。我还要补充一句，某些对于张的《英雄》的政治帽子式的批评，我也不敢苟同。

记者：以前提起作家，总感到很神圣，在人们的印象中，作家个个都才高八斗、学富五车。然而，近年来中国文坛上好像遍地都是作家，几乎人人都在写书，而且写作者的年龄越写越小，你十二岁能写长篇，我九岁就能出书；你六岁可以出文章集子，我五岁可以出诗集。

以韩寒、春树、郭敬明、张悦然等为代表的上世纪八十年代后出生的一批"少年作家",更是在今日文坛上独领风骚。作为不断推出文学新人的新概念作文大赛的评委会主任,您在一些言论中虽然对"少年作家"也表示了怀疑,但是基本上还是持一种宽容态度的。我个人认为,"少年作家"本来只是文坛的几个个案,却成了广大青少年们争相仿效的对象,对青少年的健康成长没有什么好处,对这种"少年作家"现象我主张应该采取批判的态度。您如何看待这个问题?

王蒙:说实话,青少年作家的书我认真读过的不多,我非常希望找到一个和这些青少年、作家、作者沟通的渠道。两年前,我曾非常认真地问过我的第三代人为什么喜欢看韩寒的作品,孙子告诉我说主要是因为他骂学校,他骂得太痛快了,我们这些上学的人不敢骂。现在很多还是孩子的作者在作品中写到吸毒,写到妓女,写到伟哥,价值的错位是不容回避的一个问题。对青少年写作我们应该认真地阅读,好的地方就是好,不好的地方就是不好,也不必笼统地批判。我现在没有资格说这个话,因为他们的作品我没有认真读过,所以这个任务我完不成,我希望你能够尝试读几本青少年作家的书,写出评论来登在《河北日报》上,登出来后麻烦你把报纸寄给我一份,我看到后一定会和你切磋、讨论。我们应该正视这个现象。

记者:每年诺贝尔文学奖评选前后的一段时间,国内媒体都要热闹一阵子,而近年来您却在不知不觉间被卷入了这个漩涡,"王蒙与诺贝尔文学奖"成为各大媒体炒作的热门话题之一。我个人认为,诺贝尔文学奖只不过是一个文学的奖项,而且是西方的一个文学奖罢了,中国人获了诺贝尔奖固然可喜可贺,就算获不了也大可不必为此自惭形秽,患得患失。但是国人的这种"诺贝尔情结"还是很值得关注的,您是如何看待这个问题的?

王蒙:这个事情其实没有很多可谈的,因为这是瑞典的一个文学奖,它的十八位评委中只有一位懂中文的,就是马悦然教授,他喜欢的中国作家未必中国人就喜欢,也未必就是中国最好的作家。但是诺贝尔文学奖也有很多给了西方的左派和共产党，像在中国影响最大的马尔克斯，他是左派，他是卡斯特罗的密友，美国曾经不允许他入境。所以也不能说诺贝尔奖完全是西方的，是西方文化入侵的工具。朱大可最近有一篇文章写得很有道理，他说现在的诺贝尔文学奖出现了二流化的趋势，奖励的都是二流作家，很多名字我们都叫不上来。的确，这么多诺贝尔文学奖得主，在当代中国真正有影响的没有几个，海明威是一个，加西亚·马尔克斯是一个，其他的就很难说了。所以我认为得了奖很好，你可以和海明威、马尔克斯等站成一队；得不了也没什么，你可以和托尔斯泰、契诃夫、鲁迅等为伍。

记者：最后请您谈谈对当下河北文学的印象。

王蒙：燕赵大地文脉隆盛，古代先不说，就是孙犁、康濯、田间、梁斌等也够你学一学的了。现在的铁凝、三套马车等也在当代文学上占有重要的位置。我回到故乡河北，甚感亲切和熨帖。河北作协给人的印象也是欣欣向荣的。

2005 年 3 月 29 日

"文革"和中国崛起*

姜天锡：看到最近的北京，感觉目前地球在用两个心脏呼吸，而其中之一就是中国。

王蒙：(笑)北京已经达到了这个程度吗？

姜天锡：从我们局外人的立场上看，感觉世界甚至靠近了中国邻近的东中国海。

王蒙：对我们来说，韩国非常重要。你看北京有多少现代汽车？我的手机是三星的。在篮球、足球、围棋项目上，中国经常输给韩国。

姜天锡：我知道先生在很小的时候就成为作家，但因为作品倾向问题被流放到新疆，在那里度过了十六年。先生在二十六七岁时被流放到新疆维吾尔自治区，如果是我在那个年龄遭遇这种事情，有可能变得精神有些失常或跨越国境逃到国外。但您在那个时候学习了维吾尔语，而且从四十六岁时开始学习英语，对语言有着独特的想法。您有没有听说过维吾尔语和韩国语是根源相同的语言的说法？

王蒙：语言影响人的思维。学习更多的语言，就像是在自己的头脑中打开几个通向外面的窗户。眼睛、嘴和耳朵也会多了几个。虽然对韩国语所知甚少，但在我看来，维吾尔语和韩国语是把大量助词和语尾结合起来的语言。听姜主编的话，韩国语是与蒙古、满洲、突厥语一样，把强调成分放在文章的最后，在文章最后决定否定和肯定

---

* 本文是韩国《朝鲜日报》主编姜天锡对作者的访谈。

的结构。听起来非常亲切。

姜天锡：因为"文化大革命"，在作家最好的年龄段被流放到新疆边境地区。对您而言，"文化大革命"可能是一段不愉快的回忆，但对王蒙这个人、对中国，又是具有什么意义的事件？

王蒙：对中国产生的最大影响是，让人们认识到历史不能再朝着那个方向前进。"文化大革命"把很多事情带向极端。为了毁灭什么，走向极端可能是捷径。"文化大革命"因为过于极端，所以注定要失败，具有局限性。

姜天锡：那么，您的意思是说"文化大革命"的方向没错，但推进方法，即，其极端性有问题吗？

王蒙："文化大革命"是非常荒唐的事件。其发生原因是历史惯性。中国在近百年来经历了无数革命的斗争，在人民之间产生了要进行一场改天换地的革命的欲望。但在一九四九年新中国成立后，革命并没有中断，被具有诗人的浪漫气质的毛泽东再次注入了动力。

姜天锡：之所以提起先生过去经历的苦难，是因为在中国"文化大革命"时期一些韩国知识分子赞扬那段黑暗的"文化大革命"，而且现在的韩国大多数高层政治家都是从赞扬"文化大革命"的教科书中学习和了解中国人的。目前在韩国发生的争议是，称赞"文化大革命"的人犯了错误，所以作为知识分子要敢于承认，你们写的书让很多年轻人走上歪道……但他们不承认错误，从而引起争议，所以才提起了先生痛苦的回忆。

王蒙：在世界各地称赞"文化大革命"的人不在少数。特别是在欧洲，在柏林有很多赞扬"文化大革命"的组织，它们频繁展开活动。加利福尼亚大学伯克利分校甚至曾宣布建立伯克利人民共和国。外国人因为站在远处看"文化大革命"，所以对"文化大革命"的内容很难做出准确的评价。

姜天锡：看着在天安门广场上悬挂的毛主席的照片，产生了如果也挂上其他人的照片该多好的想法。为何单独挂上毛主席的照片？

王蒙：（大笑）这反映了一段历史。因为毛泽东是中华人民共和国的首任国家主席。没有什么特别的意义。不仅是天安门，在百元纸币上也印有毛泽东的头像。对政治领导人的历史评价在人民的心中形成。在天安门和百元纸币上有照片和头像说明不了什么问题。中国人民不仅对毛泽东，而且对邓小平也给予高度评价。

姜天锡：两千多年来，中国作为亚洲文明的发源地，展示了文化大国、政治大国的面貌。不但是中国，而且外国也将此称之为中华主义。到二〇二〇年或二〇三〇年中国将成为世界霸权国家。届时中国将展示帝国的面貌，还是表现出大国的度量和宽阔胸襟？在您看来中华主义的未来是什么样子？

王蒙：我个人并没有深入思考中国今后成为世界领导者后是否会领导周边国家的问题。如果成为美国那样的领导者，必须付出很大的代价，会很辛苦。我认为，中国人不会那么傻。不会傻到自己刚填饱肚子就迫不及待向全世界传播自己的价值观的地步。中国人至今仍拥有很多对受侵略和压迫的过去的回忆。中国今后会变得更加强大、更加富有，对其他国家来说，这样的中国比起陷入难以生存的过去和痛苦回忆中的当前中国，将是更好的邻居。只有邻居过得好，才会对邻里带来帮助，而不会带来坏处。

姜天锡：有道是"和富人做邻居就没有必要高筑围墙"，从这一点来看，我同意先生的见解。（笑）比巴金先生等人早一代的人们经历了巨大痛苦。作家写小说，阅读这些小说的年轻人单纯地加入了革命队伍，但对于政界人士来说，似乎不那么单纯，总觉得有点什么其他意思。作为经历过苦难历史的人，您如何看待政治和文学之间的异常关系？

王蒙：在文学家的眼中，革命在很大程度上是浪漫的、诗意的、伤感的。但是，现实中的革命存在巨大困难，而且很复杂，必然会遇到不愿意遇到的情况。俄罗斯的文学和革命之间存在很大距离。很多文学家在革命时期远离革命。但在中国，很多文学家参与革命，几乎百分之九十以上的文学家支持中国共产党,不支持国民党。一九四九年新中国成立以后,曾居住在美国、欧洲和香港的众多文学家纷纷参与到新中国的建设中。他们在后来的"文化大革命"时期受到了不公平、不公正的待遇,被迫面临不幸的处境,这是一段令人遗憾和痛苦的历史。

姜天锡:在先生身上似乎完全觉察不到怨恨之类的感觉。好像您无论在什么情况下都会乐观地看待世人。

王蒙:如果在其他场合,我会指名道姓骂几个人。如果喝下两瓶白酒,也可能会对所有人开骂。(笑)

姜天锡:听了这些话,更有一种人与人之间的亲近感。(笑)似乎能更进一步体会先生的文学。第一次去美国是什么时候?

王蒙:一九八〇年。

姜天锡:去爱荷华州立大学参加作家研讨会途中,因为不懂英语没能搭上飞机,所以在旧金山机场彷徨失措就是那个时候吗?

王蒙:是的。就是在前往爱荷华州立大学的途中。

姜天锡:对第一次去时看到的美国和现在看到的美国,以及作为霸权国家的美国有什么看法?

王蒙:美国是伟大的国家。对世界产生的影响力最大。我们不能不承认这一点。中国的经济发展离不开同美国之间密切的经济、贸易往来。我个人和美国学界人士对话时发现,他们对美国的对外政策提出了比我更辛辣的批评。美国人一开口就是谴责布什总统。美国人非常自信。非常具有责任感。我无法理解他们"应该参与全世界任何问题"的责任感为什么如此强烈。

姜天锡:美国人似乎有一种责任感,就是美国可以且应该拯救世界。从里根总统过去发表的一个演讲中可以看出这一点。他说,上帝在大西洋和太平洋之间指定了美国的土地,这具有特殊的意义。他说,在通过两片大海的和平将世界建设成为理想社会的意愿下指定了这片土地。美国想要将自己的理想灌输给世界的态度是否会在今后发展同中国的关系时造成冲突?

王蒙:已经不断爆发冲突。但我认为,目前的这些冲突不会演变成恶性的重大冲突。这些冲突,必须通过加强交流和对话来解决。

2007年6月26日

不是我个人被绑在十字架上[*]

记者：王蒙先生，您作为一个少年布尔什维克，在新疆那样一个伊斯兰教的少数民族地区生活了一二十年，同时您的小说《十字架上》又解读了《圣经》。我就在想，这三者之间，您找到什么样的共同点、公约数？

王蒙：我觉得从人们的社会理想，包括对国家和民族的愿望来说，这是一个非常自然的事情。年轻的时候自己经历了，也参与了——虽然是在自己非常年少的时候——这样一个人民大革命，而且相信这样一个人民大革命能够为自己的家庭、自己的亲人带来新生——确实也带来了——我想这在当时来说其实是一个非常生活的事情，完全是实际生活的一种表现。

在新疆我对伊斯兰教的了解，也更多是和民族问题放在一块的，新疆是维吾尔自治区，它的维吾尔族、哈萨克族、回族、柯尔克孜族、塔吉克族、乌孜别克族，这些民族都是穆斯林，都是伊斯兰教徒，我受到他们感染更多的是他们生活比较简朴，注意卫生。伊斯兰教确实有一种——张承志写过一篇很重要的文章，就是《清洁的精神》，咱们管伊斯兰教叫清真古教，"清真"在阿拉伯语的经文里头实际是一个专门的名词，就是清洁，做人要做到干干净净；而伊斯兰教最反对的是邪恶、肮脏。把清洁当做一种价值观念，甚至是相当核心的价

---

[*] 本文是《南方周末》记者对作者的访谈。

值,这是伊斯兰文化的一个特点,我觉得我们也是可以对它有所了解、有所借鉴的。我常常很感叹,因为新疆农民的生活条件并不好,但是新疆这些少数民族是最注意洗手的,他一天不停地洗手,这对抵御"非典"都有很大的好处。(笑)

基督教的情况并不一样,我在上中学的时候,因为我的中学本身是个教会学校,也有少量周末传教的活动,我参加过一次,一次还跟着学唱赞美诗,后来没有什么兴趣,因为当时我正在追求革命,就再也不参加了。但是在我担任文化部长的期间出访一些欧洲国家,欧洲国家到处都是教堂,到处都是和耶稣、圣母有关的绘画、雕塑……当然你也很感叹,这些东西作为欧洲文明的一个非常重要的组成部分,我觉得我们现在对这些东西都可以有进一步的了解。

记者:《十字架上》是一篇八十年代的小说,您为什么要写这个小说?汉学家高利克评价认为它是您最好的小说。您理解的十字架和西方人或者基督教世界理解的十字架有什么相同和不同的地方?您写这个是不是和当时您自己的命运体验有关?

王蒙:我想是这样子,其实我这个书里(指《九命七羊》——记者注)都写了,再多做解释会有点画蛇添足,我想人们对于一个所谓弥赛亚——实际弥赛亚用中国话说就是救星——对于救星的向往、追求、信赖乃至对救星的失望和不满足,这既是常常有的现象,也是一个又可爱又可怜的事情,所以我想,这种现象不管它的出发点多么好,但是它会达到相反的效果,既害了自己也害了别人。反正有些话,尤其是对一些小说,自己也不必对它做最确切的解释,如果你做了最确切的解释,别人阅读起来会味同嚼蜡。

记者:您写到了八十年代的知识分子在怀念八十年代的浪漫、光荣与激动人心的时候,您自己的感受是被架在十字架上的,是这样吗?

王蒙:其实我说的不是我个人被架在十字架上,而是说对于一个社会的进步、对于一个国家的发展,是不能够把力量寄托在一个超人间的力量上面,不能够寄托在一个超现实的与形而上的救赎层面,只能是一个渐进的过程。

记者:那您当时是不是觉得我们还是需要弥赛亚的?

王蒙:是。越是像中国这样的国家,农业的国家,特别容易产生弥赛亚情结,就是期待救星的出现。但是这个和现代的理性的法理的国家并不是一回事。

记者:您在书中提到,十一届三中全会以来,实现了非弥赛亚情结的突破性进程,怎么样理解?

王蒙:因为十一届三中全会,一个是把工作的重点转移到经济建设上来,一个是发展市场经济,这个经济建设和市场经济不是弥赛亚的,因为弥赛亚主义者往往是一种理想主义的,是一种通过政治或道德的审判,来救赎、创造一个人间的天堂。而这个经济建设和市场经济告诉我们,这样一个天堂不是用道德或政治的洗礼就可以形成的,而是通过一种发展,尤其是市场经济,市场经济更多的是按照经济的规律来的。但这些并不要紧,因为我无意在这个书里头做一个关于中国社会发展的论述,而更多的是我自己的一个实际经验、体会和遭遇。

记者:就您所说,这种弥赛亚情结发生了变化,那么,文学拯救的意识和功能是不是完全丧失了呢?在这样一个市场经济、物质主义语境下,文学应该起什么作用?

王蒙:我想文学拯救的功能在任何时候都是存在的,但是这种拯救的功能我并不想把它想得过于绝对化,所有的文学作品对于人的精神都是一种救赎?这不一定。有些文学作品,比如说它表达那种强烈的愤怒和批评,它很难起到救赎的作用,而更多是一种暴露或者谴责。比如说阅读《官场现形记》《二十年目睹之怪现状》,这一类作品恐怕起不了什么救赎的作用,但是它也算是戳穿这个社会上一些丑陋的洋相,所以在市场经济的条件下文学所起的作用是多方面的,有的是带有一种救赎的色彩,有的是带有一种补充的色彩。比如说大家都耽于市场经济下的竞争,但是文学作品还能呼唤一点人的纯情和善良,或者是美的梦幻,所以说有的是一种补充,有的是一种回归,在东莞是最有体会的。因为我们今天的成绩都是改革开放、开发、经营的结果,但是文学作品有时让你回归到相对比较自然、比较纯朴的状态,甚至让你暂时忘记公司啊、股票啊,就是说也起回归的作用。

这里我还有一个想法,也许说出来不是很好听,就是有一些作家,对自己精神救赎作用的估计是不是过高?因为,我们可以看到有一些抱着准弥赛亚精神所写的作品,他自己以为他在充当弥赛亚的角色的作品,并没有得到真正的接受、传播和认同,我想这样的一些例子俯拾皆是,我就不具体地谈了。好几年前我就在报纸上看到,报道四个最重要的,可以说是当红的中年作家去签名售书,结果受到冷落,然后这四个作家接受媒体访问的时候每个人都大骂一顿,中国读者的水平太低。我想读者水平永远不会很高的,而中国读者的水平不一定非常高,美国读者的水平也高不到哪里去,你看看美国的电视剧和好莱坞的电影就知道他们是什么水平。文学把自己提升到一个弥赛亚的位置,它和读者之间会形成一个很大的落差,这是一个悲哀。

发表于《南方周末》2008 年 7 月 4 日

关于当代文学的答问[*]

主持人：三十年的改革开放，对中国的当代文学意味着什么？

王蒙：你知道，中国是一个文学大国、古国，中国人看重文学，如曹丕所说："文章者，经国之大业，不朽之盛事。"但是上个世纪六十年代开始的"文革"，使中国文学处于被消灭的境地。是改革开放三十年来，作家重新获得了工作的条件。新的作家大量涌现。文学的禁区，一个个被打破。一九四九年至一九六六年，十七年出版过两百部长篇小说，而现在一年的长篇小说就有上千部。大量的当代中国作品被翻译到国外。我所知道的，莫言译出的作品最多，我可能是老二吧。过去只有极少作家有在国外旅行的经验。现在作家出访非常平常，我已经访问过六十多个国家与地区了。

主持人：您认为上述的文学交流对于提高中国当代文学的质量有什么样的意义？

王蒙：我有一个观点，翻译介绍的来自外国的文学，也是中国当代文学的一个组成部分。尤其是"文革"结束以来，像卡夫卡、海明威、加西亚·马尔克斯、博尔赫斯、钦吉斯·艾特马托夫（苏联）、略萨、米兰·昆德拉，还有法国那个女作家叫什么名字来着？她描写一个法国女人与一个越南青年的爱情，王小波特别喜欢她。他们对中国当代文学有极大的影响。马尔克斯提供了一个把不发达的、异域

---

[*] 本文是中央电视台英文频道主持人对作者的访谈的中文稿，访谈时用的是英文。

情调的生活经验艺术化的范本,你可以从王安忆、莫言、韩少功、余华等人的作品中看到他的身影。

主持人:中外都有批评家认为当代中国文学中缺少鲁迅、沈从文式的大师,是这样吗?原因何在?

王蒙:几乎可以用同样的语言讨论外国文学,谁能告诉我,谁是现在英国的莎士比亚、法国的巴尔扎克、德国的歌德,或者西班牙的塞万提斯呢?让时间来考验一切与说明一切吧。现在还不是为当代中国文学打分的时候。一次余华先生被学生问到类似的问题,他为当代同行叫了冤,他说,我们的最大弱点是还没有死,其实与前辈作家相比,我们写得好得多。哈哈,这也算一种不同的声音吧。

主持人:什么样的作家可以算作大师?产生大师需要什么样的政治经济条件?

王蒙:大师就是师傅,各行各业都多得很,没有啥了不得的,是中文,一个"作家",一个"大师",把人搞晕了。有些朋友正是在以嗷嗷待哺的心情期待一个精神领袖、一个献身的楷模、一个弥赛亚式的文学大师的。即使是沈从文等,也没有定论。至于产生大师,主要与个人条件有关,而与政治经济环境关联不大,历史上最惊人的是旧俄尼古拉沙皇期间,普希金、莱蒙托夫、托尔斯泰、陀思妥耶夫斯基、屠格涅夫、契诃夫、涅克拉索夫、冈察洛夫……的阵容,令人惊讶,无与伦比。难道这是由于尼古拉沙皇给俄国创造了历史上最好的文学环境吗?沙皇对于这些文学大师的主要贡献是把他们流放到西伯利亚去。如果一位中国同行不是大师,恐怕是由于自己没有出息,恐怕不能由政治经济社会条件负责。另一方面,文学大师太多,对于普通百姓一定是好事吗?有许多幸福指数高的国家,文学其实是一般般。

主持人:您自己的作品的写作标准是什么?

王蒙:我的标准是多种多样的,因为我写各式各样的东西,包括诗歌、小说、长篇小说、评论、古典文学研究等。但我总是有了自己的不同的话才去写。我就是我,我绝不追随谁。我写的是千遍万遍感动了我自己的东西。早在五十年代,我的作品《组织部来了个年轻人》在英国出版的时候,编者就说过,王蒙有一种不同的风格,不同,这就是我。

主持人:您认为现当代中国作家中谁的影响最大?您个人对于成为社会关注的中心有什么感受?

王蒙:鲁迅的影响大,当然,但那也是他死后的事,而且他的影响是由于毛主席的推崇才达到今天的地位的。整个来说,中国的左翼文学对于中国革命的推动,起了很大的作用。所以国民政府到了台湾以后曾经极端地严防死守,不让左翼文学进入台湾,当然,早已时过境迁了。

我个人年轻时非常渴望被注意、被议论,全国讨论《组织部来了个年轻人》的时候,我觉得自己像是在天上飞一样。这当然是一种享受,听到众人齐说王某人。现在,早没有这种小儿式的趣味了。文学是个需要看长期的活儿,需要暗中使劲,需要更多地看着未来。

主持人:您怎么样描画您同一般作家与政治的关系呢?

王蒙:一个作家一个样子、一个遭遇、一个命运。我从十一岁起就与中共在北京的地下组织建立了固定的联系。我在差五天才十四岁时已经成了中共地下党员。一九四九年我成为新民主主义青年团(当时还不叫共青团)工作干部。然后二十三岁时在政治运动中"灭顶",我被"极左"政治封杀了二十多年。一九七九年恢复了政治名誉。一九八二年担任中共中央候补委员。一九八五年到一九九二年任中央委员。一九八六年至一九八九年任文化部长。一九九三年至二○○八年任政协委员、常委。我怎么可能不紧密地参与、关心政治生活呢?我是积极的参与者,是身临其境,不论是好境或者不太好的境的人。我相信政治家与作家都可能是激情洋溢的理想主义者。同时,我要告诉你,我是真正的作家,我充满写作的冲动与艺术感受,我对于语言、形象、虚构、抒情有太多的爱。当然作家特立独行与感情充沛,也有与政治斗争需要不一致的地方,在文化部长的经历之后,我更多的是投入到写作里。这更适合我的性格与选择。我为此而感到幸运和快乐。

主持人：您是很少数的一个当过文化部副部长的作家，您回顾这方面的经验，感觉如何？

王蒙：你怎么会认为我是副部长？不，我曾经是部长。我尽了我的努力，成为作家、艺术家与党的桥梁，我起了一点健康的作用。我也尽可能地推动改革与开放。例如我主持了对于帕瓦罗蒂与普拉西多·多明戈的接待，我与各部门联合做到了营业性歌舞厅的开放，我们也制定了艺术团队的改革规划等等，我学到了许多东西。同时，从第一天起，我就随时准备着回到书桌前来。为此，我也多次向中央领导提出，离开官位，回去写小说。

主持人：现在人们喜欢回顾上世纪的八十年代，您觉得那是一个特别值得怀念的时期吗？

王蒙：人们说八十年代中国的改革是"摸着石头过河"，这个说法很形象，也有点浪漫。中国太大、太古老也太"不同"，没有现成的道路摆在中国面前，摸着石头过吧，已经走了不少路啦。当然也碰到了各种曲折、争议、抱怨，也有许多梦想和自恋、失望和希望。

当然，八十年代的时候我们更年轻。老了回首年轻的时候，这是诱人的。怀念与幻想一样，容易美化一些东西。而现在是硬邦邦的真实，现在更需要的不是伤感温馨而是实在的脚踏实地的建设与奉献。

主持人：您是如何在经历了那么多事件以后，仍然保持着创作的热情的？

王蒙：中国在二十世纪经历了太多的战争、革命、屈辱和急迫感。一九四九年新中国成立后，仍然有强大的惯性，使国家和人民稳定不下来。人们习惯于政治斗争的高潮化、日常生活的革命化，我知道。我相信，事物总有它自己的规律和过程。而且，这里没有别的选择，你只能等待，你必须耐心。你必须乐观，不乐观就只能选择自杀或者疯狂。少年革命者的底色也帮助了我，我从根本上说是充满阳光的。想想吧，我出生三年日本侵略军就占领了北京，我是在日本占领军盘踞下上完小学的。我也领教了国民政府。我从小就学会了顽强、忍耐，人不堪其忧，我也不改其乐。

主持人：听说您的自传三部也有可观的收益，您认为市场对于一个作家是好事情吗？

王蒙：文学与市场没有直接的关系，曹雪芹也好，李白也好，那个时候并没有市场。否则他们二人的收入可以上福布斯排行榜。反过来说，西方国家的市场经济比中国更成熟也更发达，这也没有影响他们的作家获得诺贝尔奖。钱票是副产品，钱票并非讨嫌。靠"爬格子"而挣取一些收入，远不如经商来得快。市场经济对发展生产与提高国民收入是好事，作家没有理由对之痛心疾首。虽然差不多每个作家都认为只有自己才配得到最高的收入。他们不会认为市场对于文学有什么公正可言。

主持人：有的说中国当代文学受害于市场经济，已经落后于时代了，您的看法如何？

王蒙：谁知道？什么叫落后于社会或者生活呢？《诗经》是几千年前的作品，谁会认为《诗经》落后了呢？还有李白、莎士比亚、雨果，或者惠特曼，或者关在房间里写诗的艾米莉·狄金森吧，我去过她的故居和墓地。他们永远不会落后于生活和社会的。

这里，中国作家面对的其实是一个更深层次的问题。如果你有兴趣去研究世界文学史，尤其是近现代的世界文学史，你会发现，革命前或革命初期，历史的大变动以前，往往会有极发达的文学。比如俄罗斯，比如中国。那时候作家的一切愤怒、悲哀、眼泪与嘲笑，客观上都通向历史的暴风雨。那个时候的作家几乎同时是革命的，至少是批判的精神领袖、预言者、呼唤雷电的勇士。那么革命胜利以后呢？作家怎么样选择自己的角色？现在的中国，仍然有为鲁迅如果在一九四九年后活着会怎么样而不安与争论不休的。虽然这只是一个假想的问题。全世界都没有解决这样的问题。

例如南非的大作家纳丁·戈迪默,她是诺贝尔文学奖得主,我在一九八六年曾经在纽约的国际笔会上与她见面,领略过她的风采:自信、使命感、斗争意志、所向无敌……她还坐过白人种族主义政权的监牢。现在她追求的目标已经实现,种族主义已经垮台。她的声音反而消失了,据报道,最近,她的家闯入了匪徒,她由于拒绝交出结婚戒指,被殴打了。

中国的作家正在创造新的经验,怎么样最好地对待革命的成果,怎么样去创造更好的新生活,怎么样面对新的挑战新的麻烦。不会是丧失自我与个性,也不可能是不断煽情与呐喊……但不论如何,当年鲁迅式或高尔基式的光环与高调不再了。

主持人:您认为中国当代文学在世界上的地位如何?

王蒙:正常,不需要抱怨也不需要着急。再说其实压根就没有一个什么"国际文坛"。可笑也可叹的是,例如中国和美国和欧盟的作家间的直接交流,还不如军事将领间的交流多呢。随着中国的发展,也随着中国文学的发展,我们会有越来越多的外国读者。但更重要的是本国的读者。有什么办法呢?我们的汉语、汉字,还是同胞们容易接受。

主持人:您怎样看诺贝尔文学奖与中国作家的得不得奖?

王蒙:我至少讲过二十次了。文学就是文学,奖就是奖:金钱和荣誉。金钱和荣誉大家都喜欢,但是对文学创作的直接作用有限。得奖有两种,一种是因得奖而本人获益,那是在支取奖项的公信力,另一种是杰出的大家得奖,是作家为奖项增光。奥林匹克,我们已经是金牌第一了,第一了又怎么样呢?我们的全民身体素质仍然不敢太吹嘘。何况诺贝尔文学奖并不是奥林匹克,判断文学名次,这是连诗神缪斯都做不到的呀。还有许多具体情节,请读拙作自传第三部《九命七羊》吧。

主持人:中国的传统文化与当代中国作家是不是有点缺少想象

力呢？

王蒙：中国的历史与文化当中，曾经有过不利于充分发挥想象力与创造性的条条框框。近现代以来，中国人的想象力有时表现为适应与调整的能力，即在最不利的情况下做最好的选择。现在这个情况已经并正在改变。想象力的表达方式并不一致。例如欧美有大量科幻作品，中国少科幻，但中国有武侠，单纯说想象力，你恐怕说不清楚。

主持人：我们曾经有过成熟的文学语言，但是"五四"后我们的语言传统中断了，这会不会给中国作家造成麻烦或者挑战呢？

王蒙：可能有一点麻烦，但是没有你说的那样可怕，口语与书面语言的分野，古代就有，如果你比较古代与当代的白话小说，它们基本上是相通的。当今的白话与古典的文言之间，也仍然有密切的联系。李白的某些诗，连幼儿园的孩子都能背诵，它离我们仍然很近。另外，白话与文言的分野，能够成为中国作家的特殊财富与机遇。我的写作从来不拒绝北京口语，也不拒绝用其他地方的方言，也不拒绝某些文言，乃至从少数民族语言中、从英语中引进的说法……既然大家都懂了，何必拒绝呢？

主持人：您怎么看年轻的例如"八〇后"作家？

王蒙：当然，世界是我们的，也是你们的，但是归根结底是他们的。对"八〇后"作家现在说太多了为时过早，等"二〇一〇后"作家大量涌现出来以后，再说说"八〇后"，更有把握一些。

主持人：中国当代文学是否为后来的作家打下了基础？

王蒙：不一定，也许后来的作家认为还是《诗经》或者曹雪芹更重要。但是当代文学也有当代文学的意义。外国也是一样，我们也许会觉得英国文学还不如莎士比亚时期辉煌，法国文学也许没有巴尔扎克时期厉害，那又怎么样呢？一个作家写好你当下的书稿吧，你的最好的书稿也就是你给今人与后人最好的一切。你无法预测后人对你的态度，别说后人啦，连同时代的反映你也没有把握呀！管那么多干什么?

主持人:您怎么看文学成果与一个民族的软实力的关系,我们是不是缺少这样的软实力?

王蒙:许多年来,尤其是近一二百年来,中国首先缺少的是食物,是温饱,是起码的国防力量,是民族的尊严与领土的完整,是对于地球的理解和平等地与世界其他角落的人们交流的意识。当然在中国,强大的封建主义正统观念,束缚着人们的精神能量,使我们没有做出更大的贡献与创造。所以我一直喜欢讲一句话,就是要扩大我们的精神空间。我们希望今后情况会好一点。也只能慢慢来,让世界习惯于中国的全面发展与更大的贡献。

2008 年 12 月 26 日
发表于《文艺研究》2009 年第 2 期

面临现代的传统*

记者：王先生，近年来您致力于研究中国古代典籍，出版了不少相关著作，从书中能够感受到古代典籍与现当代社会生活的联系。在您看来，我们可以从传统文化中吸取哪些精神资源来应对当今的生活？

王蒙：对我个人而言，研究老庄就是要还原他们活生生的思想，还原成对生活的发现。老庄的书中有不少精彩的语句，是过去没有发现，没有被我挖掘出来的，其中有不少深刻体会，对理解世界、理解社会、理解人生……有很多的帮助。我最喜欢的是庄子对于古书好比古人的鞋印的说法。鞋印不是鞋，更不是脚丫子，离活人很远。但庄周的最大魅力是他的超级活性。我不仅是考察鞋印，而是恢复庄周这个大活人，比活人还活百倍的智者，去号他的脉搏，去听他的心跳，去与他抬杠，去给他鼓掌……我追求的不是唯一正确的标准解说，但是可以肯定的是我认真对照了前贤们的解释，再联系个人的人生经验，然后，给经典一个活化的发扬。

现代社会生活视野的无限扩大，生产力与科学技术的日新月异，财富的核能释放般的增长，欲望的无限膨胀，使人们的心态比古人浮躁得多，现代人要更心慌意乱，更顾此失彼，更疲于奔命，更丢三落四……面对着信息爆炸、任务加码、动静失衡、生活混乱的情况，就更

---

* 本文是《中华书画家》杂志记者对作者的访谈。

需要有精神资源的支持。精神资源最容易接受的,恰恰是我们的传统文化。传统文化中的精神资源有很多:孔孟之道里面希望尽量给人际关系树立一个合情合理的规范,老庄更多是从世界的本原出发,使人们能够对社会上的竞争和焦虑有所超越。再比如说唐诗里,常常鼓励人们用宏观的视野来看待人生的各种境遇;宋词里,常常从感情的细腻之处来让人们体味人生。所以,我觉得中国的传统文化对我们的精神生活有着非常好的启发作用。

另外,我想说的"精神资源",绝对不仅限于中国的传统文化,西方有好的精神资源也可以拿来被我们吸收。中国有《论语》,外国有苏格拉底和柏拉图的《对话录》,一样可以获得启发,得到很多精神资源。在最高境界层面上,很多理解是互通的。我觉得一个真正精神丰富的人,要做到古今的相通、中外的相通、文理的相通以及理论与实际、生活与书本的相通。

记者:老庄讲"道法自然",书画理论也讲究"师法自然",古今对"自然"一词的含义有着不同的解读。

王蒙:是的,中国古文中所讲的"自然",跟我们现在所说的"自然"不完全一样。"自然"这个词在我们今天的说法就是大自然,它是跟人类的文化相对应的,属于前人文创造的一个世界,用英语来说,它是"nature"。在古代它或者部分地包含这个意思,因为先秦那个时候,我们的诸子百家也好,一般人也好,还不熟悉自然与文化的分野。老子所说的自然,它更多包含的是一种状态的意思,指的是"自己就这样"。"然"就是"being",就是存在。所以"道法自然"首先的一个意思就是,"道"是自己运动的,是自然而然地在那儿活动的,它是不听命于人和外力的。道是自然的,不受意志、价值、文化、权势、科技与才能的左右,它只能自己运动自己的。

从"人法地,地法天,天法道,道法自然"这一连串的推论来说,确实看到它强调的是世界万物互相之间的这样一个师法关系,它是一个和谐的关系、一个统一的关系,实际这个话里头已经有"天人合一"这样一种思想的萌芽。因为人是地的产物,是在地上生长的,所以人做一切事情要注视、要倾听地的声音,要看地的变化,得随时根据地来调整自己的选择。地呢,它上面还有天,它要跟随着天走。所以这是一个和谐的说法,又是一个有趣的说法。

具体到艺术创作中,就是反对造作、反对伪饰,同时也反对把人的力量估计得过高,而看不到所谓"天"的力量,其中包括了我们所说的大自然的力量。

我们的绘画理论都讲师法自然,不管你表达多么崇高的思想,但是这个灵感是从哪里来的呢?是从大地上来的,是从花朵里来的,是从动物里来的。我们的书法也讲究师法自然,一位书法家,他的字为什么写得很有气魄、很有力量呢?因为他登过泰山、他爬过黄山、他走过黄河、他跨过长江、他见过各种各样的动物、植物。他从动物、植物上体会了各种动态、静态的几何结构,运动的风姿,很多人说他喜欢书法是从大自然找到了灵感。中国功夫也是师法自然,像猫蹿、狗闪、蛤蟆功、螳螂拳……都从自然中得到启发、得到灵感;甚至于做人,也要师法自然,也就是说,人的道德品质状态,要学自然、学天地、学日月山川,这也叫从格物致知中寻找大道,这样的思路有它的魅力。

记者: 从您刚才的讲述中,能够感受到无论是书画、诗词,乃至做事、为人都包含对"道"的理解和运用,渗透着中国传统特有的思维方式。

王蒙: 中国传统的思维方式是喜欢整合、混沌,不喜欢分工分得那么细。比如你会写字,你可以用写字的道理给人治病,可以用写字的道理去治国,可以用写字的道理去烧菜。中国人讲"开药如布将",把药剂、药方当兵法来研究,全世界没有这么研究的。这是中国人的一种很有特点的思路,不见得准确,但是有其可贵之处。中国人的传统思维跟世界其他地域特别不一样,跟我们现在也不一样。

道是混成的。混成,在混沌中自然生成。混一、混合、混元、混生等,都包含一种原始、原生、先验、根本的含义,混字是最接近道的词之一。老子说混而为一,能将万物混而为一,这是哲学家的本领,这是道的运用。道的功用在于,它不但能使万物分离开来,更能使万物混一起来。重视概念的归属与提升,重视寻找一把万能的钥匙,希望能抓到一个牛鼻子、一个穴位,乃无往而不利——包括为政、习武、求学,一通百通,一胜百胜,所以特别重视混合为一的命题,这是我们的传统文化的特色之一。

庄子讲"天地与我并生,万物与我为一",这是一种境界。人活一世,拥有天穹庐、地毡毯,天地之间有了你这一号,你这一号的环境有了天地的浑然与辽阔持重。天地的浑然与辽阔也就是你的浑然与辽阔。同样,天地有了你的灵性,有了你的感知。中国古代画家最喜欢画的题材之一就是画一个大的山景,雄浑而不无妩媚的山景中有一两个小人、小桥、小屋、小亭,这反映的就是并生与为一的美好感受。人的灵性、人的喜怒哀乐、人的焦虑与困惑,也来自天地,与天地同在。再说,天地万物与我,都有相向或相似的新生、成长、壮大、衰微直到死亡的过程。庄子提倡的是一种在世界与历史面前的谦卑与低调态度,齐物的结果必然是谦卑与低调。这也是道法自然,行云流水,过犹不及。不论您是学道行道,仁慈关爱,智慧聪颖,勇敢无畏,都应该是诚于中而形于外,自然流露,自然反应,不事声张,不做姿态,不摆架势,不搞运气发功炒作声势,而且止于所不知,老老实实地承认自己有所不知、有所不能,不热昏,不牛皮,不硬拼,不作状,不以闹腾取胜。

记者:中国古典诗词在唐宋达到高峰,而今面对古体诗的式微,您怎样看待新体诗的创作?

王蒙:我当然完全赞成新体诗的成就,完全相信今后中国诗的主流是新体诗,我也从一些今人的诗作中看到旧体诗的传统仍然在新体中有所延续继承和发扬。你看聂绀弩的诗,写得非常好,他的诗一看就是二十世纪写的,不受传统的束缚,有时会让人想起龚自珍来;

钱锺书的诗也写得相当好,而且有他个人的特点;陈寅恪也有不少好的古体诗留下来。

古代诗歌的发达在带来辉煌的诗艺的同时也形成了旧诗的规范化、程式化,这正是旧体诗词难以永远红火下去的原因。中国古典诗词到后来到了无一字无出处,无一字无来历的地步,搞得很难创新,非常限制人的思想。但我仍然愿意强调,中国旧体诗词是一大文化瑰宝,是汉语美丽的、极致的表演,是中华文化、中华民族的凝聚力的一个不可或缺的组成部分。

古典诗词本身就像一棵大树,是我们民族传统文化中的一棵大树,而每个人写的都是这棵大树上的一片树叶、一个叶脉、一个小芽、一个骨朵,或者是树皮上长出的一个疙瘩。写出来的东西必须和这棵树相匹配,起码能被兼容。所以必须大量地熟读中国的古典诗词,然后才可以写诗。现在喜欢古典诗词的人非常多,有的写得很好,有的让你看着实在难受,因为它不匹配,不兼容。出来的是乱码,不伦不类。古典诗词对我们而言,是很重要的文学语言的资源。能背诵几十、几百、上千首旧体诗的文人,才能算真正的中国文人。今人和后人的诗词创作中,旧体可以式微,但对旧体诗词的喜爱和赏析,将成为我们民族、我们的知识分子的精神生活的一部分而永存。我还附带建议:在中小学的语文教学中增加古典诗词的分量并教授吟诗,更多地出版一些适合阅读欣赏的旧体诗词的选本。

记者: 您曾从《红楼梦》谈到曹雪芹的"痴",并指出"艺术永远是痴人的选择"。这种"痴"是不是人类在进行高度创造性活动时都需要的状态呢?

王蒙: 其实"痴"是一种巅峰状态,到了巅峰状态,也就进入到一种忘我。既忘了我,也忘了其他事情。据说法国作家巴尔扎克写《高老头》,当写到高老头死的时候,他也躺在地上捯气儿。工作人员立即叫来救护人员,巴尔扎克苏醒后,向医生吃力地摆摆手,气若游丝地说:"高老头死了,我没事!"这不就是一种巅峰状态吗!我觉得,艺术有一种境界,到了这一境界,所有的一切都忘了,你不会想到语言、想到技巧,不会想到什么现代感,也不会想到深度,而到了那样迸发的时候好像只剩下艺术家赤裸的灵魂和赤裸的心,这样一种冲撞、搏斗,或者这样一种拥抱。

记者: 有不少学者针对五四新文化运动进行反思,认为"五四"对传统的批判造成了近代以来中国的传统文化缺少根基。您对此有何看法?

王蒙: 近年来,弘扬中华传统文化的呼声很高,这说明了人们在文化问题上越来越以珍惜和建设性的态度取代简单粗暴地骂倒一切。但是从而否定五四新文化运动的声浪又起,这就太荒唐了。从总体来说,正是五四新文化运动挽救了中华文化传统停滞、衰落、病弱乃至走向灭亡的颓势。传统不是一个僵硬的、业已终结与完成的死东西,一切传统都在变化发展。正是五四新文化运动反省与荡涤了我们传统中的封建落后、愚昧无知的糟粕和面对列强主导的世界的一筹莫展,引进了民主、科学、马克思主义、现代文明……引进了全新的思想体系和知识技能体系,并与我们的传统文化中的精华部分整合,做到了先进文化体系的本土化、中国化,才有今天,才有明天,也才有对于中华传统的骄傲与自信。如果我们的国人仍然处于"五四"前、革命前的大清末的那个惨状,传统文化还不是眼瞅着气息奄奄地完蛋!所以现在一说弘扬传统文化,就批评"五四",这是一种相当粗浅的想法。

记者: 先秦时期,尽管社会生产力低下,仍出现了诸子百家的思想高潮。步入现代社会,物质生活水平日益提高,人文精神不足的问题却越加凸显,似乎经典的力作越来越少?

王蒙: 文艺与社会生产力发展的关系,并不总是同步或相互适应、相互影响、相互配合的关系。不是社会生产力的繁荣,就一定能带来文艺的繁荣,社会生产力的落后,就带来文艺水平的落后。

文化是需要一个比较长的发展过程。我熟悉的是文学领域,拿几个文学的高潮来说，到现在全世界还没有出其右者，能够赶得上的。我说的就是俄罗斯的文学高潮，从十八世纪末开始，经过十九世纪，直到二十世纪开始，这是全世界公认的。哪一部作品拿出来都是惊天动地的，托尔斯泰、陀思妥耶夫斯基、普希金、莱蒙托夫、契诃夫、奥斯特洛夫斯基、涅克拉索夫，一直到高尔基这儿……太多了，还有出现了不少著名的评论家，既有很大数量，又有极高的质量。可是当时的俄国，绝对不是最先进的国家，而是生产落后的国家。对应的最近的高潮是拉美文学，光得诺贝尔文学奖的就有好几位，加西亚·马尔克斯、略萨等等。尽管拉丁美洲的生产力水平并不高，甚至相当乱，但是却出现了文学爆炸。"国家不幸诗家幸。"先秦时期，也是比较乱的时期，却产生出诸子百家来。我们要研究一下，在稳定的生活下，人民文化生活发展的规律。这其中有非常复杂、非常深刻的问题。

当前，我们的文化、文艺生活正在呈现出空前的繁荣和蓬勃生机，文艺作品与群众的文化生活从数量上、品类上、规模上、参与程度上与选择的个性化上都是以往完全不能相比的。与此同时，我们缺少力透纸背的经典力作，缺少振聋发聩的文艺高潮，缺少学术创新与文化发现，缺少大师式、精神火炬式的文化权威。所以说，现在是一个文艺泛漫的时代。

记者：怎么理解文艺的泛漫化？

王蒙："泛漫化"这词是我个人对当今文艺现象的概括。相对于"大众化""民主化"的褒义和"泛滥"的贬化，"泛漫"是中性化的。泛漫化是文化民主的权利，它推动了民主的进步。市场的发达与大众的参与、传媒的发展与文化的多层次化使公民的文化民主权利得到落实的体现，现在文化的民主化解放了大量的精神生产力。与此同时，让人感到困惑，就是文化艺术本身的价值找不到标准了。

所以，在市场经济和民主化、大众化的创作情境下，在解放了大量的精神能力的同时，也会让人感觉到现在低级趣味、思想品位上的零度化、牵强附会、互相模仿,各种胡编乱凑、不合情理、信口开河的作品越来越多。相形之下,常常产生这样的疑问:如今这个年月到底好作品在哪里?到底公众知道不知道什么是好作品?尤其是还有没有好作品?这些问题使文艺作品失去了思想与艺术的追求与积累,丧失了文学与学术的深刻性、严肃性和创造性,激动人心与精益求精的"古典"说法似乎正被人忘却。

同时,我们又不能不承认,文化的经典的产生有赖于个别的精英人才。人多势众的文化是热气腾腾的文化,也是泛漫汪洋的文化,它们必然是包含着大量低俗伪劣浅薄的货色。民族的文化瑰宝有赖于孔子、老子、孟子、李白、杜甫、齐白石、徐悲鸿、鲁迅这样的少量天才人物。我们中国产生过一批这样的人,和没有这样的人是不一样的。有了这样的巨人,民族的气势是不一样的,它的信心是不一样的,它的尊严是不一样的。一个国家、一个民族,应该有自己文化上的代表,应该有自己文化上对全世界的突出的贡献。

文艺的泛漫化与经典的出现常常不是一回事,越是泛漫,人们越是容易痛感经典的缺失。当然二者并非势不两立,淘尽黄沙应是金,"四大奇书"既是最普及的又是同样优秀的。淹没在泛漫的文化与文艺生活中的智慧奇葩与天才成果,终将永垂史册,成为我们民族的经典与骄傲。我们无须对泛漫的大众文化产业痛心疾首,但也不能对文艺生活的泛漫化所带来的问题视而不见。

记者:在一些地方,大众文化产业成为人们争相打造的"新的经济增长点",成为追逐经济利益和市场利益的工具。社会上出现了文化市场、文化企业、文化经营、文化旅游……如何看待文化的泛产业化趋向呢?

王蒙:文化和市场相结合,不能完全否定。因为有市场,说明它的受众很多。无论歌舞、电视剧、电影也好,书画也好,总是希望能够有更多的人来接受。但是仅就市场的力量又不足以提高文艺的品位。我们想到一些文化名人,比方说英国的莎士比亚、科学家牛顿、哲学家培根、罗素……这些人从市场角度来说，比不上一个歌星，可是他们的意义比歌星、舞星高得多。"超女"可以火遍半个中国，我丝毫不会反对"超女"，但是一个国家的领导也好，专家也好，应该清楚体现一个国家的音乐水平到底在哪儿。

商品经济的发展能够给予文化生活以有益的启发，但是，有的时候也会败坏文化品位。大概十年前我去过五台山。与五台山和古老庙宇同时存在的还有桑拿、脚底按摩……显得整个环境的文化氛围急功近利。一些营商名词正在使一些出版、传媒、制作人、投资人、旅游公司与有关地区和部门头脑发热，例如包装、炒作、品牌、名片、时尚、热销元素，成为某些地方发展文化事业的首要思考。而思想、艺术、真实、深邃、完美、智慧、才学、责任、激动人心与精益求精的"古典"的说法似乎正在被人忘却。以编造充根据，夸大吹嘘，制造假象。有的地方领导甚至称之为是"先造谣后造庙"。而在打起名家、名作、名事迹这个招牌后，用热销商品与尚待论证的所谓本地文化古迹互相命名，新建一批可靠性与文化内涵近于乌有的人造文物，然后用殿堂、寺庙、景点、纪念馆、祠堂的名义，搞餐饮游乐等三产，人们在先秦诸子的名义下吃喝、洗浴、按摩，请问这究竟是弘扬了还是亵渎了我们的文化资源呢？究竟是推崇还是滥用文化的名义呢？这样下去，粗鄙的营销手段是可能吞噬真正的文化品位的。

记者：近期的书画艺术市场非常活跃，艺术品作为商品进入到艺术市场，既实现一定的经济价值，又体现一定的艺术价值，这也是解决书画艺术品供求矛盾的基本途径。但是有些书画作品，经过包装、炒作，已经造成其艺术价值与市场价格的失衡。

王蒙：我对书画领域了解得相对少。当前社会对书画的期待和需求很旺盛，因为随着文化水平的提高，产生了收藏、陈列、展示、馈赠的需要。但是另一面，书画本身的欣赏、判断的水准非常低，大众不知道什么是真正好的作品，只知道价格高不高。后来我问价格是根据什么定的呢？听人说是根据他在协会的官衔来定。书协、美协的会员与否,决定了价格的高低。如果是全国的理事,这是一个价,常务理事又是一个价,副主席一个价,主席一个价……这是书画领域很特殊的现象,说明书画的受众很多,但是懂得书画的人很少。

以职位高低作为艺术水准的评估标准,在国外是绝对不可能出现的。另外一点,书画的商业价值要超过别的艺术门类,它的收藏价值高,但是并没有得到良性发展,现在变成了奇货可居。书画领域缺少真正的、有权威的对书画的评估、判断,而且艺术的问题很难有统一的标准。正因为人文领域的高下优劣不像体育或者实用技术那样好判断,因此良莠不分的现象就更加令人痛心。

而且,有不少所谓的专家很容易被公关,有的专家甚至跟孔乙己差不多了。哪个地方把专家请过去了,又吃又喝又来回转,最后还送点红包。于是,这个专家就赶紧替他说话,使得评估缺乏公信力。因此,社会缺少一个真正权威的、学术的、艺术的评估体系。

记者: 文艺批评的社会公信力下降会直接影响到文艺的健康发展。您认为,建立健全的评估体系应该包括哪些方面呢?

王蒙: 一套科学的评价体系包括三个层面:一是市场体系,看印数、票房、点击率。二是艺术学术评估体系,依托大学、研究机构、媒体,要做独立的意见。美国是最具商业化的社会,但是《纽约时报》的书评、剧评从来不向市场低头,一些大剧作家都要为自己的新剧是否能得到好评而忐忑。三是社会舆论体系,包括国家褒奖、荣誉称号等。美国普利策新闻奖由总统在白宫颁发,但美国总统并不参与评选;法国国家大奖"龚古尔文学奖",尽管奖金只有几欧元,但它的公信力是无法用金钱来衡量的;而日本的"芥川龙之介文学奖"是由天皇颁发的。对此,我们的社会舆论应该有自己的判断、自己的主见。我们的国家、我们的执政党也必然会有、要有、要尽到自己的责任,要心中有数,要有主心骨。只有有了专家与社会的负责的与郑重的声音,传达出深刻与高远的思考,我们的文化文艺生活的价值认知才能得到矫正与平衡。

我们的社会需要逐渐培养与建立权威的、强有力的思想、学术、艺术评价体系,靠的是参与者的道德良心、学术良心与艺术良心,靠的是评价者的对历史,对祖国、人民,对人类的责任感与独立思考,同样靠的是评价者物质上的自足与直得起腰来。一些学术与文艺团体,一些高校和研究机构,一批境界高的专家,应该迎难而上,挺起胸膛,敢于好处说好,坏处说坏,拒绝一切实利的诱惑与干预,应该将学术与文艺上的黑金视为最大的丑闻与耻辱。

记者: 大国崛起不仅是物质和经济层面的问题,还是人文和精神层面的问题。怎样才能使中国的文化走向世界,使中国成为文化大国?

王蒙: 许多人认定,中国的文化是世界上唯一没有中断的从古代就保留下来的文化,这是当今世界以欧洲为源头的主流文化潮流的最重要的参照系之一。在相互参照中,我们已经发现了自己的落后,我们正在努力发展自己的传统文化,我们正在保护自己的文化传统,并从开放和引进中为我们的文化注入新的活力。中国文化的一个能力就是自我反省。适应新的情况,获得再生的能力。如果不能自我反省、自我批判,不能适应新的情况,就不能再生。不能再生的结果,就是灭亡。文化发展的一个特点,就是只有既保持自己本土的族群特色,又不断地在与外来文化的接触和碰撞中对其加以吸纳才能得到发展。那种纯粹的所谓固有文化只能存在于博物馆里,那样就不会有变化和受到冲击的危险了。所有活的文化都是充分利用开发和杂交的优势,在和异质文化的融合和碰撞当中发展的。艺术的发展也是如此,文化艺术本来是最富有民族性的,但不知不觉地我们已经吸收了很多外来的表现方式。

我觉得,建设一个文化大国,把文化的特色贡献给全人类,这是一种美好的选择,这也有助于把中国人的爱国主义、民族主义情绪引到正确的方向上来。建设文化大国绝不是不学习外国的好东西,而是要更大胆、更全面地学习国外一切有益的东西,学来以后把它变成中国文化的一个组成部分。中国文化只有在开放的过程中,才能获得新的生机,焕发出自己的光彩。不论怎样懂得、珍视、爱惜甚至善于利用固有的民族传统文化,不开放,不发展,不再造,传统文化就无法生存下去,更无法获得新的发扬光大。开放是生命力和信心的表现。具有强大的传统和独特的瑰宝的中华民族文化一定能在开放中获得新生,获得个性的保持,获得新的尊严与新的魅力,并对世界和文化做出应有的贡献。

答《南华早报》记者问

记者：为什么要出《中国不高兴》①这本书？书名有什么特别的意思？

王蒙：二〇〇八年国内外充满变数，给人的感觉是中国历史和世界历史又进入未定之天，中国应该在思想上对此有所准备。这是我本人参与这本书的初衷。其他几个朋友的想法正好也都差不多。书名是出版者起的，我个人更喜欢副标题"大时代、大目标及我们的内忧外患"，它比较准确地概括了这本书的基本内容。

记者：你们在书中主张中国在处理国际事务时要强硬一点，这样做会否激化国际社会对中国威胁论的说法？

王蒙：我们只是表达了自己对国际关系、世界格局尽量客观的认识。我们是民间思想者，不是外交部、国防部发言人，"中国危险论"来自中国国力的增长，"激化"也是因中国国力继续增长而不是因一本书而激化。中国国力不上去，你出一万本书他们也高枕无忧。

记者：现在有舆论认为你们是中国民族主义者，而你们的观点就是极左派的观点，面对这些批评你们有何回应？

王蒙：这本书的内容观点，要比"民族主义""极左派"复杂丰富。但很多人已经习惯了不看人光看帽子，不看书光看标签。他们认识世界就那么几顶帽子，就那么几个号码。世界戴着这几顶撑开了线

---

① 《中国不高兴》，宋晓军等著，江苏人民出版社 2009 年出版。

的破帽子，真跟叫花子似的了。我个人看重理性的、起码是看过书的批评，对条件反射式的批评做反应，不是也把自己当傻子了么？

记者：现在有很多人认为这本书是《中国可以说不》的续集，你们同意吗？这本书与上一本最大的分别在哪里？

王蒙：《中国可以说不》我真的没看过，是间接的了解。但可以说，今天的中国人和当时的中国人是不大一样的，当时很多中国人特别讨厌中国。今天情况好多了，很多人对中国开始有信心了。我想《中国可以说不》大概是要对中国人说，中国真的没那么讨厌。《中国不高兴》是对中国人说，要有大目标，大抱负，要让中国在世界历史中再上一个台阶。

俗不可怕，可怕的是只有俗*

记者："大众化"是满足公众文化权利的一个重要途径，这是不是意味着"大众化"是文化的发展方向？应该如何理解文化的"大众化"？

王蒙："大众化"是文化的发展方向之一，但不是全部。按毛主席的提法，要建设"民族的、科学的、大众的"文化，"大众化"居三化之一。

什么叫"大众化"呢？首先是代表大众的利益与心声，满足大众的需要与喜爱，符合大众的审美习惯与价值珍重，吸引大众的注意与参与。文化同时还需要是民族的与科学的。就是说我们的文化内容、文化产品，应该能够代表民族文化传统的高度与特色，能够吸纳与体现现代科学的成果，能够攀登民族文化的高峰，能够体现科学进步的前沿。仅仅讲一个"大众化"，是不够的。

这里边还有一个问题，除了共产主义运动中的普罗大众文化的诉求之外，还有西方世界的所谓波普潮流。波普（大众、公众、流行）的含义，既标榜了民主性，也迎合了市场化的利益乃至批量生产的规则。我国今天"大众化"旗号下的某些文化产品与文化经营，未必是普罗主义的，倒很可能是波普，特别是西方流行文化的影响在起作用。

---

* 本文是《人民日报》记者对作者的访谈。

再有,"大众化"不等于大众文化,而很可能是指精英、高端文化的普及,革命意识形态的普及与宣扬。而"大众文化"的说法,却主要指迎合市场口味的畅销追求。对于不同的"大众化",对于大众文化与文化的"大众化",我们必须分析明白。

记者:"民众就是革命文化的无限丰富的源泉",大众使文化获得了可贵的独创性、多元性。这种大众文化与所谓"高雅文化""主流文化"有什么联系?

王蒙:不错,民众是革命文化的源泉。同时我们还必须看到,源泉还不就是文化的成果。尤其是一切文化精品,都不仅是、不限于源泉的原生态。源泉需要大师、大家,需要文化人才乃至天才人物的挖掘、提炼、加工与创造、再创造;也需要一定的努力,有时候是极大的努力去传播、去普及。

仅仅有源泉不等于有了革命文化,而且今天的文化更广泛、更深刻得多。文化不仅是革命的动员,而且是我们人生的智慧、历史的积淀、学术的精华、生活的质量、提升的阶梯、审美与思辨的魅力所在。北京故宫当然不是革命文化的果实,但仍然是中华文化的瑰宝,可以被普罗大众所利用汲取,也仍然有利于对于反封建的革命使命的理解。

记者:您认为当前一些文化产品在追求所谓"大众化"中,存在哪些"庸俗、低俗、媚俗"的问题?

王蒙:文化要为大众服务,但如果一个国家的文化水准就是全部人口的平均水准,那么这个国家的文化层次将会降低乃至瓦解。一个国家的文化水准是由这个国家的文化精英与文化高端成果所定位的,我们不能不正视这一点。同时一切民间文化的宝藏,也都需要高端的文化认知与水准的挖掘、保护、整理与弘扬。

现在的问题,首先是浅薄、空心(无思想内涵)与低俗的文化产品。拳头加枕头、陈陈相因的视听与阅读作品。炒作、谩骂、小团体的门户之争替代了认真的文化批评。封建迷信残渣的泛起。打着文化开发的幌子圈地捞钱：所谓文化搭台、经济唱戏的低俗做法。文化事业上的假冒伪劣：假文物的出现。文化旗帜下的起哄与花架子：小学生穿上古装读经。传媒制造速成明星，传媒文化评估的公信力丧失。文化、艺术、学术领域的不正之风：抄袭、枪手、红包交易等。

记者：大众文化是受众选择的文化，以实际的、娱乐的、世俗的精神为主旨，追求的是感性愉悦。这是不是意味着"大众化"的过程中天然有"俗"的因素？

王蒙：俗的因素并不可怕，通俗、流行、娱乐、休闲、时尚、世俗，浅俗、俗文化都不一定是负面的贬义词，它们甚至常常是有利于构建和谐社会的。可怕的是与俗在一起，没有或缺少高端的文化成果与文化评估，搞得只剩下了俗，俗的东西猖狂蛮横，占领一切平台，高端的东西则边缘化到喘不过气来，或者干脆将高端文化排挤殆尽。

记者：当前，大众文化在某种程度上说是为消费而生产，所以首先考虑的是如何吸引眼球、如何增加"性价比"。市场在大众文化变"俗"的过程中，起着什么样的作用？

王蒙：从短平快的畅销角度看，消费性文化远优于高端文化。从长销的角度看，短平快的文化热得快，冷得也快；趋时快，过时也快。何况，一个社会完全放开手让市场去决定文化资源的配置，是不可取的。领导、专家、高校、研究机构、文艺团体、负责任的传媒，在这方面要做的事情太多太多了。

记者：大众文化既要有大众性，能满足公众需求，又要有文化性，能传递价值取向。如何统一起这"双重属性"？

王蒙：这里有一个文化生态的平衡问题。满足世俗需要的文化成品可以很多。真正代表一个时代、一个民族的文化成就却只能是，至少主要是高端的文化成果与文化人才。从人类与民族的文化发展上来看，一个李白胜过一千个三四流的写诗者，一部《红楼梦》胜过一千本二三流的长篇小说。我们不能只看得到市场，而看不到真正的高端文化。

有深入浅出的文化精品,如《红楼梦》。有深入深出,只能满足小众需要的高端成果,如爱因斯坦与霍金的著作。有短平快的畅销书,时过境迁之后不过尔尔。有东拼西凑、模仿跟潮的赝品,不过是文化中的三鹿奶粉。有这些纷纷杂杂毫不奇怪,问题是我们有没有鉴别的能力与机制,有没有打捞与支持高端文化成果的魄力与眼光。

我还要强调,同样以追求票房畅销为目的,仍然有高下深浅的区别,《泰坦尼克号》与《阿凡达》都是商业大片,但它们的思想文化含量是可以令人满意的。我们的某些大片,却更像是白痴之作。

记者:我们仍缺少《泰坦尼克号》和《阿凡达》这样的文化产品。我们应该如何利用在大众中有广泛影响的大众文化,承载起主流文化倡导的社会责任感、人文关怀等价值观念?

王蒙:第一,如"十七大"报告所言,要加强主流意识形态的吸引力与凝聚力,能将理论创新、技术创新、制度创新做得更好,能够真正实现创新型政党、创新型国家的建成。第二,关键在传媒,传媒如果实际上在向金钱挂帅与迎合强势上发展,传媒如果在公众中缺少公信力,这个目标就难于实现。

记者:在对大众文化进行合理引导和吸纳的过程中,文化工作者应承担怎样的责任?

王蒙:首先是建立起认真的、负责的、专业的具有公信力的评估体系,敢于好处说好,坏处说坏,提高整个社会的文化评估能力与水准,使公众、专家、领导能够在文化的大格局与发展建设方向上取得越来越深入的共识。这样,不论我们的文化发展呈现出怎样的斑驳态势,我们整个社会是心中有数的,是主动的与无愧为一个文化古国与文化大国的。

发表于《人民日报》2010 年 8 月 19 日

公信力、包容性和人文精神*

记者：上世纪九十年代，文化界有过一次"人文精神大讨论"，有人认为市场经济是造成人文精神衰落的根源，您写文章反对这种观点，认为这是一种"有了苹果就失了精神"的思维定式。现在的情况是，文化产业已经成为我们文化发展的重要形态，您如何看待当下的文化现状？是否"有了苹果，丢了精神"？

王蒙：我们国家整个文化生活的格局，改革开放以来发生了非常大的变化。在之前强调阶级斗争的时期，我们整个文化生活，尤其是文艺的生产和普及，都带有非常强烈的战斗性，振聋发聩的、高调的东西不少。改革开放以来，我们面对的主要已经不是敌我谁战胜谁的问题，而更多的是现代化建设、丰富和提高大家文化生活的问题，即"满足广大人民群众精神文化需要"。这种文化需要一下子就变得非常宽泛，甚至可以说"泛漫"。你到剧场里看一场很隆重的演出，这当然是文化；你上工人体育馆里面听歌星唱歌，有时候歌星唱什么都没明白，就跟着喊叫、跺脚，这也算文化；你上班的时候，骑着自行车，自己耳朵上挂一个耳机，听最流行的《忐忑》，也是文化。所以，随着文化越来越"泛漫"，它的消费性和娱乐性在增加。

同时，它的手段也比过去广泛得多了。我们年轻时对进一次剧场看歌舞表演或者话剧都非常重视。如果这个票是被赠予的，你会

---

* 本文是《人民日报》记者对作者的访谈。

觉得很荣幸,甚至还有几分特权的感觉。如果这个票是自己花钱买的,那么你更会很认真地去看。但是,现在不见得。你可以到剧场或者到影院看,也可以在电视机、电脑上看,高清画面效果也并不差。网络的手段不但能使你消费、欣赏,而且还能使你参与进去。

文化的无处不在,导致文化形态多种多样,不像过去那样都是引领性的、严肃认真的。出现了一些不触犯基本的法律法规,境界并不十分高、未必有多少现实意义的作品,就是供大家一笑或者消遣一下空余的时间。我吃完晚饭,也会看一些肥皂剧,轻松一下。现在有一些人以回忆过去为乐,把当下的文化生活贬得特别糟糕,认为现在的文化都堕落了。我看不是那么回事。

现在全社会都在呼唤公信力,中国特色社会主义文化的建设需要一批真正的专家,他们说的话大家都信,文化就强大了。

记者: 同意您的基本判断,但在市场经济条件下,由于资本的趋利本性,再加上"非恶不足以吸引观众"的偏见,一些文化产业人热衷"打擦边球";而文化管理和行政手段是因应式的,也就是只能确保不触犯底线。比如前一段时间流行的"宫斗戏",其中对通过残忍手段达到"上位"目的的宫廷斗争没有任何反省,甚至连"劝百讽一"的功夫都不做。同样是宫廷戏,前几年流行的电视剧《大长今》,呈现的是人性的美、文化的美。如果文化生产者能自觉地在大众文化中寄寓真善美的价值该多好。

王蒙: 你说得很对,国家的法律和行政手段,只能管底线,无法主动地规范作品都有很高的境界,有很强的现实意义,都能给人以提升。而人们的文化消费需求又决定了文化企业、文化市场往往更加注重数量。比如说书要看印数,电影看票房,网络看点击率等。我们有文化管理调控的一块,也有群众不断增长的自然需求。可是,咱们缺一手,是什么呢?就是真正的文化精英在文化产业、事业,文化的生产消费当中所起的一种平衡、引导和遏制的作用。

譬如说美国,它有《纽约时报》的书评、剧评、影评和乐评。这些评论很管事,很多人还挺在乎这评论。美国有一个剧作家叫阿瑟·米勒,在中国上演过的《推销员之死》就是他写的剧本。我一九八二年去他家的时候,当时他的一个新的话剧在纽约上演,我给他祝贺,他忧心忡忡地说,先别祝贺,到现在为止《纽约时报》对这戏没表态。后来还真是,包括《纽约时报》普遍认为这个戏不成功。虽然他是一个很著名的剧作家,但是过去的成功不能保证每一部剧都成功。再一个就是美国的普利策奖,它并不紧跟着销路走,那些最畅销的书,像斯蒂芬·金的恐怖小说就没有得过这种奖。普利策奖奖金也不高,但是它有这个公信力。再比如奥斯卡金像奖,它不完全看你的票房。当年的票房奇迹《泰坦尼克号》就没得到最佳影片奖,去年的票房新高《阿凡达》也没获最佳影片奖。它也还注意在票房和意义之间取得一个平衡。

欧洲也好、美国也好、日本也好,他们都有一种力量。什么力量呢?就是平衡这个市场。他们不反对市场,也不咒骂市场,因为用不着咒骂。就像帕瓦罗蒂,他从来不咒骂流行歌星,他和通俗歌手一起唱歌。通俗歌手唱歌的时候,台下的掌声比给帕瓦罗蒂的还多。

不咒骂,但是有我自己的观点、自己的尺度。不能光大骂,骂完以后,又没有一个能够平衡它的明确而具体的文化导向,或者你并没有平衡文化的实力。光有行政管理是不够的,我认为实际上需要三种力量,一种是市场的力量;一种是法律和法规,管底线;还有,现在最缺的就是一个有公信力的、真正既符合中国特色社会主义的需求也符合文学、艺术规律的文化力量。

记者:文化的诚信,为大多有识之士认同。对资本的制衡,需要有公信力的评奖,也需要有公信力的各领域专家。

王蒙:时常听到这样的故事,说一个中国古代的文化名人,河南说他出生在河南,安徽说他出生在安徽,湖北说他出生在湖北。这种情况下,各地请专家来论证,这些专家说的话很可能一点准头都没有。为什么呢?一个县委书记出手就"摆平"了:请专家吃饭,又请专家带着家属住星级宾馆,临走的时候还送一大堆土特产,弄不好还有一个红包。这个专家马上就认定是这儿了。怎么可能不是这儿呢?这种"瘪三"样的专家,在全世界恐怕都是没有的。世界上那些真正的专家都有股子牛劲。别的事你说什么都可以,但是一说到专业领域,你绝对没我知道的多,你要胡说八道我绝对不承认。什么时候中国能够有这么一批真正的专家,说的话群众信,领导也信,文化就强大了。大众文化的发展和提升,需要一种精神上引导和平衡的力量,内容包括继承和发扬革命文化传统,包括中国几千年传统文化里面优秀的部分,甚至也包括了外国优秀文化。

记者:在我们的大众文化生产和国际文化传播过程中,迫切需要有公信力的专家来甄别和总结:我们文化传统中哪些需要今天的中国人继承发扬,外国文化中哪些东西值得我们学习。这些问题如果没有基本共识,文化就会涣散失神,大众文化和国际传播中就会出现人文精神缺失的问题。

王蒙:我觉得在某种意义上,咱们的文化生活中出现了一种"价值失语"的状态。举一个例子,前几年,有个地方突然弄了一批小学生穿上所谓的汉服,我看着像大清国的服装,在那儿念《三字经》和《弟子规》。五四运动九十多年了,新中国成立六十多年了,最后回到清朝去了,这太恶心了。《三字经》里面有一些好的东西,讲要学习,要孝敬父母,这都是对的。但是,它第一不承认儿童游戏的权利,"戏无益"就是游戏一点好处没有,这违背儿童的天性,是完全错误的;第二,它没有任何维权的意识,只有孩子服从父母。《弟子规》也有问题,比如主张父母打骂了孩子,孩子也应该好好接受。这是不对的,父母当然不能随便打骂孩子。《二十四孝》里面"卧冰求鲤""郭巨埋儿"等典故,鲁迅曾经深刻地批评过。五四时期不论左派、右派,都否定那些东西,可是现在反倒成了大"香饽饽"了,这种现象也不太正常吧。

弘扬传统文化我是非常赞成的。中国人如果完全离开中国的传统文化,或者想在中国做一些有意义的事情却只知大骂传统文化,这等于"自绝于人民",但对传统应当有所取舍,有所引导,有个说法。

同时,我们也要有宽阔的胸怀包容各种有益的文化。有的专家为了表示自己伟大,就痛骂、痛斥那些流行文化。其实用不着痛斥,文化有不同的层次。有的就是听着玩的,就像《忐忑》一样,它也不会给国家造成什么危害。我们今天面临的不是激烈的战争和你死我活的局面,能够使老百姓感到自己的文化需求得到相当程度的满足和尊重,有一种比较健康和谐的人生态度,就是对国家的贡献,也是对个人的满足。

所以,不要仅仅对大众性的文化产业进行批评、控制或者整顿,更要有一种文化精神上的引导和平衡力量。这个引导和平衡的力量包容性强,内容包括继承和发扬中国共产党的革命文化传统,也包括继承和发扬中国几千年传统文化里面优秀的部分,甚至也包括外国优秀文化。同时这种力量又是态度分明、信息量丰富、有说服力也有影响力、有足够的权威的,它不会只知跟着市场走,而是引领受众提升自己的境界与文明程度、积累我们的文化成果、攀登我们的精神高峰。它不但分得清敌我,也分得清高端与低下、智慧与愚昧、先进与滞后、创造与伪劣。它们是心中有数、话里有学问、说话管用的。

把外国优秀文化介绍到中国来,就是为中国人民服务的,也就构成我们文化生活的一部分。例如我们购买一万双欧洲出产的皮鞋,穿坏了一双就剩下了九千九百九十九双。而如果我们引进的是制革制鞋的技术与设备,是经营皮鞋的原理与态度,那么我们引进的就是鞋文化,我们就必定会根据中国人的脚型与中国人的制革制鞋传统,发展壮大中国的制鞋业。电影、话剧、交响乐、网络都是外来的手段或形式,只要我们善于使用,它们就不再是舶来品,而是有中国特色的社会主义文化事业与文化手段不可或缺的部分。这个世界本身拥有丰富的文化资源,不妨拿来为我所用,满足各种不同的要求。

发表于《人民日报》2011 年 6 月 7 日

全球化时代如何防止"精神贫血"*

记者：建设时代变迁中的"精神家园"，是这一段时期从上到下关注的话题，避免"精神贫血"也是共同的呼吁。在中国成为"物质大国"的同时，中国人最应该弘扬的精神品格是什么？最不应该抛弃或者说最欠缺的精神品格是什么？

王蒙：最应该弘扬、最不应该抛弃的我以为是中华文化的道义崇尚、精神崇尚。"精神贫血"问题很重要。在市场经济中最浅薄、最可耻、最丢人、最值得警惕的是，我们有的同胞变成见利忘义、见钱眼开、毫无诚信、假冒伪劣、坑蒙拐骗的无耻之徒。

记者：当今世界大体上还是西方文化主导的世界，如何在外国文化不断"渗透"乃至"入侵"的情况下，保持中国文化的品格和尊严？

王蒙：中国文化的连续性、抗逆能力、自省能力与应变能力，是非常独特的。自古以来的世界大同与天下为公观念，正是现代中国接受社会主义思潮的文化根据。改革开放与中华文化的海纳百川、穷则思变传统是一致的。事实证明，一切有益的外来文化被中国人民接受后，都会迅速地本土化、中华化，成为中华文化的有机组成部分。马克思主义到了中国，与中华文化相结合，乃有毛泽东思想、邓小平理论、"三个代表"重要思想与科学发展观。芭蕾舞到了中国，不但有中国的原创剧目，而且即使引进的欧洲剧目也注入了中国元素和

---

* 本文是《人民日报》记者对作者的访谈。

中国精神。

事实已经证明,十九世纪、二十世纪,世界与中国的乱局与风风雨雨并没有把中华文化摧毁,二十一世纪中国的和平发展,更将为中华文化的新机遇与新贡献提供条件。正是中华人民共和国的成立与改革开放的成就,给了我们新的观念与机遇:世界与中国,尤其在文化问题上,早已不是鸦片战争与庚子事变时期的零和、对立的关系,而是共生、共赢,至少是有斗争也有和谐交流沟通的关系。

记者: 中国人对自己的文化,要么自傲,觉得"老子天下第一",要么自卑,觉得一无是处。如何科学地拥有文化自觉和自信?

王蒙: 表面上的大吹大擂其实是缺乏自信的表现。自信的文化必然是敢于也善于有所自省、有所反思、有所创造也有所发展转化的文化。任何民族文化都不是呆滞的单行线。所有的文化,既有民族性也有世界性。民族的才是世界的,失去了民族性也就失去了自己的身份与存在的意义。同样,真正成为世界的、能够汲取全人类的优秀成果为我所用的文化才是有活力的文化,是能够自立于世界民族之林的文化,而不是关上门称王称霸的猎奇作秀博物馆民俗村旅游文化。

记者: 十七届六中全会后,有网友发出"文化强国,我们靠什么,我们差什么"的深问和讨论,您认为我们靠什么,我们差什么?

王蒙: 靠的是我们长久的历史传统与阔大的多民族文化成果的丰富性。缺少的是理性精神、科学主义与实证主义的根基与民主法治操作的明晰性、熟练性、严密性。例如体育上我们差的是田径、足球,强的是小球。科学技术缺的是自己的创造与专利。对这类问题的谈论应该更务实、更以平常心面对。

记者: 春节期间,国外的奢侈品店出现华人"疯狂抢购"的现象。中国人在国际上是否是"暴发户"形象?盲目追求奢侈和豪华反映了国人怎样的心态?

王蒙: 暂时不必太激愤。中国人穷困得太久了。我记得八十年代,一位外国朋友对中国人热衷于家用电器甚不以为然,那个时期毕竟很快就过去了。从历史上说,中华文化的核心绝对不是物质主义与享乐主义,中华文化对于暴富、炫富、斗富,从来是极端厌恶与轻蔑的。我们只消多多提醒一下,我相信不久的将来情态就会有明显的变化。

记者:维也纳的金色大厅里,中国每年约有十个演出团体以每场十多万美元租用,文化"走出去"的愿望和投入很大,但一些中国团体的演出,"观众基本靠组织,门票基本靠赠送,当地媒体基本没有报道和评论",文化的传播与影响很小。如何看待中国文化走出去中"花大钱办蠢事"的现象?

王蒙:这个现象很典型。这也是急于做出成绩的浅薄与浮躁在作怪。我们的一些艺术团体和媒体动辄以在金色大厅演出做招牌来忽悠,对这种幼稚、愚蠢、无知的出相行为起了推波助澜的作用。

记者:文化品质正成为国家品质。但我们也注意到,在中国文化"走出去"时,也出现了一些"地摊文化""杂耍文化"。这会降低我们的文化品格吗?

王蒙:没那么悲观吧。世界上已经有越来越多的人注意着中国的道路,中国的风格,中国的生活方式、审美趣味与医药成果。例如法国前总统希拉克,美国的基辛格,都对中国有着越来越多的理解。把占世界人口五分之一到六分之一的贫穷的前现代的中国,变成自立于世界民族之林的富强、民主、文明的现代化国家,这本身是了不起的贡献。中国文化不要过于急着往外走。有效性是走出去的关键。有效,就是这种文化能够造福于接受这种文化的人民,能够提升人民的生活质量。

发表于《人民日报》2012年2月9日

与中华书局友人的谈话

友人: 王先生,今天谈一个您非常熟悉的话题,就谈中国的传统文化,然后谈到中华书局,在中华文化传承的过程当中,您怎么评价中华书局的作用,您怎么看?

王蒙: 我的想法就是这样,传统文化是目前咱们中国一个非常重要的精神资源,因为你不管意识形态有些什么样的发展,革命变化,它总是要和传统文化有所汲取,有所结合,这样的话,就是说一些政策、一些措施,才能有比较厚实的一个基础,也使咱们这块土地上的青年,人民,他的精神有一个比较顺的一个对价值观、人生观、民俗、生活方式的选择,都离不开传统文化。当然这是中华书局的长项,要全面评价中华书局,我做不了,我也并不了解,但从我个人的接触来说,我想中华书局给我一个很深刻的印象,就是一九四五年,我十一岁,日本在二战中投降,接受了盟军的条件,无条件投降。然后我从当时的北京,后来国民党时期叫北平,日本时期实际也叫北京。在北平由沦陷区的汪伪的政府,变成了蒋先生他们的国民政府,那个时候图书课本里头已经出现了中华书局的字样。给我印象最深的,一个是中华书局,一个是正中书局。还有如果我的记忆不错的话,我那时候已经接触到《中华活页文选》,这个《中华活页文选》解放后继续出,它有些非常流行的一些古文,《古文观止》上有的那些,像是柳宗元写的游记,唐宋八大家的著名文字,中华书局都出过,而且有注解,有简单的归纳、分析。当时我已经上中学了,对中学生来说,也是很受欢迎,它可以装订在一起,价格也比较便宜,你想拥有几页文字,现在的话,块儿八毛的就可以买,而且你可以挑选,特别重点的你可以挑选。

友人:也是在书店买?

王蒙:对,书店里有,完了以后你把它撮在一块,自己可以装订起来。有的同学比我做得还好,弄得厚厚的,都把它装订得就像一本书一样,我觉得那也是一件好事。那么一九四九年以后,中华书局的这个特长它也还有,也出过《中华活页文选》,所以我一见中华的人,我老问这个《中华活页文选》。这个我现在有点糊涂了,就是《辞源》是商务出的,是中华出的?

友人:《辞源》是商务出的,《辞海》是中华出的,当时这两家互相竞争,商务出《辞源》,中华书局就出《辞海》。

王蒙:辞书这部分,中华也给我非常深刻的印象。还有对我来说,我接触过的,就是国务院有一个古籍整理小组,这个古籍整理小组,是国务院的一个机构,而且级别非常高。原来我接触的时候,是李一氓同志担任古籍整理小组的组长,但是这个古籍整理小组它机构是很高,但具体化到操作上,或者具体办事的人,是在中华书局,包括常和李一氓联系的,也是中华书局的人,所以我知道中华书局在这方面也有它的工作,有它的贡献。有时候也从李一氓那儿,看到中华书局的一些书,一些什么。

友人:那时候您是做文化部长吗?

王蒙:对,做文化部长,包括后来从文化部下来,我都跟李一氓有一些联系,经常往一氓那儿跑的,他叫什么名字我忘了。

友人:沈锡麟。

王蒙:沈先生,跟沈先生也一块见过面,我们还一块招待过台湾的学者潘重规,所以也算跟中华打过交道。那么这两年,因为我在中华也有些出版业务上的合作,我体会到中华这方面它的长处,尤其是对于中国一些古典的、经典的或者是文言的这些书,那是不一样,跟有些地方的编辑真是不一样，起码它不会把正确的地方给你改错了，有的地方它确实是能够给你改错了，有的时方，就是打死它，它就是不能接受那个字那么用，那么写，它死活不能接受，它非得给你改过来不可，这个中华绝对没有。它对于怎么样出这方面的书，包括很多技术上，我觉得是高于其他地方一筹。比如说有些地方要加什么样的小标题，有些地方或者是哪些重点用不同的印刷的颜色来表示。

还有我觉得也是一个好事，因为我写谈庄子的书，我在别的地方出过，有的没有，在中华这儿有，就是比较难认识的字，它标上汉语拼音，这个不光对别人是重要的，对我自己也是重要的。因为有时候比如说我查出来它念什么了，过两年你再翻出来又忘了，因为那个字你不用它，你平常的口语也没有，你看着它，我到现在都害怕，回头说着说着又把那个字念错了，这种念错了的事也还时有发生。所以我确实觉得中华书局的这些编辑，实际上也做了一个规范他们对传统文化这方面的工作。

友人：您做的庄子的那个书，是您找的中华，还是中华找的您？

王蒙：我找的中华，因为我知道中华在这方面是有它的特长的，这些地方它都是为读者着想的。我觉得目前在中国，你能够保持你这样一种文化的品格、品位，但同时也注意到满足大众的需要，因为你现在说关着门办书店，这也是非常难办的一件事，你得有一定的发行量，而且要想办法让读者能够接受，我觉得这是一件大事，一件好事。

友人：庄子这本书，您有想法要写这本书是什么时候？

王蒙：这个比较早了，因为有关庄子的书，我现在已经出了三本了，其中第二本《庄子的快活》，是在中华出的。其实最早约我写老庄的是上海教育出版社，但是后来没有保持联系，他们有些有关的编辑，他们又都转点了，他又到别的地方去工作了。其实不是说我个人特别宠幸老庄，或者我想现在提倡道家，没那意思，而是从我个人来说，确实是一种趣味。就是老庄的这些东西，他绕弯。你比如说孔孟的东西非常的好,但他的那个好是属于常识性的好,我说这个话丝毫没有贬低的意思,恰恰是赞扬他们,因为他们的大多数说法是符合常识的,但是老庄的,有些他是不符合常识的,所以他特别锻炼一个人的思维。这方面,我从中华的编辑工作里面,实际对我本人,也是一个学习,因为我毕竟不是专业做这方面的,只是我个人的爱好之一。

友人: 最早上海教育出版社跟您约稿的时候,是您这个爱好,他们知道了才找您约的?

王蒙: 因为我小时候就比较喜欢老庄,但是又看不下去,但是他有些说法特别像警句似的,比如说宠辱无惊,这就是警句。治大国如烹小鲜,这是警句。无用之用,这都是警句。所以他这些警句,又非常的活跃。

我说我还有一个什么想法呢,就是现在我很担忧,就是华文汉字,还不仅仅是中国大陆,包括台湾,包括有些使用华文的地方,中文的水平越来越低,错字连篇,把正确的字改错了。我从贵州回来,我在飞机上,咱们中华的柴剑虹编审跟我说这个,我总算有个人能跟我说到一块了,就是我难受极了,难受极了是什么呢?就是雄关漫道真如铁,多数人把它理解为,雄关和漫长的道路像铁一样,这个我在新疆也碰到过这个,新疆兵团文工团排了一出话剧,这个话剧就叫《雄关漫道》,我就傻了眼了,我说雄关漫道他怎么这么个排法,我非常难过,但是你毫无办法,谁有办法解决这个。

然后是一位非常好的人,个人来说,我的一个小朋友,他写的几十集的电视连续剧,写红军长征的,题目就叫《雄关漫道》。其实雄关漫道,我当时还不知道他有这个事,我到贵州去,我不怎么说起这雄关漫道来了,后来小朋友这边就说,说这事怎么这么说呀,说王先生您怎么这么说呀,说这个我们都报上去了,都批准了,而且是领导同志已经答应给我们题写剧名了。我说这事不好办呢,领导题名你不是坑领导吗?我们不能要求领导整天查字典。后来据说这个事,这个作者是找到了有关领导,似乎是说《雄关漫道》,王老非说是雄关漫道的解释错了,你猜这领导怎么给解决的?说这事你去看望看望王老,沟通一下,这是一个公共关系的问题吗?认中国字的人,我可不是认字多的人,比我认字多的人多多了,不信。这柴剑虹就跟我说这个,为什么呢?他一住到贵州,贵州那么大的宣传,就我们这儿这几年文化工作有什么成绩,第一个代表那儿的成绩的,就是《雄关漫道》,《雄关漫道》是登在《人民日报》上的,是中央一台播送的。但是谢天谢地,高层领导没有给它题写书名,要是给它题写书名就更不好办了。这个说他和王老沟通,那柴剑虹就说,这得和毛主席沟通,这雄关漫道真如铁,我说跟毛主席沟通不行,得跟仓颉沟通,是不是?您得从中国汉字开始有,与毛主席沟通,他能定?这个必须和仓颉还是跟谁沟通。

最近幸亏我得到两个安慰,要不然我能憋出病来。一个是我查到了赵朴初当年专门写过一篇文章,就是雄关漫道是什么意思,想见当年就已经出这个问题,就把雄关漫道,赵朴初比我说得还清楚,说漫道就是莫道,别说,别说雄关如铁,这是一。这个"漫"字,它除了漫长以外,它还有漫步、漫画、随意的意思,先不必着急的意思,或者是不要着急的意思,这些意思怎么大家不知道?我自己担任《人民文学》主编的时候,我自己的一篇小说,《球星奇遇记》,里面有一段是歌星唱歌,说我且漫唱,你且漫说漫议,三点水的"漫"。那责任编辑全部改成你慢慢唱的那个竖心"慢",怕我不认得那个竖心"慢",三个"漫"全改成竖心"慢"。我说你怎么能改成竖心"慢",我又给他改回三点水的"漫"。然后临付印的时候,他拿过去又改成竖心"慢"。

友人:这种编辑他胆子也太大了。

王蒙:就是啊,那你怎么办呢?胆子大那是另外的问题,问题是,就是这么一个事。我在《光明日报》写过文章,我在《政协报》上写过文章,好像是我多不讲和谐,不讲面子,跟您小孩非说漫道不能这么讲,他说大家约定俗成。约定俗成,毛主席可惜也不在了,毛主席在的话,他会说话的。所以我说我们一定要有个中华书局,而且我希望中华书局要让咱们的老百姓,少犯点这一类的错误。因为你看现在电视剧里头,现在把"守株待兔"说成是战略防御,说这次敌人进攻,我们的方针就是守株待兔,这完全可以和陈水扁,说是台湾义工的贡献,罄竹难书,已经达到这一步了。然后台湾的教育部长出来解释,这个大家都看得懂就行了,语言是为大家看的,不会有人产生误解。

友人:不更正。

王蒙:对,记得气得余光中写文章,余光中亲自跟我说,因为台湾管这拍马屁叫擦皮鞋,这词儿咱们大陆还没有。说你擦皮鞋也不能用这个方法擦皮鞋,您把这罄竹难书说成好意。

友人:他说罄竹难书,没有贬的意思,他说是一个中性词。

王蒙:现在就说明这个问题有多难,已经没法办了。对不起,我得借这个机会说点别的事,可能跟你们这个没有关系。有些东西现在已经混乱到,已经你没地可争了。我有一个看法我不知道对不对,我希望中华书局的人给我一个校正。现在《现代汉语词典》规范,出妖蛾子,妖怪的妖,是虫子的蛾子,妖蛾子。妖蛾子绝对不是这两个字,幺鹅子是推牌九,出幺鸡,就是过去牌九里头有幺点,被称作幺鹅,后来到了麻将牌,发展成为幺鸡。而且有人说麻将牌是日本人最后给它完成了,然后又返回到中国来,被中国的人民热烈地接受。它应该是幺,鹅应该是家禽那个鹅,这个变成了妖怪的蛾子,这个怎么可能是妖怪虫子呢?

友人:您说的是《现代汉语词典》?

王蒙:对,《现代汉语词典》,所以我给哪儿改成幺鹅,他们说不行,我们不能以你为准,我们以《现汉》为准。《现汉》我亲自查了,妖蛾子就是这么说的,这个词。这方面乱的,还多了,北京骂人的话,丫挺的,这是反切的结果,丫挺的是什么意思? 丫头养的,这个头养反切是挺,现在《现汉词典》怎么解释?是说一个女人没结婚肚子就大了,挺起来了,胡说八道啊,把文化含量的东西都没了。还有更有笑话的,我写了一篇文章,关于丫挺反切这个,一家报纸的主编说,好像以王蒙同志这样的身份,在报纸上分析骂人的话,群众影响不好。这语言都不能谈了,这些事?

友人:您有一次,北京改名,您说东城、西城,您说崇文、宣武多好。

王蒙:多好,一个崇文、宣武。香港反映北京城区改名,那是焚琴煮鹤。

友人:您刚才说到,庄子您从很小的时候,就觉得庄子有智慧,我觉得您说的传统文化在您的脑子里,是非常鲜活的,有生命,有乐趣,而不是现在我们一说起来传统文化,大家都觉得是一个老古董。

王蒙:当然传统文化有一些陈陈相因的那种人也有,但起码庄子是非常鲜活的。庄子活得都过了,有些地方他跟你矫情,有些地方他跟你玩邪的,都有,庄子这人太活了。他的生命的活力,思维的活力,表达的活力,都是无与伦比的。我甚至觉得像庄子这种千古中外只有一人。

友人:您原来当部长,然后创作,您在做这些事情之余,你对咱们的传统文化的典籍……

王蒙:咱们都实话实说,有些阅读是我幼年,是我小学时代和初中时代,背《大学》,背《孝经》,这都是我小学时候干的,有的我还背得很清楚,直到现在也很清楚,这都是上小学的时候读的。但是我后来一直不中断的,我情有独钟的是诗词,是唐诗也好,宋诗也好,一直到龚自珍的诗也好,聂绀弩的诗也好,那确实是不中断的,钱锺书的诗也好,宋词那更不要说了,苏辛的也好,柳永的也好,这个一直是不中断的。这个不管到什么时候,我读起来都特别有感情。我想来想去,崔颢那个为什么能评第一?他不是黄鹤楼的故事,不是黄鹤的故事,他真正感动人的是对中华大地的这种热爱和忧思,晴川历历汉阳树,就这七个字,每次读到这儿,我眼泪都打转,那种高处看下来,晴川历历汉阳树,那种对中华大地的赞美。而且这句和后两句有点矛盾,因为烟波江上使人愁,和晴川历历汉阳树这是矛盾的,你想晴川历历汉阳树,可见度是百分之五百。日暮乡关何处是?烟波江上使人愁,它可见度似乎又出现了问题,否则他不会有这种感觉。所以他既有对大地的热爱,又有对大地茫然的感觉,有一种忧愁的感觉。他这个写得太好了。我过去喜欢看俄罗斯的小说,俄罗斯讲究的就是对俄罗斯大地的忧郁,这是契诃夫写《草原》,这里头表达对俄罗斯大地的忧郁。后来赫鲁晓夫以后,里昂诺夫写俄罗斯森林。我想来想去,中国你专门找对大地的忧郁的这种作品,长篇小说里面你找不到,你很难从《红楼梦》体会这个,你也没办法从《儿女英雄传》里头,你也没办法从《说岳全传》里头来体会,但是崔颢的这四句,这是中国的诗人,对中华大地的赞美、热爱、忧郁、忧愁,就这几句。另外一个他写得特别顺,他不费劲,有些名句他相当费劲,包括最好最好的名句,真正是好,鸡鸣茅店月,人迹板桥霜,这好到极点了,精彩极了,但它这是费劲往上堆的。他这个就跟说白话一样,昔人已乘黄鹤去,此地空余黄鹤楼。黄鹤一去不复返,白云千载空悠悠。这顺顺当当地就这么过来了,然后底下一下子晴川历历汉阳树,芳草萋萋鹦鹉洲。有的是碧草,芳草萋萋鹦鹉洲,他这里写到。王维那个也是这样,就是中国人重人情的这种说法,劝君更尽一杯酒,西出阳关无故人。阳关三叠啊,这已经进入了咱们的灵魂了。中国人比较重人情,有些毛病也是重人情,但是中国人讲这一套,故人之思,那也容易让人接受。

友人:还有一个说法,说这首诗之所以要选,是因为大师选了,大师选了,我不敢不选。

王蒙:这个反正都有关系,当然了,如果他要从统计学的角度,也还可以加一点别的,他哪怕是占百分之二三都可以。

友人:承重。

王蒙:比如说国外介绍的情况,你还可以从人类的角度上,因为它这是一个接受学,这个一点没有办法,你哪怕占百分之一都行,说这我们就是为了给中国人看的,只占百分之一,但是它也让它起点作用。比如被选进大中小学语文课本的这些可以占百分之一,这个要把它做精确了,还多着呢,但它很有道理,不是没有道理。就这晴川历历汉阳树,我从来没这么认真想过,我越想越觉得感动人。

友人:您的这个说法,别人没谈过。

王蒙:你说这个是不是有点意思?

友人:有道理。

王蒙:不是我牵强吧,不是我硬给它拔高吧,对不对?对中华大地的这种理解和爱。他们说宋词还是"大江东去"第一,这个实际上反映了中国的价值观,有的地方要是选,它可能把爱情诗放在前头。

友人:李清照的凄凄惨惨戚戚,是第三名。

王蒙:那也对,第二名是什么?

友人:第二名是《满江红》。

王蒙:这都有道理的,它和中国历代提倡的那种价值观念也有关系,咱们还有浩大的那一面,你写的境界太小了,你再精致,它不行,其实写得也特别感动人。

友人:您给中华书局说点吉祥话吧。

王蒙:中华书局对于弘扬中华文化,守卫中华文化,你还别老弘扬,起码漫道当什么讲,咱们能把它守住了。那么鹅子到底用哪几个字,咱们能把它守住了,我觉得它会起一个中流砥柱的作用。有中华书局在,使热爱中华文化的读书人,心里得到了一点安慰。中华书局必须兴旺发达,有关国运。

友人:中华书局在传统文化传承当中的作用和位置?

王蒙:这个还是一个好事,就是现在比建国以来的任何一个时期,大家更重视传统文化,但是我也不希望把它弄得庸俗化,弄一帮小学生大夏天穿着厚厚的汉服,我越看越不像汉服,像清朝的服装。

友人:它是祭祀的服装。

王蒙：对,祭祀,在那儿朗诵《三字经》《弟子规》。《三字经》《弟子规》有好的一面,也有差的一面,比如说它强调勤有功,戏无宜,这个对儿童来说,这是不公平的,必须使儿童游戏,对儿童来说,游戏是他们的天性,是他们的人权。还有《弟子规》里讲,挨着父母的打,也应该是认识到错误全在自己这方面,这是不对的,家庭暴力任何时候都是不允许的,殴打子女,如果警察看见,可以拘留,所以也不能玩那个,玩那个咱们就回去了,回到"五四"前去了。因为我始终认为,没有"五四",就没有今天的弘扬中华文化,因为如果大家还是停留在晚清的那种认识水平,您这儿还割地赔款呢。

友人：这一百年就白过了。

王蒙：一百年就白过了,是不是?您在八国联军的时候您弘扬,弘扬什么呀?您在甲午海战,北洋舰队全军覆没的时候,您还弘扬什么呀?

友人：王先生,问您一个问题。在国外,国际上有很多都是百年以上的出版社,一说牛津三百多年,五百多年,中国商务是最长的了,一百多年,中华刚到一百年,再没有比我们更长的了,再往下三联八十年。

王蒙：这个因为中国的社会变动太大了,过去也有一个说法,那个在语词上也是不对的,把十月一日是祖国的生日,这个就非常困难,这个就不好解释。祖国六十岁了,祖国六十岁的时候,我七十五了,祖国正好比我小十五岁,祖国得管我叫哥,这都不动脑筋的事,这都不合乎情理,有些东西。所以咱们中文低了,确实对中华民族来说,会带来灾难。

友人：您说一下您小时候背的很多古文,一辈子终生受用,而且是随着阅历对它的理解越深刻。

王蒙：对,小时候哪儿懂那些。

友人：所以今天咱们的母语文化的教育,您觉得应该是怎么一个状态?

王蒙：现在我们有些在这方面也还是注意的，比如说咱们幼儿园的孩子，都背"床前明月光，疑是地上霜"，话还说不清楚，就都会背，我的那些孙子辈的孩子，不足一岁的时候就床前明月光了，这个也还是起作用的。有一阵北京搞唐诗的朗诵，还是挺热乎的，那时候还是江泽民主持工作，他也挺提倡这个，也组织过幼儿背唐诗。虽然他不完全懂，但是我想还是会给他脑子里留下印象的。但是现在你又不能牺牲别的科目为代价，来提高咱们母语的水平，说由于提倡母语，我们反对学那么多英语，这可是不行的，这是没办法的事。母语必须学好，语文必须学好，英语也必须学好，数学也得学好，电脑也得学好，所以那你怎么办呢？那学呗，又不能把孩子弄太累了。有时候网上胡炒就是这样，我提到这些语文上的问题，网上就说，王蒙提出来要保卫汉语，批评大家学英语学太多了。我从来没有过，你学英语学太少了，普遍咱们都应该拿到世界上去，都跟他 English 一番，而且中国人的舌头完全能够打得过转来，咱们的舌头也打得过弯来，你学吧。有时候我也是矫情，凡是认为英文学得太多了，影响了中文水平的，那我就说钱锺书呢？你英文比钱锺书学得好吗？钱锺书的古文底蕴怎么样？华文底子怎么样？辜鸿铭也不差呀，辜鸿铭他那外文更厉害，他的中文你也不敢跟他叫板。所以这个非常难办，我也没有好招，但是有中华书局，中华书局还坚守一下咱们中华文化的阵地。

永远不要说文学要衰微了[*]

导演：一九七八年对中国来说是一个时代的符号，那个时候"文革"刚刚结束，应该说各条战线百废待兴，思想战线在当时是首战破冰的前端。那文学刊物当时经历了怎样的恢复和繁荣呢？讲讲当时的情况吧。

王蒙：我想这是很有意义的一件事。一九七九年，有一批新的文学刊物涌现，一是原来老的刊物像《收获》《上海文学》《人民文学》《北京文学》得以恢复；另外有一批新的大型刊物，篇幅比较大，每一期能够刊登好几篇中篇小说的刊物开始出现，前后顺序我已经记不太清楚了。有北京办的《十月》，上海原来就有的大型刊物、由巴金主席担任主编的《收获》，有人民文学出版社主办的《当代》，以及在广州，有广东人民出版社办的《花城》。这个我印象最清楚，而且是源自海外的说法。一九八〇年我在美国待了四个月参加一个活动，在美国的那些华文报纸上就提到了现在中国的刊物有"四大名旦"，指的就是北京的《当代》和《十月》，上海的《收获》，广东的《花城》，证明当时影响很大。另外还有南京的《钟山》，安徽的《清明》，等等，这一类的刊物也有相当的影响，但是比较起来，前面说的这四本刊物影响比较大，这是事实。

导演：那为什么在一九七八年，十一届三中全会召开不久，文学

---

[*] 本文是中央电视台纪录片《花城》导演温晨对作者的访谈。

界会涌出来这么多的文学刊物呢?

王蒙:我想,这和当时的文学作品处于一个非常引人注目的地位,以及文艺家比较敏感有关。文艺家在自己的作品里面,表达了人民对中国社会发生过的事情的一些态度,爱憎、臧否、欢迎或者是否定,所以这些刊物都曾经一度非常的畅销,销量曾超过了百万册。《人民文学》杂志我比较熟悉,我在那当过主编,最高的时候发行过一百五十万册。所以人民还是关心,且通过这些文学作品来看世道,看民心,尤其是看看知识分子对时代、对社会的发展有些什么样的期待,有些什么样的愿望。

导演:从《花城》的创刊号开始,包括《班主任》等等作品中可以看出,当时"伤痕文学"或者"反思文学",一度占据了主体,这是一种怎样的文学,请您讲一下。

王蒙:我想这实际上就是宣告了动乱的结束,宣告了中国将要走上一条有所不同的发展道路。在某种意义上,它是改革开放的一个序曲,是对改革开放的一个呼唤和期待。

导演:能不能形容这种文学的繁荣、艺术的繁荣为一场伟大的思想解放运动的开始呢?

王蒙:是的,当然。当时形势变化,一场思想解放运动已经是不可避免的了,也是必需的了,在文学上,可以说也发出了解放思想的声音。

导演:对。全国那么多的刊物,东南西北中,我觉得很有意思的就是广东。当时改革开放刚刚开始,广东是沿海改革开放的前沿阵地,与此同时,出现了文学上的新声。请您解读一下这种现象。

王蒙:七十年代末和八十年代初,广东在我国的改革开放中有"排头兵"的地位,当然一个原因是拥有靠近港澳的地域优势。十一届三中全会后的改革开放,得到了港澳爱国同胞的大力支持,包括企业家们的支持。深圳特区的兴建让我们的国家从广东开始,有一股清新的风吹过来,所以我想这个现象和地理位置也很有关系。大家甚至于会回忆到那个时代:忽然,北方的广东馆子比过去多了,电视节目里会讲广东话的人也比过去多了。

我还要谈一点,我有一个特别的体会,《花城》编辑们特别注意和作家们的团结、交流、沟通、来往,特别注意做中青年作家的工作。我到底去过(广东)多少次我已经不记得了,《花城》经常邀请我们。尤其有两拨人,一拨是北京的,年龄大的有《青春之歌》的作者杨沫,年龄比杨沫年轻一点的包括刘心武、我、谌容等等好多人;一拨是湖南的作家,韩少功、水运宪,《在没有航标的河流上》的作者叶蔚林等。我们常常被邀请在广东聚会,也到深圳去。所以我们那时候对深圳很熟悉,包括现在的第一个航空母舰舰身,原本是深圳的一个水上游乐场,我们当时也都见过。所以,广东文学刊物跟地域的关联很密切,但又不限于地域,因为都是中文,文字通行,它的发行也不局限于广东,我估计《花城》在内陆发行量一定超过在广东的发行量。同时,我觉得这和人也有关系,当时创办、主编《花城》杂志的苏晨先生、李士非先生、范若丁先生、谢望新先生,他们本身都有一种解放思想的热情,很愿意在《花城》这个杂志上能够有一些探索开拓,有一些新的面貌,所以他们也起了关键作用。

导演:天时地利人和。

王蒙:您说对了。

导演:您有多部作品在《花城》发表,比方《黄杨树根之死》《木箱深处的紫绸花服》《焰火》《选择的历程》等等,有些什么在记忆深处的故事吗?可以聊聊。

王蒙:《花城》所代表的一种思想的气氛,改革开放的气氛,走向文学探索、文学开拓的气氛,对我来说也是有鼓励的作用的。比如像刚才您谈到的一系列作品,我个人印象尤其深刻的、在我的作品里也是非常重要的,一个是《木箱深处的紫绸花服》。虽然这篇好像在评论界并没有人特别注意,但是我个人是很重视这篇小说的,写的是一个物品,但是从这个物品,从一件衣服上,相当含蓄地写了社会的变迁，人们的思想面貌、精神、情绪、心理的变迁。我觉得写得比较内敛，写得比较含蓄。还有一个就是《虚掩的土屋小院》。

就我整个创作来说，文学的风格上，有些作品写得相当张扬。可是《木箱深处的紫绸花服》和《虚掩的土屋小院》都是以含蓄为特点的，所以我个人对《花城》上发表的这两篇作品是不会忘记的，非常珍视这样的发表机会。

导演：《木箱深处的紫绸花服》从题目来讲就非常有质感，具体从一件衣服反映了哪些变迁的事情，您能讲讲吗？

王蒙：二十世纪五十年代，女主人公得到了一件当时与众不同的紫色的绸子衣服，她都不舍得穿，也找不着适当的场合穿，后来由于社会的变迁更没办法来穿它，就把这个衣服完全收到箱子里面了。等到最后社会又变迁了，又变回来了，变得比较正常了，比较开放了，她想穿这件衣服，但是她发现新的各式各样的衣服都已经出来了。人生当中有很多这样的故事，有些事走得靠前了，你做不成，等到你觉得你能做了的时候，你走得已经不是靠前的了，不前卫了，你已经落后了，已经是老一辈的了。因为世界与时间是不待人的，世界本身也不断地发展变化，我想这是很有趣的一种感觉，也是一种人生的况味。

导演：而且以小见大，从中看到了社会的变化，人的观念也在变化。您写这个小说是在什么时代背景下，您想表达什么样的内心？

王蒙：这篇是在改革开放的初期。但是对我来说呢，我已经经历了许多的变化。以我的年龄来说，我出生三年后，北京就被日本侵略军所占领了；在我小学快要毕业的时候，日本就投降了，美国军队还经过北京，他们首先是从天津进来的。然后，是反对国民党的革命斗争，中华人民共和国的建立。这以后，又有各种各样的政治运动，各种各样的变化。所以，可以说我已经几经沉浮，已经几经变化了，在这个里边有一种变化的感觉，有一种沧桑的感觉，有一种一会儿太靠前了、一会儿又落在后面的感觉，我觉得这也是很富有小说感的一件事情。

导演：是人与时代、人与社会的关系。

王蒙：是的。

导演：我还看到您写的《恋爱的季节》《选择的历程》等几部小说在《花城》发表。

王蒙：《恋爱的季节》是"季节系列"的第一部。

导演：那您可以谈一下《虚掩的土屋小院》或者是《恋爱的季节》反映了什么。

王蒙：《虚掩的土屋小院》也是写我在新疆的经历，我写在新疆和我的老房东一块儿生活了八年。他是少数民族，年龄比我大，而且是文盲。从小说中可以看到他们对人生的一些把持，一些认识，一些体会。至于发在《花城》，包括后来的《这边风景》，原因很简单，我和花城出版社的各层编辑，包括它的总编辑、主编、责任编辑都有比较密切的联系，当我有一个什么想法、计划的时候，容易得到《花城》方面的支持，我也非常感谢《花城》给我的支持，所以这些稿子很容易就向《花城》这个路子上走了。特别是我的《王蒙自传》三部曲，包括《半生多事》《大块文章》《九命七羊》，也都和花城社关系密切。

导演：您在新疆多年，而且又是艰苦的岁月，一个文盲比您年长，您试图想解读他的心灵密码，请您讲一讲体会和感受。

王蒙：我在新疆十六年，其中在伊犁的农村参加劳动六年，前前后后我的户口在新疆十六年。如果说最大的感悟，用现在的词来说，就是以人民为中心。真正接触到农民，而且是少数民族的农民，他的文化跟你不完全一样，但是，他们是闪亮的、真诚的人。我现在常常讲一个故事，我到伊犁的农村里去，我跟他们语言不通，很少能够交流。我住在农家的一个四平方米的、只能睡一个人的房间里。我去了以后，来了两只燕子在房梁上做窝，当地的农民就说，来了一个善人，来了一个好人。我这个房东心特别善，说他这儿已经有七年没有鸟儿、没有燕子做窝了，老王一来，这俩燕子就过来了。是不是通过

175

燕子做窝就能考察人的道德品质、心术如何呢？这个我们不去讨论它，我们也不能建议组织部门考察一个人先看看他家有没有燕子的窝。但是，它表达了人们通过一个途径，对并不相识的、从北京来的一位朋友、一位中年人表达认可、欢迎、善意，这个事必须承认、必须记得，从中我也确实感觉到劳动人民身上的一些优秀的品质，善良、勤勉、节俭，这些地方都是让人难忘的。

对于我这样一个城市的人、一个一直在北京生活的人来说，一下子去到很遥远的边疆，少数民族的农村，确实也是开眼界、见世面。毛主席当时的说法叫"经风雨、见世面"，我觉得我这也算"经风雨、见世面、长见识"。

导演： 这些经历，尤其是您到了新疆、离开了城市这些生活经历，接触的人、事对于您以后的创作有什么影响？对您创作理念产生了什么影响？

王蒙： 最直接的感受，就是对人民愿望、人民情感、人民的生活态度的了解，他们不娇嫩，最喜欢用实践来判断。后来我们不是讨论"实践是检验真理的唯一标准"吗？其实边疆的农民，他只相信实践是检验真理的标准，你讲得再好，用处有限。他要实际上观察一个人，观察一件事，那是很有意思的事情。

导演： 这也就使得您在创作中坚持了这样的理念。

王蒙： 是。

导演： 关于《花城》，您印象最深的是什么？

王蒙： 我觉得《花城》很注意文学的探索和前卫性，相对来说尺度宽一点。比如说残雪的一些作品，有时候在有些地方就不太被接受，但是我做了某些介绍，《花城》对她的支持比较多一些，《花城》有相对开放、前卫的一面。

导演： 文学要前卫，要有探索性？

王蒙： 那当然了，因为文学既是纪实的，又是幻想的、虚构的，那么纪实、幻想、虚构之间平衡到什么程度？永远在探索。而且，文学不能重复。比如说画画,你白菜画得好,你可以画十幅白菜;你唱歌,白菜歌唱得好,你可以唱一百场,都唱这个歌。但是文学很困难,你不能说你有一篇白菜散文写得好,从此你这一辈子就光写内容相同的白菜散文,所以文学对探索、对开拓、对创新的要求超过了其他的艺术作品,所以在文学探索中,也有人所谓"走上极端"。

导演:极端?

王蒙:极端,变得读者看不懂你到底在说什么。也有这种麻烦的事。所以这是很不容易掌握,适可而止,不能太过分,弄成稀奇古怪的也不行。

导演:看不懂。

王蒙:对。

导演:最后作者看懂了,谁也看不懂。

王蒙:最后作者自己也不懂得,写完了自己也不明白。

导演:有点蒙人的感觉。

导演:《这边风景》有着特殊的创作背景,随后也获得了第九届茅盾文学奖,茅盾文学奖在中国是一个让人十分仰慕,也是非常崇高的一个奖项,能够获得茅盾文学奖的作家,一定在国内拥有一个大家认可的地位,请谈谈这部作品和这部作品背后的故事。

王蒙:《这边风景》是我在"文革"的中后期开始写的。一九七三年开始酝酿,最后定稿是在一九七八年,这个时间"文革"已经结束,当时,人民的注意力集中在对"文革"动乱的否定上,所以这个书不是非常合乎时宜,就放下来,一放放了将近四十年。四十年以后,大家都会冷静下来再看一看,这里面的内容,尤其是伊犁地区维吾尔农民的生活,包括他们的历史沿革,发生过的各种事情,都是很有意义的。这个作品写了那些人物、故事,尤其是维吾尔人生活的方方面面。从我的年龄上来说,是我的盛年之作。一九七三年我三十九岁。我从三十九岁写到七十九岁,七十九岁发表。这本身也很好玩,从好的方面来说它经受了时间的考验,经受了四十年时间的考验,它不是一个凑热闹的或一时跟风的书,它对于生活和现实的描写还是立得住的。有朋友说,感觉看到了维吾尔人的《清明上河图》,因为我写到他们怎么劳动,用什么工具怎么打草,怎么饲养,怎么样宰牛宰羊,怎么样过节日、出工,怎么样恋爱、结婚、洞房之夜……

导演:众生百态。

王蒙:以及,怎么样跟国外的颠覆势力发生矛盾和影响,和各民族之间既有亲密团结,也有坏人的挑拨离间等等,挺全乎。

导演:接受了什么样的考验?

王蒙:接受了四十年的考验,等我领奖的时候已经是四十二年后了,花城出版社出书两年以后才评奖(二〇一五年)。所以我说这也是一个很有意思的事。

导演:就是这四十年的时间,也折射了中国社会四十年来巨大的观念变化。

王蒙:对对对,也反映了我和《花城》的深厚友谊、密切合作,多年来各个方面我都能得到《花城》的支持和帮助。

导演:《花城》就变成你的一个朋友了。

王蒙:当然。

导演:"花城文学奖"是一九八三年设立的,今天回过头来看,当时《花城》作为一个创办不久的文学刊物,有这么多作家、作品,后来甚至获得了一流的大奖包括茅盾文学奖、诺贝尔文学奖等等。这个刊物当时是不是已经具备了很深厚的文学价值理念?

王蒙:是,我们国家有一个很重要的情况,我们所谓比较高雅的或者是纯文学的传播,重点得靠文学刊物。现在的文学传播大概这么几个渠道,一个是网络文学作品,数量非常大,没有人能说得清楚到底一年有多少部新的作品出来,他们写得非常快,每天都有几千字上万字的新内容在那,每天都得有。

导演:挣流量。

王蒙:流量特大。这是一种。还有一个渠道,是出版社。出版社也出很多纯文学的作品,但是出版社追求畅销书,这也是可以理解的。它必须有畅销书,它没有畅销书很难,良性循环都做不到。因此,就变成了我们纯文学的作品(传播)是靠刊物,当然有《花城》在内。单纯从销量这一点考量,探索性的、开拓性的作品不一定被群众所接受。

导演:上一届"花城文学奖"您亲自去领奖了吗?

王蒙:对。

导演:我觉得这个挺有趣,耄耋老人去了遥远的南国广州领"花城文学奖",而且是一部四十年前作品,您那一刻的心情是什么?

王蒙:"花城文学奖"此前我去领过两次,从文学的角度上说,广州是吸引人的一个地方,我跟广东许多老一辈的作家很有感情,比如说河源的萧殷。萧殷在北京中国作协工作的时候帮助了我,支持了我的《青春万岁》的修改和出版,所以我不管走到什么地方,我都要提到萧殷是我的恩师。还有黄秋耘、秦牧、陈残云等老一辈的作家已经跟我有很深的感情。后来这些年,比较年轻的,尤其是花城出版社和《花城》杂志,刚才我提到了李士非、范汉生、田瑛、文能,还有现在的朱燕玲,《花城》的大仙女。《花城》编辑部有七仙女,她是大仙女。

导演:仙女下凡。

王蒙:我和他们都有很好的文学情谊,所以这也是我很高兴的事情。大概每隔两三年,我一定会去一下广州,去深圳、珠海,中山我也去过一次,都是我喜欢去的地方。

导演:广州,人们都向往,是一个南国明珠。最后一两个小话题,一个是您觉得文学对当下的价值是什么?还有一个,就是新媒体语境下,尤其改革开放以来,人们"物质至上"的情况下,文学在边缘化的状态下,我们社会应该对文学持一种什么态度,文学对我们有什么作用?我们需要认识这个问题,因为现在是模糊的。

王蒙:现在新媒体和多媒体的发展,对文化来说是有一定冲击的。很简单,比如以前谈《红楼梦》的人都是看了《红楼梦》的,现在谈《红楼梦》的人大部分没有看《红楼梦》，但是看电视剧了，是不是？你要单纯从受众数量来说，电视剧比小说要多得多，几十倍、几百倍，在我年轻的时候，那时候一周只休息一次，我都是用来看小说的。可是现在到了周末，我看电视、上网、看手机的时间，比读书的时间还多了一点，我实话实说。我知道有这些问题，但是不管什么情况下，在各种艺术门类之中，文学仍然是最重要的。原因在于：

第一，文学是思维的艺术，是语言的艺术，语言是思维的符号和工具。这个世界上的心理学专家、文学专家、医学专家、教育学专家几乎——其实也有一点争议——认为思维是离不开语言符号的运用的。不可能是裸思维，裸思维占的比例非常之小，所以语言的发达造成了文学的发达，文学的发达造成了思维的发达。

第二，文学是艺术里面的硬通货。比如说你听一个交响乐，有人说听得懂，有人说听不懂，那么音乐家就要给你稍微解释一下，他这个解释就是文学。他告诉你，比如说贝多芬《第九交响乐》的特点是什么，他告诉你布拉姆斯的《第一交响乐》或者《提琴协奏曲》是什么，他必须用语言来给你做解释。编排一个舞剧，你也得先写一个脚本，拍摄一部电影得先有一个剧本，甚至于搞一个建筑，得写一个报告，当然还得有图表。所以说，语言文字是硬通货，它贯串在各个这种艺术门类之内，甚至于是在各种艺术门类之前，已经先有一个语言文字的东西。所以，文学在受众数量上没办法和版画、舞台艺术、网络艺术、荧屏艺术相比较，但实际仍然起着非常根本的基础作用，所以永远不要说文学要衰微了，不可能的。没有文学的头脑，没有思维的意识感觉、艺术思维，就不可能有任何其他的艺术。

导演：非常好，谢谢了。

发表于《花城》2020年第1期

答日本共同社记者问

松尾康宪：先生，首先说明一下今天的来意，这次共同社来华访问的目的是了解日中邦交正常化二十周年的实际情况。听说王蒙先生一九八七年访问过日本，先生只是短期接触过这个东方岛屿国家，但是我们日本人的心中对您有一种新鲜和温和的感情。您退出政界以后，《新疆日报》介绍您访问您的第二故乡新疆，受到农牧民诚恳的欢迎，对此我们共同社如实、客观地报道过了。这次，第一次见先生面，衷心表示敬佩，并感谢新华社同仁的安排。第一要问的是，日本这个国家在唐宋时代以前是一个军国主义色彩浓厚的国家，听说最近先生看了日本的话剧《李香兰》，您看了以后，以文人作家的立场，对军国主义的含义有什么样的感觉和印象？

王蒙：很高兴和各位见面，本来应该请你们到寒舍去，但是我家里正在施工，有许多工人，像个工地。因为我想把厨房和吃饭的地方改善一下，提高生活水平了！（众笑）家里乱七八糟的不好请你们去，只好麻烦新华社的同志。《李香兰》我看了，而且非常有兴趣，因为我熟悉那一段生活。我的童年是在北京，我的小学时代是日本占领时期，所以对李香兰，对李香兰唱的那些歌，李香兰演的电影以及当时的许多事情和气氛我都很熟悉。另外，家父曾留学日本，那时他在北京担任一个学校的校长，后来还担任过大学的教师，他有许多日本朋友。看《李香兰》引起我很多回忆，感觉非常亲切。对中日关系史上那一段，我想中国人和日本人理解的角度肯定是有不同的，即使是日本最最理解中国人的人,他们也会有不同的角度;反过来说,即使是中国最最主张中日友好的人,他们也会有不同的角度。我看了以后很受启发——噢,事情原来也可以从这个角度来看。现在我又找来了李香兰的自传,是由作家协会陈喜儒先生翻译的,我正在读这本书,今年年底我想发表一篇读后感。我觉得我能理解编戏的思路。

松尾康宪:什么时候出版?

王蒙:我还没有写,是一篇文章,我希望今年年底能够登出来,当然这是我的愿望,还要看编辑部。

西仓一喜:我是西仓,是共同社驻北京的分社长。现在人们很关心您的情况,特别是在一系列关于《坚硬的稀粥》的报道之后。我代表共同社向您表示感谢,我们终于有机会和您见面了,因为我一直想有机会向您提几个问题。据说中国的官方的报纸批评您,您用了法律的手段来起诉,我觉得解放以后中国的文学界还没有这样的例子,我想问的是您为什么要以这种法律的手段来对抗?

王蒙:我要说明,和共同社的朋友见面,是近几年来不再担任文化部的职务以后,我唯一的一次、也是第一次和外国的记者交谈,这也是由于新华社的朋友们的热心。《坚硬的稀粥》的事情已经基本上告一段落。因为发生了从政治上给一个作品和它的作者扣帽子的情况,使我不得不有所表示,一般的旁人对我的作品的批评,我从来是不在意的。后来中国的有关领导否定了进一步对我进行讨伐和批判的计划,希望把这件事情平息下来,不再争论,我很拥护中国的领导这样一个判断。我从一开始就认为《文艺报》的做法并不代表中国当局,并不代表中国领导的意图,所以在这种状况下我不想再谈这件事情,以响应中国领导平息这场风波的意图。

西仓一喜:那您撤销了您的起诉吗?

王蒙:没有。因为我的起诉法院并没有受理,这件事就放下了。

西仓一喜:您是说中级法院?

王蒙:中级法院、高级法院都没有受理。这里我要说明一下,我并不是创纪录的人,在我之前,天津的一个女诗人伊蕾小姐也起诉了《文艺报》,由于《文艺报》对她的人身攻击。所以我开玩笑说伊蕾是我的师傅。

西仓一喜:《文艺报》是中国作家协会的报纸吗?

王蒙:对。

西仓一喜:您当过作家协会的副主席对吧?

王蒙:不仅是当过,我现在就是中国作家协会的副主席。

西仓一喜:这就有点奇怪了,由作家协会控制的报纸却攻击作家协会的副主席?

王蒙:这个我也觉得有点奇怪。(众笑)我认为文艺界的一些领导人本来可以胸怀更宽阔一些,更好地维护中国的稳定和文学艺术的繁荣,但是他们没有选择这样一个正确的路子。

西仓一喜:最近我收到了一本日本的杂志,您的《坚硬的稀粥》已经被翻译成日语出版。据统计,在上个月里您是十个书卖得最多的作者之一。先生,您觉得为什么您的作品在日本会受到欢迎?

王蒙:我的作品被翻译到日本,这不是第一篇,早在一九八〇年我的作品《蝴蝶》就在日本出了单行本,是由相浦杲先生翻译的,他已经去世了。其次我写的反映新疆生活的小说《在伊犁》也由东京德间书店出版,是由市川宏和牧田英二先生翻译的。《坚硬的稀粥》受到日本读者的欢迎无非两个原因:一个是我的作品也许写得很不错,另一个原因就是《文艺报》帮助我做了推销工作。(众笑)

森保裕:我要问可能是比较敏感的问题,三年前发生了"六四事件",以后您辞去了文化部长职务。有的报道说您拒绝慰问戒严部队,用辞职来表示抗议镇压民主运动。您能不能解释一下那个时候您为什么要辞职?

王蒙:我想这件事中国方面和我本人都曾经清楚无误地做过说明和解释,我正式提出辞职是一九八八年十月一日,我写的信现在还保存在文化部的档案里,那个时候显然没有发生任何事情。我请求辞职的理由是为了从事文学创作和文艺评论,最后在人大常委会上李鹏总理提出这个议案的时候也是这样讲的,"由于他本人希望'专心从事文学创作和文艺评论'",这个话他用的就是我请求辞职的信上的原话。因为我能创作的是文学,但我能评论的还包括艺术,比如说戏剧、电影呀,还有诸如电视呀这些东西,所以我写的是"文学创作和文艺评论",最后李鹏总理的解释也是这样说的。我想我们就不必多谈这个事情了。

森保裕:当部长之前,您是否也不大愿意接受文化部这个职务?

王蒙:是的。所以在一九八六年,其实远在一九八五年就开始酝酿、试探这个事情,我一直是坚决地推辞。一九八六年讲好我就做三年。我为什么在一九八八年十月一日提出来呢?当时是我到文化部上班两年半的时候,我想我在两年半的时候提出来,就有半年的时间可供国务院、总理物色新的人选。这也是过去的事情,都讲过的。

森保裕:您当时拒绝慰问戒严部队……

王蒙:我当时生病,请的是病假。

松尾康宪:如果没有病的话,您是否考虑……

王蒙:没有病的话就按没有病的情况来考虑,有病就按有病的情况来考虑,而且我希望我们大家把眼光放在现在、放在未来,特别是在中国出现了这样一个新的改革开放的势头,而且带来了新的希望的时候。

森保裕:您如何评价三年前的事?

王蒙:三年前的事已经成为历史,我觉得三年前的事情使建设有中国特色的社会主义的方针、使中国改革开放的事业经受了一次严重的考验。我曾经很担心:一是我不希望中国回到闭关锁国、搞政治运动、以阶级斗争为纲的那样一个时期。第二我不希望中国发生混乱,不希望中国发生无政府状态。谢天谢地,我所不希望的两种状况没有发生,目前建设有中国特色的社会主义的方针、改革开放的方向经受住了这样一次考验。中国唯一的出路是继续改革开放、保持稳定,继续建设有中国特色的社会主义。邓小平同志最近一系列的讲话增加了实现这种前景的可能性。我们还是多讨论现在和未来吧。

森保裕: 现在文艺界的情况怎样？您是否认为目前的状况利于文艺创作？

王蒙: 文艺界的情况也各不一样,我只能说我的多数朋友关心的是自己的新的作品。特别是这些年好多人正在构思和写作新的长篇,就是我们常说的鸿篇巨制、比较长比较大的作品。如果我们的国家能够做到继续深化改革开放,保持稳定,对创作来说是最好的,因为我们不能在混乱中、动荡中进行创作,我们也不能在一种以阶级斗争为纲、大批判下面,甚至是在"文革"的那种状态中进行创作。事实证明在"文革"中大概没有什么人进行创作。"文革"十年我的钢笔都丢了,需要写字时就向我儿子借用,用完以后再还给他。

森保裕: 从贵国的新闻报道中我们看到中国正在纪念毛泽东《在延安文艺座谈会上的讲话》发表五十周年,我对中国的政治与文学的关系很有兴趣,政治干涉文艺。在这方面现在的情况与过去相比,您的感觉如何？现在比以前好一些吗？

王蒙: 从我个人来说,我一九三四年出生,一九三七年全面的抗日战争开始,一九四五年的北京由当时的国民党政府接收,我很快在少年时代就参加了推翻国民党政府的斗争,一直到一九四九年人民解放战争取得胜利。中华人民共和国建立以后,又是连年的政治运动,这样一种动荡不安的政治环境必然会对文学有很大的影响,许多文学家参加抗日斗争、参加推翻国民党政府的斗争。这是历史,既不能说成是政治对文艺的干涉、干扰,也不能说是文艺家受到了政治的迫害,这只能说是一个历史的过程。但从五十年代后期,由于指导思想的"左"的错误日趋严重,这样在文艺活动当中就采取了一种简单化的、强硬的办法,要求文艺创作来图解每一个具体政策、具体任务,比如说要入社了,所有的小说呀、歌曲呀都歌唱入社,比如说要"大跃进"了就都唱"大跃进",成立人民公社就唱人民公社好！人民公

社好！人民公社就是好！搞"文化大革命"，就文化大革命好！文化大革命就是好！所有这些都给文艺带来了灾难性的后果。"文化大革命"中发展到登峰造极的程度，废黜了所有的作家和艺术家，作家艺术家或者到"五七干校"啦，或者去农村插队啦，有的教授打扫卫生啦、当清洁工啦。我们很多作家都是很好的木匠，我的这位秘书王先生，他的父亲是新疆的一位老作家，他也在"文化大革命"期间学成了很好的木匠手艺。这些确实都给我们留下了沉重的记忆。应该说在邓小平主持中央工作，发挥主导作用以来，文艺的状况有了很大改善。当然由于文艺问题比较敏感，文艺人也都很聪明，又互相瞧不起，所以矛盾、斗争啊，批过来、批过去这一类的事也发生过很多。

西仓一喜： 今年年底要召开十四大，关于您的代表资格问题，海内外有各式各样的说法，比如有的报道说王先生和贺先生的代表选举，提前形成了对立的场面。实际情况是怎样的？

王蒙： 我必须说明，关于十四大代表选举的情况，我始终没有得到直接的第一手材料，我没有参加提名选举，也没有去竞选过。我们中国的习惯不一样，不会有任何一个人自己去竞选。我听到的情况也是旁人跟我说的。据我所知中国共产党第十四次代表大会代表的产生，不是以部为单位进行选举，不存在在文化部选举这样一个前提，而是由文化部的党基层组织的成员、也就是党员来提名，再由部的党委参照这些提名进行整理排列，经过这样的整理和排列之后再发到基层组织，向每一个支部征求意见，经过这样一个民主集中制，即有民主也有集中的过程，最后由部党委提出本系统的候选人，这候选人是六个还是八个，我也不很清楚。按照过去的经验大概是七八个人左右，也可能少到六个，也可能多到九个。然后国务院各部、委、局的候选人汇总到国家机关党委召开代表大会，进行选举。现在选举的情况没有人给我讲，我也没有接到通知。但是我听说我不是候选人，候选人里并没有我，而且我也还听说贺先生当选了。必须说明这是我听说的，我没有受权发布这个消息，也不能证实这个消息。

松尾康宪:您退下来以后,贺先生当了代部长。近三年过去了,贺先生为什么还是代部长,而没有成为正式的部长呢?

王蒙:这我怎么知道?没有人来和我商量贺先生是要代还是不要代的问题。

松尾康宪:"代"这个帽子不自然吧?

王蒙:这个我确实不知道,我也没有当过代部长,我也没有当过代局长。我不知当代部长或代局长感觉上是不是有些不同,也可能没有任何不同,都是为人民服务嘛,就没有不同。

松尾康宪:我们共同社有几次误将贺先生写成部长,当然这没有什么坏意思啦,我们认错了,可是还是有人来追问,我们只好确认他是代部长,真是奇奇怪怪的事情。

西仓一喜:请问王先生,您现在还是中央委员,对吗?

王蒙:是的。

西仓一喜:如果您这次不是十四大代表,还能当下一届的中央委员吗?

王蒙:这个我并不了解,我只能这样说,我是十三届的中央委员,十四届要重新选举。我从十二届、就是一九八二年担任中央候补委员,到一九八五年担任中央委员。一九八二年在中国共产党的第十二次代表大会上,我也不是代表,我是列席,开会时是坐在人民大会堂二楼上,不是在一楼,但是我当选为十二届的中央候补委员。我说这话的意思并不意味着,十四大虽然我不当代表,也可以当选成什么,我没有那个意思。我只是说明十二届是这种情况。十三届我是代表,也在这次会上当选为中央委员。十四大现在还没有开。我想,我当不当代表,当不当中央委员并不重要,重要的是我仍然是一个作家,我仍然要很好地不停地写作。我希望自己能成为我们国家文化生活中的一个健康的稳定的因素,我仍然要为我们国家文艺界的团结稳定和繁荣尽我的微薄的力量。

森保裕:刚才提到您不太愿意做部长的工作,那么您对中央委员工作兴趣怎样？

王蒙：中央委员的工作不是一个具体的职务，不必天天去上班去处理事务，而且中央委员工作也没有事先征求过我的意见。比如刚才我说到的一九八二年选举我为中央候补委员，我当时也是大吃一惊的。我看到大会最后公布出名单来，上面有一个叫王蒙的，然后接到通知下午两点在人民大会堂开会。回去后我就委托北京市文联的一个工作人员，我说你问一下那个王蒙是谁，是我的话我不好不去，如果不是我去了很不好意思——人家说不是你，你回去吧，显得我很想当中央委员的样子。是这样一种情形。后来他们就问了一下，然后就给我打电话——人家说，就是你。那时我还在北京市文联，进行职业创作。

松尾康宪：刚才先生强调文艺、文化的稳定发展。

王蒙：是。

松尾康宪：可是中国禁书措施还在继续，一九八九年夏天有几百册的书被禁止，里面有黄色的书，也有算命的书，但写赵紫阳先生传记的书也被禁止了。出版署禁书的名目没有公开，去年我带着一本苏晓康的《乌托邦记》旅行，可是在机场被没收。这样的情况现在还继续吗？有关戈尔巴乔夫的书没有公开，倒允许有。

王蒙：对不起，有关戈尔巴乔夫的书有吗？

松尾康宪：书店有朋友给我看了目录，内部发行。这样的书本来就应该公开，不公开而继续禁书政策，对文化的健康发展我想是不利的。对此，中国今后怎么办？如何处理这个问题？请谈一谈。

王蒙：刚才你谈这些情况我很不熟悉，我不太了解一些书籍被禁止的情况。我想有一类书，就如刚才记者先生讲的，黄色的呀、迷信的呀这一类东西，还有一些是政治上的问题。对于政治上的问题应该怎么考虑？比如刚才提到苏晓康，苏晓康后来事情弄得很严重，我不知道他是不是属于公安部通缉的。一九八九年通缉了一些人，对通缉的这些人的书，或许要采取一些什么样的措施，我想应该说这还是比较特殊的情况。我个人也希望在书籍的发行这一类问题上应该有更严密的法制,有更清楚的可以遵循的管理条例,以避免偏严或者偏宽的情形。从长远来说,当然这是一个漫长的过程,完全可以相信广大读者、广大人民是有选择的能力的,对国家对读者负责的编辑、作家,直到书店的老板店员,他们也应该是有选择的、有责任心的。我希望这方面的事情今后处理得更好、更明确。

松尾康宪:谢谢。

西仓一喜:先生,想请您说说《坚硬的稀粥》。有人说您通过作品缩影了国家领导人。我看您的作品讽刺性很大,有您独有的大幽默,您通过这个作品要表达什么样的意思?

王蒙:去年十二月,一九九一年第十二期的《读书》杂志上我写过一篇文章,叫做《话说这碗"粥"》,就是讲我对这个作品的看法的,所以这里就不多谈了。文章很短。

西仓一喜:发在哪里?

王蒙:《读书》杂志,三联书店出版的。你们可以找得到吧?不行的话,你们还要在北京待几天呀?

松尾康宪:他们是常驻的。(指西仓一喜和森保裕)

王蒙:那就请我的秘书王安先生把《话说这碗"粥"》的复印件寄一份给新华社的同志,再请他们转给你们好吗?

西仓一喜:今天我们聚在一起,还是请您简单地谈一谈。

王蒙:一个作者其实最乏味的是谈自己的作品,因为他如果想谈什么的话,他应该表现在他的作品里边,而不是在作品之外再做出一个冗长的、依我看是很讨人嫌的解释。(众笑)如果一篇作品有人看了觉得是这个意思,有人觉得是那个意思,这是作者最得意的事情。我所以在《读书》杂志上写那篇文章,也是被逼迫得不得已了。那么大帽子扣下来了,我得赶紧声明两句,否则连写那样的文章也是多余的。如果你们不问的话,我也不愿再提这篇文章。既然你们问了,那我就请这位王先生把它的复印件给你们寄来。但是我希望这篇文章不妨碍你们按你们的意思去理解、去分析这篇小说,只要你们的理解、分析不是抱着对作者不怀好意的目的。当然我相信你们不会的,我们无仇无冤嘛,我们还有友谊嘛。如果不是那种情况的话,我绝不干涉。大家都可以去分析,新华社的朋友也可以去分析这个作品。人们可以喜欢这个作品,也可以不喜欢这个作品,当然喜欢这个作品更好,不喜欢这个作品我也没办法。

森保裕:(拿出一本新出版的王蒙的小说集《我又梦见了你》)这是我新买的先生的作品。

王蒙:谢谢,谢谢你帮助我多得了一份稿酬……(被笑声打断)

森保裕:这本书是去年七月出版的,而我买到则是今年的三月,出版发行这本书是不是遇到了压力?

王蒙:为什么会受到压力呢?

森保裕:从出版到能买到用了半年多的时间。

王蒙:噢,出书没有受到压力,没有。书是很受欢迎的,出版了一个系列。至于说从印出来到看到用了半年的时间,这在敝国是常有的事情,也可能用一年的时间。为什么呢?因为打上印刷的时间以后还有装订、放进仓库、发行等环节。比如说到现在为止我还没有得到我应得到的那些:有二十本样书是奉送的,另外我还花钱买了一百本样书,为了送朋友,但是到现在我还没有得到。出版社说书在仓库里没有汽车去取,所以我委托了文化部的一辆汽车今天下午去取,我大概今天下午四点钟才能得到欠我的八十本书。所以这不是那种情况。这一套书收集了当代一些作家最新的作品,受到读者的欢迎也受到文艺界的好评。有些人可能不喜欢这个书,但是那些人的地位、权力和影响不足以对这套书的出版和发行产生任何的压力。他们也许背后说点不高兴的话,那只能随他们去。

西仓一喜:序是夏衍先生写的。

王蒙:是的。

西仓一喜:序中说"在当前出版界遇到不少困难的时候",这不少困难是什么样的困难?

王蒙:如果要找出版家的话,他们能说出的困难就太多了。头一个,现在纯文学的读物或者说严肃文学的读物订数非常少,有时一本书辛辛苦苦写了好几年,最后一征订只征订到二十五本,于是出版社就拒绝印这本书,这是财政上的困难。其次对作品的质量要求、读者的口味也在变化。我知道你们的兴趣是在政治上,当然政治上的困难也有,因为一个出版社对某一作者不可能一切都了解,书印好了,作者出了问题——跑掉啦、在哪儿发表讲话大骂中国政府啦、中国政府又要追究他啦,出版商怎么办呢? 就有困难了。但是最主要的困难就是订户少,昨天我还去看望过夏衍先生,也谈到了这个问题。中国读者的兴趣也是在不断地变化,前些年受到通俗文学的影响和冲击,我们所说的通俗文学是指功夫小说、武侠小说、言情小说等,如台湾作家琼瑶、香港作家金庸等人的作品。这几年受到什么新冲击我也不知道。这一批书(指华艺出版社的"当代著名作家新作大系"),不只我一个人的,订数都在一万册以上,这已经算是不错的了。据出版社说,最近又新出了一批,其中有很年轻的王朔先生的新作《过把瘾就死》,他们说王朔的和我的,即二王的作品卖得最快。但是我觉得并不理想,因为我希望能印五十万册或一百万册,如果说只印一万册而卖得很快,那就很遗憾了。

西仓一喜:中国正在进行高速度的改革开放,好像在经济方面改革开放很快,而文艺界看来好像比较保守。

王蒙:文艺界你是指谁呀? 比如我也是文艺界的一个重要作家,我并不保守。我认为从经济的改革开放做起是正确的,因为中国毕竟面临非常突出非常严重的经济问题,人口多,农村有很多地方还很困难。经济的改革开放不可能不影响到整个社会的进步和变化,我想这是不以任何人的意志为转移的。但是怎么进步? 怎么变化? 这个也是不以任何人的意志来决定的。至于文艺界是不是有一些比较保守的人呢? 我只能说有,正因为有,所以有些事做起来就不那么简单，不那么容易。从中国总体来说改革开放的势头是不可阻挡的，尽管也还会碰到曲折，会有新的困难。

森保裕：我估计文艺界的多数人愿意开明的王蒙先生再做部长，您是否准备接受他们的愿望？

王蒙：我早就说过，我的志趣在文学方面，我对自己在文学方面的潜力还是蛮自信的。从五十年代后期到七十年代后期由于当时特殊的政治情况，我有二十年基本上搁笔。从七十年代后期复出文坛，我要写的东西太多了。目前我正在进行一个系列的长篇小说的写作，从前年开始我计划每两年写一部长篇小说，十年为期，拿出五部长篇小说来。从我个人来说我希望能完成这个十年五部书的计划，也希望你们把它介绍到日本去，希望在日本有更多的我的读者。

森保裕：您现在要写的东西与过去比有什么不同？

王蒙：当然不一样，一样的话不就变成自己抄自己了吗？我写的都是中国当代的生活，我五月份刚刚交稿一部长篇小说，叫做《恋爱的季节》，是反映中华人民共和国建国初期的一些献身革命的青年人的爱情生活。底下会一部一部写下去，把我的一些生活经验，把中国社会的一些变迁，特别是这些变迁当中一些知识分子的命运、经历写出来。

松尾康宪：这样一部长篇小说要把各个时期的变迁写出来，也许在第三或第四部的时候，可能就写到"六四"了。

王蒙：（大笑）别着急呀！现在还没有写到那儿呢。

松尾康宪：这恐怕是不能回避的吧？

王蒙：中国的近代史、中国的现代史上复杂的事件、尖锐的冲突非常多。我认为文学的任务不是去裁判历史，而是表现在历史的进程中个人的命运、感受和体验等等。比如说《李香兰》这个戏，虽然涉及了当时日本军国主义对华的侵略和中国人民的抗日战争这样的非常严肃的重大的问题，但靠这个戏毕竟是无法了解这场战争的，它侧重于李香兰这个年轻的女孩子，又漂亮又会唱歌。按那个戏来说她对中国很有感情,起码她本身不是想到中国来屠杀中国人或占领中国的哪一部分领土的,她也没有那个本事。那个戏只是表达了她对这段历史的一点体验,我指的是舞台上的李香兰。至于实际上李香兰是什么情况,我很不了解,但我看她的自传还是与这个戏非常接近的。我想我的小说的目的也是这样,我不是充当历史的裁判者,更不是给历史做结论。那样的话怎么得了,还怎么让人敢写小说?我只是忠实地表达年龄和我差不多的一批人,他们在中国巨大的变化当中的喜怒哀乐,他们的悲欢离合,他们的幻想、追求、失望和希望,也许他们的经历是有意义的,也是一种人生,后人可以从他们的经历中得出一种意义,就像李香兰。如果从政治和战争的角度来说,李香兰不是个什么大人物,我说的是当时,至于现在她是议员呀什么的,我不太了解。当时她不是一个重要的人物,她既不是日本亚洲政策的代表人物,也不是日本关东军和日本的代表人物,也不是中日友好的代表人物,但她是真实的,她有她的经历,有她经历的悲剧性。我要写的小说也是这样一个思路。糟糕,看来还是不能见记者,因为这些话是不用说的,应当等写完了以后让别人说。对不起,到了告辞的时间了,但我愿再回答一个问题。

西仓一喜:您对王实味的悲剧有什么看法?

王蒙:我在前不久,在《报刊文摘》里读到王实味的事情,说已经由公安部给他平反了,文章援引的也是来自中国的权威方面、公安部门的消息。正如我前面所讲的,中国的革命有过十分曲折的过程,中国的知识分子追求革命,其中一些知识分子追求了革命之后又受到了革命阵营的人的打击,这也是事实。许多人都有这种类似的经历,这是一个过程,这也是一个教训。我希望在我们回顾这样的事情的时候,着重于汲取总结历史的教训,而不是通过这件事情去谴责、去责骂什么人而搞新的纷争,这是我的愿望。

1992 年 7 月 4 日

发表于《中国民族博览》1992 年第 1 期

我看毛泽东*

编者：如您所说，文学不能简单地裁决历史，只能反映人在历史中的命运、体验和感受。毛泽东已经成为历史人物了，但他又不是一个普通人，而是和现代中国人的命运、历史及文学紧密联系着，您作为一个作家，怎么看毛泽东？

王蒙：我无缘与毛泽东有任何直接的个人接触。五十年代，在大型会议上或"五一""十一"群众游行集会时，他站在天安门城楼上，我在城楼下，作为一个青年团的干部，带领一批青年学生游行而过，算是能见到他一面。记得距离最近的一次，是在中央团校毕业时，受到他的接见。

编者：哪一年？

王蒙：一九五〇年四月，中央团校第二期毕业。那次接见不光是我们，还有海军一个会议的代表。大家坐在下面，静候他的到来。毛泽东出来后，向大家招手，聚光灯打得很亮，然后由军队的同志和我们团校的学生代表分别上去讲话，向毛主席表决心。这算是最近的一次，所谓近，也有一二十米。

编者：当时你有什么感受？

王蒙：那时的年轻人都一样，见到自己的领袖，尤其是见到毛主席，都很激动，好像还喊了万岁。

---

* 本文是《说不尽的毛泽东》一书编者对作者的访谈。

编者：除了这种人数很多的集体会面外，你和毛泽东还有过什么关系吗？

王蒙：说起来有趣，他对我唯一的一次具体关注，是对我的一篇小说给予了关心，对我来说真是三生有幸。这是一九五六年底一九五七年初的事情，当时全国对我的那篇《组织部新来的年轻人》①小说进行了争论，毛泽东知道了，并且讲了话。他的讲话虽然没有正式发表，但我还是听了他讲话的录音。

编者：毛泽东是在什么场合讲的？讲了些什么内容？

王蒙：他讲了多次，包括在颐年堂召开的新闻、出版、文艺座谈会上，在最高国务会议上，都讲了这个问题。在中央宣传工作会议上的讲话，我听了录音。几次讲的意思大致内容是这样：听说王蒙写了一篇小说，有赞成的，有不赞成的，争得很厉害，反对的人还写了文章对他进行"围剿"，要把他消灭。可能我这也是言过其词。我看了李希凡写的文章（指李希凡在《文汇报》上发表的《评〈组织部新来的青年人〉》），不大满意，李希凡也是新生力量嘛，现在写文章我看不懂，大概是当了政协委员的关系吧。毛说到李希凡时有点讽刺的意味，不过时过境迁，这些都没关系了。现在李希凡还是我的朋友。除李的一篇外，还有一篇，就是陈其通、陈亚丁、鲁勒、马寒冰四个人合写的准备在《人民日报》发的《是香花还是毒草》，主题是要把我的那篇小说打成毒草。后来这篇文章的清样送到毛泽东那里，他看后非常不满意。

编者：他们四人当时受到批评，是不是跟这件事有关系？

王蒙：可能跟这有关系，说他们是教条主义。因为在这之前，他们曾发表过一篇文章，谈整个文艺的形势，受到批评。他们后来写的这一篇也被毛泽东制止了，文章没有发出来。毛泽东看了这篇文章后说，反对王蒙的人提出北京没有这样的官僚主义，中央还出过王

---

① 后改题为《组织部来了个年轻人》。

明、出过陈独秀,北京怎么就不能出官僚主义。王蒙反官僚主义我就支持,我也不认识王蒙,不是他的儿女亲家,但他反对官僚主义我就支持。他是共青团员吗?(别人回答说:不是,是党员。)是党员也很年轻嘛,王蒙有文才,就有希望。当然了,《组织部新来的青年人》也有缺点,正面人物写得不好,软弱无力,但不是毒草,就是毒草也不能采取压制的办法。这一点给我的印象很深。接下来,他还引了王勃《滕王阁序》中的名句:"落霞与孤鹜齐飞,秋水共长天一色。"他说:我们的政策是落霞与孤鹜齐飞,香花并毒草共放。毛泽东的讲话内容我记得就是这样。他讲这些,当然都是从最高意义上作为一个政治家讲的,我体会他是想通过这件事尽可能把空气搞得活跃一点,创造一个自由环境,真正贯彻百花齐放、百家争鸣。这些讲话给了我极大帮助,起码也有保护作用,使我的处境一下子变得很好。当然这些都发生在"反右"之前。

编者: 毛泽东保护了你,后来为什么还把你打成了右派呢?

王蒙: 现在有很多外国记者也这样问我,我说,不知道。我只知道反右派运动一起,各报刊对这篇小说还是予以否定,时间不长,我就被定为右派。定我为右派的过程和内情到现在也不知其详,我也不想知其详。

《组织部新来的青年人》送到毛泽东那里,他借题发挥讲了那么多道理来开展鸣放,他是不满意苏联的教条主义,也不满意那四个人的文章。四个人的文章在苏联的《文学报》上转载了,钟惦棐的《电影的锣鼓》在南斯拉夫的报纸上也转载了,毛泽东说真是物以类聚,人以群分。他认为钟惦棐的文章有点右,四个人的文章是"左",当时他把苏联作为"左"的教条主义来批评,同后来我们批评苏联修正主义是不一样的。至于我自己定不定右派,我认为没必要报到他那里,也不可能是经过他的过问的。

编者: 后来的整个形势都变了。

王蒙: 我当时顶多算副处级,根本用不着报到他那儿去,他也不会再有兴趣。再者,他的整个思想有变化,我看他后来的思想是发生了重大变化。

编者:你的小说要是放在一九五七年以后发表,情况可能就完全不一样了。

王蒙:恐怕更糟了。幸亏他老人家说过那些话,虽然给我定为右派,讲老实话对我还是比较客气,对我的处理也是最轻的,报纸上也没有大张旗鼓地要把我批倒批臭。

编者:这可能和毛泽东年初的讲话有关系?

王蒙:我觉得有点关系,所以从我个人来说,我很感谢老人家,起码他对我的小说保护过。当然我无权也无法要求像他这样的党和国家的领袖不断地过问我的创作、个人的遭遇,我不能那样去要求,也不应该再去麻烦他。说你一次已经三生有幸了,还能等着再来?

编者:你如何看待毛泽东?给你印象最深的是什么?

王蒙:一九五七年"反右"以后,我陷入那样一种处境,当然没有可能和毛泽东接触,但即使没有给他汇报工作或接受他的教育的机会,也总有一种感觉存在,这种感觉除去大家都知道的他总体上在历史上的作用外,给我印象最深刻的是他拥有一种浪漫主义的情怀,他的诗歌是浪漫主义的,他的书法也是浪漫主义的。

编者:就是说比较有气势。

王蒙:有气势,不受约束,他的思想非常自由奔放,不受条条框框的束缚,也喜欢说些比较惊人的话,所谓语不惊人死不休。有时他把一些大事说得很小,"天塌不下来",这是他喜欢说的,还有"文化大革命"中也说过的这样的话——"无非是死几个人"。

编者:五十年代末他在提到不怕原子战争时,也曾说过无非死几个人,即使死一半,还有一半继续革命。

王蒙:这个特点最突出。他批评王明的教条主义,用的方式也是非常轻松的惊人的方式,说他们无非就是不知道几个事情:第一,不知道人要吃饭;第二,不知道打仗要死人;第三,不知道路要一步步地走（大意）。你看他讲得多么轻松，好像是很小的事情，但实际上抓住了要害。教条主义搞了许多高深的理论，反倒回避了生活，其实革命包括战争是最实际的东西。教条主义的要害不在于用理论比较理论，那很难鉴别，不容易驳倒，我在解放前就翻过王明的《为党的布尔什维克化而斗争》的小册子，光看书，王明也是一套一套的，不能看出他有什么错误。毛泽东用三件事来批驳王明，是抓住了他的最要害处。

他的有些做法，也是前无古人后无来者，比如他最喜欢游泳，就进而在全国掀起了一个高潮，游泳本来是国家体委的任务，最多由荣高棠抓也就够了，可他亲自抓。

编者：他给游泳赋予了政治方面的意义。

王蒙：不仅是政治方面，还有哲学方面的意义，后来变成一条语录："大风大浪并不可怕……""文革"中的红卫兵拉练，是最典型的毛泽东方式，既解决了实际问题，又给它一种浪漫主义的色彩。实际问题是红卫兵到处串联，都上火车，火车受不了，整个铁路的运行秩序已经一塌糊涂。在这种情况下，他就叫红卫兵不坐火车，徒步拉练，用这种浪漫的方式解决了实际问题。还有金门打炮中提出"单日打炮，双日不打炮"都是不可思议的，非常富有想象力。

编者：给人一种游刃有余的感觉。

王蒙：一九五八年"大跃进"中批评所谓右倾保守，他引用了枚乘《七发》，这个事例一方面说明了他的才气，另一方面也说明我们中国文化、东方文化的独树一帜，不能什么事情都从第三国际的条文里或《联共（布）党史简明教程》里去找根据。

编者：就是说，他有中国气派。

王蒙：中国气派，非常独特的。这种浪漫主义和他作为一个革命家的自信、自负有关系，同时也和他的个人经历有关系，他从一个很普通的山坳里出生的农民子弟，到一个师范学校的学生，再到一个最一般的图书管理员；在党内，一开始的地位也很低，可到最后，他成为了中国共产党的第一代的领导人,并成功地领导了中国革命。这种浪漫主义,还和中国革命根据地所实行的军事共产主义的生活方式有关系。军事共产主义是很平等的,顶多分为大灶、中灶、小灶,区别很小;官兵关系、军民关系、上下级关系都很密切,在人们中有种精神的力量,所以毛泽东实际上喜欢强调精神的作用。

编者:他非常强调人的主观能动性。

王蒙:很注意精神,比如那段著名的吃苹果论,提出"不吃苹果是很高尚的",多么形象、深刻。将这种浪漫主义和军事共产主义结合起来,在解决一些革命任务时他获得了非凡的成功。包括"山沟里出马克思主义"这种说法,也带有浪漫主义的色彩,因为这很难从理论上做出细致的分析,马克思主义本身并不是出在山沟里,而是现代工业,起码是近代产业革命之后的并且积累继承了一个长远的文化传统的产物。但他讲山沟里可以出马克思主义,因为中国革命的依据恰恰是在山沟里,所以他这样讲是有道理的,并且是反驳王明对山沟的不敬。更重要的是强调实践和理论的关系,不能搞教条。在指导战争中他提出的许多军事思想,既是非常实际的又是很浪漫的,几大战役的策划,总体上的以少胜多具体上的以多胜少,都成功了。

但这种浪漫主义又有它的缺陷,毛泽东晚年的悲剧就在于他把在革命战争中行之有效的经验照搬到经济工作与治理国家中,特别是用那种浪漫主义的办法来搞经济,遭受了挫折。

编者:这就是说,当他作为一个国家的领导者时,他仍把他的浪漫主义运用到这个范围中就容易出毛病。

王蒙:特别是搞经济建设,因为经济生活的很多规律并不浪漫,至少利益原则一点都不浪漫。但毛泽东不信这个利益原则,他动不动就讲我们在延安时如何,没有这套东西不是照样也成功了吗?完全忽略了在掌握政权前,在当时还是一个比较小的根据地或革命队伍人数不太多的情况下,人们组成的军事共产主义的关系,和后来掌握了政权以后,面对一个几亿十几亿人口的国家把社会生活组织起来,这两个概念是不一样的。

编者:这恐怕是两个规律,也就是说革命的规律、战争的规律同搞建设的规律是不一样的,不能生硬地搬过来。

王蒙:对。但我觉得还有一个问题,就是马克思主义说的,生产方式和生活方式是第一的,人怎样生活就怎样思考。延安时期,基本的一条是军事共产主义,顶多分大、中、小灶。胡宗南进攻延安,把中、小灶撤销,全部吃大灶,毛泽东也去吃大灶。但解放后能这样吗?当然了,就是在延安时毛泽东也不可能天天这样,但起码他可以走到农民那里,抱起一个娃娃,和农民随便说上几句话。建国后这些都不可能了,光保卫制度也受不了。所以军事共产主义可以用它来夺取政权,但不能用来巩固政权,特别是不可能发展生产力。因为政权一掌握,老百姓就要求你提高他的生活,否则他就不会拥护你。可见,你如果不能发展生产,不能提高人民的生活,总是一个缺陷。

编者:在文艺上,毛泽东有些什么特点呢?

王蒙:在文艺上,毛泽东个人的创作是非常豪放的,他对艺术的爱好不俗,他喜欢庄子、孟子、屈原、三李,他的爱好也不是很一般的爱好。

编者:比较大气。

王蒙:很大气。他有时直接引用李贺的诗,很喜欢庄子"鲲鹏展翅九万里"的境界。但他在文艺上发动的思想批评运动太"左"、太厉害了。从建国初就一个接一个,从来没有断过。

编者:从一个因素说,中国的文人和政治好像总爱搅和在一起,脱离不开。

王蒙:这是中国的历史传统。前不久一份报纸登载毛泽东身边工作人员的回忆,其中有一段不管是真是假挺有意思:毛泽东让他的护士读史书,读完后讨论起"秀才造反三年不成"这段话。毛泽东说,这实际上说客气了,三十年也不成。然后问,你说为什么?护士不好回答。他接着说,因为秀才有两个特点:第一,光说不干,说完就完;第二,一个瞧不起一个,永远团结不起来。如果这话是毛泽东说的,那真是说对了。

编者:毛泽东对知识分子的有些特性摸得很透。

王蒙:他是一道一道收进去的,最后谁也跑不了。

编者:中国文人和政治分不开,也不能简单说分开就好。

王蒙:这和历史的情况有关。抗日战争时期怎么能分开,大家都是生死存亡的问题,解放战争时也分不开,全国人民都面临两个中国之命运。相反,社会越稳定,文艺反倒可以和政治适当分开。现在实际上已经分得很开了,起码很多歌舞、绘画不能说每个都和政治有密切关系,有的就是娱乐,所以,社会稳定反倒慢慢能分开。据我看,毛泽东对文人有一定的蔑视,也有一定的不信任感。

编者:毛泽东的讲法表示一种对知识分子的不信任感,但有时他又表现出一种自信,比如他经常说,不要妄自菲薄、不要怕教授、小人物可以打倒大人物等等。

王蒙:历史的规律是小人物打倒大人物,这话又对又不对。小人物打倒大人物是可能的,但小人物也要向大人物学习,如果否认学习和借鉴的作用,只看到打倒就不对了。我们经常说马克思主义有三个组成部分,还有三个来源,说明马克思也是向前人学习的,不能见一个大人物就打倒一个,这太可怕了。

编者:小人物和大人物的关系,也应该看作是批判和继承的关系。我们想再问一个问题,就是我们现在的时代和毛泽东的时代已经发生了变化,至少思路不一样了,那么,毛泽东对我们现时代的意义何在?

王蒙:我看它的意义就是一个革命党要完成从夺取政权到管理国家,特别是要组织好社会生活和经济生活的转变。毛泽东在世时没有很好完成这个转变。这个任务实际上是由邓小平完成的,邓小平恰恰是高明地把握了毛泽东失误的这一点,把党的工作重心从搞政治斗争转到经济建设上来。所以邓小平提出现在不搞争论,因为对一个执政党来说，绝对不能是按照条条框框来执政，只能按对国家有利、对人民有利、对发展生产有利这三条，这也是邓小平提出的"三个有利于"，才能努力地起一个国家管理者的作用。但我认为毛泽东的个人魅力仍然存在，我们在现实生活中也会感受到，因为他毕竟开辟并领导了一个时代。

编者：他在群体中是不是有一种孤独的东西，还有一种不满足的感觉？

王蒙：别人跟不上，但反过来造成晚年对群众利益的漠视，虽然他一辈子讲群众观点。到晚年时，包括党内的很多干部都有种跟不上的感觉，越喊紧跟越跟不上。他的思想在晚年仍然非常活跃，仍然不断有新东西冒出来，但有些又不完全符合实际。这个经验教训是非常重要的。

编者：对他领导民主革命的成功有比较一致的共识，但他在领导建设中的曲折和教训，对我们今天可能更有用。

王蒙：有些问题我无从了解，如他的个人性格，我没有资格胡说。现在追究这些已毫无意思，因为他已经是历史人物了。从考察历史这点上说，他没有从革命时期成功地完成向管理国家和组织经济生活的转变。但另一方面，他的坚强的意志、乐观的精神、奔放的思路和对国家前途的憧憬都是好的，是我们这一代甚至包括下一代人都要学习的。作为一个中华民族的英雄，他是了不起的。

发表于《精品》1993 年第 11 期

与意大利记者桑德罗·维奥拉的谈话

桑德罗：十九世纪初，法国社会处于变革时期。这有点像中国当前的情况，这会给中国的文学带来丰富的素材的繁荣的机会吗？

王蒙：这几年中国文学的发展很有趣，它面临许多新的问题和新的挑战。一九九二年以来，特别是市场经济开始建立之后，一些作家感到困惑和恐慌。文学刊物特别是纯文学刊物的发行减少，非文学刊物增多。一些作家下海经商，一些作家热心影视创作，他们在出版长篇小说的时候，常常同时也搞一部同名的电视剧，或在电视剧之后搞一部长篇小说。

桑德罗：在写小说的同时也写成电视剧本，是这样的吗？

王蒙：有这种情况，在电视剧获得成功以后，作者应出版社的要求改写成小说，如《渴望》。很多作家在创作的时候，开始考虑或照顾到市场的需求和读者的趣味，我认为这不是什么坏事情。这种市场的观念与西方很接近了。

桑德罗：您能否简要谈谈中国近几年文学创作的情况？

王蒙：一九九三年陕西作家的长篇小说引起很大反响。陈忠实的《白鹿原》发行到五十万册以上。我认为这是一部比较严肃的小说，写的是近百年来中国农村变化的一个侧面。贾平凹的《废都》发行量也很大，但由于粗俗露骨的性描写，受到社会各个方面的抗议。对此书的争议很大，有人认为书写得很不好，也有人说不应当完全否定。另外，东北的春风文艺出版社出版了一套"布老虎丛书"，发行在十万册以上。反映市场经济的作品也不少,广东作家写的《商界》很受读者欢迎。还有不少写打工仔、打工妹的,但成功的不多。一九九五年新年伊始传来好消息,一些纯文学、纯学术刊物的订户增加。上海由巴金先生主编的《收获》今年订户增加五千份,尽管书价比过去上涨了许多。北京《读书》的订户达到八万份,增加了两万份。由此可见,中国文学的前景还是令人乐观的。

近年来还有不少外国的文学名著被介绍到中国来,如爱尔兰作家乔伊斯的《尤利西斯》。这部书有两个译本,都已经出版。一个是萧乾先生翻译的,由上海译林出版社出版。另一个是旅美学者王先生翻译的,由人民文学出版社出版。萧先生翻译的第一次印了五万册,很快就卖完了。王先生翻译的印了两万册,也很快卖完。应该说发行量是很大的了,因为这是一部艰深的著作。

桑德罗:很有意思。

王蒙:法国人普鲁斯特的《追忆似水年华》,每套共十一册,很长,也很艰深,发行量也在十万套以上。

桑德罗:这太了不起了!倒退十年在中国能看到乔伊斯和普鲁斯特的作品,而且发行这么多,恐怕是难以想象的。在那个时候您能想得到吗?

王蒙:想不到。中国书籍的市场还是很大的,毕竟人口多。有些文学书翻译到中国来发行量很可观。又如加西亚·马尔克斯和米兰·昆德拉的作品,我相信在中国模仿马尔克斯和昆德拉的人比哥伦比亚或捷克还要多。

桑德罗:听说你曾经建议作家取消工资,靠稿费生活,是吗?

王蒙:是的。这使我的不少同行火冒三丈,说我把他们出卖了。他们说,你当过部长,待遇很好,就不管我们的死活。但我仍然坚持我的看法。不过实行这种办法是有前提的,包括大幅度提高稿酬、建立文学基金、更高的文学奖金、对年老卓有成就的文学前辈给予崇高的荣誉并照顾好他们的生活和事业等等。最近我看到一个材料,中国作协的负责人讲,我们的作家今后还是要从工资制向稿费制过渡,说是"老人老办法,新人新办法"。至于完成这个过渡需要十年还是二十年,现在是难于确定的。

桑德罗:阻力是来自官方,还是来自作家?

王蒙:来自作家,也来自体制、制度的不完善。

桑德罗:政府是不是想通过发工资的方式来控制作家?

王蒙:我觉得不是这样。这主要是在市场经济的格局中,出版界对作家的要求越来越高。作家的工资不是高薪,拿不拿工资对中国政府来说不是一个大问题。改革作家工资制的出发点是调动作家创作的积极性,促进文学的繁荣。一个很有趣的现象是不拿工资的作家越来越多,比如王朔就没有工资,但他是作家中最有钱的。

桑德罗:出版社付给作家的稿酬是否也因人而异?

王蒙:出版社可以和作者协商确定,出版文集或长篇小说通常采用这个办法。不同的报刊对所发作品也可以按自己的标准确定稿酬的多少,当然作者对此必须认可,否则你可以不投稿。目前稿费的差别很大,据我所知一千字的稿费低的仅有二十五元,高的可达五百元,相差二十倍。许多书作者现在采用拿版税的办法,根据印数拿码洋的百分之七到百分之十五的版税,这与西方完全一样。

桑德罗:中国的出版社是什么性质的,归谁管?

王蒙:中国的出版社没有私有化,从根本上说都是国家的。但它们的归属又很不相同,有属于大学的,有属于报社的,有属于研究机构的,也有属于军队、国家机关、人民团体的等等。这些出版社大小不一、渠道不一,但都有相当大的独立性。

桑德罗:中国文学作品的出版都要经过政府的专门机构审查吗?

王蒙:中国没有这样的专门机构,对于中国这样一个大国来说这是不可能的。所有出版社的建立都要经过政府主管部门的批准,成立之后出版什么样的书就是出版社编辑们的事了。现在全国的出版社有五百五十多家,每年出书九万种以上。其中文学类书籍的出版很活跃，仅长篇小说的出版一年可达五百种，平均算几乎每天出两种。

桑德罗：据说你二十岁就开始写小说，你的写作是不是受苏联的影响较大？

王蒙：我年轻的时候读的最多的是俄国与苏联的作品，如托尔斯泰、陀思妥耶夫斯基、契诃夫等人的书。

桑德罗：我读你的小说感到你受契诃夫的影响很大。

王蒙：是吗？这很可能。

桑德罗：巴尔扎克、狄更斯的作品那时能否读到？

王蒙：能读到，欧洲作家的作品在中国的译本很多。现在的年轻人接触到的外国文学作品比我那个时候广泛多了，他们更感兴趣的作家是卡夫卡、海明威以及前面提到的马尔克斯、普鲁斯特、乔伊斯和昆德拉等等。与这些作家相比苏联文学显得有些冗长与沉闷，但俄国文学、苏联文学对中国直接或间接的影响仍然存在。

桑德罗：我建议您看看《秘密遗嘱》，这本书使我联想到时下的中国人都在"向钱看"的现象。对中国目前的这种现象不知您是怎么看的？

王蒙：过去长期的计划经济使中国发展缓慢，人们对职业的选择也受到很大限制。改革开放以后，这种限制大大减少，很多人去经商，经商当然是为了赚钱，去赚钱成了很时髦的事。这种情况是正常的也是可以理解的。但随之也产生出一些恶劣现象，比如有一个孩子不慎落水了，有人要去救，先和孩子的家长讨价还价，给多少多少钱我就下去救。看了这种报道公众很悲愤。又比如假冒伪劣商品大量涌向市场，以致某些传媒把某种商品的真品率由百分之五十提高到百分之七十或百分之八十当做成绩来宣传。不管是中国人还是外国人对这些现象的指责都是有道理的。我不相信十几亿中国人都掉到了钱眼儿里，只认钱，别的什么都不认。中国有几千万知识分子，其中绝大多数人都关心着中国的文化建设。不少企业家慷慨解囊资助文化事业,比如上海证券交易所每年向中央乐团提供一百五十万元的赠款。前面我们还提到了纯文学、纯学术刊物订户增加的消息,这些都是可喜的现象。

桑德罗:现在中国知识分子的状况怎样?

王蒙:改革开放以来,中国知识分子的处境有了很大改善,人们越来越认识到文化知识和科学技术的重要。有成就的作家、艺术家、大学教授、科技人员受到政府和人民的尊重,他们的社会地位是高的,这又不完全体现在收入的多少上。我多次访问过美国,前后加起来有八九个月的时间,我觉得美国大学教授的社会地位也不见得有多高,从收入上说他们不如律师、医生,甚至不如一个消防队员。中国知识分子的境况也不能一概而论,与所在单位的具体情况有很大关系。科学家、工程技术人员的境况一般说来比搞人文科学的要好些。

桑德罗:你在新的一年里有什么打算?

王蒙:一九九四年刚刚过去,这是我最愉快的一年,也可以说是我的一个丰收年。这一年出版了我的十卷本《王蒙文集》,五百一十万字;出版了我的两部长篇小说《失态的季节》和《暗杀3322》;出版了由我评点的三卷本《红楼梦》;还获得了三项文学奖。现在我打算好好休息一下,春节过后我将开始一部新长篇小说的创作。

发表于《知识与生活》1995年第4期

我只是文化蚯蚓*

问：您对北京的现代文学馆印象如何？

答：我去看了，感到现代文学很难建馆，它不像建筑艺术是一种视觉艺术，很难展示。文学牵扯的学术问题多，排位是按社会地位定的，比如七位大师：鲁（迅）郭（沫若）茅（盾）巴（金）老（舍）曹（禺）冰（心），里面摆了已故者生前的办公室模样，摆了笔筒、墨水什么的。我要是活够九十岁，肯定能进去。（众人笑）

问：您对现代当代文学持何看法？

答：我没研究，但我是读者，七位大师的作品我认真读过。我的感觉是这方面的研究，非文学的因素影响大，有的与党史交叉，刮风厉害，人云亦云。各说各的，跟风，感情用事。你说谁的作品好，我就说谁的毛病；谁大家不知道，就说他如何伟大。这时说这个好，那时说那个好，过了几天又揪出一个（做手势）说这个最好。（众人笑）中国人还喜欢做道德评价，一个作家气节如何，如"文革"中写过检讨、下过跪，这个作家人们就不屑。反之，男儿膝下有黄金，这个作家就好。研究道德化，价值判断很轻率。

问：一九六一年耶鲁大学编了一部《中国现代文学史》，夏志清主编的。夏志清说现代中国没有一部像样的小说，只有张爱玲的小说是出色的。您认为呢？

---

* 本文是作者答南京大学师生和记者问。

答:这方面有两个权威。一是周扬,人们唯周扬马首是瞻。他推崇左翼作家,冷落了很多人。后来有一个隐性权威夏志清,推崇沈从文、张爱玲、钱锺书。八十年代以前谁知道《围城》?南大有谁知道?我就不信了。

张爱玲的小说在现代文学史上非常重要,好读,但远远不能满足我。不怕你们笑话,我读过张资平,但以前不知道张爱玲。中国经历了这么多的变迁,再让我回到婆婆妈妈的时代,受不了。小说还是应该多种多样。

现在的研究观点层出不穷,经不起考验。对某人的书,研究者发言者基本没读,但评得头头是道。你可以说他好说他坏,但要围着书转,否则不得要领,不知所云。日本、韩国的研究者会为一些细小的问题纠缠不休,比如谌容的谌怎么念。而在我们看来,谌字怎么念不会影响你拿硕士博士。

研究者还喜欢说大话。比如我宣布要写什么,几年过去了,这期间只要我没犯事,人家就想不起来。可日本人会来问,某年你说过要写什么的,现在怎样了?你说日本人讨厌不讨厌?(众人笑)日本人整理我的作品和活动的情况,细到国内无人做到:你在哪发表的什么作品,什么版本,很细。

说起现代文学,基本上是一九四九年以前的,那时的模式存了一个时期。研究者好写,条条框框少。小说人物可以是革命者、地下党,也可以是一个疯子、傻子、吸毒者、土匪、性变态者,旧中国嘛,什么人都有。(众人笑)人物的活动:家族、家庭,一对男女爱了半天没爱成,封建专制。而怎么使社会主义的生活进入文学,使之审美化,变成审美的对象,是个非常麻烦的事情。一九四九年后,大的家庭打乱了,和牛鬼蛇神在一起,和五七战士在一起,一年一个样。现在看"文革"恍如隔世。写社会主义的作品能够达成共识的微乎其微,几乎没有。百年百部,靠的都是前五十年。

文学和作家的任务,不是对某个历史阶段和事件做鉴定,而是提供变化着的环境的一个证词,反映人的命运发生了什么戏剧性悲剧性的变化。

问:您既是作家、学者,又曾经是我党的高级干部,这充满矛盾的三种身份,您是如何协调的,您最看重的是什么身份?

答:我的头一个身份是革命者,这一点不含糊。我十四岁入党,十五岁北平解放我就是干部。贾平凹有篇文章叫《我是农民》,我要写的话就是《我是革命者》。革命、共产主义是我自己选择的。一个革命者、社会的理想者,在我身上打下了深深的烙印。说政治,党员的修养、权利和义务,那是我的童子功。我不是书斋型的知识分子。

二、我是作家。我的性格使我不可能只当干部,我更适合当知识分子。当年戴上右派帽子以后,二十多年里,在新疆,我除了吃饭就是学习,毛主席的"老三篇"我能用维吾尔语背下来。当部长时,我看《哭塔》戏,看到白蛇被塔镇压十多年,我哭得一塌糊涂,为白娘子和许仙。堂堂的中华人民共和国文化部部长,很没风度。当年,优秀的知识分子大都选择了革命。作为作家,我的优势是历史和政治,你让我写个人经历,你让我脱衣用皮肤写作,我做不到。我平时穿干部装,喜欢游泳,但最少要穿游泳裤,再往深里我下不了手。(众人笑)革命者和作家的矛盾冲突造就了我。

三、我是南大的兼职教授,我自认没有辱没它。我真正的学历只念到高中一年级,高中肄业。但我自学的这些东西,都敢拿出来练练摊,古典也好,现代也好。

问:您曾任文化部长,这一职务对您的写作生活有什么重大影响?

答:当部长事情比较多,这就占据了当作家的写作时间。再说我这个人有比较多的缺点,作家有的,像敏感啊、容易感情用事啊等等,不适合当干部。看《哭塔》时,我当时已经非常明确,我这部长不能再当了。

问:有人说您聪明,有人说您贫嘴,您对此怎么看?

答:鲁迅的大愤怒、大燃烧、大痛苦现在缺乏,值得深思。鲁迅生活在旧社会土崩瓦解的前期,激进敏锐的知识分子期待熊熊烈火、风雨雷电,呼唤暴力革命和大地震。鲁迅发出了那个时期的最强音。有人以鲁迅为榜样,认为现在的作家全是王八蛋,开什么玩笑!有人呼唤现在中国也"烧杀":让那些庸才发抖吧,让凡夫俗子见鬼去吧!这是走错了门!(语调提高)这样可以显得很崇高伟大,如我在这用嘶哑的嗓子,眼睛红红的。开什么玩笑,什么年头了!有些调子高的文章难以为继,作者写完后应当在身上绑二十个手榴弹,在废墟上建立我们的花园。有人说现在没有大悲壮大痛苦了,你给我悲壮痛苦一下?站着说话不腰疼!

问:您给"布老虎"丛书写书,是否向俗文化方向拓宽路子?

答:除了题目《暗杀3322》,还是自己的写法。不必一律反感俗,好莱坞有的还是好看的,金庸的小说挺热闹挺解闷的。

问:您是否注意别人批评您的文章?

答:对别人批评我的作品,我很少表示态度。绝大多数是善良的,但有一点我不满意,很少有整体性的批评,多是抓住我的一点。有的人看了我的意识流小说就说我食洋不化,看我的红学研究文章说我是诗意文人,看我的"老王系列"说我在论道学禅,有人说我和王朔一样是调侃派,"调侃"对我太不够用了。

问:现在好些读者都不爱看长篇小说,他们更热衷于看小小说。您觉得文学会向哪个方向发展?

答:我长、中、短都喜欢。我在《万象》上连载的《笑而不答》,每则才二三百字。但"季节系列"却有一百三十万字,这对读者非常抱歉。好在中国人口非常多,就算是极小的比例,也能出版个两万多本吧。将来的文学方向,应该是长的短的都有人在读,文学毕竟不是文件。

问:钱锺书甚至认为《阿Q正传》也写得太长了,您觉得呢?

答:是否长的作品就没有价值,这不好说。普鲁斯特的《追忆似水年华》就很长的啊。因为很多长篇小说我都没看完，没看完就不好说。作品的价值与作品的篇幅不完全相等，这是对的。所有的短的作品中，我最喜欢的是《野草》，还有契诃夫、残雪的短篇小说，都很好。残雪的作品中充满了怪诞，如果是短篇，是能让人思考和回味的，但若要把它写成长篇，那种老是压着你的感觉就让人受不了。至于《阿Q正传》是否写得太长，那只有钱锺书这样的文化昆仑才敢讲，我只是文化蚯蚓。

问：您最近一些作品好像对生命的本源问题写得比较多，这是否与年龄有关？

答：我在所有的作品中对人生的各种问题都有思索。我今年六十六岁，好像还没进入专门思考老、死的阶段。有一回我去人民大会堂开会，有一位要人在台上用很严厉的口气说话。人们注意到一个细节：他胸前的领带上染了吃饭时留下的汤印。他本来是面目严肃的，这么一下，与人缩短了距离，变成了一个审美的对象，让人产生了亲切感：老矣！说话都说到这份上了，还……（众人笑）假如下次我的领带上有汤印，你们就宽容我，别让我说话了。

2000年6月15日

我永远是学生 *

苗苗：王蒙叔叔,我觉得您是一个特别好玩儿的人!

王蒙：(大笑)你对我的这个评价真是让我太高兴了!我觉得一个人应该好玩儿,不应该无趣,更不应该烦人。能够做到好玩儿、活得很有兴致,特别是能让你感兴趣,这是我人生的成功,太高兴了!你不知道,在咱们地下室还有我一辆破女车呐,骑起来晃晃悠悠的,你要看见更好玩儿。

苗苗：您是一个乐观主义者。

王蒙：(大笑)我不乐观怎么办啊?我就仗着这点儿乐观了!

苗苗：您当右派的时候全家都迁到了新疆,少数民族爱唱爱跳的非常开朗,您在他们中间生活的时间一长,是不是性格也少数民族了呢?

王蒙：新疆人在相对比较艰苦的自然条件下,能够保持快乐的心态,这种乐观精神确实对我有影响,但这只是一方面。另一方面,青少年时代的生活环境和整个情调对我的影响更大。那时候新中国刚刚建立,日子蓬蓬勃勃地在凯歌中行进,为我们展现了美好的前景。

苗苗：我最近看到了您的"处男作"。

王蒙：哦?

苗苗：七绝《题画马》。您十岁的时候就有"千里追风孰可匹"

---

* 本文是小学生张苗对作者的访谈。

"化作神龙上九霄"的雄心壮志,这又是受谁的影响呢?

王蒙:(笑)我觉得那算不上什么"雄心壮志",倒是小孩儿在学大人话。因为我老想画马,可我画的那马实在不敢恭维,怎么画怎么像耗子,画得心里发虚,所以在诗里就把牛吹大啦。

苗苗:我最近还看了一本您的旧体诗集,您说奇怪不奇怪,这些诗我都能看得懂,您怎么这么喜欢写旧体诗呢?

王蒙:小时候我读过两本诗集,一是《千家诗》,一是《唐诗三百首》,当时都能背,像《琵琶行》啦,《长恨歌》啦。

苗苗:我也能背。

王蒙:(笑)咱们可以引为同道了。我发现,小时候的爱好,小时候的环境,小时候的模仿,小时候一些习惯的培养,对人一生的影响太大。比方小时候我爱吃豆,什么红小豆啊,大芸豆啊,绿豆啊,蚕豆啊,到现在我还爱吃,喜欢旧体诗大概也是这么回事儿。我的旧体诗你能看得懂真让人高兴。但也说明我的诗并不高深,没什么特别复杂的、新潮的、让人费脑子的东西吧?(笑)我写的都是大白话,不过是抒发抒发自己的感情而已。

苗苗:叔叔,您的《青春万岁》写的是女校学生的事,您怎么会这么了解她们呢?是不是崔阿姨在女校读书,您是从崔阿姨那里淘换的故事?那小说里的哪个人是崔阿姨的影子呢?

王蒙:(大笑)我写《青春万岁》时的年龄和小说中人物的年龄差不多,十几岁。可我当时已经离开了学校,在团区委工作,我的工作和男校、女校都有联系。至于影子嘛,这很难说,我那时候很年轻,脑子里有很多很多幻想。如果说十岁写旧体诗时是想学大人说话,那么十九岁写《青春万岁》时又是想学出点苏联的味儿来。那时候,我们看了很多苏联文学作品,《青春万岁》的第一稿中有很多关于苏联的描写,还引了不少苏联歌曲。一九六二年,我们和苏联的关系坏了,编辑让我把苏联的东西适当去掉一些,我这个人向来最听编辑的话,嚓嚓嚓撕掉了,现在连底稿都找不到了。

苗苗：叔叔,我从四年级开始学英语,学到今天了还是没什么长进。听说您学语言很天才,您年轻时学会了维吾尔语,五十岁时又学起了英语,您能告诉我点儿学语言的窍门儿吗?

王蒙：我从一九八〇年开始学英语,那时候我四十六岁。一九八〇年我在美国待了四个来月,在这几个月里,我要求自己每天必须背三十个单词,我做到了。最近我听到教育台一位老先生讲逆向英语,很感兴趣。什么意思呢?不是从书本上而是先从生活中学习,这就叫"逆向"。我学维吾尔语,学英语,或者再夸张点儿说我学一切一切都是这样。因为我没受过正规的高等教育,只能在用中学。我觉得语言代表着生活,你硬要把它当成科目学,确实很痛苦。

苗苗：要把它当成生活来学就会感到快乐,是吗?

王蒙：对。说我英语学得怎么怎么好,那倒不一定,但我胆儿大啊,我喜欢模仿,敢张嘴。比如美式发音儿化很重,我就想象着美国孩子调皮地带着鼻音说:"How are you",然后模仿,很有意思。比如英式发音降调很突出,我就想象着英国人说话时那种绅士风度、那种感觉,然后一遍一遍模仿,是不是很有意思?

苗苗：学英语敢不敢张嘴是不是很重要?

王蒙：是。从一九八六年开始,我参加国际学术演讲会就都是用英语发言了。其实是事先写好了稿子,然后请朋友或专家帮忙翻译出来,我呢,就像小学生似的查词典,怕哪儿的重音读错了,查完了就练,有时候练三遍五遍,有时候甚至练十遍几十遍。最长的一次演讲是一九九八年在美国,有四十来分钟,一节课全用英语,这可真是一种极大的乐趣啊!我觉得对语言的爱好,实际上是对不同民族文化的爱好和对世界的爱好。

苗苗：您是不是学什么都当乐趣呀?

王蒙：可能。比如学英语,在美国,有时候我能连续不断地听一两个小时的广播,听懂了多少?没听懂多少,夸张点儿说,我是拿它当音乐听,因为你要学好一种语言就要不断地熟悉它。英美文化往往带有很强的情绪色彩,语言绘声绘色,不同的人说表情不同,发音的口型也不同,所以尽量多找机会跟他们交谈。在美国,我爱找人问路,有时还专门爱找黑人问路。(笑)

苗苗:您是一个老有新闻的人,而且您的精力还特别地旺盛,您是怎么"青春万岁"的呢?

王蒙:(大笑)听了你这第一句话让我有点儿悲哀,我新闻够多的了,不希望再有什么新闻了,我希望有点儿旧闻。听了你这第二句话又让我特别的兴奋,实际上我也不"青春万岁"了,记忆力就不如从前了。

苗苗:您现在每天都干什么呢?

王蒙:我每天七点钟一起床,先听一个半小时的英语,或跟着教育一台学或跟着电视大学学。学完之后有点儿犯困,就上床打二十分钟盹儿,起来之后就正式开始一天的学习、写作、工作。

苗苗:您的作息安排有点儿像小学生。

王蒙:对,回顾自己的生活,我认为对我最重要的就是学习。贾平凹写过一篇文章,题目叫《我是农民》,我想我要是写一篇文章题目叫什么呢? 就叫《我是学生》。你想啊,我过去是学生,现在是学生,我永远是学生。我每天坐在那儿学外语的时候,自我感觉特别良好。苗苗,有一样东西是永远不能被人剥夺的,那就是学习。

苗苗:活到老学到老。

王蒙:真好。

苗苗:有人告诉我写作是因为肚子里有话不说难受,有人告诉我是因为思考了很多东西写出来好让大家也一起思考,有人告诉我就是因为好玩儿,有人告诉我是让妈妈为儿子的成就高兴,还有人告诉我写作的目的是为了让人们变得更好、更善良。王蒙叔叔,您能告诉我您是为什么而写作的吗?

王蒙:我希望能更好地和广大读者沟通,因为,沟通可以尽可能地减少恶的动机、减少人与人之间的敌意。不过你复述的这几种我也都有,比如成就感,书出了,是让人美滋滋的。(笑)但最让我感动的还是使人变得更好,更善良。通过写作能在人的心灵间建立一座桥梁,你的喜怒哀乐悲欢离合能得到某种表达,别人的命运也能得到作家的关注。

苗苗:我觉得您的一生也很传奇。您十四岁入党,十九岁就写了《青春万岁》,您被打成右派后在新疆生活了二十多年,中年以后您又一本一本地变出了那么多小说。您是因为写小说才被打成右派的,如果可以重来一次,您还会愿意写小说吗?您还愿意这么传奇吗?

王蒙:也没什么特别的传奇,不过是赶上了中国比较大的几次社会变革。有一回我教训我孙子,我说:"你都十四岁了,怎么一天到晚光知道玩儿,也不好好读书、用功啊?爷爷十四岁的时候都入党了。"你猜我孙子说什么?"啊,你那时候没有什么玩具,没有玩具你可不就革命去了吗?"这当然可以当笑话听,但我觉得他的话里也有一点点道理,一个社会如果不能给儿童提供足够的玩具,说明这个社会不是一个让孩子们满意的、合理的社会,没有玩具的孩子有权利选择革命,去建设一个令他们满意的社会。

苗苗:有意思。

王蒙:至于写作,这的确是我最大的爱好,我曾经说过,平生最喜欢两样事情,一是写作,一是游泳。有时候夏天到作协的创作之家去,上午写作,下午游泳,我觉得生活达到了极致,没什么更高的要求了,因为我不喜欢享受,也不喜欢花天酒地。

苗苗:我还看了您写的四本书:《恋爱的季节》《狂欢的季节》《踌躇的季节》《失态的季节》,您是不是觉得人生就像四个季节,都经历了,就像画画,什么颜色都有,就不愣了呢?

王蒙:倒没想那么多,只是想对一段历史有个说法。底下还想写"后季节",不过变换了个说法。书不能写太长,太长了,很难让人下决心看下去。

苗苗：王蒙叔叔，《青春万岁》中的杨蔷云特像我，我就是一个性格开朗、热情过度的人。

王蒙：（大笑）是吗？

苗苗：您是不是特别喜欢这种性格？

王蒙：人是各式各样的，人的性格是不拘一格的。有的人比较尖锐、尖利、锋芒外露，有的人比较含蓄，有的人比较冷静、缜密，有的人比较热情开朗，正是这不同的性格才构成了人间多彩多姿的景象。

苗苗：《青春万岁》中的大哥哥大姐姐和我们想的做的都不一样，但我仍然觉得他们很可爱，是不是所有人的青春都很可爱呢？

王蒙：是。由于生活在不同的条件下，青年人的性格啊遭遇啊是不相同，但还是有共同的东西。比如有很多美国的大学生说喜欢我的《组织部来了个年轻人》，虽然他们不可能有到党委组织部门工作的经历，但是从学生到走向实际工作岗位的感受是相通的。

苗苗：还有，热情是相同的。您就是一个有热情的人，因为您说您喜欢永远是学生！听了您的话，我就更觉得您好玩儿了！

王蒙：（大笑）你的这个评价是几个月来听到的最让我高兴的话！

苗苗：王蒙叔叔，今年秋天我就要告别童年，我要上中学了！

王蒙：啊，祝贺你！祝贺你！

苗苗：谢谢王蒙叔叔！

原题《王蒙叔叔说：我永远是学生》，
原载《小苗和大树的对话》，2001年

理解比爱更重要[*]

记者：我对著名作家王蒙的访问，是在北京郊区平谷县一个叫刁窝的村子里进行的。在电话里向他问路的时候，他的回答也很妙，说"出了北京城，一路向左拐就到了"。

王蒙：我现在找的房子，正好在山脚底下，也比较僻静，我想这人在城市住得太久了，就想换个地方。这儿的空气非常好。

记者：所以您老想把后面房子推荐给我是吧。这要多少钱，把这所房子买下来？

王蒙：我想会很便宜，我刚才不是说我已经想承包吗？我想这房子本身几乎已经不值什么钱了，可以很便宜，几千块钱就行了。如果装修重建，你给我四万块钱，我就可以给你完成了。

记者：在这儿能够有写作的灵感吗？

王蒙：我觉得有，一个人独处的时候，才有一种心情，能够沉浸在自己的回忆里面，特别是有一种内在的力量，让你写点东西。写完了以后，自个儿溜达溜达，来回在山里走一走，或者沿着山上的石头往上攀登。

记者：这种陶渊明式的生活也有它不浪漫的地方，听说您的家最近被人"光顾"过？

王蒙：被人光顾过，因为冬天太久没有来，而且我也太相信这儿

---

[*] 本文是阳光卫视记者杨澜对作者的访谈。

非常安全,所以有的窗户都没关好。虽然那人光顾了,我觉得还是属于比较文明的,因为他弄完了以后一切秩序井然。

记者: 他把什么拿走了?

王蒙: 干干净净,整整齐齐,把一个放像机,还把一个淘汰的电脑拿走了。那个电脑实在对不起他,因为那个电脑拿去,不能够卖到一百块钱人民币。

记者: 您很替他惋惜?

王蒙: 替他惋惜,挺费劲的,而且最后他还把一切都弄好。

记者: 您十四岁加入中国共产党,十九岁开始文学生涯,二十二岁因小说《组织部来了个年轻人》而被错划为右派。以后赴新疆伊犁务农。一九七八年后历任作协副主席、文化部部长,您创作的小说、诗歌等文学作品达八百万字。据我所知,您写《青春万岁》的时候还遮遮掩掩的,那时您是做共青团工作,给我们说说当时是怎样写作的。

王蒙: 那个时候没有专心地做好本职工作,抽出许多时间来写作,有点不好意思,有点造假。在办公室桌上放上一大堆卷宗,一大堆《青年报》,各种先进人物材料,自己拿几张纸在底下写,人家一敲门就把上面盖上,假装正在研读一个劳模的材料。

记者: 这有点像一个小学生上课偷看小人书那感觉。您曾经有八年的时间没有动笔。

王蒙: 不止八年,几乎都习惯了不写,而且我慢慢相信自己不想写东西了,也不会写东西了。

记者: 得出这样一个结论是不是一个很痛苦的过程?

王蒙: 对。这有两面,一面非常痛苦,觉得自己的生命在那儿消失了,看不到什么前景,而另一面又觉得自己随遇而安了。人本来也不是一定非写作不可,你不写作不照样吃饭吗?不写作照样可以喝酒,不写作照样可以学习。支持我能够度过困难岁月的很大一部分是靠学习。一九七三、一九七四年,我差不多满四十岁了,突然感觉到一种刺激,就是光阴不能再这样过下去。

记者:什么样的刺激呢?

王蒙:我有一次读安徒生的一个童话,我觉得也不一定叫童话,他就写一个人的墓碑,墓碑上面写:他是一个伟大的演说家,但是他还一直没有做讲演,大概就是这么个意思,他是一个伟大的画家,但到现在为止,他还没画过一张画。

记者:类似这种句式在您的书里也看过,某人是一个著名的作家,可是没写过什么作品。

王蒙:就属于中国所说的怀才不遇,总觉得怀才不遇也挺烦人的。

记者:在新疆这十六年,那些维吾尔族村民们是怎样看待您的?他们知道您是作家吗?

王蒙:他们大体上知道,但是模模糊糊。我记得我在小说里也写过,我的房东就给我讲,一个国家有三种人是不可少的,一种是帕迪夏,帕迪夏就是国王;一种是维兹尔,维兹尔就是大臣;第三种是夏依尔,夏依尔就是诗人,他看得非常重,就是一个国家的灵魂,一个精神。他说一个国家怎么能没有夏依尔,怎么能没有诗人,他说:"老王,你现在的处境只是暂时的,很临时的,你还要做我们国家的诗人。"在新疆那十六年时间我待得也挺好。

记者:从某种意义上也躲过了北京的那些风口浪尖。您后来有没有想过如果当初没有打成"右派",反而得到重用,您会成为什么样的作家?

王蒙:这个问题我没有想,但是我想不一定就是幸运。这个确实,如果一九五七年不被打成"右派",那一九六六年那关就更难过了。

记者:或者说一九六六年这关能过或者说相反得到重用,那今天看是一件倒霉事。

王蒙:也可能又很麻烦,我从小参加革命,政治上自以为非常优越,到一九六六年,我不成双料了吗?如果不划"右派",我不又成了什么党内走资派,又成了什么反动权威了,那够呛。

记者:人们说少年得志的人特别容易在挫折中消沉,这话适用于您吗?

王蒙:我也没怎么消沉,相反地,我不知道我的这种不可救药的乐观主义是哪儿来的,总觉得人生里头我得到积极的东西还是超过消极的东西。比如说强迫一个人去做体力劳动,这不是一件好事,但是体力劳动本身是一件好事,不是坏事,强迫一个城市工作者下乡不是一件好事,但下乡本身不是坏事,我现在不是下乡吗?没人强迫的下乡。

记者:您能够自己开始写作,是在一九七九年以后,当时有一部作品您也是花了很大力气的,在北戴河也待了好几个月,想写出好的作品,叫《这边风景》,怎么会胎死腹中的?

王蒙:我从一九七三年秋天开始动笔,毫无疑问,我当时是想从农村的阶级斗争这个角度来写。这些东西我写起来也都很有情趣,但毕竟总体设计是一个阶级斗争、一个农村、一个反革命的势力,跳不出这个套。

记者:那您什么时候开始进入一个比较得心应手、比较正常的一个写作环境?

王蒙:一九七九年和一九八〇年对我来说比较重要。一九七九年年底就开始写《风筝飘带》和《海的梦》,那几个也是,像《说客盈门》,到了一九八〇年开始写《蝴蝶》,还有《春之声》,我想这时心情就比较放得开了。

记者:您刚刚从新疆回来的时候是在一个六平方米的招待所里住?

王蒙:六平方米本身倒没有什么,问题是它前面是一个盥洗室,所有的人要在那里洗脸、刷牙,所以声音非常之大。还有后窗户上是一个电视机,整个招待所就这么一个电视机,因此可能有五十个人在看这个电视,而且天气又很热,所以我在那儿,一个人穿着大裤衩,光着脊梁,完全是一种在农村里赤膊割麦的感觉。

记者:但是那样可能精神解放,比环境带来的自由度更大一些。

王蒙:当时真是特别的兴奋,我已经是过四十岁的人了,结果突然出现了一种新的可能,那种美好的心情真是至今难忘。

记者:您曾经说过生平最得意的两件事一是爱情的成功,二是与文学结下了不解之缘。我看过一段您夫人写您小时候的轶事,觉得忍俊不禁。说您上小学时有一次您和另一位女同学没带学习用具,老师说"你看我拿你们俩怎样办",那个女同学就非常勇敢地说"罚我吧,王蒙是个好学生,您就放过他吧",那时候您在旁边说什么?

王蒙:我就非常高兴,我说"同意"。后来老师瞪了我一眼,下课后就把我叫去,说:"今天你犯什么错误了?"我说我没带米字格写字簿,他说:"这个错误还是小的。"我忽然就明白了,脸立刻红了。我说"我不应该这样说话",他说:"有像你这样说话的吗?"这个老师给我非常好的一个教育,后来我就明白什么事光自己同意不行,还得合乎道理,而且你还得考虑别人。

记者:我觉得您在写"季节系列"的时候有一点非常好,就是里面的主人公,他在各场运动中有过彷徨、怯懦、患得患失、对上的迎合以及幸灾乐祸的心情等等。我觉得非常真实,这也是您对自己的反思吧。

王蒙:人是有侥幸心理的。这里面有一个潜台词:"谢谢啦,感谢老天爷,这倒霉的人不是我。"如果说人性的弱点,这是一个弱点,这个弱点很多人都有,所以有的时候为什么仗义执言的人少啊。这个倒霉的事又没落到我头上,我去找那个麻烦干什么呀。

记者:好多悲剧都是在理想和爱的名义下产生的,您有一句话说,理解比爱更重要,怎么解释它呢?

王蒙:我深深感受到,一个国家也好,一个家庭也好,两个人之间也好,仅仅有爱是不够的,仅仅有爱的话,甚至可以以爱的名义去强迫别人。比如说，我一定要让你做什么，因为我爱你，我一定不允许你做什么，也是因为我爱你。这都是可能的，但爱并不是给人一种强制别人的权力，所以我觉得还应该有理解。

记者：所以您写《青春万岁》，有那么一种非常单纯的、激情的理想主义色彩，当您现在写"季节系列"时再回头看二十世纪五十年代，会发现那个理想主义背后隐藏着一些阴影，或者一些隐患，也许这世界本来就没有一个单纯的结果。

王蒙：我认为二十世纪的中国革命是中国最大的一个事件，但是有革命也有后革命。革命前的事情容易理解，就是各种各样社会矛盾。我写的《活动变人形》，也是写一种矛盾，在一个家庭里，沾染了新的思想但不知道现代化究竟是什么的人和基本上不沾染这种新思想的人之间的矛盾。社会的转变或者转型期的人，他面临的挑战，面临的困难，像这样一些刻骨铭心的记忆，很少在我过去的作品里流露，因为那时刚刚接触到新的东西，接触到革命，接触到共产主义。

记者：在我们这个时代里，有时候一个作家很难不被人从政治方面解读，比如说您的《坚硬的稀粥》也引起了正反两方面的议论。主要就觉得这个老汉爱喝粥，但是他的孩子们要改革，但最后还是要回来喝粥，说似乎影射了当时最高领导人，您觉得在这样一个人们倾向于从政治角度去解读一个文学作品的时代，您作为一个作者的处境是什么样子的？

王蒙：我觉得政治上解读完全是可能的，有时候是有道理的。从我来说，我是自觉投身政治生活，我不能够做出一副我不喜欢政治的样子，那是虚假的，我从那么小就热衷于救国救民。但那个解读确实是不对的，因为那个《坚硬的稀粥》实际上是写人们在改革下的一种幼稚病，一种浮躁的心理。我丝毫不把那个看作是我提倡的一种改革。

记者：您的《组织部来了个年轻人》，写年轻人到一个机构里，怎么样被那些老官僚带着，从有激情到不习惯，到最后理所当然成为一个小官僚。当您进入文化部当部长的时候,您有没有担心自己也成为一个官僚?

王蒙:问题不在于官僚不官僚,因为官僚也是一种职业。问题在于你究竟做一个什么样的官员,官僚好像有点贬义,其实官僚这个词本身没有贬义。

记者:那您自己真正做了官以后,会对自己过去写官场的东西有更独到的见解吗?

王蒙:我在文化部那几年,确实也增加了很多见识,就是从全局来看一些事情是怎样发生的,一些事情难处在什么地方,为什么很多东西想做,很多人认为应该做,但是就是做不到。已经有这么多经历,已经到了我这个年龄,回顾几十年往事,从主观态度上来说会是比较复杂的而不是很简单的,这里面既有怀恋,也有怀旧,也会有一种沉重,也会有一种骄傲、自豪、快乐。这几十年里毕竟经历了很多东西,而且整个社会、整个国家还是往前进的嘛。这里面既有很多忧虑,也有很多困惑,甚至也有辩护。对于一个事件为什么会这样发展,当然也会有责备,会有讽刺。这是一种状态,这本身不是一种目的。

记者:您现在应该还有很多追随者,不仅是文学青年,您在各地比如说在上海签名售书时,主要追星族是中老年妇女。

王蒙:第一次是在上海文艺出版社,在那儿就有一个老太太说,她退休以后情绪特别不好,后来血压、心脏还有什么指标都不好。别人就介绍她读我的作品,她就读了,读了以后就觉得看什么问题都特别豁达,心情就越来越好,而且对生活充满信心。她参加了老年大学学习钢琴、绘画,还有美声唱法,她现在钢琴已经达到可以教孩子的程度,她还教了几个孩子。

记者:您看您的作品对老年人精神生活多么重要。

王蒙:第二天我到上海古籍出版社卖我的旧体诗集,结果也来了这么一位不年轻的女士,见着我就哭。她说她小时候做过对不起我的事,她一直想当面向我忏悔,她说"反右"的时候她向我们家扔过石头,她一直内心感到不安。见这位女士这么难过,我也觉得非常的难过,我觉得她不必忏悔,本是一件很小的事情。对她的这种认真和诚恳,我挺感动的,我反过来还要感谢她。

记者:在我们结束采访,即将返回北京的时候,王蒙又提醒我们说:"这下离开了刁窝,就要一路向右拐了。"对"左"和"右"的敏感,恐怕也是那一代人对那一段中国历史铭心刻骨的体验。

发表于《中国文化报》2002年1月12日

答《中华英才》杂志问

问：你从事写作以来出了多少书？

答：中文书超过一百二十本，加上外文书一百五十余种。

问：你最欣赏谁的文学作品？

答：屈原、李白、李商隐、苏东坡、曹雪芹、鲁迅、托尔斯泰、陀思妥耶夫斯基、狄更斯、雨果、巴尔扎克、法捷耶夫等等，还有好多好多。

问：你的创作激情从何而来？

答：生活经历，生命能量，道德良心，社会参与。

问：你对"文如其人"如何理解？

答：你不可能总是在读者面前作秀，你必定不同程度地透露你的个性、爱好、风格、经历直至隐私、品德和真伪。

问：除了写作之外，你的最大爱好是什么？近期在忙些什么？

答：音乐、散步、游泳、爬山等。近期忙于迎接鸡年和写小说。

问：你的家人对您的支持有多大？

答：要多大就有多大。我有一个幸福的家庭，使我踏实，也使我少后顾之忧。

问：你对当今风靡的"下半身"写作怎么评价？

答：胡说、故作惊人之语或非良性炒作罢了。

问：你对"休闲"写作、"应时"写作怎么评价？

答：具体看作品，古人也有类似的写作，大家写出来的仍是大家，庸人写出来的仍是庸人。但真正的杰作不是这么写出来的。

问：你认为经典文学作品应具备什么品质？

答：经得住历史检验，长期检验。独创性，真正的有深度的思想与感受，文体特别是语言的个人特色。

问：你认为文人的气质是什么？

答：各种文人不同，敏感、夸张、多情、深思、自我挑战、自恋、追求趣味等，常常出现在多数文人身上。

问：从琐碎的生活中寻找乐趣，是您性格的释然，还是曾经经历过底层生活后的人生态度？

答：文学的特点之一是重视细节，是认识与表达生活的整体性，重视过程而不仅仅是结果。我们常说的热爱生活，当然是包括了生活的细部。所谓从日常的与细微的生活中寻找乐趣，是因为早已体会到了这种乐趣，否则，还热爱什么生活？还搞什么文学？

问：您的作品多数都是回忆过去式，您认为对当代人有何作用？

答：不是，我的作品中有回忆也有现实，有梦想也有超前。在我写大的长篇小说的同时，我的玄思小说系列就是写最最当下的真实的。

你不觉得那些著名的大作品都是过去时的么？它们的作用如何？文学作品的时效性不像药品或者罐头，可以有更长远的影响。比如《诗经》，两千多年前的了，读着仍然生动可爱。

问：在文学创作上，您最大的抱负是什么？

答：写好，写出不可重复的东西。让读者回味无穷。

问：对您的儿孙想说点什么？

答：注意健康和学习，抱着一种无限的乐趣来做一切应该做的事情。

没有她就没有我*

记者：王蒙老师，您怎么评价老伴儿即将出版的这本写您的书？

王蒙：我还是不多做评价的好吧，书毕竟是给读者们阅读的，这一点还是请你谅解。有一点可以肯定的是，她描写的多是真实的生活情况，且多是从她自己的角度出发的，因而有些观点与我相同，有些又不尽相同，比如说她写我不会过马路，她觉得我拙笨万分，说我"几乎是瞪着眼向疾驶而来的车辆走去"，她总担心我会滚到车轮子下面去。这怎么可能呢？我一个人在国内外过过多少次马路？不都好好的吗？让她一说，好，我一过马路就有自杀的可能，我又没活腻了干吗自杀呀？！哈。

记者：您老伴的书稿据说非常让人感动，字里行间都浸透着对家人尤其是对您的关爱。

王蒙：是，没错。我曾说过一句话：没有她就没有我，这句话我一点儿也不隐瞒。别说在新疆的那十六年，纵观我生命中的起起落落，正是因为有这么一个相濡以沫的伴侣，我才能够正常、自然地活下来。不错，都说我乐观，可若没有她，我有什么乐观起来的资本？

记者：在您夫人还是太原某大学的在校生时，您就不顾一切地向她示爱并展开了锲而不舍的追求，当年是她什么打动了您？

王蒙：哎呀，要是能解释出来可能就不叫爱情了吧，这种感情的

---

* 本文是《北京娱乐信报》记者对作者的访谈。

东西不是数学,是推演不出来的,我真说不清楚。但我很庆幸选择了她。

记者:您是个早慧的人,五岁入小学,十岁跳级升中学,十四岁入党,十五岁参加工作,十八岁担任团委干部,十九岁写出了《青春万岁》……这种早熟与什么有关?

王蒙:我的成长经历与社会的巨大变化有关,套用样板戏《红灯记》里一句话叫"穷人的孩子早当家"。我经过了日本从侵华到投降、国民党统治中国的时期以及新中国的成立,这些诸多的经历本身就是一笔财富吧。

记者:早在二十一岁写出《组织部来了个年轻人》,这部作品给您的人生带来了大喜和大悲,二十九岁举家西迁新疆,一待十六年;改革开放后,升任文化部长,浮沉荣辱大半生,您回首往事时,除了一个患难与共的妻子,在外界因素中您最感激的是什么?

王蒙:我非常感激,也感到很幸运的是,到处都能碰到好人,从领导到同行,从师长到新疆的农民,他们中总有那么多善良的人在帮助我,让我从不觉得孤单,即使在最困难的时候也没有感觉到自己的生活环境是漆黑一片。

我这人也比较喜欢想到别人的好,即使谁有意无意伤害到我了,我也会更多地想起他的好来,那样的话,怎么会活得痛苦呢?

记者:您在《我的人生哲学》中说人生是一种燃烧,您感觉自己七十年的生命历程是否燃烧得很充分?

王蒙:还行,但也有遗憾,具体的包括我没能学会一两样拿手的乐器、外语没过关什么的。

记者:众所周知,您在文坛上有一定的影响,您如何评价自己的文学成就?

王蒙:我只是写作者之一,也得到了很多人的厚爱。但要谈文学成就我认为还为时过早,我只是尽最大努力在写作,因为一个人的文学成就不能靠一时一事来判断。比如说我最欣赏的文学著作是《红楼梦》,可在曹雪芹生活的时代,有谁赞赏他表彰过他,相反,他过着穷困潦倒的生活,所以一个人的文学成就必须得经过时间的检验。

记者: 去年又有传闻说您获得了第四次诺贝尔奖提名,对此您怎么看?

王蒙: 对一些朋友和机构的推荐我表示感谢,但诺贝尔文学奖毕竟是瑞典的一个奖项,历史上有不少好作家获得过,也有不少非常出色的作家没有获得。对我来说如果能够得奖,那也是一件幸运的光彩事,不能得奖也没什么太多遗憾,文学是文学,奖是奖,这是两码事。我常想,一个人如果靠某个奖项而得到荣耀,那他是在透支这个奖项;相反,如果因为他的获奖而使这个奖变得更光荣,那他便为这个奖添了彩。

如果说文学是件宏伟建筑,诺贝尔文学奖就像这个建筑上漂亮的图饰,它不是文学本身。有句广告语是:××广告做得好不如××冰箱好,那我套用这句话就可以说,诺贝尔文学奖好,不如文学本身好。

记者: 评论家王彬彬说您的文学价值达不到诺贝尔奖的标准,您怎么对待这一评价?

王蒙: 人家有权利发表自己的个人见解,我认为无可厚非,更没必要以之为怪。

记者: 小说《青狐》洋洋洒洒三十五万字,文化圈不少人在议论说其中某某的原型就是生活中的谁谁,您怎么看待这些议论?

王蒙: 不是像别人议论的那样,这只是一部小说化作品,《青狐》是在我全部小说作品中最小说化的一部。俗话说"假作真时真亦假",这只是部文学作品,如果非要把生活与文学硬拉在一起对号入座,我认为那是非常荒谬的,我讨厌拿小说不当小说看的人。

记者: 您对古典文学包括李商隐、《红楼梦》都有研究,这对您的文学写作有什么作用?

王蒙: 大有益处的,古文中的平仄及字斟句酌对我的写作很有用,尤其是遣词造句方面。

记者: 手头正在做什么工作？今年的写作打算是什么？

王蒙: 事务性的工作仍然很多。今年是不打算写长篇了,但有两件非常重头的事要做,其一就是把"笑而不答"的系列做完,其二就是对《红楼梦》评点版再做些增补,前者已写出了二百多则吧,到三百则的时候结集出来,后者也是个工程不小的事,等做完这两件事,二〇〇四年也就打发了。

2004 年 3 月 2 日

沧桑与热情同在*

记者：我特别希望您跟我讲一讲您在新疆的那一段经历，那段经历对您的生活有什么意义？

王蒙：我从一九六三年到一九七九年在新疆生活了十六年，大致其中八年是在乌鲁木齐，另外八年是在伊犁，而且主要是在农村。从年龄来说，一九六三年我是二十九岁，到一九七九年我是四十五岁，对一个人来说也是特别重要的一段时期，你想二十九岁到四十五岁，也可以说是最好的时期。从国家来说，那个时候是很坏的时期，因为整个"文化大革命"我都在新疆。"文化大革命"前政治斗争的调子已经越来越高，各个方面的政策收得越来越紧，也可以说是一个坏的时期。但是我在新疆的经验是全面的，是多方位的，好的、坏的、无聊的和特别有意义的，最有兴趣的事情几乎是同样多。别人问我，我在新疆干什么呢，我就说"我读我的维吾尔语文博士后"，我开玩笑的，我说我的十六年，预科三年，本科五年，读硕士又两年，博士又三年，然后博士后又三年，差不多是十六年。我这种心情也反映在我写的《狂欢的季节》里边，有的人觉得我写"文化大革命"不应该有这种轻快的调子，虽然里边也很沉重，有些地方甚至很惨烈。但是他们要求我写的应该是恐怖加恐怖、死人加死人，然后……但是，这不是我的经验，我的经验就是人本身在活的时候有一种生活的力量和乐趣，有

---

* 本文是凤凰卫视记者许戈辉对作者的访谈。

一种对土地、对自然、对文化的一种兴趣,这种兴趣只要你的自由没有被完全剥夺,只要你的生命没有被完全剥夺,那么你生活的这个快乐、这个意义也就被剥夺不了。

记者: 您用这样的一个角度是想表达自己的一种情绪、情感,还是说想刻意区别于其他描写"文革"的作品?

王蒙: 我想因为我的经验就是这样的:我认为人生本身有一种力量,生活本身有一种力量,这种力量在生命还没有被剥夺以前是不会被剥夺的。他有自己的乐观,有自己的幽默,有自己的安慰,而且更重要的是学习。我最近写一本书,这本书里我就谈到贯穿我这一生的事情是什么,很容易回答,就是学习,事实上这期间,我有二十多年不写作。

记者: 您觉得,您之所以这么长时间以来经历了那么多政治上的沉浮、命运中的挫折,仍然保持一种年轻、积极、乐观的心态,是不是和当年您在新疆的那段经历有关,那样的自然环境,那样的人文环境,尤其是少数民族很开朗、很乐观的天性给您的影响?

王蒙: 我不知道,因为这话不好说,有很多汉族人到新疆以后情绪非常不好,就是完全不能适应那种环境。但是我就非常能够适应那种环境,我想一个人他小时候,就是他童年时期、少年时期、青年时代对他来说都是非常重要的。

记者: 您刚才说到最好的或者最有意思的,最快乐、最痛苦的事情都在那儿发生,能不能具体讲一两件事?

王蒙: 我刚才讲了,贯穿我这一生的第一件事不是写作,是学习。就是我什么时候都没有停止过学习,只有一件事是永远不会停止的,就是学习。你即使把我的书全部没收了,我也照样学习,我可以背唐诗,没事坐在这儿我可以背唐诗,你如果把我关起来——当然我也没有被彻底关起来的经历——如果你把我关起来,我也可以照样念英语单词,或者念维吾尔语单词,所以学习是我最快乐的事情之一。还有快乐的事就是和少数民族的这些人,包括农民,我们在一块玩,比如说一块喝酒,他们喝酒是这样坐一大圈,拿着一个酒杯,每人喝一口,然后唱一个歌、说一个笑话,然后把这个酒杯再倒上酒,然后再传给下一个人。当然这个对传染病可能不是特别好,人们都相信酒精本身就消毒。一大圈就这么喝,又唱又笑又闹的,讲各种笑话,这也很高兴。你如果说最痛苦的事……我在新疆并没有挨过打,在整个"文化大革命"之中没有受过皮肉之苦,基本上也没有被揪斗过,最大的痛苦还是感觉到自己的生命在消逝,一年又一年……而我们的国家也看不到前途。

记者:那您对那个年代有什么样的评价?对那一个年代的知识分子又有什么样的评价?

王蒙:对于年代的评价是一种很复杂的事情,我认为也是一种"后革命"效应,就是中国要发生革命,发生革命不以人的任何意志为转移,必须发生这个革命,因为各项社会矛盾已经尖锐到那一步了。到了一九四九年革命取得了政权,本来革命已经成功了,但是革命还有自己的惯性,还要继续革命,还要彻底地革,更彻底地革,还要再斗争、再批判、再斗争,彻底粉碎旧世界。所以我说的这个"后革命"效应,全世界的一切革命里都有,但是中国表现得尤其突出就是了。作为知识分子我觉得也是这样,中国的知识分子的一大特点就是拥护革命、参加革命,所以我想这也是一个过程。在社会发生巨大变动的时候,知识分子有自己的选择,也有自己的轻信,但是也会碰壁,也会受到挫折,这是一代人的经验。

记者:您个人呢?

王蒙:我个人也是这样,我从少年时代就选择了革命,我选择了共产党,选择了新中国,我不可能是别的选择,现在再重新生活也还是这样的选择,但是远非一帆风顺,不是说你选择了革命,革命就选择了你。你选择了革命,革命不选择你;革命觉得你不太革命,革命觉得你不够革命,革命反过来要整你,这也是可能的。

记者:时代与个人创作,经历时代的变革,与您的文学创作到底是什么样的关系？

王蒙：作家当中各式各样的人的情况是不一样的，有的作家基本上是书斋型的作家，他不太喜欢自己的作品有这一类的东西，你看他的作品觉得很清纯，可以把它放在任何一个年代，这样的作家我也很羡慕，但是我做不到。还有的作家，他在时代的变迁当中表现出一种无可奈何和一种非常的疏离，有对这个时代恨不得离得越远越好的心境，可以说这是一种遗老遗少的心情，也就是觉得自己的时代已经远远地去了，自己没有什么可高兴的。我也不是这种作家，也许这种作家现在还时兴。我是什么呢？我是从小就自觉自愿地搅和，往里头掺和，社会的各种重大的问题、动荡、变化，我都是全身心地投入进去，对社会生活抱有一个投入态度的作家。

记者：其实我们从您的作品里面可以体会到您对政治不仅有极大的关注，而且有热情，更有一种剖析、洞悉的能力。

王蒙：也有实践。

记者：关键还是有实践，说得俗一点，就是您自己也在政治旋涡里打滚。

王蒙：这是事实，你愿意也好，不愿意也好，这是事实。所以这样的话，对我来说时代跟我的关系非常紧密。

记者：如果我们把您的文学创作算作是您一部分的生涯，然后把您当官、从政算另一部分的话，您怎么样看待这两者的关系？

王蒙：这两者有时候是和谐的，它们都是我对生活的一种投入，也有时候发生分歧。比如说你当官……当官有时候开很多的会，会开得多了以后我心里头起火，但是有些会是必须参加的，所以有时候就发生矛盾。我就觉得我还是早点下来吧，早点下来自己写作，对我来说舒服多了。

记者：不过当官除了在日常生活的安排上会和纯写作生活不一样、有矛盾之外，从心态上、从自己个人的追求上和处世观上呢？

王蒙：特别是后来当部长的三年半时间，对我来说也是一个很好的学习,因为你对社会的了解,你要想了解得真切,只有一方面的经验是不够的,经验越多越好。我有年轻的时候当干部的经验,我有后来当右派的经验,我有在边疆的农村里当副大队长的经验,我有在"五七干校"和这些维吾尔族知识分子一起劳动的经验,当然我当文化部长等于我又有当政府高层官员的一些经验。这样,对中国社会、对中国各种事情的运转应该说有一个多方面的了解,这对我来说是有好处的。但是对于一个官员和对于一个作家的要求又是不同的,这是一个客观的事实。

记者:我们可不可以这样理解,在中国,文人就不应该当官,如果当了一个好官,就很难做成一个很好的很纯的文人。

王蒙:这个我一下子说不清楚了,因为中国的情况又不一样,有各种各样的做法,我只能说各人和各人都不一样。也许有些人他就是很适合,或者做得很好,但是从总体来说,一般来说,文人和官员这是两种职业,而且这两种职业的要求不尽相同。也有摩擦的地方,文人比较喜欢感情化,希望说一句话很有创意,官员老那么创意也不行,你是有一个口径的,有个标准的。

记者:您说您自己是特别喜欢新鲜事物的人,我就通过您用电脑写作,然后去上网,觉得真是这么回事,因为很多写作的人是拒绝电脑的。

王蒙:现在也有很多,有的甚至买了电脑,把电脑放在家里头放了几个月,最后决定把电脑退了。他们讲的那个我也完全能够理解,他讲好像自己已经习惯了明窗净几的一页纸放在那儿,用手在那儿写着,写的当中充满了感情,这个我也能理解。

记者:您看从您书架上的这些杂志就可以看出来,那种纯文学一些的,它从装帧设计上就比较严肃和呆板一点,更市场化一点的杂志就会这样(很鲜艳活泼)。您觉得我们光从这书架上是不是就能看出,现在文学里边的两种倾向?更纯文学一点的和更市场化一点的。

王蒙:对,但我觉得没有互相排斥的必要,起码可以并行不悖,而且我也不认为市场之间互相能够取代,不管多么好的文学作品。就像帕瓦罗蒂并不能取代一个通俗歌星,但是反过来说一个通俗歌星也不能取代帕瓦罗蒂。

记者: 您认为别人说您有市场化的倾向,这种评价公平吗?

王蒙: 说我有市场化的倾向?我要有市场化的倾向就好了,因为我的作品从来没有达到过一个理想的市场效益。

记者: 那可能是因为您对一些青年作家,对他们的关注评价让别人觉得您至少不反对这种市场化。

王蒙: 对,我不反对。我不反对人家不等于我做得了。你比如说人家有的作品在商业上非常成功,动不动就发行十万册、几十万册,我做不到。我的作品一般都发行一两万册,一两万册对于市场化来说是远远不够的。但是比起一般的严肃作品还算行的了。中国十三亿人发行两万册,这个比例是很小很小的,但是你没有理由要求人家都看你的书,你的书既不指导炒股又不指导择偶,没有很多的实用价值。

记者: 您希望您的书带给人们的是什么?

王蒙: 我希望他们看了以后,能够提供推动他脑子里的对人生、对历史的一种思想和感受,能够和他的经验、和他的灵魂发生一种碰撞。他看了以后如果感到了一种憧憬,或者感到了一种狂喜,或者说是感到了一种无奈。这已经达到我的目的了。

记者: 虽然您在作家里边辈分算是老前辈了,但是您的作品里面充斥着一种青春的情结,从最早的《组织部来了个年轻人》《青春万岁》,到现在的"季节系列",都有一种在谱写青春赞歌的主基调。

王蒙: 也是,但是我现在的作品和这个青春赞歌同样,甚至更多的就是有一种沧桑感,这个沧桑感是年轻人所没有的。尽管说来说去我比过去当然老了,但不过也就是才活了六十几岁,还不到七十岁,但是我已经经历了社会的这么多起起伏伏,这么多变化,所以任何一件事都会有一种沧桑感。城市的风景也不一样了,人们的爱好也不一样了,人们的穿着也不一样了,吃的东西也不一样了,人们的兴趣也不一样了。我们那一代人最有兴趣的东西下一代人不一定有兴趣。

记者:您的沧桑感是年轻人所没有的,但是您的那种青春……其实我觉得并不会因为自己经历沧桑而就消失的。

王蒙:因为我还有对生活的一种热情、一种兴趣,还有一种百折不挠的那么一种快乐在里面,我想是这样的。

2004年8月

我这三十年*

一 "文革"结束后到担任文化部部长之前
（七十年代末至八十年代初）

记者：一九七八年十二月党的十一届三中全会拉开了改革开放的帷幕，您个人对三中全会前后这一段时间内印象最深的事件是什么？

王蒙：在一九七八年三中全会举行的时候，我当时受《人民文学》杂志社委托，写一个报告文学，正好就在北京逗留。当时还没有正式恢复作家协会，作协和文联的筹备机构通知我去新侨饭店开一个会，这个会是关于三中全会后为一大批曾被判定为"毒草"的作品平反，其中就有我的《组织部来了个年轻人》。这对我来说，完全是事先没有想到的一件事情，我没有想到这个事情会发展得这么快，所以当时我还是采取了一个比较谨慎的态度。会上发言的时候也很低调，无非是说那篇作品并非敌对，不必上纲上线。

第二天早晨，这个会的消息就在中央人民广播电台的"早间新闻"节目广播了。当时我的爱人还在新疆，听到这个广播后非常的兴奋，我自己当然非常的高兴，但还是有点没有把握，不知就里。因为我无法理解这个陡然的转变，好像过去费了好大的劲，今天批判这

---

* 本文是《南方时报》记者对作者的访谈。

个,明天批判那个,批判几十年以后,突然在一个早晨就一股脑儿一家伙全解禁了,糊里糊涂就没事了,跟狠打猛批时所费的九牛二虎之力,简直形成了鲜明的对比。所谓"铁案如山"都在推翻,所有的批判批臭,一阵风便变成了批红批香。了结起来,不过是"划错了"三个字,"改正"两个字,历史的写成与作废就是如此简易,转折就是一挥而就?所以这件事我其实没有完全做好思想准备。

当年岁末的时候,《光明日报》副刊发表了我的《〈青春万岁〉后记》,这太出乎意料了,从一九五七年写《青春万岁》到一九七八年,已经过了整整二十五年,这期间等待的时间比我动笔时生命经历过的岁月还要长。

记者:作为一名作家,您从作品的命运扭转中,是否预感到了改革开放将为中国社会带来翻天覆地的变化?

王蒙:从一九七六年把"四人帮"抓起来开始,我已经感觉到,中国人第二次解放来临了,其兴奋,其感触,其命运攸关,生死所系,甚至超过了一九四九年第一次解放。一九七八年底的平反,对我来说意味的不仅是一个人从死路走到了活路,而且对国家来说也是绝处逢生。好像黑暗的地窖子里照进阳光,绝望变成了希望,困惑变成了清明,惶惶不可终日变成了每天都有盼头了。

当然了,我当时对怎么改革也完全没有任何的预想,但讲改革的前提是平反,把过去的那些帽子、那些印记、那些打入冷宫和"十八层地狱"的人重新恢复名誉,我觉得这是政治生活的一种正常化的发端,因为这不能在一种不正常的情况下进行改革。我没想到我们的国家能有这么大步子的改革,我当时想的就是能恢复到50年代那样,允许唱歌、看戏,允许农民挣点钱,允许老百姓养家糊口,过安生日子,能恢复到这样我已经谢天谢地了。

记者:一九七九年您拖家带口,从新疆重返阔别十多年的北京,您注意到北京哪些方面发生了变化?

王蒙:我回到北京的时候,和上次离开的时候已经隔了十七年之久，北京已经满目疮痍。我们住在东华门附近，往东走就是百货大楼和东安市场，"文革"时改名叫东风市场。一九七九年，日子逐渐恢复的信号越来越强烈，比如东安市场出现了较多的鸳鸯冰棍、杏仁豆腐、奶油炸糕、牛肉干、槽子糕、话梅糖果……而每天傍晚与周末，这里人山人海，而且有了勾肩搭背的青年男女，这些日常的小食品，再加上不那么藏着掖着的青年人，足令我热泪盈眶。

晨昏时节，我们一家人常常到故宫周围的筒子河散步，周围有提着笼子遛鸟儿的，有骑着自行车带着恋人的，有带着半导体收音机听早间新闻广播的，有边走边吃炸油饼的。常常看到听到有年轻人提着录音机，播放着当时流行的《乡恋》《太阳岛上》《我心中的玫瑰》……播放着李谷一、朱逢博、邓丽君、郑绪岚，得意洋洋地自路边走过。入夜后的王府井大街灯光璀璨与商品的琳琅满目，令人喟叹：久违了，北京，久违了。我觉得，艰难也罢，匮乏也罢，只要不与生活为敌，不与日子为敌，生活是不被消灭的，日子是不被抹杀的，人间还是有温馨和希望在的。而我与我的亲人、朋友，已经付出了二十多年的代价。

记者： 如同您曾经打过的一个比方，整个社会呈现出一种严冬过后"返青"的局面。

王蒙： 是的。给我感触最深的还是文化生活的复苏。压在五行山下的各种文艺作品纷纷重见天日：人们又听到了"洪湖水，浪打浪"，人们又听到了王昆、郭兰英、各地戏曲名角，人们又看到了戏曲影片《红楼梦》、边疆影片《冰山上的来客》，人们终于可以尽情吐露对周恩来总理的怀念，而我在电视屏幕上看李维康主演的《杨开慧》的时候，听到一句提到"爱晚亭""橘子洲"，竟然痛哭失声……人们感叹地引用着那几年上演的南斯拉夫影片《瓦尔特保卫萨拉热窝》里反法西斯英雄瓦尔特的名言："活着就能看得见！"我们看见了，因为我们活着！而有很多人已经看不见了。

一些外国的名著也开始进入中国。《基督山恩仇记》当时火得不得了啊,要买《基督山恩仇记》还得有什么关系啊,要托朋友啊。那时人民文学出版社赠送给我一套《基督山恩仇记》,我马上就感觉自己这个社会地位提高了,觉得自己又开始人五人六起来。那是一种严冬转暖的兴奋心情,现在想起来都觉得好笑。

记者:七十年代末八十年代初,也是"伤痕文学"大行其道的时期,您第一次读刘心武的《班主任》是什么样一种感受?据您观察,中国人在改革开放初期处于一种怎样的精神状态?又是如何走出"伤痕"的?

王蒙:我第一次在《人民文学》上读到了刘心武的《班主任》,是在一九七七年冬天。它对于"文革"造成的心灵创伤的描写,使我激动,也使我迷惘,我的眼圈湿润了。我都不敢相信:难道小说真的又可以这样写了?哪怕是反映一部分真实的作品又能够出现了?这样的小说已经不会触动文网,不会招致杀身之祸了?难道知识分子也可以哭哭自己的命运?总的说来,这篇小说对我来说是一个巨大的惊喜。

当时对"伤痕文学"的说法就是,现实主义的传统又恢复了,允许你在作品里头反映一点生活的真实,允许你说点真话。讲老实话,我对于伤痕文学啊、反思文学啊这些说法是姑妄言之,姑妄听之,因为我不赞成把文学这样来分。文学更多的是个性,是个人化的产物。文学不是在一个时期有一个主题,由大家共同来说一句话,那样的文学是不成功的文学,是乏味的文学。以现在的眼光来看伤痕文学的作品,它相对内容比较简单,而且往往把历史上的曲折归咎于少数"篡党夺权的野心家"。这种见解过于简单化,甚至给人一种无法再往深入思考的感觉,一种有意无意来遮蔽某些真相的东西。但从文学史和思想史的角度,"伤痕文学"具有重要意义:中国当时在否定"文化大革命"的问题上太敏感,在政治上,在舆论上没有开放到这个程度,所以在政治上党中央还没有提出一个彻底否定"文化大革命"的决议的时候,"伤痕文学"起到了一个打先锋的作用,在文学作品里头已经控诉了一番,诅咒了一番,痛斥了一番,也悲愤了一番。

至于怎么走出"伤痕",首先,"伤痕"在文学上没有写不写得完的问题,但是如果说同一个平面上,那种比较简单的、控诉型的作品多了以后,就会引起厌烦。最突出的例子,就是在八十年代初期,有一部讲"文化大革命"的电影叫做《并非一个人的故事》。这部电影也无非就是写"文化大革命"当中的一些什么抄家啊迫害,就特别的失败,以至于传出一种说法,说这部电影是《并非是一个人上当》。

另一方面,胡乔木就提出过,不能老是没完没了地写"文革"、写"伤痕",否则等于人为地延长了"文革"的影响。人们不会老停留在昨天的伤痕上去,他会马上敏感地觉察到社会生活开始有了变化,整个社会正在由过去以阶级斗争为纲,转为经济建设热情的日益高涨。

记者: 自传中您引用了北京的文艺人的一个说法,说逢单年(1981、1983、1985……)怎么怎么整顿,逢双年(1982、1984、1986……)怎么怎么开放……这种"流年论"您又是怎么看呢?

王蒙: 改革开放,要改革是肯定的,但到底怎么改革,是恢复到五十年代就算改革了?还是纠正一下"文革"中的最极端的行动就算改革?还是进一步对我们的精神生活、经济体制、领导方式、政府职能等等方方面面做全面的检讨?我想这个当时大家并没有一下子就拿出明确的说法。好比经济上的提法,先是"有计划的商品经济",后来又提"计划经济为主,商品经济为辅",这些提法和我们后来的"社会主义的市场经济"的提法,差别很大。所以"摸着石头过河"是非常符合当时的实际情况的。这反映了八十年代是一个很热情洋溢的年代,勇于尝试的年代,同时又是一个如履薄冰、摇摆不定的年代。

在我看来,在改革当中,一直有两个不同的角度或者两个不同侧重方面的思维方式在相互角力和制衡。一个是考虑进一步的开放,当时甚至提出过"闯红灯"的说法,也就是说过去禁止的东西现在就先干了再说,什么事都是越开放越好。比如过去不允许作品披露社会阴暗面,现在就成了写得越黑暗越好,整天尽写什么领导干部强奸少女之类的,把这个当做是改革的一种方向。但是也有另外一种角度、思路,就是怕改革引起混乱,乃至造成体制性的崩溃,尤其是把思想搞乱。比如当时就有人把"温州模式"说得危险得不得了,就是因为温州的私营经济很发达很活跃。这两种力量是一直在不同程度上影响着我们的生活。应该说这两种思路都有可取之处,我也不赞成见灯就闯。

讲广东呢也是很好玩的,这是广东人告诉我的,说广东"香三年,臭三年,不香不臭又三年"。遇到改革比较顺利的时候,就到处宣传改革的经验,遇到改革受挫的时候,就会出现各种舆论批评广东或者责备广东。当时有个传言,说某某老同志到深圳去了一次,哭着回来,就是说现在除了旗子是红色的外,就没有什么是红色的了,都是资本主义的了。当时还有一个说法,叫"辛辛苦苦几十年,一觉回到解放前"。八十年代去趟深圳珠海可是一件大事,得郑重其事,还要特区通行证的。

记者: 这种改革开放的大形势,对新时期中国文艺创作产生了怎样的影响?

王蒙: 在文艺上,一九八一、一九八二年对《苦恋》的批评,变成全国性的事件。一九八三、一九八四年对资产阶级自由化的批评,对人道主义、异化论的批评,我想这些都反映了这两种思路在互相提醒、互相牵制的态势。因为一方面又要不断地推动这个社会活力的释放,同时又要防止这个社会发生大的混乱,防止社会的解体,防止出现无政府的状态。这个时期,文艺界所谓"报警"的说法也很多。

但我觉得最重要的一点是,从八十年代开始文艺界已经逐步摆脱了过去那种反倾向斗争的惯性思维。过去领导的文学事业呢,是时时刻刻高度关注"左"还是"右"的问题,通过批判错误倾向来抓文学的问题。八十年代初期,我就经历过这种令人喘不过气来、谁也说不清楚的"左"还是"右"的争论。而九十年代以后,文联也好,作协也好,更多的是从管理和服务的思路来领导文艺创作,遇到问题也是个案处理，而不是打击一片。这种转变，对于有些人来说是觉得不过瘾，觉得没有一个高屋建瓴的精神在那儿悬挂着，但是我个人觉得这种转变是正常的，如果在文学界整天搞"反左""反右"的斗争，对文学发展实在是不利的。这个和整个社会的大环境是密不可分的，譬如说我们现在说是通货膨胀，就绝不会有人说是"左"还是"右"造成的，更多的人会去考虑是不是要紧缩银根之类的问题，这在中国是一个了不起的进步。

记者： 发表于一九八六年的《活动变人形》可说是您八十年代最重要的长篇小说。不少学者都评价过，这个作品对中国历史乃至于中国知识分子的命运进行了反思。这部作品为什么会诞生那样一个时期？

王蒙： 我有这么一点想法，就是我不想把历史简明化。我自己对于知识分子有一种比较切近的观察和经验，我觉得，一个民族的文化传统和思想方法，所谓集体无意识，在知识分子身上有着最为集中的表现，可以说知识分子身上就有我们民族的劣根性。我写《活动变人形》之前，许多人写在旧社会追求现代文明，追求自由恋爱，追求人的现代化，基本属于一种悲壮、悲情的调子，凡是妨碍现代化的事物都被贬得一无是处，丑恶到了极点，就像巴金所描写的冯乐山，又讨小老婆、又迫害少女，都是一帮坏人。但是我实际的人生所体会的却是，那种非现代、反现代的表演固然显得很愚昧、很丑恶，但是它也有情有可原的一面。中国知识分子向往现代化、走向现代化的过程，有时候是一个悲喜剧，它不完全是一个悲剧，里面有许多幼稚、无能、脱离生活，是一种哭笑不得的尴尬。书里面的主角倪吾诚，他很可爱、很天真，他是一个梦想者，他又是一个多余的人，是一个和生活简直无法和平共处，和社会、家庭格格不入的人。他陷入一种几乎四不像的境界，既不像有作为的，又不像没有作为的人；既不像坏人，又不像很好的人；既不像是多情的，又不像是无情的。我觉得知识分子的这种尴尬和窘态，是中国特定的历史造成的，就是人性当中往往出现某种愿望,和你实际上能达到的可能性之间存在鸿沟,梦和现实有差距,追求和实际迈的步子有差距。同样在《青狐》中,我也把所谓八十年代很理想、很上进、很渴望现代化,有点头脑发热这个过程做了一次反思,同时又表现了这一代人人性上的弱点,比如说浅薄、起哄、无知。我觉得如果我不提供这样的一些真相,就不会再有其他人说了。

二 担任文化部部长期间(八十年代中后期)

记者:黄苗子先生有一次在香港一家报纸上撰文,说您在一九八六到一九八九年主持文化部工作期间,没有什么政绩,就是对人还不错,听说您曾经当面向他表示不服气。是这样吗?

王蒙:是的,后来有一次他当面问我,那你有什么政绩吗?我立即回答,是我开放了营业性歌舞厅啊。就在我到文化部上岗的前几个月,一些大报上还刊登着一些宣传文化部门、工商管理部门与执法部门联合公布的告示,严禁举办营业性歌舞厅。我想起了以前一些作家在书里面描绘的情景,说是工人宣传队的队员在舞厅周边巡逻,生怕一男一女之间产生了相互爱慕情意。这也未免太前现代了,太中世纪了。其实,当时至少广东就有许多歌舞厅了,北方就少一点。

我与万里同志一次接触中,听到他讲,舞厅的开设,夜晚娱乐场所的开始是人民需要,我就有意想要开放营业性歌舞厅。不过,在当时一般人的观点看来,舞厅是色情活动场所,旧社会的舞女,在人们心目中就和现在卖淫的妓女差不多,所以舞厅在中国能不能开放确实有一个很大的问题。

摸底的时候,有关部门主要担心开放舞厅后会有流氓地痞前来捣乱,核心问题还是怕影响风化。我说,那就太好了,各地歌舞厅应该欢迎执法部门蹲点蹲坑。我还说,原来社会上有些流氓无赖,不知会出没在什么处所,使执法部门难于防范。现在可好了,如果他们有进入舞厅捣乱的习惯,这不正好乘机守候,发现不法行为便依法给予痛击吗?

我的雄辩使此事顺利通过,从此神州大地上开舞厅才成了合法。但仍有一个市场经济极其活跃的省份,还是由省人大常委做出一个正式决定,不执行文化部等部门关于开放并管好营业性歌舞厅的文件。至今他们并未正式取消这一决定,但这样的决定实际上已成废纸。他们那里的歌厅舞厅一点也不比别处少。从这一点上说,在中国办一件事真的是太难了,光一个舞会,近几十年经历了多少摇摆,多少反复啊!

记者: 据说您在任期间,在做许多重要决定时,深得邓小平同志精神的"真传",比如"不争论""放一放"之类,尤其是一些通俗娱乐消费活动,比如选美什么的。

王蒙: 哈哈,这倒是。我对某些事的原则就是"期以时日,自然而然"八个大字。最好的最成功的过程是没有过程,见得多了就不会少见多怪,就不会引起社会的不安,就不会成为事件、成为话题、成为争议的焦点,甚至成为路线斗争。你说的选美是我在任期间,曾经发生过的深圳计划举办类似选美活动的"事件"。那时岂敢用"选美"的名义,大概是叫做什么评选"礼仪小姐"或"时装模特"之类。但已有媒体提出疑问,还有一些高级领导人、著名的"大姐"们作出批示,说选美是旧社会拿妇女当做玩物的一种活动,表现的是腐朽的资产阶级生活方式,绝对不可以在我们神圣国土上举行。我读到这些指示,自然贯彻执行,通知深圳的文化部门注意掌握。

那个时候人们哪里会想到,现在选美会在神州大地遍地开花,海南三亚还连续举办世界小姐评选大会。这就是一个没有过程的最佳过程。我相信不会有什么领导机构研究讨论过选美问题,没有哪个权威部门的批示,幸好没有这些过程,否则搞得成搞不成还不一定。这就是小平同志的"不争论"的妙处。一争论就绝对搞不成的事情,没有争论反而做成了。事实证明,选美也不是坏事,没有玩弄女性。

欣赏女性的美丽并非注定低级下流。减少争论与审批的过程,提高文化教养的程度,瓜熟蒂落,水到渠成,许多时候是成功的经验。所谓"不争论"里边,其实继承了"无为而无不为,无为而治"的思想智慧。

记者:在您担任文化部长期间,邓丽君的歌曲,还有琼瑶的言情小说、港台电视剧等等,都在内地非常盛行,有评论称,它们为中国人充满刚性约束的生活注入了弹性空间,您怎么处理这个时期通俗文化的兴起和它们引发的争议?

王蒙:应该说,我们对群众文化性的消费需求、娱乐需求,历来是不重视的,我们从来提倡的是"业精于勤,荒于嬉",把娱乐都当做对事业的对立面、对人的道德修养起负面的东西,即使是在旧中国五四运动以后,在我们搞文学里面的多数人里头对通俗文学和文化仍然是不屑一顾的。

说到邓丽君,我觉得她的走红,可以理解为一种反弹。因为从五十年代后期开始,各种抒情的歌曲,各种相对轻、软的歌曲都被消灭了,几乎所有的歌曲是在那里大喊大叫,高呼革命政治口号,社会主义好,人民公社好,文化大革命就是好,大海航行靠舵手等等。所有的歌曲都带有一种大声疾呼、呐喊的特点。二十多年后,出来一个邓丽君,她唱得比较软绵绵,比较轻柔,而她的歌曲牵涉到的感情也不包括两个主义、两个制度、两个阶级,或是两种意识形态之间你死我活的斗争,而无非是唱唱故乡呀、爱情呀、回忆呀、海呀、花呀、夜色呀。就像一个人连续吃了二十年馒头,忽然也可以喝稀粥了。所以邓丽君一时成风,唱遍大街小巷。

有少量的邓丽君的歌曲我也挺感兴趣,像《甜蜜蜜》《千言万语》,而《月亮代表我的心》我反而觉得非常造作,我就不理解爱情怎么可以用月亮来代表。不过,听邓丽君不等于不听别的歌曲。我照样听交响乐,喜欢苏联的歌曲,接受通俗的东西不等于不接受精英的东西。我和一些全世界最著名的科学家、院士接触过,我问他们喜欢看什么小说,结果他们异口同声地回答,喜欢看金庸的小说,这并不妨碍他们在各自领域里面有所建树,用不着惭愧,或者觉得失格。鲁迅有一句名言讲得非常好,他说鹰可以飞得和鸡一样低,但鸡不可能飞得和鹰一样高。你天天在五星级宾馆吃饭,你也可以吃一下大排档。你通俗一下,轻松一下,然后你照样可以飞到高空中去。通俗的东西有各种毛病,各种低级趣味,不过精英的东西里面也不是没有,从某些自诩精英的作品中你也可以看出很多低级趣味来,这个我就不多说了,否则我得罪人太多了。

记者:既然邓丽君那么火,为什么没有来过内地演出呢,真是因为传说中的"封杀"吗?

王蒙:不是这样的,当时所谓邀请她来内地演出的事,都是媒体炒出来的。有人鼓动邀请她来大陆演出,一家报纸还公布了该记者与她通话的情况,炒得很热。但是高层领导的意见并不一致,有说不宜来的,有说可以来的,有说文化部部长外其他方面不必干预的,有说来了没有好处的,这些意见都是很有来头,哪个我都得执行。同时,还有一个大城市也跟着起哄,它的某位有关部门领导,也是文艺界的一个资深人物来找我,说是如果文化部不敢做主,可以交给他们所在的城市来出头。

作为政府部门,现在就争论某某歌星前来演出的安排,全无必要。文化部本身,无须出面邀请,更无须反对邀请制止邀请歌星前来演出。我当时提出,邓丽君是否适合来大陆演出,完全可以待确有此事后再决定,即一、本人确实有意来演出;二、确有文艺团体或剧场或演出公司愿意主办这一演出,这样,他们应该向文化部呈报文件,有关文件报上来后,各种情况明朗以后,文化部才需要研究表态。

后来一查,这样尖锐的一个问题,其实压根儿就不存在,她本人没说要来,也没有什么团体请过她。我把以上情况给各领导写了报告,建议暂停有关讨论与报道。所以说有些争论纯属庸人自扰,无事生非。

记者：您在自传中透露，是为了文学创作而辞去部长的。现在回想起来，您怎么评价自己三年的部长生活？

王蒙：我把我当部长的这三年总结为六个字："且悲且惊且喜"。我发现自己对文化和艺术家们有了责任有了义务也有了说三道四的权力，但同时我也很困惑："我是能帮助艺术，还是会亵渎艺术，假装要指挥艺术，还是认真地掌握着规划着安排着当然也要保护着艺术文化？"有一位新四军老同志跟我说过一句话："一个文化部部长能不糟蹋文化就好了。"这句话，我一直都记得。

记者：作家陆文夫写过一篇文章，大意是说作家当了官就再也下不来了，当不成也不想当作家了，只有您能转体三百六十度，稳稳落地，属于金牌体操冠军动作，不是常人能做得到的。

王蒙：我曾经写过一首诗，里面有两句得意之作"急流勇退古来难，心未飘飘身已还"。一九八六年上任以来，我无时无刻不在提醒自己，不要沉迷于权力、地位、官职、待遇。我甚至都觉得一个作家写着写着小说当起部长来了，令人惭愧，羞见同行。起码八十年代，文人们对高官还是有疏离感，不像现在，越来越多的文人认同体制与风习，不掩盖自己谋个一官半职的心思。我必须承认，如果我再多干两年，也许我再也不想回到写作的案头了，这正是我最怕最怕的。实话明说，部长是可以做出瘾来的。我一直相信我的文字会比我的发言更精彩，它的影响将比任职两个任期长久得多，我必须对得起文学，对得起历史、同行，还有读者。我甚至在与外国官员会见时，听见人家介绍我是"文化部部长，并且是一位作家"时，忍不住用英语补充："准确地说，我是一个作家，同时是一个部长。"我还说过："我过去、现在、将来，都只想当一个作家。"这么说来，我又不能不感到愧对那些信赖我任命我的领导人，更愧对文化部的同人们与文学界的同行们了。

三 谈言论开放与市场化(九十年代)

问：您的自传第三部《九命七羊》开头提到，八十年代后期到九十年代初在今天许多知识分子眼中是一个浪漫、光荣、呼啸与歌唱的年代，随着改革开放的高歌猛进，思想界日渐活跃，甚至有点"狂飙突进"的味道，但这其中也不乏煽情与大言、急躁与搏斗，甚至埋下混乱的种子，您今天怎么看待这段"百家争鸣"的日子？

王蒙：我觉得对任何事情都不能够"太过"，搞文学、文艺的人如果连点浪漫都没有，连点"酸的馒头"（sentimental，意为"感性""多愁善感"）都没有的话，这文学搞得太可怜，这世界也太可怜。但是王小波也有一个说法："不要瞎浪漫。"他说的是实话，言论的开放不能用浪漫的观点来看待它。言论的开放不是光给你开放的，如果你是大学毕业，它也要向中学毕业、小学毕业，甚至没有上过学的人开放。还要向糊涂人，偏激的、作秀的人开放。

说到八十年代末，一心为改革开放唱颂歌，把改革开放悲情化、深沉化、诗歌朗诵化的思想作品非常多，各种受到西方影响、带有激进主义色彩的评论像海啸一样扑来。批长城、批龙、批黄河、批李白屈原一直批到鲁迅，简直称得上是地毯式的轰炸。但有位研究学者在一九八九年春提出，当时对中国文化与改革的探讨，存在着"重情轻理、重破轻立、重用轻体"等缺陷，我觉得他讲得非常好。

所以尤其是在言论开放的初期，我常常想，所谓的百家争鸣，其立竿见影的效果，并不是一百家真理在那儿争鸣，而且恰恰是各种片面的、极端的、人云亦云的、媚俗的意见都会出来，同时言路的放宽也创造了有利于出现创见的空间，这些意见相互之间会起到一个互相制衡的作用。你看看现在西方社会，什么胡说八道都有，什么稀奇古怪的现象都有，但是它并没有造成特别大的危害，就是因为这些见解都互相顶在那里了，互相抵制在那里了，这也算一种精神领域的"生态平衡"吧。

记者：一九八七年，您在《红旗》杂志上发表的谈"百家争鸣"的文章中，就提到一个很重要的观点："言论的放开必然导致言论的贬值。"即使是二十年后的网络时代，这个观点也非常值得人深思。

王蒙：我的意思是，百家争鸣的一大后果是会出现许多胡说八道，从而黯淡了一言兴邦的前景；但是言路的放宽也使得种种谬论彼此制衡，不至于出现一言丧邦的大祸。我在中国作协四届理事会二次会议上的发言中也说过：百家争鸣，会是思想活跃，也会是七嘴八舌，谁也听不见谁的。当时的中国文艺界还没有经历过这一局面：好的思想，平庸的思想，有特色的思想，信口开河的思想一起涌来。对各种现象要欢迎、理解，至少是容忍，而又积极地发出自己的声音。那就是在马克思主义思想指引下，有利于我国现代化建设，有利于物质文明和精神文明建设，是创造性的、富有时代特色和民族特色的声音。倘不习惯，不妨再看一看，不轻易下断语，因为真正的科学和艺术是不怕争论的。听到某种荒谬的意见，用不着惊诧或者愤怒，把心态放平稳："哦，就是有此一说"就可以了。

记者：从一九八八年底开始到九十年代初，您在《读书》杂志开辟专栏，发表了一系列引人注目的文章。而那个时候也被视为是《读书》杂志的黄金时期，葛剑雄、吴敬琏、赵一凡、金克木、吕叔湘……大家云集，洋洋大观。至今仍有许多老《读书》的读者，怀念那段岁月。

王蒙：那是可以理解的，当年的《读书》有趣、有新意，销量以几何级数上升，一番盛况，八面来风，怀念也是很自然的。我还记得一九八八年底，编辑吴彬（吴祖光的外甥女）约我次年在该刊开设专栏，我笑说："承蒙不弃……"她大笑着说："我们不弃，我们不弃。"于是前后数年，我为《读书》写了六十七篇评论，这些文字的影响甚至一度超过了我的小说。那时的主编沈昌文也是值得怀念的，他博闻强记、见多识广，三教九流、五行八卦、天文地理、内政外交，什么都懂。他既懂得广交高级知识分子，又懂得如何与各色领导干部沟通，绝不搞学院派、死读书、教条主义、门户之见。我称他是"江湖学术家"，他写的"阁楼人语"，嬉笑怒骂，阴阳怪气，又点到为止。难怪我时常听到某些爱生气的领导愤愤不平地喊："怎么还没有查封？"

说到怀念，你还不仅可以怀念八十年代，还可以怀念四十年代、延安时代，是不是？还有二十世纪三十年代、二十年代，一直怀念到汉唐，什么周公、孔圣人……起码也可以怀念到一九一七年十月社会主义革命。敢情你愿意怀念什么就怀念什么，你愿意继承什么就继承什么。但是时代本身在变化，它不可能往回走，这是事实。

记者：正如您刚才所说的，就在这段时间，您写的一些评论在全国掀起轩然大波。比如有一种普遍的观点认为，一九九二年商品经济的长驱直入，对中国社会产生了极大的冲击，理想主义在急剧跌落，现实却更加世俗化。九十年代初期海派作家曾提出"人文精神失落"的话题，但您认为并不存在这个问题。您现在怎么看这个问题？

王蒙：我曾经质问过：我们有过人文精神吗？如果有它又是什么？改革开放前计划经济时代我们有过人文精神吗？如果压根儿没有，又何谈失落？如果说所谓的失落是针对通俗文艺而发的，那么在通俗文艺远不发达的五十年代到七十年代，我们就拥抱着人文精神了吗？我反对的主要是人文精神概念和价值的绝对单一化，我曾说过"把人文精神神圣化与绝对化，正与把任何抽象概念与教条绝对化一样，只能是作茧自缚"。结果一下子我又得罪了一批人。但是，从今天看来，我对商品经济大潮带来的负面影响可能还是考虑得不够。

记者：对作家而言，商品经济最为切身的影响之一，就是图书出版市场化，像您这样的精英写作者，包括您这个时期写作的"季节"系列，尽管它是非常严肃博大的作品，也必须接受市场的考验。

王蒙：对了，现在精英文学也面临着市场的考验。过去我们习惯于精英的东西畅通无阻,不接受市场的压力。比如说在"文化大革命"以前,国家平均每年出版十几本长篇小说,所有的小说都畅销。现在还有人认为中国文学最辉煌时是建国十周年就是一九五九年左右。当时出版的比如说《红旗谱》《红日》《保卫延安》《青春之歌》《林海雪原》,后来的《李自成》《创业史》《红岩》,都有极大的发行量,动辄上百万册。现在一年长篇小说产量可以达到七百至一千部之多,如果都有平均百分之六十的"垃圾",现在的垃圾肯定比过去多。

现在呢,据我所知,有一个老教授,自己编了一本个人诗集。他的诗很好,很有水平。但是这个诗集拿到出版社以后,出版社做了一个市场预测,结果显示非常的低,就是最后确定不能出版。这件事给老人相当大的一个打击。所以有些精英们提起这个市场来就是咬牙切齿,甚至是痛心疾首。但是我觉得这个只能通过市场逐渐的发展、规范、提高来解决。反过来说,认为精英的东西一定没有市场,我觉得也是没有道理的。就拿长篇小说来说,也有获奖的作品,发行上也还是成功的,比如韩少功的《马桥词典》、张承志的小说。这说明在中国,市场化还没有到让精英作家活不了,或者说没法写作的这种程度。拿我个人来说,最畅销的小说是《青春万岁》,从一九七九年才正式出全书,到现在已经三十年了,每隔一两年、两三年,就会出一版。有时候出一万册,有时候五千册,加在一块儿也将近五十万册了。我可以说我从来没有一本书是滞销的,但是畅销的也是少数,比如说《我的人生哲学》,因为内容比较通俗,现在也还在不停地印,也已经印了将近四十几万册。

所以我就觉得,如果说想扩大精英写作、严肃写作的发行,或者引起更多方面的重视,我们可以讨论这个问题,但是用不着以谴责或者起诉通俗文艺或者抨击市场作为前提。我们的通俗创作的确需要规范,尤其是网络,但就一个大国而言,你的文化生产和文化服务不能不考虑到"俗人"的需要,你是精英,收获的是美名高望;你是通俗,收获的是市场和粉丝,帕瓦罗蒂和"猫王"谁碍着谁呢?超男超女妨碍了声乐艺术？金庸或者王朔降低了文学品位？其实是井水不犯河水嘛。

记者：九十年代中后期开始，"下半身写作"等写作倾向日渐走俏，您对这种"开放"的结果有准备吗？

王蒙：我说过，开放也好、言论自由也好，甚至民主也好，并不能保证文学的质量。恰恰相反，开放和自由，首先是使低质量的东西大量涌现，并流行开来。如果你要求所有作品出来，都是最好的作品；要求所有言论出来，都是最负责任的，或等于真理的言论才能出炉，那你等于取消言论的自由。如果没有这样的思想准备，不能适应这样的不理想状况，害怕自己的伟大深邃的声音湮没在众声喧哗里面，或者市场叫卖声里面，要求提高言论"入局"门槛，就先别叫嚷开放，更不要侈谈言论自由。对于这种低水准的自由开放，我们应该是坦然面对，积极引导，有效规范。

记者：我想谈到市场化对中国的影响，必然会涉及体制改革，其中也包括文艺院团、作协等文化机构的改革，二〇〇六年作家洪峰上街乞讨事件引起全国轰动，关于专业作家体系，您可能是中国作家中最早提出"动一动饭碗"的人。

王蒙：早在一九八三年，我就在《北京日报》上发表文章，我提出，设立专业作家的初衷是国家对文学事业的高度重视，因而才会对有能力从事文学创作的人们提供优厚的生活保障，但是专业作家体制的确是存在一些缺陷甚至是弊端的，最主要的是容易脱离生活、工作实际，脱离人民群众，此外还有某些专业作家生活面、知识面以及工作能力适应性越来越窄，编制庞大等等问题。

我想说的是，能否把专业作家体制加以改革，使之更完善、灵活、更具有适应性，减少副作用，从这个目的出发我提出了一些建议，比如多设立"有限期"专业作家，少设立"无限期"专业作家，期满之后回原单位工作或者另行分配；设立各类广泛的文学奖金和文学创作基金，取代现在的"月工资"；提高稿费标准；对于一些老年精英作家,是不是可以设立国家文学院和院士制度予以礼遇;还有是否可以将"养"作家的范围,从作协扩大到一些大学、出版单位、文化团体或者大传媒,由它们提出一些灵活性较强的任务。

记者:您说提的这些改进意见,有一些已经逐步变成现实,但当年您可为这件事惹了不少麻烦吧。

王蒙:一九九四年《文学报》的记者简要报道了我对专业作家体制存在弊端的说法,但没有详细报道我的替代主张,结果就变成我要"端"全国作家"饭碗",王蒙不让"养"作家等等说法。一位经历坎坷的老作家,非常质朴地说,对于作家们,不要"只看见贼吃肉,看不见贼挨打",意思是别看作家不用上班天天拿工资,却忘记了作家曾经如何受批判、受迫害。还有一位作家严正指出,文明的国家都是养作家的,不养作家是不文明的。上海一位贤弟直言不讳地说,你当过官不怕没人养,你谈养不养的时候多么风凉多么理想化啊,想想其他人的情况,身体状况不好的,家里负担重的,你能忍心不"养"?

我还以为我立足于改革、立足于扩大创造空间的意见能受到知识分子们的热烈欢迎呢,原来我忽略了最最紧要的现实利益。我不免又想起了三幅漫画,一说是赞成按劳取酬的请举手,结果是都举手;二说是赞成多劳多得的请举手,只有稀稀拉拉几个人举手;三说是赞成少劳动少得,不劳动者不得的举手,据说结果是谁也不举手。铁饭碗,大锅饭,只有改革别人时才是赞成的,而且慷慨激昂,改自己的完全另一回事。

也有人说"洪峰事件"打了文化体制的脸,说"改革开放市场经济到了今天的地步,各级作协还在用纳税人的钱,养活像蝗虫一样多的吃财政饭的作家"。它从反面证明了作协的存在的确给会员们带来了利益,从正面提出了进一步完善和改进的必要。同时我相信,本着构建和谐社会的理念,事情是会得到妥善解决的。

四　全球化语境下的中国文学及未来
（九十年代末至今）

记者：现在大家都说改革开放三十年是中国"和平崛起"的三十年，走向世界，说到中国文学走向世界，一个绕不开的话题就是诺贝尔文学奖，在您看来，为什么中国人那么渴望诺贝尔文学奖，以致把"境内作家没拿过诺贝尔文学奖"当成一宗原罪呢？

王蒙：提到诺贝尔文学奖，这里有一段与我相关的往事：一九九四年的时候，我受到瑞典科学院终身院士马悦然教授的邀请，希望我对瑞典做一次访问，并提供一份英语推荐材料，可以提出若干名中国作家作为诺贝尔文学奖的候选人，材料不得少于十五页，将列入瑞典科学院的正式档案。信中还特别强调，我的推荐范围可以包括我自己。我觉得这是一件好事，并做了认真准备，写了推荐材料，推荐了韩少功、铁凝、王安忆、张炜，请人翻译成英文，写不写我个人，我在犹豫之中，我要坦白，如果一切进展顺利，我不会不自我提名的。

后来因为种种原因，包括我的原部长身份，此次访瑞之行未能获得通过。这一度引起了马教授的误会，以为我不愿意来。同时，因为此事，我们也失去了一个改善和加强跟瑞典科学院与他们诺奖评选机制沟通的机会。有一些人士每每研究诺贝尔文学奖获得者的情况，以他们作为文学尤其是道德标杆，要求中国作家参照反省，照此攀登，为国为民争光，我只能说这种看法太过天真。我在做客《凤凰卫视》"锵锵三人行"栏目时也谈到过，中国人为什么对诺贝尔奖耿耿于怀，说到底是因为中国渴望被世界所承认，反映出一种走向世界的心态。但诺贝尔文学奖本身代表的不是一个纯文学的标准，诺奖很喜欢特立独行，常常爆冷门，尤其喜欢社会主义国家的不同政见者、流亡者，如索尔仁尼琴，或者西方国家的左翼批评者，如德国的伯尔。诺奖是北欧人评选出来的，不可能满足中国社会主义核心价值观的要求,它没这个义务。与之对抗毫无必要,也不起作用,奉为天神,同样幼稚。我们与诺奖评审机构应该互相尊重,求同存异,加强沟通,与其批评诺奖,不如改善我们自己的国家文艺评奖,增加它的权威性、公信力和影响力,也增加它的奖金数额。王朔有一次面对提问"为什么中国作家没有得到诺贝尔文学奖"时,回答得妙极了,他说,因为中国作家忙于争取茅盾奖。可惜茅盾奖只有人民币数万元,而诺奖是欧元百万。

至少,我建议,应该设立一种真正文学性艺术性权威性,且被世界公认的华语文学大奖。我们现在不是很喜欢谈软实力吗?这样的软实力我们应不应该尝试构建呢?

记者:您在自传里写道,没得到诺贝尔文学奖还只是中国作家的"第二宗原罪",第一宗原罪是当代作家中再没有出鲁迅,鲁迅式"国民医生"、精神导师式的写作消失了,作家的社会责任降低了,王朔、刘震云、余华等作家的作品,更多的是"侏儒"式的、"躲避崇高"式的写作。这种观点也曾引起四方哗然。

王蒙:我说的"躲避崇高"是一种文化姿态。就是说,王朔他们自己不愿意摆出一副精英的姿态,躲避伪崇高,而不是一切崇高,这个并不是对他们的作品的一个定性评价。更不是我提出的文学口号。这种文化姿态我觉得在每个人的作品当中是不一样的,有些人是先锋的姿态,启蒙的姿态,或者苦主的姿态。但是举个例子,王朔就跟他们不同,当大家都已经习惯了这种高屋建瓴式的写作态度,悲情写作、清高写作之后,他宁愿承认自己不是以巨人而是侏儒的姿态来调侃、自嘲,这里面也包含着一种很深的嘲讽意义,同时还有一种无奈。但他这种嘲讽,又和鲁迅式嘲讽是完全不一样的,因为鲁迅其实是一种俯视这个可悲的世界的悲情的嘲讽;但是王朔、刘震云不具有这种俯视性。我对王朔的评价是"微言小义、入木三厘",我肯定了他的作品的意味,同时指出那还不是"微言大义",不是"入木三分"。

记者：不过对于中国读者来说，似乎习惯了作家来担任精神导师，或者介入现实生活，揭露阴暗面什么的，觉得这样才是有责任心的作家，而不是关注小我？

王蒙：我觉得作家跟作家的情况有所不同，这里面有历史背景、时代使命、读者期待、阅读语境等等各个方面的巨大差异，现在人们常说一些"八〇后""九〇后"的作家，把写作变得个人化一点，我觉得这个是无可厚非的。作家对于公共事务、社会热点话题的介入也有三六九等之分，有的作家擅长揭露官场黑暗的，反腐倡廉，有的在作品里关心弱势群体，专门写农民工，这些努力都受到了相当的重视和好的评价。

我觉得要强迫所有的作家都具有相同的社会责任感是不现实的。问题是你想成为什么样的作家。有些朋友同行，把托尔斯泰式的道德责任感看得比一切都重，但不可能所有的作家都是托尔斯泰。也有朋友把鲁迅式的愤世嫉俗，以及冷峻的批评看成作家最好的品质，我也完全赞成这些朋友对鲁迅的崇拜、信赖和仰视，但所有的作家也不可能全部是鲁迅式的。反过来说，鲁迅有鲁迅的时代，如果你认为今天读者们还是像鲁迅时代的国人，民智未启，嗷嗷待哺，等待光明指引与拯救，是不是也太一厢情愿了呢？我还很不喜欢所谓"旗帜"啊、"导师"啊之类的提法，曹雪芹是清代文学的旗帜吗？李白是唐代文学的导师吗？如前所述，中国文学的姿态是千姿百态的，你可以是统帅，也可以是平民，可以站着，也可以蹲着。

记者：您觉得，现在"百家讲坛"那么火，很多人把于丹捧得那么高，是不是觉得改革开放那么多年，物质极大丰富的同时，精神上却存在"断根"要回头恶补，从传统文化和历史遗产当中找寻一种精神力量呢？

王蒙：是。但是这里面有一个问题，我觉得于丹的成功反映了我们这个社会，各个人群在寻找、在扩大自己的精神内容。我们希望在我们的历史传承当中能够寻找到能使我们精神上更加丰富的东西。

至于她本身讲话的得失,她讲课的长短,我不想发表任何的意见。但是我觉得大家的这种热情是可以理解的。随着社会的稳定,人们对精神资源的需要会越来越扩大,越来越深入。

我也注意到"历史热"带来的一些负面现象,比方说电视剧里面皇帝泛滥了,这些穿着古装的皇帝还老说现代语言。一个汉朝的、清朝的皇帝说什么"一定要争取群众的支持",这完全就是我党的语言风格嘛,我还以为是一乡下游击队呢!

记者:作为一名写过多部分析《红楼梦》著作的专家,您怎么看待《红楼梦》在当下引发的"翻拍""解读"热潮?您对刘心武等作家的红学研究有何评价?

王蒙:《红楼梦》是一部家喻户晓的畅销书、流行书、大众书,一部杰出的作品能够被那么多奇人、伟人、下里巴人所接受所喜爱,同时又能够被那么多专家学者往高深里研究考证,这种现象非常有趣。《红楼梦》本来就是一部青春小说、爱情小说,也是沧桑小说、政治小说、文化小说,对它进行学术考证、文学欣赏、趣味研究都可以。就我个人而言,我要做的不是考证《红楼梦》的学问,而是从生活中人生中,结合自己的人生体味,发现红楼气象、红楼悲剧、红楼悖论、红楼命运等等。我提过,《红楼梦》中有三重时间(女娲纪元、石头纪元与贾府纪元),这种多重时间处理远在《百年孤独》之前;我也说过《红楼梦》后四十回的失落具有必然性,虎头蛇尾是万事万物的共同规律。请看《圣经》,上帝创造世界的时候是何等有章法,造出世界之后就不好办了……如此这般,都是别人没有太讲过的。

我也上网看看年轻人的作品,比如有个女作家阎红,我觉得她的《误读红楼》从青春和时尚的角度去"戏说",很有创见。我曾写文章称赞:这种"误读"是一个美丽的契机,是一个智慧的操练,是一个梦境的预演,是在尝试开辟新的精神空间。对于新老索隐派,我也并不一笔抹杀,我认为符号的重组是一种很难抗拒的智力游戏,何况"红楼"本身提供了这种契机,有时候智力游戏也能达到歪打正着的效果。但是,这种"猜谜"也应该适可而止。现在的"红楼考证"是猜测多,证据少。就像我前一阵子举的一个类比:猜谜是有条件的,你不能在马路上逮着一个人就猜他是小偷。揭秘得越"着实"、越肯定,也就越容易被反驳。还是应该保留一种模糊性、机动性,为后来的阅读留下空白。我觉得对于一个读者来说,完全可以不管别人的"误读"或者"揭秘",自己读出自己的见解来就可以了。

记者:在中国提倡建设和谐社会的今天,您又提出一个很重要的观点,就是多次强调多种文化生态平衡,避免那种"轰来轰去,剩下一片焦土"的状况再度发生。

王蒙:我一直有一个关于文化整合的观念,我觉得近代以来,各种不同的文化形态与价值观念,会聚在多灾多难的中国,互相争斗得很厉害,直到今天,传统文化与现代文化、精英文化与通俗波普文化、市场化的次文化,新古典、新左派等等,这些文化形态与价值取向,互相斗了一个不亦乐乎,骂得狗血淋头。二〇〇七年我在全国政协常委会全体会议上就提出一个观点,要构建和谐文化,先要实现文化和谐。

我觉得现在中国面临的文化不可能是一种类型的。好比我们很称赞昆曲,我们认为白先勇搞的那个昆曲的青春版《牡丹亭》,很有意义。但我们没有理由,因为振兴昆曲去排斥意大利歌剧。从个人来说,你是爱听郭德纲的相声,还是爱听姜昆的相声,这是个人的事,但是郭德纲的相声,和姜昆的相声都有它存在的道理,没必要针锋相对。由于地域不同、民族不同,有的偏洋,有的偏土,有的偏精华,有的偏通俗。"百家讲坛"那种普及知识型的文化形式也是经常受到声讨的,因为它不是最学术化学院化的版本,它也受到学院派的抵制。我要说的是,在文化上最好不要搞有我无你,势不两立,而是博采众长,取长补短,多元互补,双赢共存,实现正确导向与多种文化的生态平衡的良好格局。

记者:北京奥运会的成功举办,您觉得能对推动中国走向世界起到怎样的作用?

王蒙:这次奥运会在北京胜利闭幕,证明中国再不是一个积贫积弱的国家了。我们的文化焦虑正为文化弘扬与文化和谐的信心所替代。我们对于世界各国来客的亲切友善、对于本国运动员遭遇挫折的平和和包容,已经日益显示出一个大国国民应有的心态,也是一个国家走向成熟强盛的标志。无疑,没有三十年的改革开放,就没有二〇〇八年的北京奥运会——不会有实力主办,也不会有这样一种尊重别人也尊重自己的精神状态,一种对于本国也对于世界的理解与信心。这种昂扬、开放的精神面貌,就是我们主办奥运会的一大精神成果。

改革开放这么多年,中国在走向现代的过程当中,一直面临的一个问题就是中国和世界的关系。中国就是世界的一部分,但世界并不了解中国,因为这个所谓的世界呢,从整体上来讲是西方文化、基督教文明占强势的地位。所以中国和世界既是互相沟通的,互相促进的,又是互为另类的。我希望中国能借此机会跟世界实现进一步相互理解,使得彼此之间的关系更为和谐。希望世界能以珍爱而又客观的态度来看待中国文化,而中国也能以自信而又谦逊的姿态,拥抱世界,走向未来。

2006 年

有同情心的"革命家"*

高利克： 在过去的两天里，你看了斯洛伐克乡下的一些地方，还有布拉迪斯拉发，你对我们的国家有什么感受？

王蒙： 我们在斯洛伐克短短的两天，感觉非常愉快。这是一个得天独厚的国家，它的自然条件非常好，气候、山、河。（高利克：没有中国那么漂亮。）还是很漂亮的。有些过往的建筑，让人看着很舒服，我们感觉这里的人民，这里的老百姓生活还是比较轻松的、很愉快，让人感到很高兴，感到能在这里逗留几天，也是我们的幸运。

高利克： 你在捷克、俄罗斯都是很知名的作家、文艺批评家，你的写作生涯长达五十多年，有着很复杂的生活过程。你能不能讲一讲你的生活里最重要的几件大事？

王蒙： 我经历过中国及世界的太多的变化，我的生活道路上经历的事情太多了，都是重要的，几乎没有不重要的，但我要简单地说，也许可以说几件事。第一件事就是在我的少年时代，我就变成了一个反对当时的国民党政府的这样的少年，甚至，至少我自己以为我自己是一个革命者，而且在我差五天不满十四周岁的时候，就参加了中国共产党，成为共产党地下组织的成员。我积极地参加了从旧中国到新中国这样一个翻天覆地的历程与革命。第二件事情是一九五三年我就决定将自己的一生献给文学，所以文学对我太重要了、太有吸引

---

* 本文是斯洛伐克汉学家高利克对作者的访谈。

力了,别的都可以做得差一点,但是一定要好好地做文学。然后一直到今天,无论在什么情况下,最好的情况和最差的情况下,我一直喜爱文学,愿意多读和多写文学作品。那么第三件事呢,一九五七年到一九五八年,在中国的"反右"的运动当中,我莫名其妙地成了右派分子,成了一名反对共产党的右派分子。现在看来有一点可笑,但是当时对我是一个很严重的打击,之后我有差不多二十年的时间,保持沉默。但是我个人在新疆,有好的与不好的经验,仍然有很多高兴的事情。第四件事情就是后来的改革开放。改革开放使中国的情况完全变化了,使我个人的命运完全变化了。我无论写作,还是社会生活上,都保持着一种积极的劲头。

高利克:我们的朋友顾彬教授在几天以前给我写了一封信,他告诉我,他认为你的最好的作品就是《组织部新来的青年人》,这篇小说我是在一九五八年读过的。我很想把你的这篇文章翻译成斯洛伐克文,但当时我们国家的人都认为自己国家特别的好,我没敢翻译出来。你对于顾彬教授的认定有什么意见呢?

王蒙:我写的作品比较多,风格、题材的变化也比较大,所以对于我的作品哪一本是最好的评价,至少我知道的就有五六种说法。一种认为是《组织部来了个年轻人》,与顾彬教授认为的一样,在香港出版的《亚洲周刊》,他们评中国二十世纪最好的一百部作品,也选的是顾彬教授所喜欢的这部作品。另一种说法呢,正如好多人都认为的,是我描写新疆的一些作品。除了谢教授之外,上海很著名的作家王安忆、山东很著名的作家张炜,他们都说我最好的作品是写新疆的。(高利克:我也喜欢。)谢谢!还有一种说法认为我最好的作品是我的长篇小说《活动变人形》。在中国的几个大的出版集团他们也评选了二十世纪中国最优秀的一百部作品,他们评选的就是《活动变人形》。《活动变人形》翻译出去的也比较多。英语、德语、日语、韩语、意大利语、俄语等,也还有相当的效果。这是一种说法。再一种说法认为我最好的作品是我最早的长篇小说《青春万岁》。这部小说是一九五三年我开始写作的,但是正式出版是在一九七九年,也就是过了二十六年才出版,现在每年或过一两年还在再版。我还要说,一九七九年我的小说《夜的眼》的发表是重要的,当时的苏联与美国,在中国"文革"后都是先介绍了此篇。还有一种说法是说我最好的作品是我的一批散文与评论,特别是在《读书》杂志上发表的那一批。我很高兴我的小说《十字架上》得到高利克先生的重视,当然,这也是我当年很重视的一部作品。我想,有那么多的学者、读者对我的作品从不同的角度提出了他喜欢哪个、不喜欢哪个,我觉得对我来说是个非常好的事情,所以我自己不应该站出来说我的哪部作品是最好的,这样就打击了一大批喜欢我自己其他作品的人。而且我还愿意看到别人说我的作品这部那部都是最好的。

高利克:你说你是个革命家,但我觉得你充满同情心。你写的《十字架上》,没有哪个中国作家写得那么好。茅盾先生也写过类似的小说。你写得非常好,你把自己放在十字架上,而你那时是文化部长,你认为在中国做文化部长是那么困难的事情吗?

王蒙:我认为是这样,《十字架上》这部作品里头,实际上我的核心,我最关切的是对于弥赛亚与弥赛亚情结这样的一种关注。相反,也有一种跨越,超过那种弥赛亚情结。在这一点上来说,我觉得一个革命者,同样也可能有一个弥赛亚情结。革命者以为我们进行着的革命,就是我们的弥赛亚,他要解救人民。认为中国以前全部都是黑暗的,然后从这个革命以后,你就有一种使命感,这种使命感从某种意义上和耶稣是一样的。耶稣有一种使命就是拯救人类的罪恶,那么革命也是要消除,当然是用强硬的手段,而不是用传教来消除黑暗。所以我能有这样一种心情,体会这个弥赛亚使命。这种使命,既是令人向往的,又是非常痛苦的,又是不被人们所理解的。(高利克:所以你在《十字架上》里面写到,中国人民也不理解你。)是的,也还要骂的,你看耶稣直到被处死,仍然有很多人在骂他。

高利克:如果在中国有更多的人能实现仁爱、宽恕,社会会好一些吗？

王蒙：当然！在革命当中强调斗争，强调硬的手段，强调不要向敌人屈服，这我完全是理解的。但是在革命取得胜利以后，不能老是斗争斗争，如果老是斗争，那么这个国家就没法发展了。

高利克：马克思认为斗争是最重要的，也就是毛主席说的以阶级斗争为纲。而耶稣认为最重要的是和谐。

王蒙：现在中国也讲和谐了啊！马克思所设想的社会主义和共产主义应该是没有阶级的，没有阶级，也就没有阶级斗争。你知道我也有一篇有争论的文章，我在《读书》杂志上很早就提出来了，鲁迅有一篇很著名的文章，叫《论费厄泼赖应该缓行》，中国实行不了 fair play，但是我说中国已经缓行了这么多年了，现在中国应该 fair play 了。现在马上要在中国举办奥运会，没有费厄泼赖怎么行？所以你说的宽恕、公平、慈爱、谦虚，谦虚这是中国最古老的品德了，和谐、和解，就是斗争的双方，也不一定到最后是我把你杀了，你把我杀了，也可以和解。我们昨天斗争，后来就不斗争了。中国与美国的关系也有很大改善，中国与俄罗斯的关系也越来越好，可以和谐相处。这些东西我觉得对于中国社会都是非常必要的。同样，基督教博爱的精神，我以为对于中国社会也是有好处的。佛教的普度众生、慈爱、慈悲，也是非常好的。很多佛教国家是很和平的，你看泰国。（高利克：佛教没有宽恕。）有超度。

高利克：八月二十八日，我们的朋友顾彬教授获得了中国国家的文学奖，他是一个很厉害的批评家，你如何看待这件事情？

王蒙：我觉得这是很应该的，你说的这个奖我不很清楚，应该是中国作家协会发的奖吧？你说的厉害是个观点问题，但这有个前提，就是他关注、介绍、翻译、研究中国的当代文学作品，做了大量的工作，很有贡献。比如说我有一篇德语的小说，叫《夜的眼》，刚才我忘记说了，也有人说这才是我最好的小说。他翻译了这篇小说，并与别的小说一起编成了一本书，是在瑞士的一家出版社出版的，而不是在联邦德国。他还翻译介绍过张抗抗的小说、孔捷生的小说,很多很多别的人的小说,所以,当然应该奖励他。至于他对于某些问题的看法,这是他个人的事情,个人他比较激进,比较激烈,但是他也与你一样,关注中国文学、翻译中国文学、介绍中国文学、研究中国文学,在这方面,我觉得顾彬教授是高于一些研究者的。最近中国作家协会还奖励过包括俄罗斯在内的一些国家的汉学研究专家,托洛普采夫也得过奖,还有李福清。刚才说到的这样的人还很多了,包括像您、黑山,都做了大量的事情。我有很多的汉学家朋友,像墨西哥的汉学家白佩兰,德国的就更多了,他们都很好。

2007 年 9 月 13 日

乐观是一种武器*

记者：王蒙先生，欢迎您来柏林。您从十九岁开始投身文学创作，二十一岁发表了处女作《小豆儿》，此后一直笔耕不辍。能谈谈您为什么要写作吗？

王蒙：因为我觉得生命太短促。当时我很年轻，正沉浸于新中国成立时的激情当中，而这种激情是转瞬即逝的，人很快会长大，也不可能永远处在一种激情当中过日子，所以我觉得有必要把这些情感记录下来。

记者：从二十九岁到四十五岁在人生最美好的阶段，您被下放到新疆劳动锻炼，能谈谈您在新疆的那段日子么？

王蒙：应该说，我赶上了中国社会特别动荡的时期。我从小就经历了抗日战争、逃难、国民政府统治、新中国成立这些急剧的社会变革，而且很小就投身革命。建国后，社会中革命的惯性，也就是"斗"的惯性，仍然延续。这些社会的变动可以说给人民精神上以很大的刺激，也有很大的伤害，但反过来说，也是一种锻炼，比如说去新疆，现在的人也许不太情愿，我当时觉得知识分子要经风雨、见世面，到边疆去，能得到锻炼，加上当时看了电影《冰山上的来客》，我是渴望去新疆的，我喜欢这样一个新的体验，喜欢维吾尔语、伊斯兰教，当时我很快就可以说流利的维吾尔语。但是由于各种政治运动，去了之

---

* 本文是"德国之声"记者对作者的访谈。

后不能写作,或者写作之后不能发表,这又是苦闷的、压抑的,甚至是恐惧的。

记者: 从您的作品中可以看出您非常乐观,对生活充满激情。

王蒙: 这和一个人年轻时候的底色很有关系。我十一岁就与中国共产党在北京的地下组织建立联系,十四岁加入中国共产党,然后庆祝革命的胜利,庆祝新中国的成立,这是一个底色。另外,我对自己还是很有信心,我觉得不管倒什么霉,都是暂时的。不管是写作上,还是在热情上,我并不对我自己失望,我认为一切的挫折都是暂时的。此外我想说,面对那些挫折我没有选择。如果我选择了悲观和绝望,就更什么都完了。要是说得惨痛一点,我的乐观也是逼出来的。越有人算计我,越有人给我不公正的待遇,我的乐观是一种回答,也是我战胜坏人的一种武器。

记者: 您一生值得自豪的成就有很多。您写了很多有影响力的作品,同时您也有自己一套为人处世的哲学。这两部分,您最得意的是哪个部分?

王蒙: 应该说得意和不完全满意始终是伴随着我的,我自己更重视的是我的写作。我获得过一些社会上和政治上的头衔,甚至还有某种级别的待遇,许多朋友,甚至许多国家政府的礼遇,但是这些东西都是转瞬即逝的。我重视的当然是我的写作,我相信我的作品不是一无是处的,还是有很多人会去看的,甚至为之而感动。

记者: 德国著名汉学家顾彬对您八十年代的作品很推崇,但觉得您进入九十年代后就缺乏新的东西了,他也说八十年代在中国的时候,很多文学青年愿意与他讨论文学的东西,文坛上也有各种各样的流派。但顾彬说九十年代之后到中国,就很少有人愿意与他谈论文学,您怎么看待这其中的差别?

王蒙: 这是个非常有趣的问题,各人可以有各人的看法。中国从五四运动开始,意识形态和文学就特别被社会所关注,它起了一种煽情、激发,并且唤起人们对社会的关心和参与的作用。但是进入九十年代后,中国走向一种以经济为中心的社会氛围,大家关心的都是过日子,挣钱买房买车,我觉得表面上看是庸俗一点,但是我觉得中华民族刚吃饱了没有几年,人们关心一种小康的生活,文学不再处于人们关注的焦点,这实际上是正常化了。相反,如果老维持一个大家都在谈论文学的状态,那实际上反映了一个民族某种不安的状态。在这一点上,我跟顾彬的看法不太一样。八十年代的文学很刺激,因为经过了"文化大革命",大家能够在文学作品里批判、痛骂"极左",还有文化专制,这当然是很刺激的。当然,现在好的作品仍然会出现,但是需要一个过程。

记者:中国文人的传统是讲究内心的平静,这样才能创作出好的作品,另外一方面,您又提到我们处在一个以经济为中心的时代,就是外部条件相对比较浮躁,您觉得在这样一个条件下,中国的文人表现出一种什么样的面貌?

王蒙:这种表现是各式各样的,很难概括。比如山东一个很优秀的作家张炜,在作品里就有对"经济动物化人格"进行痛击,上海也曾有过关于文化缺失的讨论,这是一种反映。也有些作家从中国古朴的民情、文化传统中来寻找一种乐趣,比如贾平凹。再比如说莫言,用一种很奇怪的方式来表现光怪陆离的历史和现实,让读者觉得非常奇异,把历史陌生化、荒诞化了。还有一些人愿意用一种冷嘲热讽的方式来表达,也有一批喜欢表现白领的优越性,在自己的作品中强调越来越时尚、越来越前卫的生活。更有义正词严地关注弱势群体,为民请命,痛斥贪官污吏、奸商,我觉得这些都是老百姓需要的。

记者:现在文学界发展多元化,"八〇后"、严肃文学等都有各自的市场。从您个人的角度而言,作家是否需要担当一种使命感,表现一定的理想?

王蒙:我觉得现在的中国作家存在很大的区别。比如有些作家,以畅销为自己追求的目标,而且确实有很大的收益。追求畅销的人中,不少也有很高的写作能力,而且我不认为追求畅销是不可饶恕的罪过，因为畅销才有影响力。当然他个人也得到好处，读者也得到快感，也有的人更具有那种批判现实的、悲天悯人的传统，他们的作品表达的主题比较沉重，对坏人鞭挞得也比较厉害，也表现出对弱势群体的同情，我想这些人的使命感就比较强，他们仍然是以社会的良心为主题。也有作品里面表现出什么都无畏的，甚至写到了吸毒之类的主题，那是另外一个角度，我觉得就不好用使命感来形容了，而且他们本身也很反感"使命感"这个词，他觉得我要张扬个性。当然，搞文学的朋友也可以对这一类加以批评，但是他也存在着，他也不违反宪法，从另一个角度来说，有这些使命感差的作品出现，也是中国人精神空间扩大的表现。要是所有的作品都悲天悯人，是不是有时候也有点太沉重了。

记者：文学作品多元化是中国人精神空间扩大的表现，但是有一些反映社会问题的作品却由于种种原因受到阻挠，不能面世，您怎么看待这个问题？

王蒙：我希望这个问题以后能有更妥善的解决方法。据我所知，有些作品面世后没有再重版，我个人觉得，这并不是个好的办法，因为实际效果就是便宜了盗版。凡是有过一些挫折的书，都能在盗版书摊上找到，所以我个人希望这种事情是出得越少越好。还有一些情况，我认为是可以理解的，比如一些牵扯到宗教、民族、党的历史、党的内部矛盾纠纷的，这要求有关方面做一些审读，这种状况我反而是理解的，因为上海出过一个涉嫌侮辱宗教的作品，引起很大的风波。至于党史上的事儿，比如我的回忆录，也涉及几个党的重要领导人，暗含着骂人家，可人家也有家人、下属，会牵扯到名誉权等一大堆问题，这也是麻烦的事。

记者：顾彬先生曾经说过，中国作家不懂外语，所以无法从外国文学中吸取养分，也无法回过头来看着自己作品被译成外文后，是一个什么样的情况。您懂外语，您觉得外语对作家来说有多重要？

王蒙：这些不是最主要的。其实现在的作家懂外语的也越来越多了,比如像韩少功,还是下了很大力量来掌握外语,王安忆也翻译过作品,多懂外语当然很重要,但并不是关键。

2008 年 9 月 22 日

"无可救药"的乐观主义者[*]

记者：现在生活压力特别大，节奏也很快，作为"无可救药"的乐观主义者，您是如何做到的？

王蒙：我的经验，可能没有代表性，为什么呢？我已经是这个年龄了，没有特别的，我既感觉不到压力，也不需要和别人竞争了，我已经过了竞争的年龄段了。

记者：咱们现在社会上的年轻人，如果遇到一些挫折和困难的时候，我们应该怎样调整心态？

王蒙：我觉得关键就是自己对自己要有一个认识，不给自己提出过分的、不能实现的目标，再一个，就是我说一个人多有几个世界，除了你的工作，你必须要完成的以外，你还可以有个人的爱好，还可以在家庭里头有很好的亲情，你还可以有些喜欢钻研的一些东西等等，这样你某一面压力很大，你再到你自个儿爱好的世界里头，你可能没有什么压力，你在这边对外的公共关系上可能碰到困难，但是你在家庭里不应该让它也碰到困难。如果能做到这一步呢，也许会好一些。

记者：王老师，您最大的爱好就是文学，文学在我们的生活当中，应该扮演一个什么角色呢？

王蒙：我觉得，文学对一个人的精神生活还是有一些帮助的，正像我昨天做的那个讲座的题目一样，就是说你可以用一种文学的方

---

[*] 本文是安徽电视台记者对作者的访谈。

式来对待生活中的各种问题,把它当做一个审美的对象,把它当做一个咀嚼和记忆的对象,而不仅仅从功利的角度去看它,也许这样做,对自己的精神生活的健康和丰富,有一定的好处。

记者:那您,是在十九岁的时候就写了《青春万岁》的长篇小说,后面就是《组织部来了个年轻人》,然后八十年代您向文坛投出了中篇小说集束手榴弹,包括后来一直到现在您又写了一些学术的这种文章,《老子的帮助》《红楼启示录》这些,那么我们大家都非常关注,您下一部长篇小说或者说您下一作品应该是什么样的?

王蒙:我目前没有写长篇小说的计划,但是我可以在这儿透露一下,就是我写完关于老子的书以后,我希望明年能出一部关于庄子的书,另外就是还有一些中短篇是我想写的,其中包括农村题材的这种新的小说作品,其他我也走着看,我也不敢计划得太多。

记者:那么我看过您一篇中篇小说《蝴蝶》,印象非常深,就是说蝴蝶是一个在怎样的时代背景下写出来的,写的是怎样的这种时代的缩影?而且在这个(张思远)的身上有您自己的影子吗?

王蒙:是,我想在一九七九年底,一九八〇年,当时的特点就是"文化大革命"已经结束了,我们所说的"四人帮"已经被扣起来了,中国十一届三中全会已经开了,我们的社会生活,我们的文化生活,都走上了复苏,在这个时候,有一种痛定思痛的感觉。(张思远)具体的身份跟我相差甚远,但是(张思远)的这些忽然弄成这样,忽然弄成那样,以至于在这样一种历史的风暴中,自己产生了对自己的,用现在西方的话来说,它叫做认同危机,就是不知道自个儿到底是谁了,我就把这个故事,就是这个人在历史的风暴当中,找不着自己的,失去了自我的这样一个故事和古代的中国哲人庄子所说的(庄生化蝶)联系起来,一块儿来表达这样一种沧桑感,也表达在历史的风暴中的这种困惑,这种困扰,但是也包含了希望这种大的风暴,能够告一段落,希望咱们的老百姓,咱们的国家,能够走上一个更建设性的、更正常的生活这样一种愿望。

记者：在您的篇目当中，用（庄生化蝶）这样的（结尾），实际上您特别喜欢庄子、老子他们这些思想和他们的一些故事，您说的，马上要写"庄子的帮助"，现在又写了《老子的帮助》。《老子的帮助》究竟要帮助谁？帮助人做什么？去做什么样的事情呢？

王蒙：我写的《老子的帮助》的意思，就是老子有可能给我们提供一些补充性的精神资源，我觉得他的帮助至少有两面：一面就是正面的，就是老子的主张。你即使不用完全做到，你知道有这么一种主张，对你来说是很有帮助的。比如说老子提宠辱不惊，一个人别太在乎自己的顺利还是不顺利，这对任何人都有好处，你完全做不到，你不可能完全做到，也没关系，你总是不那么过分地计较；再比如老子他提出一种不争的主张，什么事不要去争，这个也有很大的参考价值，虽然你不可能完全什么事都不争，开个玩笑，你上超市买东西，人家少你二十块钱，你肯定要争的，跟人家说明还得给我那二十块。

记者：您讲的那句话就是说"夫唯不争故天下莫能与之争"，其实它本质目的还是要争。

王蒙：它的本质也不能说就是争，它的本质是对一些日常的一种争的蔑视，日常的那种所谓斤斤计较的争，太不值得人们重视了。

记者：就是要去追求一个更高的境界？

王蒙：一个更高的精神境界，使自己的精神上更加立于不败之地。我说还有老子，还有另一类。另一类就是说你显然无法做到，比如说小国寡民，比如说鸡犬相闻、老死不相往来，像这些东西都是不可能做到的。

记者：是不是他要求的是一种返璞归真？

王蒙：对了，但他是一个补充，就是在这种极具现代化的一个潮流当中，让我们想一想，是不是什么东西都是现代化，是不是我们身上还有一些，就是最原始的、最可爱的东西，老子希望人（复归于婴孩）这个也做不到。咱们这儿，咱们一下子都变成婴儿了，这不可能。但是他的意思，你看看人家婴儿生活得不是很快乐嘛，你何必把自己的生活、人生搞得那么复杂,把人际关系搞得那么复杂,把每一天都搞得这么复杂,你比较单纯地来考虑考虑什么样是好的,什么样是不好的,其实很清楚嘛,所以它有一些是属于这种矫正性的;现代化是好的,我们中国你想不现代化是办不到的,富国强兵,发展生产,提高生活,这个谁也阻止不住。但是现代化也让我们付出许多代价。比如说使我们失去灵魂的这种平安和生活的这种纯净感,那么你看老子的东西呢,在这方面有一些矫正的作用,所以我说的帮助就是这个意思,并不是说让你,就是按老子的每一条,你都去操作,那不行,那也做不到。

记者:作为一个社会的长者,这本书肯定是有很多帮助,而我遇到智慧的长者,都喜欢问他一个终极的问题,就是人生的问题。人生自古以来有很多种比喻,有的说人生是一棵树,不断地从小长大,有的说比如一片沙漠,悲观主义者可能就说到他艰辛的跋涉,有的又说人生是一条河,这可能是哲学家讲得最多的一个问题。那您认为,我们的人生,给它一个恰当的比喻,它应该像什么?

王蒙:对我来说不只是一个比喻,我常常很欣赏一个说法,就是说整个的宇宙,整个的世界,如果用老子的语言说就是"道",这整个道就像一棵大树,然后每一个局部,每一个星球,更不要说每一个个人,我们就是这棵树上的一片树叶,或者一颗芽,或者一朵小花,这都可以,你这个树叶是有限的。你从长出这个树叶来,到落下来,也可能是经过了三个月,也可能经过了三年,它如果是常绿树的话,你会落下来。但是这棵树仍然欣欣然地在那儿生长,所以在这个意义上来说,我们每个人的生命都是大道的下载,都是大道它的规律,它无所不在的这么一种表现。具体到我们自己,我常常又说,我说人生好像一次燃烧,你把你的火点亮、烧热,然后你该结束的时候,它也就凉下来了,就变成灰烬了。但是你这个火确实存在过,这一点,任何东西都不能否定它,这个灰烬永远地留在人间了,不管你做的事是大也好、小也好,你该烧的都烧了,该热的都热了,该亮的都亮了,这也是可以令人感到安慰和满意的。所以我并不赞成用那种特别悲观的说法，起码我有一个很实际的原因，就是你悲观地问人家，你怎么办呀？你不想活着了！这是一个无条件的问题，凡是一个能悲观的人是已经活在世界上的人，你无法说一个还从来没来过这个世界的人，他悲观，他根本不存在，也不存在悲观。因此你既然来到这个世界上了，应该让自己生活得好，应该让自己这把火能够亮它一把，热它一把。

记者：下面我问一些文学创作方面的问题：您认为写小说最重要的是想象、是虚构，那么这种想象是怎样完成的，有没有一些技巧？

王蒙：这个想象和虚构，我是说它在创作中是一个非常重要的阶段，但是你如果说想象和虚构，不可能脱离开你的经验，也是我们中国人，中国的文学常常说的不可能脱离开生活，你是想象也好，纪实也好，你是变形也好，你是把它幽默化也好，你是把它悲情化也好，它实际上还都是来自人们的生活经验、生活上的感受，这一点来说并没有疑问。但是想象有各式各样的，有一种想象，实际上是对现实的一种夸张，有一种想象是对现实的一种升华，有的想象是对现实的一种变形，有的想象就是说，比如说现实生活中，有一百个因子都是真实的，但是我们试着去改变其中的一两个因子。比如大连的（邓刚）先生，他写过一篇小说叫《出差》，他里面写的那个出差的所有那些遭遇，都是非常真实的，他只有一条是不真实的，就是写某个人，领导说你出差吧！说我出差上哪去？那我不知道，说我干什么去？这我不知道。然后他就糊里糊涂地出差，然后他就糊里糊涂地就又回来了。这个我相信任何领导，不会说分配一个人出差，一个老板说你出差吧，爱怎么出差你怎么出差吧，没有这么说话的。但是一些出差的那种对资源的浪费，对自己使命的一无所知，几乎都陪着这样出差，然后出去一个多月很辛苦，然后什么事都没干成，我相信凡是有过出差经验的人，都知道这是可能的，所以有时候它改变一两个因素。也有就完全凭空的，带有寓意性、寓言性的。你比如说有很多关于动物、植物，什么桌子会说话，椅子会打架，或者是两个钱币自个儿蹦起来了,这些东西你表面上看,纯然的想象,它实际上是寓言性的,它要说的仍然是现实中的事情。

记者: 欧美的一些小说家当中,有很多这种富有想象力的小说家,您刚刚讲的(邓刚)就让我想起卡夫卡,他的那个《城堡》讲的是土地测量员的故事,他要凭着一个未来给他开的证件,才能够进入那个城堡,但他永远进不去。在欧美的小说家当中,您认为最有想象力的作家,如果让您举三位,您可能列哪三位?

王蒙: 那是非常多的了,有些是表面的想象力,就是说它用一个很荒诞的结构,一个不可能发生的事情,他把它写出来,我想这样的作家也很多。比如说写探险,写幻梦,比如说像老一点的史威夫特,他写的《格列佛游记》,那几乎都是不可能的,大人国、小人国、马国,这都是不可能的。也有一些这个想象,并不表现在它情节的奇怪上,情节很普通,但是它的这个具体的描写非常富有想象力,比如说美国的当代作家,是不是还活着?就是那个杜鲁门·卡伯特,他写的有一个作品叫《灾星》,他写一个女孩儿,这女孩儿出卖她自己的梦,这已经是一种想象了。我特别感动的是,他说这个女孩儿穿着高跟鞋,走路的声音就像吃冰激凌吃完了以后,用那个小的茶匙敲玻璃杯一样,冰激凌的玻璃杯,这个给人印象非常深,但这是不可能的。我比较死心眼儿,我看完那小说以后,我实验了不知多少次,用不同型号的玻璃杯、玻璃盏、玻璃碗,然后用各种不同的钢勺、铜勺,还有这个铝勺,我怎么敲它,它绝对不是一个高跟鞋走在路上的声音,但是没关系,它这个描写给你的印象太深了。

记者: 所以您要去试一试。

王蒙: 对,你实验失败了,并不等于他文学描写的失败,你想象一下,他用这个来形容一个神经质的美丽的生活梦境中的女孩儿,我觉得挺合适的。所以说想象这种东西呢,它是表现在各个方面的,它离不开经验,但是它更离不开人的那种主观的能动,那种感觉的精微,就是说,我认为它是什么,它就是什么。这个用不着来论证,也用不着做实验,这就是文学,所以它和科学的方式并不一样,科学的方式,如果你要说一个人走路的声音是那个敲冰激凌杯的声音,那你得画出图来,是不是?它什么样的频率,它有多少杂波,它的振幅多大,你应该能画出图来,然后两图一比较,果然跟那个一样。

记者: (申博)的那个图?

王蒙: 但这个就让你感觉一下,还挺可爱的。

记者: 其实刚刚这个想象,可能它的这种描写的话,就是小说当中写实或写虚的这种关系,它们之间还有一种比例,那您能不能以这个,刚才我们讲的是欧美的,那您能不能以您研究颇深的《红楼梦》为例子,给我们来讲一讲写实和写虚的关系,我们怎么处理?

王蒙: 其实《红楼梦》在写实上,只是努力地往实了写,以至于胡适批评它,说它写得琐琐碎碎,没有什么意思,整天不是吃饭就是喝酒,不是喝酒就是过生日,这也是真的。这一定都特别实,但你说这里头它有没有想象的?想象太多了,就不要说那些,贾宝玉衔玉而生,这当然是想象的,我找过多少妇产科的医生讨论,他们都说不可能。有一次我和金庸对谈,我还说这个事,金庸说得更可笑,他说这个有胆结石是可能的,有肾结石也是可能的,但是一个婴儿出来的时候,嘴里头,嘴结石、口结石,这是不可能的。我说这个,以至于胡适他还批评,就是说怎么能够写衔玉而生呢,衔玉而生证明曹雪芹这个写作,太不注意写实了,这个就挺可笑。胡适他有他的很多成绩,很多他的特色,也引起很多人的佩服,但是他对《红楼梦》的这种评论,让我太难过了。

记者: 他是一种责难这种感觉。

王蒙: 对,而且他说,曹雪芹没有受过太好的教育,如果曹雪芹也上康奈尔大学,获得一个博士学位的话,他写出来的肯定没有《红楼梦》了。

记者: 他写不出来《红楼梦》,他写出了《喧哗与骚动》。

王蒙: 也写不出来,那是另外一回事。我在举,它里面写幻梦,尤其我觉得,它想象的最好的故事,这个故事太美了,就是绛珠仙子和神瑛侍者,在天宫里的那一段情。这个神瑛侍者给"她"浇水,所以"她"就要变成一个女孩儿,用她(黛玉)一生的泪水还给神瑛侍者,我没有见过把这个爱情写得这么美,台湾人爱用一个词儿——这么凄美。你说她,她把一生的泪还给他(宝玉)了,我现在说起来都非常的感动。

记者:怎么还?

王蒙:是啊,你怎么还,那就像林黛玉那么还嘛!所以这些东西,他都非常有想象性,就是那小的想象也多得不得了。我举一个例子,那个刘姥姥逛大观园,吃一样东西,说这怎么那么好吃,王熙凤告诉她说,这是"茄子"。刘姥姥说,你别骗我们了,说我们乡下人没见过世面,茄子我们自个儿种,我们可知道什么叫茄子,这哪有茄子,哪有这味的。然后王熙凤给她讲,说这"茄子"第一道工序怎么样,第二道工序怎么样,用多少只老母鸡的鸡汤煨着它,还放在瓦罐里头,还腌着,还怎么样,反正说了一大堆,后来,刘姥姥一边吃一边说,阿弥陀佛,阿弥陀佛,阿弥陀佛,哎哟,说这一个茄子得用一百只鸡,才能够把它做好,这叫茄鲞,这个福建到现在有这所谓鲞,把这鱼怎么连煮带腌制再储藏起来,叫茄鲞,后来北京有好几个地方搞红楼宴的人,也都有这个茄鲞,但是他们说,要完全按照王熙凤说的那个话,那个做出来根本不能吃的,他们只能自己去摸索,所以说这个你要把小说都当成纪实的,那也是,就是一个误会。以为从这里头,《红楼梦》里头也有很多中药的药方,没有几个人自个儿病了,敢用那个药方,是不是?

记者:都是胡庸医写的。

王蒙:那个《三国演义》里头,诸葛亮的木牛流马还有尺寸,哪个是几寸,你按那个做,做出来以后,别说木牛流马,我倒是同意那个看法,有人分析说,木牛流马实际上就是指当时用的一种,在山区的小推车,有一大堆小推车,山区能够使用的。

记者：要不然就成永动机了。

王蒙：是啊，要不然真成永动机了。

记者：在国外的文学史上，有不少作家都是为了还债而写作，比如说巴尔扎克、陀思妥耶夫斯基。

王蒙：是。

记者：如果我们现在问题这样问，如果他不是为生活所迫，为还债所困窘的话，他们也能创作出很多这样的作品。

王蒙：对，我觉得是这样，就是生活的驱动，包括经济上的驱动，简单地说，你为了糊口也好，为了多赚钱也好，这个驱动对人的个性活动，都有一定的意义。我们无须回避这个，不但是写作的人会有经济上的需要，经商的人会有经济上的需要，你就是一个伟大的大学教授，专门教最高级的学问的，你也有经济上的需要，甚至我要说公务员，他除了要为国家效劳，为社会效劳，为人民效劳以外，他难道没有经济上的需要吗？有哪个公务员说是在报考的时候，说我当公务员以后，我放弃一切工资的。没有的！所以有经济的需要，这个丝毫不足为奇，问题是，你除了经济上的需要，你有没有更高的要求，你有没有更高的向往、更高的追求，你有没有更好的才华？我相信，这就不一样了，有的人就是经济上的需要，我为了经济上的需要，此外别的我不管，我除了赚钱以外，再无其他目的。但是对有的人来说，你就不能这么说，对于巴尔扎克来说，还债的需要，陀思妥耶夫斯基更厉害，还债的需要催动他拿起笔来，因为人都是有惰性的，但是那种他所要写的东西，他要刻画的人生，或者陀思妥耶夫斯基他要倾吐的那个块垒，那个十倍于、百倍于、千倍于、万倍于他的经济上的需要，他真正写起来的时候，他不可能在那一边写、一边计算，说我这两行，估计又能进五块钱，写完这一页，这三百块钱有底了，他不可能这样计算的。我还举一个好笑的例子，陀思妥耶夫斯基他还有一个特点，他不分段，因为他的写作，他都是口述，由那速记员记，他疯了一样地在那儿口述，所以有时候能一连十五页不分段，这个很影响稿费的收入。你看那台湾和香港作家的作品,他恨不得三句话就一段,两句话就一段,二十个字就一段。

记者:您说的是古龙?

王蒙:不,都这样。所以我说陀思妥耶夫斯基,他是为还债而写作的,但是他进入了状态以后,他把还债不还债的事,早就丢一边了。

记者:陀思妥耶夫斯基,他写出了很多激动人心的作品。

王蒙:令人发狂的作品。

记者:您在您经历的这些不同的年代,也写出过许多部这种长篇、中短篇记述,这样的激动人心的作品,那么我想问一下,我们最后一个问题,就是说一个作家要做哪些积累,或者是准备,才能写出现时代激动人心的作品来?

王蒙:我觉得个人的情况都是不一样的,激动人心的作品既是一个作家的贡献,也是时代本身所孕育的问题。有时候在一个社会的巨大的动荡不安和解体的过程中,人们的痛苦也特别明显,作家起的作用也特别明显,他等于替全体人民倒出了自己的苦水、发出了自己的这种嚎叫。挪威不是有一张很有名的画,就叫《嚎叫》嘛,鲁迅那本《呐喊》,它也是从这个画上取的题目,呐喊就是嚎叫,它叫什么呢?有这么一个画家,他发出了嚎叫,但是你在另外一种情况之下,不是说你想激动人心就激动人心的。也有另一种,你比如说泰戈尔这一生,他并没有写特别让人激动的作品,而相反是让人平和、是让人同情、让人去爱,尤其是他歌颂儿童、母亲和少男少女的爱情。我觉得那也是一种令人激动的,但是并非采取一个极端的和煽情的形式。而是采取一种亲和的形式。我觉得这个和作家所处的时代、环境和文化传统都有关系。

答《新周刊》记者问

记者：说到一九四九年到一九五九年这十年，您觉得可以用什么形容词来形容这个国家的那十年，又能用什么形容词形容您自己的那十年呢？

王蒙：一九四九年是凯歌行进的一年，欢呼跳跃的一年。到了一九五〇年底又加上了同仇敌忾的抗美援朝。一九五四年的统购统销，开始令人困惑，至少是农产品的不无麻烦。一九五五年反胡风与肃反，一九五七年的反右派，一九五八年的"大跃进"与公社化，然后是三年自然灾害，看，我无法用一个词概括十年。而我个人，一九五六年以前是革命先锋，一九五七年是困惑，一九五八年是落马获罪。也不是一个词说得明白的。一定要用一个简单的说法，那就是胜利与迷惑。

记者：铁凝在看您的自传后，曾经调侃过您是永远的"阳光男生"，您觉得这种少年人的明朗气质，这种青春的气质是一九五〇年代的中国的主基调么？一九五〇年代，您在学校、团市委和工厂都待过，在您的头脑中，有关于这几个地方的印象深刻的画面记忆么？

王蒙：我不记得铁凝这样说过我的自传。他是说过我的《尴尬风流》像一个高龄少年写的。"阳光男生"云云是二〇〇八年我在CCTV9接受田薇采访时用英语讲的："bright boy"。一九五〇年代的前几年的底色确实是一片光明。后几年却是向肃杀与严峻上走。我在河北高中迎接了解放，我的印象集中于欢笑与秧歌。在中央团校我学习了八个月,集中搞思想改造。团市委与区委,是一片拼命之风,恨不得两三年将中国建成天堂。工厂是苏联援建的一五六项重点之一,青年工人的生活与工厂管理,远远比我想象的要务实得多。

记者: 您能向我们描摹下当年解放时期,那些学校里的学生党员都什么样子?后来您上班的地方——酒仙桥的工厂里,那些青年工人都什么样子?您参加青年作家班,看到那些青年的文学爱好者又都是什么样子?我们想了解不同群体的青年人分别给您留下什么深刻的印象。如果让您勾勒当时年轻人的面貌,您能向我们描绘一些特别的生活场景和工作场景么?

王蒙: 学生党员以地下党公开的方式向全校教职员工亮相,不免有些得意洋洋,对革命的看法浪漫多于实际。这些人此后的道路也颇多坎坷,历次政治运动中都有挫折。当然也有些人成为国家的栋梁。去酒仙桥,那时是何等困难,上下班时间上公共汽车太难了,也许要等五六辆车,近一个小时。道路经常翻浆。青年工人不习惯用宿舍里的卫生设备,确实是毁坏了抽水马桶的坐便设施以便蹲着使用排便。广东青工无法接受食堂的饭菜,自己买了石油炉电炉做菜。从厂领导到车间到班组,都有相应的苏联专家担任副职。一九五六年我参加第一次全国青年作者会议,青年作家们也都自我感觉良好,个个认为自己不是肖洛霍夫就是马雅可夫斯基。那时的稿酬,一个短篇小说,可能是月工资的五倍。我在同年龄人中,算是工资高的,每月八十七元多,小说《小豆儿》的稿酬是二百元,《组织部来了个年轻人》是四百七十六元。可以想象青年作家的牛气,然而第二年,与会的青年作者,尤其是比较活跃的作者,全在反右斗争中落马了。

记者: 您说在工厂的那段日子也有些迷人回忆,比如说青年工人用电炉做饭、与苏联专家打交道,还有青年突击队的故事……能具体描述那些记忆么?

王蒙: 不会比我的自传《半生多事》与小说《歌声好像明媚的春光》写得更多更好了。

记者：一九五〇年代后，您经历过很多风浪，您觉得，一九五〇年代对经历过苦难后的新中国来说，意味着什么？

王蒙：胜利，摸索，失误与经验。但毕竟树立了光明与积极的底色。

记者：也许与一九五〇年代的明朗气质相比，一九八〇年代是新中国历程中另一个特别有理想主义气质的十年，您觉得这两个十年的差别或者相同分别在哪里？

王蒙：那些年时兴说粉碎"四人帮"是第二次解放。当然两次不一样，尤其是我个人，我慎重多了。我并没有以为从此一帆风顺。

记者：我们知道苏联的一切对你们那代青年人都有深刻影响，能具体说说"苏联"对你们的有些具体影响已经到了我们不能想象的地步？

王蒙：我不知道您的想象能够走到哪一步。我反正喜欢唱苏联歌，看苏联文学作品，把去一趟苏联当做美梦。甚至当时苏联驻联合国代表维辛斯基的长篇讲话全文，有时刊登在《人民日报》上两三个版，我也蛮有兴趣去阅读。

记者：当时您在团市委工作，能告诉我们，你们有下班上班之说么？才解放那几年，下班时间大家都在干什么呢？大家在一起交流什么，讨论什么？能有什么革命之外的娱乐活动？

王蒙：理论上有，实际上没有，除了睡觉吃饭以及稀少的娱乐如打乒乓球，都在工作。团市委特别喜欢在大年初一或三十晚上开长会。

记者：批评与自我批评是当年青年交往的很重要的一部分生活，能给我们举个例子讲个故事么？类似《青春万岁》里杨蔷芸对苏宁和呼玛丽的帮助和批评在您的现实生活中有同样活生生的例子么？

王蒙：几乎每周都有批评与自我批评的活动，大家喜欢在这样的"生活会"上阅读刘少奇的《修养》，感动得痛哭。

记者：我记得您在您自传里提到您和您太太去香山旅游，您说那是北京唯一一年有自费周末旅行,能说说关于当年北京如何开展自费周末旅行的项目?

王蒙:是一九五七年夏天,"右派"已经批斗上了,我们从北京饭店门口搭车,四十分钟后到达香山饭店,吃有西式半面煎鸡蛋与红茶、牛奶的早餐,四菜一汤的午餐,次日下午回到北京饭店门口。约交费三十到五十元。再往后当然就没有了。

记者:在您的传记中,您觉得十九岁是您最好的年华。理由是什么呢?很多人都说男人的中年才是最黄金的岁月,而您为什么觉得自己的最美好年龄是在青涩的十九岁呢?

王蒙:十八岁的时候我开始尝了恋爱与文学的滋味,十九岁我开始写诗,然后开始写小说。在二十余岁的时候我怀念十九岁。我现在七十五了,我并不那么怀旧,我认为七十五岁就挺好。

记者:一九五〇年代的一般年轻人的工资标准是多少?一般当时类似您这样的干部每月具体的个人消费有哪些?哪些消费会属于那个年代的奢侈消费?您记得那个年代给您留下深刻印象的"豪华盛宴"么?那时整天要开会,您记得开会的主题通常有哪些?

王蒙:那时的大学生,一毕业是五十多元,"反右"后减为四十多元。转正后才五十多元。我们的月消费,住宿,基本上不要钱,吃饭十五元至三十元。我曾经到新开张的苏联展览馆莫斯科餐厅用套餐,分一元五、两元五、五元三种,已属豪华,我极少敢吃五元标准的。我给自己订了牛奶,不算豪华,但算娇气。我在一九五六年在西单商场定做了一套西装,价值百元,很有些超常乃至变修的意味。我这里要特别提到的消费是看电影,那时到影院看电影是非常快乐与享受的事。在全市最好的大华影院看完电影,到旁边的一个奶制品店喝一瓶酸奶或杏仁豆腐,也算不一的享受了。开会的主题都是重大而且正当的。例如军事干部学校在中学里招生;例如如何在学生中落实毛泽东关于身体好、学习好、工作好的指示;例如工厂里的青年突击队与青年监督岗工作;例如如何发动青年参与扫贪污盗窃的斗争,尤其是资本家的子女,要向自己的父母施压,让他们交代自己的不法行为。

记者: 一九四九年到一九五九那十年,您对自己当时的工作能力有什么评价?您觉得自己在哪些方面表现很突出,而在哪些方面表现很稚嫩?那十年,您对自己哪些方面的能力特别有自信?

王蒙: 没有特别认真想过。我觉得我一个是充满革命真情,一个是关于分析问题,也会写种种汇报总结材料。表现稚嫩的就太多了,搞起批评与自我批评来既不饶人也不恕己,简直是活活要人命。

记者:《组织部来了个年轻人》主人公小林的着装风格是那时青年的流行着装风格么?一九四九年到一九五九年这十年,对女青年们来说,最时髦的装束是什么?您记得您给当时新婚太太买过最贵的一套衣服是什么样的?多少钱?

王蒙: 小说人物的着装我已无印象,当时女生有一种着装,称之为列宁服,上衣挽起来,而且系一条带子,翻领,后来很少有人穿了。我给太太买过丝绵绸袄与象牙项链,没有太多的钱,但仍然高于一般水平。

记者: 当时您写日记么?当时的日记主要记录什么呢,是自己的思想认识的变化还是生活琐事的记录?通常您写的主题是什么?

王蒙: 记不经常,多半是对于自己思想修养的反省与阅读文学书籍的感想。

记者: 担当文化部部长时,曾经主动提出开办舞厅。做这个决策,您经历过思想斗争么?我们会以为早在一九五〇年代革命的年代,您一定是极力反对开办舞厅这样的事情。

王蒙: 一九五〇年代,中国到处跳舞,都是工会妇联团委等组织的,非商业性的。反右后基本取消,无疾而终,并没有哪个部门或更高领导要求取缔跳舞,这也有趣。八十年代我提出开放歌舞厅,顺理成章,并无风险。但有一个省,人大常委做了决定,说是该省不执行文化部等部门的开放舞厅文件,至今并未取消。实际上他们的决定才是从未执行过。

记者:被打成右派最初的几年,您一直急切地想发表一些小说,您羡慕当年的茹志鹃、李准、浩然。什么时候,您才意识到一九五〇年代那十年的创作风气是有问题的？您怎么评价当年的那些小说？您怎么评价自己当年的那些应和时代而创作的小说《眼睛》和《夜雨》?

王蒙:那时的小说勉为其难,结构是下了力气的,对农村生活也开始有点真情实感,当然,举步维艰,不可能有什么真正的思想与创作。

"狂欢"也被泪催成[*]

记者：请您说说"季节"系列的创作情况，您是不是写完《活动变人形》就开始写这个了？

王蒙：对了。从某种意义上说，《活动变人形》也属于这个系列。从时间上来说，《活动变人形》主要写的是四十年代初，《恋爱的季节》是五十年代初期，《失态的季节》是五十年代后期，《踌躇的季节》是六十年代初期，《狂欢的季节》是六十年代中后期到七十年代中后期，是编年编下来的。中国的近现代史整个说起来变动得非常剧烈，有时剧烈得如果离开了历史，就没有了个人，或者就剩下很少的个人了。这也是小说最难写的地方。我一直想等到五六十岁的时候，回想回想，把自己的经验写下来。这经验是个人的，但也是民族的，甚至也是人类的。中国要搞社会主义，要革命，一会儿又要多快好省建设社会主义，一会儿又一大二公，一会儿又"文化大革命"，一会儿又改革开放，反映的无非就是我们这个民族拼命求生存，求进步，还想折腾出点新花样来。这里面的酸甜苦辣，个人的命运会有很多很多故事。

记者：前一段出的《十作家批判书》您看到了吗？吴炫的文章您觉得怎么样？

---

[*] 本文是《北京晚报》记者解玺璋对作者的访谈。原题为《王蒙坦白说"四季""狂欢"也被泪催成》。

王蒙: 他的文章谈"季节"恐怕只是谈到了《恋爱的季节》,这几年我最新的作品他没谈到。总体来说,有一种批评意见,像吴炫也好,或者还有一些人,说王蒙不敢否定,存在着软弱性等等。这些批评我觉得实际上根本就没有读懂王蒙,这是其一。第二,我从来不赞成简单的肯定,或简单的否定,简单得非此即彼,非白即黑。这种批评太廉价了。还有一种批评说,他受了主流意识形态的影响。这是废话,我当然受影响了,不仅受影响,而且,我一生的追求就是从这里开始的。我接受共产主义的时候,我接受社会主义的时候,我接受唯物辩证法的时候,那时候,共产党还没有得到政权呢。什么叫主流意识形态?那时的主流意识形态恰恰不是这些,那是叛逆的意识形态,所以才要搞暴力革命、阶级斗争。当然那时有许多幼稚的东西,但它恰恰是植根在中国社会中国历史中国人民的变革要求之中。意识形态不是罪名呀,你不是这种意识形态,你就是那种意识形态。所以对那些我只能付之一笑,或者是这代人对那代人不理解。

记者: 是不是跟您的性格也有关系?

王蒙: 性格也有关系。我特别赞成现在咱们领导同志爱说的一句话:"互补"。对我来说,写实和意识流这是可以互补的呀;抒情和幽默,这是可以互补的呀。我可以写抒情的小说,我也可以写幽默的小说,我还可以写文字游戏的东西,我也可以写很严肃的东西。我觉得文字游戏也无罪呀,知识分子喜欢弄文字,他拿文字游戏游戏,怎么啦?这有什么罪呀?你以为我天天游戏呀,那可能吗?我是那么一个从早到晚游戏二十四小时的人吗?所以我以为这都是一种互补的关系。包括批评和怀念、反省和辩护,我既有忏悔,也有对自己的一种辩护,这也是互补的呀。我忏悔我是王八蛋我就得自杀,那忏悔完了赶紧一头撞死就完了,这可能吗?他肯定有他自己的辩护。

记者: 我看您的这本"狂欢",写到很多对世俗生活的肯定,我觉得您身上有一种矛盾,您本是一个有理想的人,一个青年布尔什维克,但在一种特殊状态下进入了世俗生活,我觉得您对世俗生活的感受,这本书表现得最充分。

王蒙:对,这说起来是一个讽刺。我从小参加革命,这也不是坏事,是好事。每个人的生活道路都不一样,有的人一直生活在书斋里,非常可爱,现在大家挺喜欢这种人。有人有一种遗老或遗少的劲儿,现在也时兴这个,带几分颓废,留着长胡子,朋友来了先喝酒,喝醉了往那一躺就睡着了,第二天把什么事全都耽误了。可我不是,我不是革人家的命,就是人家革我的命。现在回想一下,让我哭笑不得的是,我过得最像普通人的,是什么时候?"文革"当中。你也甭关心路线斗争了,你也甭关心艺术了,你也甭关心国家前途了,也没你说话的地方,你也不敢多说。相反的呢,生活不会停止呀,监狱里也有生活,哪都有生活。该吃得吃,该喝喝呀,那么你得买东西,购物呀,这就是最普通的生活,它本身仍然是充满了活力的。中国社会那时是死气沉沉的,可人生仍然是充满了活力,充满了兴味的呀。你不能说因为社会环境不好,生活就没有兴味呀。我觉得应该是充满了活力,充满了兴味的。但《狂欢的季节》中又有这个劲儿:我就是真心的吗?我这一辈子的快乐就是养猫、养鸡、做饭、做酸奶、做醪糟、打家具、排队买粮食,然后打麻将?不是。所以,在这无限的快乐当中,对一个理想主义者来说,里头又有一种惨烈的意味。

记者:您写的这些人物是不是都有原型呢?

王蒙:不。确实不。有的有,但他也发展了,有些就是完全虚构的。

记者:您的"狂欢"是不是也有语言狂欢的意思?

王蒙:对,我也把它用到了极致,背后所呼唤的却是一种理智。因为中国太容易煽情了,中国的文化有煽情的一面,中国的许多问题都是靠煽情解决,拼着一腔热血,拼着愚忠。结果是没有解决,夹生地解决,或者使事物走向反面。我们需要一个更加理性的季节。

发表于《北京晚报》2000 年 7 月 20 日

从"青春"到"饱经世故的清明"*

编辑：王蒙老师，中篇小说《歌声好像明媚的春光》里有一个很富有创意的结构，就是用苏联歌曲来暗合一个时代，你用这些歌曲巧妙地概括了整整一个时代的变化，你这样构思还有其他特别的想法吗？

王蒙：苏联歌曲是这篇东西的一个契机，一个感情的集合点，也是一个线索，这与其说是出自结构上的考虑，不如说是出于抒情上的考虑，我很追求小说的诗情，正像也追求抒情的反面——幽默直至调侃——一样。

编辑：九十年代以后，欲望似乎成了小说表达的重心，包括物欲与肉欲。只要是写爱情的，总是伴随着浓重的肉欲色彩，甚至用肉欲取代了爱情。可是，在你的小说里却写了一个纯粹的爱情故事，纯粹到连小说里的"我"在偶尔看见喀秋莎的皮肤时都会心跳加速。你这样写一个纯粹的、柏拉图式的爱情故事究竟是基于怎样的考虑？

王蒙：我从来相信爱情，相信欲望的升华，相信不仅性欲是人性，纯情或者柏拉图或者自律也是人性的一个方面。人性不是单向的只限于动物性的。我就是这样成长起来的，坚信性行为性现象也应该有自己的文明路径、自己的格。我认为唯性论是对自己的性别和异性的污辱。贾宝玉和花袭人等之间有性的关系，但不是爱情。与林

---

* 本文是《收获》杂志编辑对作者的访谈。

黛玉之间没有性的关系,然而是爱情。当然,宝黛之间也有性的吸引。我不是非欲望论,更不是禁欲主义者。只是在看到了某些小说日益妇科化或者配种站化、伟哥化与痿哥化的时候,我想提供另一种范式,一种与文明与道德与审美与对异性对自身的尊重与精神生活的丰富相联系而不是相悖谬的爱情故事。

编辑:在你的作品里,人物与他们的生存环境结合得总是很密切,比如青春与革命、激情与时代等。这样,你的小说就获得了一个鲜明有力的背景,你小说里的人物总是被一种超力量所控制,而小说的人物恰恰就在这种力量的压迫下获得了自己的生命力。我觉得作为一名作家,你对时代的变化似乎有着极其敏锐的感受力。你认为一名真正意义上的好作家是不是更应该关注他所生存的时代?

王蒙:我很欣赏你的关于超力量的说法。作家是各式各样的,有的作家由于对时代的疏离,由于遗老遗少颓废麻醉至少是做此等状态而突然走红。我不可能是这种类型的作家,作状也作不像,我从少年时代就大革而特革起命来了,我的大部分作品都有鲜明的时代背景。我喜欢写历史的人与人的历史,同时我也不排斥相对更超脱更个人更恬适更淡泊乃至带有浓厚的宗教关怀即所谓终极眷顾的作品,我只是不喜欢像把革命挂在嘴巴上一样地动辄把终极挂在额头上而走向世界人性"秀"罢了。

编辑:就我个人的阅读印象来看,你的小说里最喜欢表达的主题是青春,在《歌声好像明媚的春光》里也一样。青春以各种不同的形态出现在你的小说里,你为什么这么喜欢表现青春呢?

王蒙:我的处女作是《青春万岁》,我开始写它的时候只有十九岁。当然,尔后迄今,我会常常回到青春和革命的主题,而且如今写来会有一种沧桑感。青春、革命、激情、沧桑和一种饱经世故的清明(不是精明,小头小脑的论者只看得见精明却看不见清明),这是我如今的写作色调。

编辑:似乎有三种作家:一种作家越写越好,一种越写越糟,还有一种作家的作品总是那么温温吞吞、不好不坏,你觉得自己属于哪一种?

王蒙:大概不止三种,也有忽好忽坏的,也有压根儿不入流但至少不害人的,还有自己写不好又不准别人写得好的。至于你所说的三种作家,我希望是第一种,但又谈何容易,弄不好就成了第二种第三种啦;唯独不会成为自己写不成就专门害写得冲的人的作家中的害群之马吧。

编辑:最后请问你一个普通的问题,你最喜欢自己的哪部作品?新时期以来的作家作品中,你比较欣赏的有谁?

王蒙:谈不上多么喜欢自己的作品中的哪个,看已发表的作品更像是一棵树看自己的落叶,伤感与遗憾大大多于牛皮和自恋。我喜欢许多青年作家的东西,但他们彼此之间的某些不怎么相容相安相理解以及由于我表示了谁谁的作品没有什么不可以,便影响了另一些确实也是颇优秀的作家对我的看法乃至友谊,发出"既喜瑜,何容亮"的不平。那么好吧,那就不一一说了,我祝大家都致力于自己写得更好更好但不必忙着灭旁人吧。我一向以为,如果你写得非常有质量,那么伪劣残次品的存在正可以彰显你的作品的精良,反之,拿不出货色,所有的文丑文痞都扫光了,你的作品仍然没有上去。我觉得痞子文学远没有文学痞子更可厌。前者如果真有几分文学性,那么大有分析研究的余地,而后者只能制造闹剧。目前后者比前者多。其实在中国,好作家、大有希望的作家不是很多但也不是很少,能不能把希望变成实绩,则还需要长期的潜心苦干。

发表于《文汇报》2000 年 8 月 19 日

不要以为自己就是尺度*

记者：王蒙先生，您能否谈一下《王蒙自述：我的人生哲学》一书的创作宗旨和写作过程？

王蒙：我已经年逾六十了，我有幸生活在中国发生大变革的时期，我个人也经历了许多起伏坎坷曲折，我有幸在少年时期就参加了创造历史的革命工作，写了许多东西，也担任过这样那样的职务。我曾经春风得意，我曾经一鸣惊人，我曾经打入另册，我曾经抬不起头来，我曾经受到过各式各样的描绘、猜测、责备与称颂。我写过平实的记录、抽象的追寻、难解的呓语和紧跟与追随的代言。我被肯定，被赞美、被羡慕、被怀疑、被嫉恨、被审查也被误解——酸甜苦辣，十年生聚，十年教训，三十年河东，三十年河西，算是有一点经验，有一点体会了。许多好心的朋友觉得我这一辈子还不算白过，甚至于他们说我是一个什么"成功者"，其实我实在算不得有什么成功，虽然也从没有感到是一败涂地。我经历过许多困难的时刻，困难的选择，经历过也许至今仍然难免有的各种误解、误读、攻击、责备，但我一直保持着积极乐观充实而且多有趣味直至潇洒利落的精神状态，至少我不是一个萎靡者、怨毒者、牢骚满腹而又一事无成者、怀才不遇而又愤愤不平者、梦游者、牛皮大王或者别的什么式样的寄生者。于是朋友们鼓励我写一点自己的人生。他们说我不但有东西可写而且有

---

* 本文是《南方都市报》记者对作者的访谈。

义务写出来。我又老觉得还不到写自传的时候,我老觉得自传还是待实在没有别的东西好写的时候再写,写自传应该是我的最后一招,最后一道菜,仓库里的最后一批存货,酒窖里的最后一桶陈年老酒。这好比我的后备兵力,我的吃奶的力气,在决战开始之前,还是不忙着用它吧。

记者: 那怎么又写了呢?

王蒙: 一九九八年正好责任编辑来找我约稿,约我写一本从自身几十年的经历中、体悟中关于人生哲学人生感悟一类的稿子,这倒有点门儿,不妨试一试。不用交代那么多人和事,却可以献出一点明白,一点透彻,如果我侥幸还不无一点明白一点透彻的话。然而这很难写,因为人生中的许多微妙问题、微妙处境是只可意会不可言传的,是不可以讲深讲透讲得太直白的。过去有美国的所谓《处世奇术》,处世而有奇术,那只能是一些小伎俩小花活,叫做雕虫小技,浅尝辄止,廉价水货,壮夫不为。还有过《厚黑学》,那里应该说更多的是反讽,学了"厚黑"之道而当真厚黑起来,恐是入了魔道,是白痴一个。当然也有一些从正面讲大道理的文字,正确是正确的,有时也与微妙的现实不完全搭界。太难写了,反而激起了我写好它的兴趣。这样从一九九八年起到二〇〇二年八月,历时四年多的时间,写了停,停了写,这样写了那样改,那样写了这样改,越是困难越是激发起了我写好这本书的热情,最后,终于完成了这部书稿。

记者: 既然是"人生哲学",那么您能否把自己构思的体系、框架向读者介绍一下?

王蒙: 体系问题不是本书追求的东西,所谓"人生哲学",我的看法乃是哲学的方法与观点在探讨人生问题领域的应用,从另一方面说,则是经验的升华。使实际的经验变成具有某种抽象性学理性的东西。人生哲学云云,忌空话,忌大话,忌技术化,也忌欺世,更忌妄语。这与哲学体系不同。就是哲学这样古老的传统的学科,至今也没有办法说它的体系业已完备。但该书又绝不同于随笔文集,而是相对集中地论述探讨人生方面的几个问题。既然称为"人生哲学"，那么它至少应该拥有自己的概念和范畴，而不是套用哲学的；同时，又拥有自己的内在逻辑，不是零零散散各不相关。我想，本书是这样做的。

记者：您的书名为什么要叫《王蒙自述：我的人生哲学》呢？

王蒙：所谓"我的人生哲学"至少有三个方面的内涵。其一，这只是我的观点，不能强加于每个人。我们的社会我们的国家有自己的共同性，共同价值，同时各人有各人的特殊境遇，我不想将自己的经验强加于任何人，但经验的概括自有其可以参考可以实际应用的通理在内。其二，在主观上去努力探讨客观，在客观上体现主观，我从不拒绝任何前人的优秀思想和与时俱进的新观念，但我也不愿意走别人的路子或赶时髦，所以这本书的定位就是"我的""人生哲学"，是我对人生的思辨和看法，它来自我的半生，来自我的生命，我的成败，我的摸爬滚打，我的鼻青脸肿，我的深思熟虑，我的觉悟与糊涂。当然这不等于个人的主观臆断、凭空杜撰，因为这些思想观点都源于社会生活实践的材料和我自己的人生经历与体悟，同时在理性思维过程中必须考虑它的普世性，而不能从没有代表性的"个案"中去得出片面性、非理性的结论。其三，人生哲学，既不是玄学，也不是俗规，且生活形形色色，人生林林总总。如果不运用哲学的观点和方法很难理解清楚是非对错，这是自己的一个创作原则。

记者：谈了本书的一些基本情况，您可否把您在本书中的基本观点简略地向读者介绍一下？

王蒙：对不起，如果能够用几百个字说明我的书的话，那就大可不必写二十万字了。但是我可以对你讲一下我这本书里的常用词：光明，明朗，这是最重要的，有了光明的人格，才有光明的人生。有了光明的智慧，才能战胜各种鬼蜮手段。所以我讨厌晦暗、阴沉，对鬼鬼祟祟嘀嘀咕咕更是深恶痛绝。智慧，也是本书常用词，是一种工具，更是一种品质，一种美，所以需要理性，而不能搞愚昧、迷信、痴狂,不能搞反智主义。本书也常讲境界,讲化境,讲举重若轻,讲行云流水,讲大道无术,讲无为,讲治大国如烹小鲜,讲忘记关系学等等。本书还喜欢讲趣味,讲快乐,特别是讲健康。健康不仅是生理的,尤其是心理的,本书确实也嘲笑了那种狭隘、嫉妒、乖戾、抠抠搜搜、磨磨唧唧或者咄咄逼人、一脸怒气杀气的精神缺陷、精神病态。本书讲得最多的还有学习,不是一般地谈学习而是作为人生主线、人生价值论和防身的手段的学习,本书也讨论到命运,机会,处境、顺境、逆境与俗境,人际关系,"精神胜利"等等不能免俗的话题。你还是自己去读吧。

记者:您是不是深受道家老庄的影响?

王蒙:也许。但同时我还讲投入,讲绝对理念,尤其是讲知其不可为而为之,讲燃烧,讲一切行为的双向性,讲宁可让天下人负我我也不负一个人! 这又不那么道家了吧? 其实问题不在于儒家道家,而在于实现各种精神资源的有效配置,融会贯通,全面整合。

记者:在您四十多年的创作生涯中,大多是以小说创作为主体的,尽管间或也有散文随笔问世,但也仍没离开文学这个大的范畴。这次您写了一本"人生哲学",许多人觉得新奇,那么您是否在晚年的创作活动中想另辟一条通道呢?

王蒙:人生哲学与文学是有一种天然的联系的,我写了四十多年,都写了些什么呢? 还不是在写种种的人,人的种种? 文学创作如果不去关注人生,那也许就成不了文学。连神话、童话、寓言也还是离不开人生。所以,"人生哲学"的问世,不是我四年写出来的,而是我近五十年文学创作的理性积淀和近七十年人生亲历的理性总结。当然,写人生哲学比写小说麻烦得多,小说你是通过人物与故事情节说话的,任何一句话都可以有多种解释、多种取向,作者多是站在自己的人物与情节的背后的,而人生哲学云云,你就一下子站出来了,对于小说作者来说,那可是实打实的招呼了,那是一个考验,也是一次冒傻气的拼搏,哈哈!

记者：那么这本书是否可以算作青年读物呢？

王蒙：恐怕不完全如此，本书有专章讨论老年的生活。而且，我已经说过，只有你的经验与读者的经验发生共鸣，发生互补互撞的时候，才可能读深读明晰。对于青年人来说，也许需要提醒人们注意一些从未注意过的东西，他们从来还没有什么概念的东西。而对于老人来说，就看怎么样重温怎么样消化自己的人生历程并从中得到智慧，得到启悟，得到光明了。

记者：对于此书您还有什么要对读者说的吗？

王蒙：人生与人生不同，但又有其共同性。国家与国家、地域与地域不同，但也有共同的规律。个人与个人也不一样，有的人因寸土必争而有所成就，有的人因少争不争而水到渠成。有的人因专而有成，有的人因博而杰出。有的人因慎言而崇高，有的人因放言而伟大。太多样了。有一些硬搬的做法就很好笑，比如说改革开放了，不能老是那么谦虚了，便到处吹吹打打，徒增笑柄而已。还有的人在一个特殊情况下靠说大话装腔作势而得到某种"好处"，时过境迁以后，人们就会发现他只是一件皇帝的新衣。同样一本书，一些个说法，对于有的人就大有裨益，对有的人就适得其反，这也是作者没有办法的事。总而言之，读书还要明理，理论还要激活于实际之中，我希望有更多的机会与读者讨论有关的问题。

2003年1月

把自己没有趴下的经验告诉大家*

记者：一直写小说散文的您怎么会想到要写这样一本谈人生哲学的书呢？

王蒙：我这一辈子，经历的浮沉、经受的考验都比较多，但我觉得我还是以比较健康的态度去面对这一切的。我的这种自处的方法虽然不是百分之百的有效，但多少还是有些价值的，我想把自己没有趴下的经验告诉大家。但我暂时又不想写自传，因为自传太具体，牵涉的人太多。所以就先写了这本书。

记者：二〇〇〇年以来，您陆续发表了玄思小说《笑而不答》，里面的内容也涉及人生哲学，它与您的这本"人生哲学"之间有什么关联？

王蒙：玄思小说是对人生当中困惑、趣味、尴尬等等的一种勾勒。它的作者是隐蔽的、不出现的，只有一个虚构的人物老王，你可以认为是我，也可以认为是别人。读者可以揣摩它，却只能点到为止。它是没有结论的，它向人们提供很多，却不是答案。而《王蒙自述：我的人生哲学》是一本谈心的书，对于搞文学创作的我来说，写这本书是一次冒险。

记者：可不可以这样说，《笑而不答》是"不答"，而《王蒙自述：我的人生哲学》则是"答"？

---

* 本文是《文汇读书周报》记者对作者的访谈。

王蒙：可以这么说。

记者：《王蒙自述：我的人生哲学》您写了四年，是和《笑而不答》同时写的吗？

王蒙：可以说是同时在写。因为《王蒙自述：我的人生哲学》不好写，写得太漂亮了，不起引导作用，所以写了放，放了写，用了四年。放的时候就写玄思小说，因为玄思小说不一样，比较轻松，人生中的任何一件事，任何一种现象，都可以写进小说里。

记者：《笑而不答》前一百五十则已结集出书。新写的还在杂志上连载，您还会继续出书吗？

王蒙：会的，接下去的一百五十则不久也要出版了，我想我还会一直写下去，写满一千则也不一定。

记者：在《王蒙自述：我的人生哲学》研讨会上，有专家指出，您在书中说"生存是人的基本权利"，而他认为应该是"有尊严的生存才是人的基本权利"，对此，您是怎样看的？

王蒙：我在这里没有讨论政治上的人权问题，只是在说个体的生存问题，我认为一个人为了柴米油盐、为了住房这样的事去忙碌、去奋斗是不可耻的，是应该珍惜这种生存权利的。而贯穿全书，我一直在强调，自己应该对自己的尊严负责。当然，人活着是不能没有精神的，从这一点上来说，我认为他说得很有道理。

记者：从一九五三年发表《青春万岁》至今，您从事文学创作已经整整五十年了，您现在有什么新的写作计划？

王蒙：我打算继续写小说。现在手头就有一部长篇，是"季节系列"小说的序篇，我称它为"后季节系列"，我计划写三部，但现在发觉很难，可能写了一部就要停下来。因为越靠近现在越难写，毕竟，刚刚发生的事情，要经过时间的沉淀，才能有更好的审美把握。

记者：您在"二〇〇二年中华文学人物"评选中获得了"文学先生"称号，而同时，这一首次举办的评选活动还设置了"人气最旺的作家""最具潜质的作家"等奖项，这令人联想起娱乐圈的一些评奖。

这样的评奖是不是说明文学圈已经越来越不甘寂寞,或者说越来越世俗化了?

王蒙:评奖借鉴娱乐圈,把文学和作家推到广大百姓面前,我觉得这个意图并不坏。而且,这次评奖有一个很严肃的评委会,张炯、聂震宁、雷达等都是有知名度的专家。评奖并不是炒作,而是把公众眼光引向了文学圈,是一次合作的尝试。

2003年2月

说《青狐》*

王山：您的长篇小说《青狐》被定位在"后季节系列",一个"后"字说明了和"季节系列"的联系,但我更看重的是其中所拉开的距离以及和前四部作品的不同之处,我的感觉是叙述语言有所节制,而故事性更强了、更世俗化了。我觉得作品写得比较放得开了,同时也好看了一些。它展现的是历史时段,是社会现实,但是首先成功的是塑造了青狐这个罕见的人物形象。不过看后又有点纳闷:"怎么这些人物和事件会是这样的呢?"

王蒙：前四部当中,人物主要表现着或者说是演出着历史给他派定的角色。而在这一部,历史主要是人物的背景,当然这两者不可分。历史在《青狐》中是人性的背景,是欲望的背景,是性格和命运的背景。说更世俗化一点也非常对,因为这里表现的生活更贴近了普通的人生,生活本身就更生活化了。而前四部当中人物的生活被一股子政治热潮所燃烧着或者冰冻着,被历史的巨变所激荡着或者梳理着。这部当中的人物更多面对着自己人性的要求,比如说,面对性,这是前四部从来没有过的。

王山：这也是一个麻烦,现代人越来越重视维护自己的个性、自己的独特性了,但是事实上人往往是被历史"裹挟"着走。什么时候人能成为主体呢?

---

* 本文是作者与王山的谈话。原题《王蒙父子说〈青狐〉》。

王蒙:相对说,在重大变故当中,历史比人强。而在正常状况下,历史因人而丰富多彩,因人而增加了不确定性。什么叫正常?就是说历史给个性、给人提供了机遇,提供了平台,提供了场地;而不仅是要人做出抉择和牺牲。历史有可能遮蔽真实的人,以至于一旦看到真实的人性,读者会感觉不舒服。去掉遮蔽,说破真相,能帮助我们减少一厢情愿和狂妄,帮助人们更加成熟起来。

王山:文学创作回避不了性,现在不少性描写文字正大行其道。在您以往的作品中,很少有涉及性的文字。《青狐》中有不少有关性心理的描写,可以说,多了一些让普通读者容易接受的人间烟火气。我的感觉是,性心理描写好像也不是您的所长,不知道您的考虑是什么?有人认为您这种类型的作家并不擅长写性,是这样吗?

王蒙:我觉得是这样,整个来说,中国对于男女之间关系的描写经历了一个漫长的过程。古代有过非常健康的、非常含蓄的描写。类似《诗经》里的"窈窕淑女,君子好逑";或者叹息这种感情得不到完成的,像《孔雀东南飞》,像《钗头凤》的"错、错、错"。《红楼梦》中性的描写主要集中在比较低下的人物当中,贾琏与多姑娘与鲍二家的等等,还有薛蟠的性无赖基本上是恶少性质。贾宝玉和林黛玉的感情最深,但不涉性欲。宝玉与秦钟甚至有准同性恋关系,是少年顽童式的。贾宝玉对薛宝钗的"雪白的膀子"有反应,但是那个我也是把他当做一个无知少年来看待。即使按封建道德,宝玉也不肮脏,是顽童……

王山:玩乐的玩还是顽皮的顽?

王蒙:顽皮的顽,还是个孩子,当不得真的。五四时期,才开始有了爱情这个词,而且在巴金的笔下这个词是和启蒙联系在一起的,爱情是无限美好的,压制爱情才是最丑恶的。高觉新和梅,觉新和瑞珏,觉慧和鸣凤,更不要说觉民和琴,都无限美好,也都不涉性事,是纯洁高尚的新思想、新生活、新文化的象征。这可以说是一度解放一度启蒙。但是我写的《青狐》里的时期等于是中国的二度启蒙,爱情的二度解放,而在二度解放当中,人们面对爱情比巴金作品当中的人物面对爱情的时候要现实得多。第一是二度解放,已经不那么鲜嫩清纯。第二是对于青狐等人来说,对于米其南来说,他们已是中年,已不是当年贾宝玉或高觉慧的青春年华。他们是在相当长的一个时期里经历了压抑和曲折以后,又进入了一个恋爱的季节,他和那个《恋爱的季节》不一样,周碧云、满莎他们毕竟还年轻。青狐们在面对爱情的时候既是理想的、诗的又是现实的、生活的,甚至是一种我要加一个引号的——"粗鄙"的。既是热情的、人性的,又是欲望的、要求的。这是一个需要正视的话题,而且我觉得回避这种粗鄙,并不是文学的一个最好的选择。正像中国的资本积累里面会发生粗鄙的现象。中国的企业的发展,甚至于中国的民主生活,甚至于经济建设里面会有各式各样的粗鄙现象。很可惜,现代化的进程并不一定那么诗化。至于说到是否擅长于写性,和美女作家相比,和×××相比,我和他们肯定不一样,但我写的也是别人写不出来的。有一位朋友告诉我,他看到我的一些句子的结构就笑得没办法。小说里对于性的幻想、性的歪曲,包括性的沉醉,或者是性的失败、性的挫折、性的无能,都带有王氏的"爱情学""情欲论"和对人生的解读。

我觉得,性有各种各样的写法,想写那种挑逗性全方位的,开放的、欲望的表现,满足、胶着的经验,很可能不是我的选择。但是,这又牵涉到了《青狐》的主题。刚才讲到了历史与人,那么底下又有一个主题,就是时代与欲望。任何一个时代,性都是一种非常有代表性的、非常有特色的东西。不同的时代有不同的表现,比如说,罗马帝国,在它的后期,骄奢淫逸、混乱、极端的享乐化,是它的一个特色。比如说明代,也有这种类似的腐朽表现。再比如说宫廷,宫廷里面的性事,和各种宫廷斗争结合在一起,很可怕。我写的是二度恋爱季节,恰恰是一些曾经受过伤害,曾经有过一些极不愉快经验的人。我希望和世俗的距离更近一些,我其实缺少对于世俗的人生的体察,不是当革命家就是当什么分子。我整天写一些大事。忧国忧民的同时,笔下的人物不等于没有弥补情爱生活的缺憾的欲望了。当然,我也希望有更多的普通读者能够接受我的作品。"粗鄙"是加引号的,我写到了青狐的、杨巨艇的心理活动、动作,乃至极少一点生理的特点,也许我们可以说,所谓像杨巨艇这样的伟人,所以讲那么多的大话,也和他的这种心理上的失望与自卑有关。既撕去了杨巨艇脑袋上的光环,也轻轻地把他放到了一个实在的土地上,对杨巨艇不是一个坏事。不能说我这样写杨巨艇就是对杨巨艇无情的打击。你不把他看作神明,就不会把他的一切人间的尴尬看成丑行罪恶。

王山:在您的作品中总可以看到一种人情世故上的通透和明白,但是否又过于明白,而有虚无和冷漠之嫌呢?我初步的感觉是《青狐》中可爱的人物不多,或是生活本身、人性本身就没有那么可爱?

王蒙:我并没有,起码在我的写作的动机当中并没有一种冷淡或者说失望在里面。相反地,以青狐为例,她表现了……用我的语言来说,是既具有天才又具有天情。天才第一是天大的第二是天生的意思。她有天大的一种热情,她有天生的一种热情,这种热情首先是对爱情,对于爱情的幻想,对于爱情的强烈的要求,在爱情上感觉到的那种痛苦,在爱情上的那种决绝。我觉得所有这些都是可爱的,是辉煌的。例如在海边上她等待和寻找深夜游泳的王模楷一节,青狐多么动人!但她已经四十多岁了,她已不可能再扮演纯情少女,她不可能像朱丽叶或者林黛玉那样。但是,她这种天才和天情和她整个的处境、性格、经验,和她的价值体系又不是都很平衡的。甚至连她的文明程度、教育程度即学养教养、眼界与心气也不平衡,心比天高,才如泉涌,热似火山,知识二五眼,修养不入流,政治发疟疾……

王山:您这样一说就显得太狠了,太解剖学了,您客观上成了青狐的杀手了!甚至于,读者也许会觉得您不厚道,觉得您水至清则无鱼,人至察则无徒,您在《我的人生哲学》当中讲过的,在《青狐》中却违反了您自己主张的这一切。

王蒙:小说是另一个世界,有不同的规则。我早在谈《活动变人形》的时候说过,我起诉了我的所有人物包括作者自身,严厉地审判了他们也审判了自己,然后,宣布了大赦,赦免了他们——我们,并为大家大哭了一场。有的人看到了起诉,以为要枪决他们。或者有人看到了解剖刀,以为是在谋杀。太廉价了。

再回过头来说青狐,她在日常生活里的修养不平衡,不对称,错位,所以她在有些事情上显得有些出洋相,甚至表现得非常尴尬,显得不走运。她是怀着一种带傻气的痴情来要求这个世界,要求自己所爱的。带着爱情的浪漫主义、玫瑰色彩,但她得到的是一种男性中心的轻薄和玩弄,得到的是庸俗、低下,没有爱情只有生理这样一种关系。自己又无法面对这种现实。后来,迟到了的是,自己的社会地位上来了,实际上她已是过大了,如果她是二十几岁,她的感受和经验又会不一样。所以在这些地方她老是不对,老是赶不到点上。在她的心目中,从外表、形象、气概,她最钟情杨巨艇,但她和杨巨艇没有前途,杨巨艇早已经有了家室,而且杨巨艇分析问题行,其他什么都不行。她和杨巨艇的关系你会觉得是在被嘲笑,在被生活嘲弄,或者是在被作者谋杀。然而她是真实的所以是动人的与值得同情、值得叹息乃至值得爱恋的。我曾经说过一句话,你好好研究中国的文学史,中国的女性追求爱情的经验和路程太苦了,虽然中国有过各式各样的女性追求爱情的描述,卓文君的爱情,还算成功,其他的多是失败的。

青狐文学上的追求是另外一个情况,她在爱情上的追求是失败接着失败,痛苦接着痛苦,洋相接着洋相。但她仍然得到了人生的近乎极致的体验,她的愤懑也是她的财富,她是个天才的小说家,是性情中人,是爱国者,是真正的活人,是半路出家的个性解放者。她大放光芒。我在写到这些地方的时候,尽管我很无情地写到了她的失败和洋相,实际上我充满着对她的同情和心疼。紫罗兰也是一种不平衡,按紫罗兰的相貌和才具以及热心一片她本不该是这样。由于她的经历、她的婚姻,她变成了一个权力狂,又极"左",又和一般极

"左"的不一样,仍然保持着自己的性格,那种所谓一个性情中人的特点。如果紫罗兰成为一个相对开放的演出经纪人、文化活动家,甚至当一个管理者,她本来是可以很成功,很美好,她的身上同样存在着美好的可能性。我觉得我写出了一些本来会是相当精彩的人物不平衡、不对称的现象,其实这个是我早在《活动变人形》中就感兴趣的一个现象,人的脑袋和他的身躯和他的脚的不平衡现象。也可以把这看成一个中国在总体实现现代化中人的性格、遭遇的悲喜剧,这也是代价,是现代化的代价。为什么我说悲喜剧,因为不像《活动变人形》那么悲。许多地方带有喜剧的色彩。小的收获,小的成功,一直在放光,当然,如果和《青春万岁》和《恋爱的季节》比,甚至和《蝴蝶》比,和《夜的眼》比,多了一些 X 光,多了一些解剖刀,而少了一些所谓的脉脉含情。许多人的作品中有一位悲情英雄,充当叙述者、控诉者、批判者的上帝的角色。但是在"季节"与"后季节"系列里,没有这样的悲壮与全知全能的中心。读者会不会因此而感到不习惯呢?

王山:起诉自己的人物,审判他们,然后赦免他们并为他们大哭一场,这需要有相当的勇气,也需要极高的境界,同时也需要读者的配合。当前很多作品的不足往往是作者与自己的人物同谋,或者是一人独清而世界出奇的混浊。这就失去了作品的深度和内涵。

2003 年 12 月 22 日

我清醒所以我困惑[*]

记者：此前媒体对《青狐》的报道多半从性入手，文章标题都是"《青狐》相伴为爱狂欢""年近七十辣笔摧花""古稀王蒙也尖叫"之类的，您看了有什么感受？其实偏爱性描写的人看了《青狐》会失望的。

王蒙：我以前曾对记者说过，这里面有将计就计，有以讹传讹，但都不是空穴来风。《青狐》涉及的女性、欲望话题确实是我以前没写过的，但它并未脱离我写东西对于社会与时代变化的敏感。不管多么伟大的历史，都是由一个个男男女女演出的，他们有自己的性格、遭遇和欲望。将历史事件与对人性的剖析相结合，这两者并不矛盾。

记者：但您看这样的文章、这样的标题就不生气？

王蒙：就是一笑，不生气，根本是不沾边的事，网上也就是起一大哄。还有，阅读作品有时会歪打正着，有人是为了解闷、看热闹或者看秘闻而接触一本书，但他阅读时却能得到许多人生体验、社会观察等等，这是好事……我想不出更合适的词，咱们不是老说寓教于乐吗？我写《青狐》用了一种更亲和、更世俗的姿态……再上纲上线一点，这就是"三贴近"的姿态，贴近人民、贴近生活、贴近实际（笑）……但是小说的内容依然是王某人最关注的社会变化和人在历史中的命运。读者不会因为网上说了几句话，就觉得我王蒙是在

---

[*] 本文是《北京青年报》记者对作者的访谈。

打擦边球……(大笑)

记者:不是网上,是报纸,所谓主流媒体。还有,有些话其实是您自己提供给媒体的,比如要"抡圆了写""老了不在乎了"之类的。

王蒙:我说过媒体并非空穴来风。书中确实有被社会变化刺激起来的欲望的描写,这没什么可回避的。我投入社会政治生活比好些作家要多,以前对女性的描写也有许多清规戒律,《青狐》里这方面的东西跟当前整个文学比算不了什么,但对我个人而言已经算抡圆了,再圆也圆不到哪儿去了(笑)……当然,也可能这话不准确,有语病,但从各方面来说,我都希望写一本读者爱看的书。

记者:您这是跟媒体之间的游戏规则吗?媒体这么写是为了文章扎眼让人看,有人看这书就能卖。您"将计就计"是就这个计吗?

王蒙:这几方面同时进行的,有媒体规则,有图书发行的规则,但与此同时,一上来我就主动讲清楚了这本书的内容,我从来没有给读者制造一个假象,说你们将看到一本以写性为特色的作品,我希望读者往深了看,看到历史转折、社会变化和知识分子的反思。所以,也不能说这就是个营销的手段或计谋。

记者:您是否认为,人一旦陷入权力和欲望就会变成小丑,洋相百出?

王蒙:一个人陷入权力就会丧失最宝贵的东西。但我认为个人的欲望不是,我不是禁欲主义者。社会变化会给人的欲望以干扰和影响,有时是正面的,有时是歪曲的,一个人如果不善于处理社会和个人欲望之间的关系,就会把自己弄得狼狈不堪。但我不认为青狐在和男人的关系里出洋相是罪恶,有时过错在男人。相反,如果一个人群、一种社会规范或者生活方式使得男女因自己的欲望不断出洋相,那我觉得除了个人应当反思,学聪明点,也应该检讨这个人群的集体无意识,或者社会道德规范本身是否有问题。

高度幻想化的欲望是青狐悲剧的根源。为什么在生活中往往越是有灵性、有才气的女性个人生活越不幸?因为她完全脱离了实际。

但换个角度,一个有幻想的女性不是很好吗?如果一个女人一点幻想没有,见了你先问级别和房子米数,这也很麻烦。这是解决不了的人生问题,如果解决了也就没小说了。我常想起老舍先生在《茶馆》里的一句话:人有牙的时候没花生豆,有花生豆的时候没牙了。这是对人生各种尴尬的高度概括。人生的窘态和困境是小说无穷无尽的源泉。

记者:狐狸精往往用来形容女性,而且不是个褒义词,您写《青狐》也采用了这个意象,用狐狸来比喻女人。

王蒙:青狐是女主人公名字的谐音,同时也是为了突出她的女性特征,狐狸是女性的象征,比如女性的坚忍、柔韧、聪明、灵活、多情等等,但这个比喻不包含美好或不美好的价值判断。

我查过《大百科全书》,青狐这种狐狸实际上是没有的,青是蓝灰色,代表月光。《聊斋志异》中许多狐狸精都极可爱,而我从小就为一个故事特别感动,狐狸吸收日月精华苦苦修炼,为的是变化成人,我说不出它和我所写的青狐之间有什么联系,但这个故事多么动人啊。

记者:男作家往往通过写作来表达自己对女性的认识,然而《青狐》里的女性多是权力狂、小丑,即使是青狐这个刻画得比较深入的人物,也有很大的问题,您对她们的同情少,讽刺多。您究竟怎样看待女性、女作家?

王蒙:首先我以前不是没写过女性。《青春万岁》里我写过一群女学生,她们是在新中国的朝阳下成长起来的花朵、幼树,我把她们当做美的化身、理想的化身来写。后来我也写过许多比男性更纯洁、更美好的女性。青狐性格中阴暗的、不健全的东西与其说是她个人的问题大,不如说是她际遇的问题大。她最美好的青春时代受到重重压迫,得不到美满的爱情、家庭和事业,改革开放的历史契机使她的才华、热情和对爱情的渴望都得以释放,这没什么可谴责和嘲笑的。有几个女作家看了《青狐》以后告诉我,在阅读时还是能感觉到我对青狐的怜爱,这我就放心了。

记者:曾有许多男作家把女性当做理想的化身,歌德说"永恒的女性,引导我们上升"。您心目中特别美好的女性是什么样子?

王蒙:我不想把女性神化,也不想把男性神化,我用一种平视的观点写男女。我写过许多美好的女性,没有特别偏爱专门的哪一类型。我可从来没有吝惜过笔墨歌颂女性,不要以为我写《青狐》是在和女性为敌,其实我写的青狐出洋相的时候就是她最可爱的时候……我最受女作家欢迎了,我是女作家之友(笑)……

记者:《青狐》主要写了二十世纪八十年代前半期的文坛,您是亲历者,《青狐》写了不少风云人物的夸夸其谈、钻营投机和争权夺利,这是您对当时文坛的总体认识吗?

王蒙:当然不是。这是小说很大的困难,小说毕竟不是总结。《青狐》只是在一个特定的角度下,部分地代表了我对那样一个年代知识分子群体的正视和反思。历史总是给人以遮蔽,后辈只看到某个人完成了历史赋予的伟大使命,看不到他当时的尴尬与慌乱。我们常说"群众的眼睛是雪亮的",但雪亮是有条件的,一是群众知情,二是群众成熟。有时某个人会被群众当成包公、当成救世主,他也被自己的光环遮蔽着。把历史的遮蔽去掉来看人是一种成熟、一种智慧。同时我也不认为我这么写书中人物就被完全否定了。我们太习惯于把人看成圣徒或懦夫,这种极端主义的思想方法不承认有中间状态。我认为我们今天的读者已经有可能理解不那么黑,也不那么白的灰色地带了。

记者:二十世纪八十年代是思想解放的时代,通常被形容为蓬勃热烈、充满理想,而《青狐》中呈现的这个时代让我感到了混乱、盲目和猥琐,八十年代有那么糟吗?您怎样看待八十年代?

王蒙:就个人来说,我无意把八十年代写得很低调。相反,我写到了青狐个性的喷发,也写到了钱文等一批知识分子劫后余生、重回工作岗位的欢欣,这些人凑在一块儿,对改革开放的文艺众说纷纭是很自然的事。《青狐》不是个简单的讽刺小说，它仍有抒情诗的元素。

八十年代是巨变、转折的开始，但人们是不可能经过先期培训来迎接变化的，人们表现了自己准备的不足，整个国家也表现了对巨变预期的不一致。杨巨艇式的人以为将一套巨大的命题贯穿下去社会就会改变，青狐式的人首先渴望自己的幸福，钱文式的人觉得中国的土地上不会出现戏剧性的变化，同时也有雪山式的资质不高的人四下活动、风云一时……八十年代是充满激情的、浪漫的、开放的开始，浪漫中就有许多不切实际的东西，对社会及个人命运的期待都不切实际。我们付出了相当的代价才走到今天，仍然有那么多思想感情的不一致。

记者：那么您怎样看待二十世纪九十年代直到今天呢？它和八十年代是那么不同，简直像刀切的一样。

王蒙：九十年代到今天，我们面对的已经不是一个蓝图，而是很具体的东西，比如市场经济、人均收入、香港自由行、出国的便利、媒体发展等等。在预期变成现实的过程中，又发现了许多新问题，比如腐败、商业化侵害精神生活等等。但人们面对的是切实的生活，有人对此不满，怀念浪漫性、期许性、愿望性的八十年代，但有一点，不管怎么怀念，不管怎么诅咒不良现象，任何人都不可能让社会倒退回去了。

记者：您不怀念吗？

王蒙：如果说怀念，我是最怀念的，否则今天还有谁那么认真细致、不厌其烦地写那段生活？如果说不怀念，我是最不怀念的，否则今天还有谁描写那段生活不仅仅是怀念和热烈，还带着冷峻的解剖？……吹上了是不是？（大笑）

记者：您是否对所有乌托邦的理想主义的宏大叙事都非常警惕和反感？可您毕竟是少年布尔什维克，那个年代的影响已经荡然无存了吗？

王蒙:我的警惕和我的经历有关,我完全知道人会在什么情况下用排他的态度接受煽情、虚幻的许诺,在追求天堂的愿望中使自己陷入不幸的泥沼。这对我而言是极其痛心的,是我人生的经验和教训。所以我的作品里对于社会、人生有更务实的东西,或者说是正视和反思。但这不等于我失去了从小受到的正面影响,我对历史对人生都有一种正面的估计,我对乌托邦失望不等于我对社会、历史、人生和爱情失望。我并不是清醒地趴下同流合污,我知道乌托邦的可贵,也知道它的不足恃,我知道现实需要正视又希望不断超越现实。我不否定人生的幻梦,我仍在追求自己的梦,正面的、肯定的、光明的东西在我身心内永存。

记者:现在是个人主义泛滥的年代。您"躲避崇高"的理念在商业化潮流中完全可能起到推波助澜的作用,或者被利用得更糟糕。

王蒙:首先说明一点,"躲避崇高"不是我提出的口号,只是我当年对王朔小说的一个概括,我充分肯定了他的意义,但并未无条件地认同他躲避崇高的倾向。有一个问题,我们往往摆脱不了非此即彼的模式,我讲理想,你以为我是愤青,我说现实,你以为我是市侩。一个人应该充分了解现实、认同现实同时也充分批判现实、超越现实。我的理想主义不是因为愚蠢而是因为智慧,我的执着不是因为无知而是在什么都知道的情况下依然保有一份信赖、一份好心情。我不要零和,我希望现实主义和理想主义的双赢。

至于我表述的想法读者会怎样解释利用,我还得看,至少到目前为止,从我受到的批评和攻击来看,被利用坏了的可能性不大,因为理想主义者和市侩都在批评我,这说明我不会成为他们任何一种人的工具。

记者:我曾在网上看过一个对您的自述《我的人生哲学》的评论,那位网友说您在教人怎么圆滑,怎么在政治和生活中打太极拳。

王蒙:有不同看法很自然,我的自述也讲了知其不可为而为之,讲了某些情况下的反击。而且如果看了《青狐》,打太极拳的说法就

不攻自破了。一个打太极拳的作家能写《青狐》吗？一个五十度温吞水的作家能写《青狐》吗？能写这么辣吗？（笑）

记者：《青狐》会让一些对文坛比较熟悉的人产生对号入座的想法，我也听到过一些这方面的议论。您写作时考虑到这一点了吗？您听到什么反映吗？

王蒙：我是把《青狐》作为艺术品来写的，我希望以此写女性，写才华、热情和月光。到目前为止我听到的反映和议论都是正常的，大家都把它当文学书来看。至于某些背后的窃窃私语，不值一提。

记者：有些东西是不是贴得太近？

王蒙：没有。

记者：您曾在一篇小说评论中写道：如果书中的另外一些人物也有写作能力，那将会是怎样一个文本？作者怎样把自己的话语权利变成一种民主的、与他人平等的、有所自律的权利运用？您慎用自己的话语权利了吗？

王蒙：我写《青狐》是比较注意这一点的。我从未把作者本身或创作主体神圣化。你会发现，即使许多伟大的作品，也总是在书中塑造一个原告作为作者的代言人，他们往往吃大苦、受大难，是悲情的、背负着十字架的倾诉者，比如《悲惨世界》就是冉·阿让拉着珂赛特等几个受苦者控告世界。我要强调，不管我是否写得刻薄，我绝没有自恋，绝不是一个控告者或裁判者，相反，我是和笔下的人物共同承担对历史与社会的反思。《青狐》里没有苦主哀哭，没有原告鸣冤，没有法官判刑，这是最基本的态度。

记者：《青狐》里的不少文坛人物都被讽刺挖苦，而您把所有反思的能力都放在了钱文这个形象身上，他明显带有您自己的影子。

王蒙：钱文其实也有他的困惑和尴尬，他只是比较低调。其实在理性上王模楷的反思、分析能力比他要强，只是他过于高明引起了钱文的反感，像这样什么都能看明白、永远不会上当的人是很难共事的。也有人看了书觉得钱文很窝囊、猥琐，这应该允许读者有一个评论空间。

记者: 是啊,这样钱文在理性上、感性上就都完备、都适度了。书中钱文的看法是您当年的所思所想?

王蒙: 有的不是。钱文对周围冷静观察的态度是我当年的态度。批评家陈晓明曾经说王蒙有一种"胜于生活"的追求,好多人不明白是什么意思,我能体会,这就是钱文的态度。说"伤痕文学"咱也伤痕,说开会咱也开会,说拥护咱也拥护,说欢迎咱也欢迎(笑)……但又不是那么随大流,总保留自己那一份清醒,保留自己因为沧桑带来的一份明晰,比生活高明那么一点点。

我全部都是困惑(笑)。我写《青狐》的同时也在写一组超短篇《笑而不答》,已经写了二百一十则,表达的是人生的各类困惑,笑而不答是因为无法回答。清醒与困惑也是共生的,一个什么事都糊涂的人也不会有困惑,吃了睡,睡了吃就完了。你要连月亮、火星都看清楚了,困惑不就更大了?你起急不起急啊?怎么还找不到一个伴儿?还是没看清楚踏实得多,心里还装着玉皇大帝、太上老君和王母娘娘哪(笑)……

发表于《北京青年报》2004年2月1日

从《青狐》说开去*

记者：王蒙先生，你好！

王蒙：你好！

记者：这两天我正在读您新的小说《青狐》。

王蒙：谢谢！

记者：我发现我身边很多喜欢文学的朋友都在读这本小说，好像特别畅销！

王蒙：我太高兴了！

记者：那您这部小说是什么时候开始构思写作的？

王蒙：这个就是从一九九九年我完成了"季节系列"的最后一部，《狂欢的季节》，我就想着这个书啊怎么写下去。差不多从那个时候吧就一直在做这件事情，前前后后也用了好几年的时间。

记者：差不多是用了三四年的时间来打磨这个小说。

王蒙：是，差不多。

记者：很多的媒体都是这样宣传，说王蒙七十岁开始调头写性了，你对这样的一种宣传怎么看呢？

王蒙：如果要是读者真以为这是一个性小说，那他们就上当了！所以我说这里头有将计就计，也有以讹传讹，但是呢并不是空穴来风，就是跟我过去的作品比较吧，接触到女性，接触到人的感情和欲

---

* 本文是东方电视台《可凡倾听》记者对作者的访谈。

望,可以说更放得开一点,只能这么说了。

记者:其实有一些人把你的作品跟所谓用皮肤写作的作家混在一块,好像你也没有有意去澄清跟他们之间的关系,是不是你刚才说的这种将计就计?

王蒙:我想这个是。可是从一上来我也说明,即使这里头写到一些什么东西,也仍然具有王家老店的特色,就是说它仍然是作为为了更好地写一个社会的变迁,写一个时代写一个历史的转折,而脱离开那些最简单的人的感官的一些东西。中心呢我还是想写几个人物,而这几个人物呢,在我们已有的作品里头,特别是我个人的已有的作品里,是没有怎么出现过的。譬如说青狐,正如您所说的,她也很有才华,她也非常有热情,尤其她又很有个性,但是她又有时候犯傻。我就说在这个历史的转折当中啊,一个人啊他好像没有做好准备,就被历史一下子推到一个角色,推到一个位子上面去了,然后他坐在这个位子上以后呢,他会出现尴尬,他也会出现这个才华洋溢啊,或者得意洋洋,有时候呢又出现一种失望一种困惑。我比较下功夫的呢,是想塑造这么一个人物,那么这个人物呢,包括他在性格问题上,他也有他特别直爽的地方,有他强烈的个性,也有他和别人不一样的地方,别人不敢说的话他敢说。可是从总体来说他又不肯脱离开这个社会,脱离开这个历史和文化所形成的规范。所以我觉得,如果这个人物多多少少能写出一点来,就算是我这次写作上最得意欣慰的一个地方。

记者:您刚才说过您的这部《青狐》,其实跟您过去五十年写作当中的作品完全不一样,过去写的更多的是官场,对这种官僚主义的痛恨和鞭挞。这次是转到了文坛,写作家群当中的事,写家里面的事,第二也是第一次写女性。那我想知道你写这样一部小说,塑造这样一个人物,你是靠过去的生活经验,还是你有一种新的经验去写这样的小说呢?

王蒙:是,跟过去的写作相比呢它有一样的地方,也有不一样的地方。我想最一样的地方还是我对社会变动的那种敏感。就是我不管写什么稀奇古怪的人或事,但是我是把它放在一定的历史背景下面,所以它即使写的是一个很奇怪的事,但是这个事呢,它和这种历史的条件、历史的变化有关。说不一样的地方呢,也不在于男女。这里头写这种比较独特的个性,而且这种独特的个性你不能够从政治上、从社会学或者从历史角色上给它定个性。但是我们从它身上也可以感慨这几十年我们国家的历程,她的变化,她的沧桑。另外,这个反过来说,它都是被历史所决定的。因为从女性的观点上来看,在任何历史情况之下,她都有权利也都必然会追求自己感情上的满足,她都有权利追求幸福,也从来没有停止过,但是这个幸福又很不容易得到。我写《青狐》的时候常常感慨,咱们中国呀,追求幸福的女性到底几个人得到幸福?! 从古代来说林黛玉当然没得到,崔莺莺也没有得到,杨贵妃也没有得到!

记者: 李清照其实也没有得到!

王蒙: 也没有得到! 你找不到有谁得到了! 我想来想去,我说这谁得到幸福了? 就说文艺作品里面的这些人,那个陆游的《钗头凤》也没有得到。那就更凄惨了! 京剧里那王宝钏也不能算得到!

记者: 十八年寒窑。

王蒙: 十八年寒窑还好,人家还带个代战公主回来了,她不是更倒霉嘛! 所以我说这里头又有一些和时代历史无关的,可以说是人生的尤其是女性的人生的一种遗憾、一种不平。

记者: 你通过写这样一个小说确实表明你对妇女的一种态度。

王蒙: 对。

记者: 那你认为你是读懂了女性吗?

王蒙: 那当然不是。我想一个人说读懂女性,读懂男性,都是非常困难的。一个人不要说读懂女性,就是读懂自己也不容易,因为人生这几十年啊,他的遭际谁也不能够预先判定。他的内心的活动、内心的各种反应变化,谁也自己掌握不了。一边在对这人进行某种程度的剖析,另一边又不断地在困惑。自己对人生会感到困惑,对情感会感到困惑,对一些社会的关系,他会感到困惑。我觉得怕的就是一个作家,自以为什么都懂了,他要什么都懂了、什么都明白了,那就什么也甭写了。

记者:您回顾一下您的过去五十年的创作,您觉得《青狐》在您的所有作品当中可以占有一个什么样的地位?

王蒙:我想呢是这样,这《青狐》啊,它比较充分地小说化,这里头没有价值判断。我说这意思,不是说我《青狐》写得最好,但是我的《青狐》写得最小说。譬如说《青春万岁》写得最青春,我想这个你也承认,对我个人来说它写得非常青春。《组织部来了个年轻人》呢,或者说它写得非常激情。假设这么说的话,那么我们也许可以说,《坚硬的稀粥》写得很讽刺。那么这个《青狐》呢,它就写得非常像一个小说。因为它有一个很奇特的有魅力的人物。第二点,《青狐》是我的长篇小说当中写得离现在的生活最近的一部。所以我觉得《青狐》对于我来说,也还是很重要的一部作品。当然我写的东西忒多了,差不多写了有一千万字。你让我一定说哪个最怎么样,别的可以不要,我也舍不得这么说。

记者:但是最起码从刚才你的这个阐述当中给我的印象就是说你还是为自己的这部《青狐》而感到得意的,或者说比较满意的!

王蒙:对,我起码是比较重视这部书的,也比较下功夫的,比较希望它能够得到读者和评论者包括咱们传媒的朋友的关注。

记者:那你刚才说到《青春万岁》,是你发表的第一部小说,是最光明最阳光的一部小说,所有的人物都是这样,而当时你应该说还是一个阳光男孩,那时候才十九岁。

王蒙:对。

记者:但是那个时候你已经差不多有五年党龄了,是一个少年布尔什维克。我很奇怪你怎么会十四岁就入党了?

王蒙:我想当时因为社会的这种尖锐的矛盾,使一些人比较关注政治。当时日本的侵略军刚刚投降,大家都很热烈地欢迎国民党政府所谓接收大员来,但这些人来以后,贪官污吏啊,情况非常地恶劣。那另一边解放战争也并没有停止。这样一种社会的急剧变动,吸引了人们的注意。我很早就结识了一个地下党员,很早就和他们有接触,他们向我进行这种革命道理的灌输吧,然后我就读到毛泽东的《新民主主义论》《论联合政府》。而且这些革命的书籍,对我有极大的号召力和说服力。

记者: 那你到了二十一岁发表了你的第一部非常重要的小说,就是《组织部来了个年轻人》。这部小说发表以后引起了轩然大波,可能当时也是第一部涉及批判官僚主义的小说。这么一个小说塑造了刘世吾这样一个官僚的形象。那么我知道当时到了"反右"的时候,其实对你的压力依然是很大,当时在一九五七年的时候,就差一点变成右派,但这个事情惊动了毛主席,这是怎么回事呢?

王蒙: 小说是一九五六年发表的。发表以后引起各方面的重视,《文艺学习》杂志就想组织一些评论。结果一组织评论,来稿非常地踊跃,而这个稿子呢相互之间的观点又是针锋相对,分歧很大,《文艺学习》的人也有点紧张了,说这事不好收场了,怎么办?这样到了一九五七年二月份,李希凡先生在上海《文汇报》上写了一篇比较尖锐的否定批评这个小说的文章。这个文章发表后不久,当时就弄得我非常紧张,也非常神经了,但是幸好不久就有毛主席讲了他对小说的意见。他在中南海的颐年堂召开一个新闻出版文艺工作者的座谈会的时候讲到了,在最高国务会议,就是《论人民内部矛盾》的报告里头也举了这个例子,在中央宣传工作会议上讲话里面也举了这个例子,他在许多场合都多次提到这事。他原话那意思就是说,有一个年轻人叫王蒙,他说他写了一个小说,赞成的人呢赞成得很起劲,批评的人呢批评得也很厉害,现在有的人要围剿王蒙,要组织百万大军把他消灭。当然他又说,我这也是言过其辞了。他说反对他的人呢,就说他写了北京,还有官僚主义,说北京哪有官僚主义。毛主席他就说,谁说北京没有官僚主义?中央还有王明嘛!中央也有过官僚主义嘛!大概就这意思。他说王蒙还是有文才的嘛,有文才就有希望,说那么批评我就不服嘛,我也不是王蒙的儿女亲家,他说但是我不服,说还是要帮助。对王蒙这样的还是要帮助。说小说也有缺点,正面人物写得不好,林震,大概是毛主席的观点吧,但他是一个大的政治家,也是一个领导人,他不可能专门地作为一种小说艺术来分析这个小说,但他做了一个政治的评价,做了一个政治的评价这就是非常重要的事了。

记者: 在一九五七年毛主席这样的一个讲话……

王蒙: 对。一九五七年初。

记者: 保护了你,让你获得了片刻的安宁。可是到了一九五八年,还是被划入右派。

王蒙: 还是被划入啦!

记者: 那你去了新疆之后你觉得所看到的当时的状况跟你想象的状况是比较近呢还是悬殊很大?

王蒙: 还是挺好的。确实因为我那个时候也年轻,另外,新疆呢它是少数民族地区,它的地理条件、人文条件都和内地和北京有相当大的一个差别。这种差别给了我许多新的体验。

记者: 所以当时那儿的民族风情和风貌还是很打动你的。

王蒙: 是,非常打动。

记者: 给你带来一种新鲜感。

王蒙: 带来一种新鲜感,而且给我很多知识,我觉得在那儿能够学到很多东西。特别您知道我就在那儿学维吾尔语啊什么的。

记者: 你怎么有兴趣去学这个维吾尔语呢?

王蒙: 是,因为你怎么和人民接触啊,我就觉得我要学了维吾尔语呢,我又多了一双眼睛。多了这双眼睛也还表示这个意思,您看一本维吾尔语的书、维吾尔语的杂志您就不是文盲了,不是维吾尔文文盲了。又多了一副耳朵,我又多了一个舌头,到时候您也能多说,也可以跟他们聊啊,也可以一说这话亲热极了。我非常高兴,我觉得一个人多学一种语言的话这简直太快乐了。

记者:你能不能跟我们说两句?

王蒙:(维吾尔语)我今天在这里向大家问好!

记者:非常美的语言。你在二十世纪八十年代初的时候还用维吾尔语写过几部小说,比如说像《在伊犁》《哦,穆罕默德·阿麦德》,里面塑造的这个人物啊,其实就是当时的一个小伙子,是吗?

王蒙:肉孜·艾买提啊。前年我们在新疆还碰到过他。

记者:他们现在知不知道当时他们教的那个小伙子现在已经成了一个大作家了?

王蒙:我想他应该知道。因为新疆很多朋友还是知道我的情况的。如果让热黑曼的朋友看了你们这个节目的话,也许会告诉热黑曼。他是新疆伊犁巴彦岱的。

记者:而且你应该说从二十世纪七十年代末一直到现在,创作始终没有间断过,发表了差不多有一千万字的作品,让我觉得非常钦佩的是你即使在担任文化部长期间,其实还是笔耕不辍,我就一直很奇怪,你怎么去分配这个时间?

王蒙:一个是我对我自己还是有一个很清晰的估计,我觉得从本质上来说呢,还是写作最适合我。第二呢就是说关键在于能不能保持一种写作的心情,这种心情呢,是一种对生活的敏感,也是一种对自我心灵的陶冶。

记者:其实你一生当中就不断处在一种社会漩涡的中心,也具有很多的人生转折点。我想你从部长的位置上退下来,可能对于您的晚年,是一个比较重要的转折点,你还记得那天,你不当部长的那一天,从单位回到家里,心里面怎么想的呢?

王蒙:说老实话,我们心里都觉得,一下子都踏实了,而且我觉得我就又回到这个写作的岗位上,我心里头没有什么特别的想法,因为我早在半年以前,已经正式写了报告,已经提出了这个要求。

记者:你希望又回到自己过去的那种写作的状态?

王蒙:对!对!

记者:其实从你年轻的时候,二十世纪五十年代发表作品到现在,每个阶段都会有一部特别引人关注的作品,像二十世纪五十年代《组织部来了个年轻人》,后来的《坚硬的稀粥》,包括现在的《青狐》,而且你一生当中沉沉浮浮啊也特别地引人关注,而且始终处在一个社会漩涡的中心,你觉得所有的这一切对你的写作,是带来更多的裨益呢,还是带来一些负面的影响?

王蒙:是,是!我觉得呢,写作,每个人情况是不一样的。我是非常投入到这个社会生活当中去的人,用中国古人的说法就是一个入世很深的人,可是正因为这样呢,我就常常能够接触到这个社会的脉搏,大家最关心的这些事情,而我对这个社会的变化也特别地敏感。如果说这里头有什么不足的地方,或者说不够的地方,遗憾的地方,我就觉得,如果你让我写一个非常普通的老百姓的那种生活,我有时候反倒没有别人写得好。

记者:那今年其实是你跟文学结缘五十年。我想其实是你的文学生涯的金婚时期,写了差不多一千万字。我们再回过头来看一下,当然我不可能读过您全部的小说,读过很小的一部分,我有这样一个感觉,就是说还有一些我不够满足的地方。我也请教了一些搞文学研究的人,他们在充分肯定你的这个文学成就之外也有不同的一些看法,比如说他们认为你很多小说的主题或者内容都有一种重复感,就是我刚才说的对官僚主义的这种痛恨啊鞭挞啊,有一种忧国忧民的心态,您觉得是这样吗?

王蒙:这也很可能的。因为一个人啊他不管写多少东西,他实际上反映的是他自己内心的、自己的灵魂里面最关切的那一点。所以具体来说哪一篇和哪一篇是怎么回事,我还弄不太清楚。但是您说的比如说这方面的不足,我相信是会有的,但是比较起来呢我还是注意的,就是自己不断地翻自己的案,比如说就连语言上,在这本书里头用的语言,和另一本书是不完全一样的,在句式上我也会有很大的变化,在题材上的变化也算比较多,作为一个写作人来说呀,我算够多种多样了,我算够拉开距离了。

记者:您刚才说到语言,也有人认为你的小说的语言跟其他的一些作家的语言相对来说呢比较贫乏,或许我这样说有点不礼貌。

王蒙:没关系没关系。

记者:就是说你用的语言是比较新闻式的语言,而很多小说家比如说像钱锺书先生、汪曾祺先生,包括其他的一些当代作家,贾平凹、陈忠实、王安忆他们的语言都是挺独特的,而你的语言相对来说比较像新闻语言,你同意这种看法吗?

王蒙:我不知道您说的这种新闻语言是不是报纸上的语言啊?没那么回事吧!那当然不会是新闻的语言,我想那种非常地方特色的,您说的钱锺书、汪曾祺他们有一些那种中国的古典文学的语言,在我的旧诗创作里面,还有像在我的《成语新编》《欲读斋志异》里我也有偏于那一方面的语言,那么如果我写新疆的那些语言呢,又是少数民族的,包括他们用的那些例子,一些俚语一些谚语,又是另一类的属于阿尔泰语系、突厥语族的。那像《活动变人形》里面,还用了大量的河北省农村的语言,当然如果你要让我写陕西的那种方言呢,那当然就写不过贾平凹了。

记者:还有我发现你的很多小说当中有很多幽默调侃,甚至在《青狐》当中用了一些挖苦、漫画式的表现手段,但是给人这样一种感觉,就是说您的这种调侃还不是那么太自然,或者说有一些生硬。我看王跃文的小说《嬉笑怒骂皆文章》就比较自然。那你在写作的时候是比较刻意地要去用这样一种调侃,或者说是一种搞笑的方式,或者这也是你创作时的一个着眼点?

王蒙:这个我都不是事先很有计划地来做,写到什么地方呢,如果那个地方有笑料的话,我也不会放过,如果那个地方没有笑料的话呢,你就很难先定一个计划说我在本章内一定要让大家大笑两次,这个计划没有。

记者：我在读小说的时候，比较喜欢看一些细节的描写，比如说张爱玲的小说，她的每一个器物的描写都非常细致，再比如说王安忆写的那个《长恨歌》，光是那个弄堂就写了整整三十页，写得非常细致。但是发现您的小说在细节的描写上并不是太多。

王蒙：可能，可能。反正有不同的小说，譬如说我有一个短篇小说叫《木箱深处的紫绸花服》，那个小说的主人公是一件衣服，那它就把这个描写集中在衣服上了。《青狐》里面写这一类器物并不多。但是写到青狐她本身，她的相貌她的心态她的内心的变化，她接触各种人，这方面就写得比较细一点，有粗有细嘛。

记者：工笔和写意结合。那你的小说写得这么多，除了《青春万岁》和《蝴蝶》，当然《蝴蝶》这个并不是太有影响，其实给大家留下深刻印象的就是这个《青春万岁》，其他的小说几乎都没有改成影视剧，你觉得这是不是跟你的小说缺乏这样一种细节是相关的？

王蒙：改成影视剧的有《青春万岁》，还有这个《蝴蝶》。《蝴蝶》是长影拍的，它叫《大地之子》，还有《高原的风》，那是一个电视剧，也放过，还有一个很短的《选择的历程》，好像那是一个闹剧似的，关于拔牙的，其他呢就相对来说比较少。这其中一个最主要的原因就是我写的小说啊相对头绪多一点，语言上的发挥多一点，而戏剧性的故事、戏剧性的人物关系这方面少一点。还有一个呢，我写的那些东西里头它牵扯到的一些重大的社会和政治问题又多一点，那个您要写小说问题不大，要编成一个戏呢还挺费劲，还很不容易掌握，我想也有关系。

记者：现在大家都从媒体上听说这样一个消息，就是说你已经是四次获得诺贝尔文学奖的提名，我不清楚是否确有其事？

王蒙：美国有一个华人作家组织，他们非常热心。他们和瑞典科学院也有一些来往，所以他们确实是曾经几次很郑重地向瑞典科学院推荐。但是我想这种提名和获奖完全是两回事。

记者：当代文化人心里有一个心结就是说第一，什么时候能得诺贝尔奖，第二就是什么时候能再出第二个鲁迅。那咱们说老实话啊，你从内心里面说，是不是想得这诺贝尔奖？

王蒙：不！我是这样子，这个诺贝尔文学奖是到目前为止影响最大的一个文学奖。但是这个文学奖不管影响多大，他本身并不能裁判文学。人们热爱的是文学，而不是某一个奖。所以我曾经多次讲过，我说我很欣赏一个冰箱的广告词，说"新飞广告做得好，不如新飞冰箱好"。您知道这个广告吗？

记者：知道。

王蒙：对，我的意思就是说诺贝尔文学奖做得好，不如文学好。

记者：你曾经说过这样一句话，我特别欣赏，就是诺贝尔文学奖伟大，可是文学更伟大。那你曾经也非常反对这样一种说法，就是说中国文学走向世界。

王蒙：是，我不喜欢这个说法。我觉得好的文学、真正有信心的文学应该会相信世界会走向你，世界会为你的文学成就而倾倒，如果今天没有倾倒没有关系，也许是十年以后，也许是一百年以后，这个世界会承认你的文学作品。如果你只是一般的写得不错，那么世界知道不知道你、了解不了解你毫无相干的，没有关系，无所谓的事，你走向也走不了。你怎么走向啊？是不是啊？你还是把自己的作品写好，才能够谈到其他。

记者：那刚才我们说了今年你是和文学结缘五十年，是金婚。那我想所有喜欢你的小说的读者都希望你永远保持这样一种创作上的青春的朝气。

王蒙：谢谢！

记者：就像您小说的名字那样，"青春万岁"。

王蒙：谢谢！非常感谢！

2004年6月27日

回归文学传统,从容写小说*

薛海燕:跟"季节系列"等小说相比,《青狐》好像更贴近我们的时代和您的现实生活。听说《青狐》出版以后,有不少熟人觉得您在写他们,甚至有些人骂您,您自己怎么看这个问题?

王蒙:对。《青狐》是比较贴近现实。因为她是"后季节"嘛。不过我个人这样看,我没想过对应生活中的哪个人来塑造小说中的人物。而且从艺术上说有三点需要提及:第一,小说不可能等同于现实,你哪怕写自己,在作品中也会变形,也不会等同于现实中的作者自己。第二,作者都会有一个体会,你越按照生活的本来面目去写,越写实,最后给人的感觉反而像是假的;相反,你加入想象、虚构和夸张,读者却觉得你在写实。所以读者感觉到的真实与否,跟事实上是否真实是两码事。《红楼梦》中说的"假作真时真亦假",用在这个地方也合适。第三,一个对自己有要求的作者不会满足于照搬现实。如果一个作者照搬现实,那只能说明他缺乏起码的想象能力和虚构能力,缺乏起码的控制能力,把写作搞成了"宣泄"乃至泄一时一己之私,这是我不能允许自己做、也看不起这样做的作家的事情。

薛海燕:就是说您在作品中没打算暴露谁,丑化谁。是不是?

王蒙:是。我没打算让《青狐》中的叙事者做评判者,他只是一个见证人。这个叙事者有自己的"真相"观,他打算讲述历史和历史

---

* 本文是中国海洋大学教授薛海燕对作者的访谈。

中人的经历。历史过程是大家都可以看到的，传奇式的历史事件似乎塑造了无数的英雄，但"真相"是：历史中的人少有完全超乎于庸俗的，大多数人都是常人，他们在历史洪流、"历史使命"到来的时候并没有心理准备。

薛海燕：这样说您的《青狐》是"反传奇"的了。但"青狐"这个形象身上似乎还是有强烈的传奇性，比如她的写作能力、写作才华。她似乎是无师自通的。

王蒙：没错。我写"青狐"的写作能力，一方面是为了加深她的作家身份的可信性，另一方面就是为了渲染她的天才。我比较得意的比喻是说她把自己当做礼花，发射在夜空中。不过人的才华，尤其是在想象力这方面的才华，有时候真的是很传奇的。这同面对现实的时候应对的才华还是两回事。

薛海燕：您刚才说写小说需要"控制"，需要跟现实保持距离，以免写作变成宣泄。在《青狐》中，您使用的"控制"手段主要是什么？

王蒙：我自己觉得是"故事化"，就是夸张、想象和虚构。比如《青狐》这个名字。开始的时候我拟名"青月"，这已经有些浪漫化的想象了，但是有一天我突然想到"青狐"这个名字，思路一下子就畅通了，叫这样一个名字的小说该怎么写，叫这样一个名字的女主人公该做什么事情，我一下子心里就有谱了。剩下的工作就是铺垫，从容地写后面的内容，同时修正前面的内容。想象和虚构这时候就成了我这部小说真正的作者。

薛海燕："青狐"这个名字自己召唤出了后面的小说内容。

王蒙：是这么回事。

薛海燕：《青狐》比您的"季节系列"更贴近现实，是否意味着她需要您更多的"控制"？

王蒙：是。

薛海燕：这使《青狐》在您的作品中显得更"故事化"，有更多的夸张、想象和虚构。

王蒙：你说得有道理。不瞒你说,我认为《青狐》是我目前为止写得最像小说的一部小说。记得我早年的一次投稿,稿子是一篇散文,后来被退稿了。编辑说写得太散,抱歉,不能发表。后来我写了一篇小说,名字叫《春节》。我印象特别深的是我"不费吹灰之力"就把它改写成了一篇小说。再说一遍,不费吹灰之力。后来寄给《文艺学习》,很快就被用了。我当时不仅没有高兴,甚至有点悲哀啊!难道我是一个写小说的材料吗?我这样一个有理想的青年,这样一个文学爱好者,怎么变成了一个编小说的?

薛海燕：就是说您当时还有一些传统观念,觉得写小说是雕虫小技,是吧?

王蒙：是这样。而且这个观念持续时间还很长。我写不少小说的时候,尽力避免把它写得像小说,像《海的梦》《夜的眼》,我愿意写得像诗,写得像散文,反正不想写得像小说。这个地方倒真的用得上你喜欢的一个词,叫"推迟",就是尽力想推迟那个叫"小说"的东西的在场。

薛海燕：记得王一川先生曾说您的小说是"骚体",最近童庆炳先生的学生郭宝亮博士又说您的小说是"拟辞赋体",现在经您这样一说,我倒有个想法,是不是"骚体""拟辞赋体"这些"体",都是您抗拒"小说体"的方式和策略?

王蒙：你这样说,很有意思,也很有道理。

薛海燕：这样有关王蒙小说的文体学研究可更丰富、更有意义了。

王蒙：可能具有超越研究我个人作品的价值跟意义。

薛海燕：您所理解的小说文体最核心的本质,就是故事性,就是想象和虚构,是这样吗?

王蒙：是。我写《青狐》的时候就没打算再回避写小说,没打算回避编故事。可能是年龄大了,骄傲也不会退步了,谦虚也不能进步了吧!(笑)

薛海燕：这样谈起来倒打开了我的思路。我读《青狐》的时候，经常感觉您有意识地学习《红楼梦》，学习《聊斋》。是不是就因为您写《青狐》的时候开始安于写小说，所以开始自觉地把前人小说作品当做了参照系？

王蒙：不能说我现在才开始学习《红楼梦》和《聊斋》，但你说《青狐》有意识地拿前人小说作品作参照，这是真的。我觉得我这个人有一个特点，就是比较有一种"整体性"。我写《青狐》的时候，把她当做小说来打扮，脑子里就有一些前人小说的样子，有前人写狐女的小说的样子，这都是背景，都是参照系。另一方面，我同时还想到我自己以前的小说作品，想到《青春万岁》，想到"季节系列"，这也是背景，也是参照系。我喜欢探索和展现有层次、有联系、有整体性的东西。

薛海燕：这使您的作品有一种"互文性"，可以互相参照、互相解释，可以"驻足"于其间来回徜徉、品味和感悟。

王蒙：你看我的作品有这样的感觉？

薛海燕：是的。我觉得这近乎古典文学的"用典"。五四新文学运动反对这些东西，要求文学有透义性，反对"繁缛"。您的作品似乎不排斥这种"繁缛"。这可能与您喜欢古典文学有关系。你喜欢李商隐的诗，喜欢《红楼梦》，这些作品可都是喜欢用典的。还有一点，您曾经用李商隐诗中的"双飞翼"一词写古典文学论集，还曾评价《红楼梦》喜欢"捉对儿"，说明您对这些作品的"互文"精神有深刻的体悟。

王蒙：这是喜欢古典文学给我的写作带来的特点。

薛海燕：《青狐》中不少地方学习了《红楼梦》。比如"捉对儿"，青狐跟紫罗兰、紫罗兰跟东菊，这似乎都是"捉对"的。

王蒙：写的时候倒没有刻意去捉对儿。后来写完自己一看，也有点想笑，为什么会写一个"紫罗兰"呢？

薛海燕：男主人公中，钱文与王模楷的关系似乎很奇怪。我总觉得他们身上都有您个人的影子,只不过其中王模楷更理性一些。这好像是在学习《红楼梦》的分身法。

王蒙:有点这么个意思。我一直觉得《红楼梦》中的真假宝玉的写法值得注意。写得成功不成功倒在其次,"分身法"这个设计本身太了不起了。宝玉照镜子,梦里就见到了甄宝玉。镜子和梦,都是使人"分身"的方式。

薛海燕:您的《红楼启示录》中专门有一节,写宝玉照镜子这个细节。

王蒙:对。所以我写《青狐》的时候,倒真的有意识去学习这个"分身法",写了钱文、王模楷这些相近的形象,跟我本人也有些相近的地方。

薛海燕:我是学古典文学的。我总觉得您现在的创作倾向很有意思,似乎表现出某种"回归性"。像您作品中喜欢用典、乐于寻找与古典文学的联系和"整体性",似乎都有这种倾向。这与五四文学割断与传统文学的"互文性"、割断与传统之间联系的精神,应该是不同的。

王蒙:"五四"那时候,胡适那些人提出的观点,像揭露传统文学的"八病",核心就是你说的古典文学的"用典"和"互文",这些观点的提出有当时的背景,其中也有夸张,也是一种有意的极端性的表达。传统是一笔财富,尤其是语言文字的传统,是一个民族的精神的根基。文学是语言文字的艺术,离开了语言文字表达的传统,不可能有自己的生命力。回归传统,尤其是语言文字和文化精神的回归传统,大概是这个世纪的主题吧!

薛海燕:您的《青狐》结尾所召唤的"回忆",就是这个基本内涵,是不是这样?

王蒙:从深层次看,是这样。

薛海燕:这跟上个世纪鲁迅先生所呼吁的"救救孩子",内涵好像正好相反。因为是"吃人"的"文字"的历史毁了中国人,只有"不识字"的孩子才有得救的机会。现在又在呼唤语言文字的传统了。

王蒙：这是一个规律。历史经常需要向后看。可能就因为我们现在已经得救了，才需要向后看看，看我们还剩下些什么，看看怎么重建。因为我们毕竟不可能到别人家里去发展。

薛海燕：跟传统相联系使您的作品具备了一种可分析性，好或不好，我们可以通过比较来分析。这使您的《青狐》很耐看。我觉得您以前的小说一般笔触不像现在这么从容。有学者说您的小说语言有时缺乏检束，像"集束炸弹"，像"曲艺表演"云云。总之，似乎有点"无根"，有点"没底"。相比之下，《青狐》就比较从容，甚至颇有些妖娆的姿态。这似乎也是"回归家园"（语言文字的家园、文学的家园、小说的家园）所赋予《青狐》的特点。

王蒙：有"根"有"底"的确可以使笔触从容和妖娆，我的《青狐》有没有做到这一点，我个人不敢说。不过还是刚才说的那点，我在写《青狐》的时候自由地虚构和想象了故事，所以写得比较自在。

薛海燕：您说"青狐"为您召唤出了这部小说，其实应该是您心目中的"狐"形象影响了写作。"狐"是古典文学的一个经典意象。您对有关"狐"的古典传说，最深刻的印象和感觉究竟是什么？

王蒙：有关狐的有魅惑力、美丽、聪明，这些我都有印象，也影响到青狐形象的塑造。还有狐对爱情的执着追求精神，这也是《青狐》的一个重要的写作内容。不过最感动我的狐精神还不止这些。最感动我的，是有关狐狸修炼的传说，《太平广记》《聊斋志异》都有狐狸对月修炼的故事，狐狸要夜夜对月修炼，修炼千年，其间随时可能被侵犯。《聊斋志异》中就写人夺去了狐狸修炼的丹丸。即使修炼成功，她还是经常得不到人的理解、谅解，被什么有道之士一指，立时又露出狐狸尾巴，又折损了千年修来的道行。这里面就有种悲剧性。我一直被这种悲剧性打动，也希望能写出这种悲剧性。

薛海燕：青狐形象身上就有这种悲剧性，越追求就越失落，越执着就越可笑、越荒诞。《青狐》中写青狐的失落和可笑、荒诞的有关细节,可能是有些读者觉得您最尖刻、最狠毒的地方,而实际上这些地方是您最痛心、最同情和最关怀的地方。

王蒙:是这样。

薛海燕:之所以招来这种"误读",可能是因为通过类似情节来表现痛心和关怀不太能够迎合读者的阅读习惯,也可能是因为表现的"度"不好把握,写狠了容易被理解为暴露。

王蒙:你说得有道理。你说到这个"度",我倒想起来,这也是中国文学,尤其是古典文学的一个难题。一个作品,既要显示自己的水平,又得适应读者;既要学习前人,又要有所创新。这都需要"度"。空中转体三周半,入水还要压住水花,这就是"国粹",就是中国文化精神的一个部分。

薛海燕:《青狐》中王模楷曾对钱文说过一段话,那段话似乎您特意用一种醒目的字体跟其他部分区别开来了,其中王模楷强调说应该给历史"留下文章",说要正视历史的诘问——"你们留下的文章在哪里",这句话是用黑体字标出来的。这是否也意味着您有意识地要将自己融于文学史的洪流,有意识地要面对李白、杜甫和曹雪芹?

王蒙:你看得很仔细。这个地方我主要是提醒这个时代的人们,我们不仅要登月、要发展社会主义,我们也要留下文章。而能不能留下文章,确实取决于能不能在文学史上提供点独特的、新的,同时又是民族性的东西。更要看,我们究竟有多么大的精神空间,有多少想象力和创造力,有怎样的包容度。

2004 年 4 月 20 日

为历史存真*

记者：您在自传中说，《组织部来了个年轻人》发表没两天，《人民文学》杂志的一位工作人员骑着摩托车到西四北小绒线胡同二十七号您的家，给您送来了四百七十六元人民币的稿费。当时发稿费这么快吗？这笔稿费对当时的您来说是不是一个天文数字？后来怎么用的这笔钱？

王蒙：当时就是这么快，我也是稀里糊涂，那位工作人员骑着摩托就到了我家里面。当时的四百七十六元和现在拿到五万元感觉差不多，就好像拿了几万元似的。那是一九五六年发表的作品，第二年，也就是一九五七年，我结婚，买了个办公桌，叫一头沉。它不是写字台，写字台两边都有抽屉，它是一头有抽屉，一头只有腿。除了办公桌，还有带玻璃的书柜、沙发圆椅、一个圆桌子和一张双人床，这在当时已经很了不起了。你想，一篇的稿费就可以娶媳妇了！

记者：后来因为这篇小说受到不公正的待遇，心情是不是一落千丈？

王蒙：那当然，我的心情很沮丧。但是我又觉得事情不会老是这样，正因为我参加工作、参加政治生活比较早，所以我经常看到党内斗争，这种情况非常多，一般过一阵子又变了。面对当时的批判，我觉得只好如此，看看将来有没有变化。

---

* 本文是《新民周刊》记者对作者的访谈。

记者：您在书中如实记述了批判"丁陈反党集团"的事实,当时您主动向作协领导郭小川同志反映了冯雪峰的一些观点——苏联是大国沙文主义、教条主义,肖洛霍夫的《一个人的遭遇》不过是一篇受到吹嘘的普通作品。您还在大会上发言批评了丁玲、冯雪峰,这是您受批判之前说的吧?当时您这样做是出于向党靠拢,真心地以为冯雪峰们是反革命还是迫于无奈、明哲保身之举?

王蒙：是我受批判之前说的,那是"反右"斗争时候的事。真正开始修理我、批判我,要到一九五七年的十一月、十二月了。一九五八年,我才成了右派。"反右"一开始批"丁陈",还没批到我。

当时我一方面是年轻,也算是个代表人物,能参加这么重大的会是一种光荣。但那种人际整肃的方式,实际上让我感到某种恐惧,搞不清楚是怎么回事。另一方面我把它看作党内组织生活的一个过程,尘埃落定了,你才能知道它的目的到底是什么,究竟要出什么事。当时肯定是不能完全理解的。

记者：一九五八年八月一日,您奉命去京郊的门头沟区斋堂公社的军饷大队桑峪生产队,接受劳动改造,当时的劳动强度,您觉得您能干得下来吗?

王蒙：我当时觉得还行,那个夏天,正是"大跃进",吃饭不要钱,厨房里做很多馒头,最好的时候是吃大黄米面、吃炸糕。那里正好是个养蜜蜂的地方,还能吃到蜂蜜,在当地来说是最豪华的餐饮,油炸的大黄米面和炸糕,抹着蜂蜜吃,和现在吃什么鲍鱼、燕窝那感觉都差不多。身体没有出现什么严重的问题,但到农村以后,我生病是比较多。显然是因为营养不够、免疫力下降的缘故,不停地感冒,又是拉肚子,然后眼睛发炎,肿得像麦粒肿,我们俗话说是"针眼"。还有耳朵后面化脓,北方话叫"长疖子"。

夏天粮食充足,冬天的时候就不行了。一天喝两顿稀粥,那很恐怖。一九五八年底、一九五九年初就开始喝稀粥了,本村的粮食已经很难养活人了。

因为在山区,经常就背一个篓子,干的是农活,应该说也不轻。

记者:改造后,一九六二年,您还是发表了短篇小说《眼睛》《夜雨》,那是在改造时候写的吗?当时环境已经宽松到可以允许您这样的右派公开发表作品了吗?

王蒙:一九六一年,我就不算右派了,所谓"摘帽右派"。正好文艺形势也有所调整,我就接到了《人民文学》和《北京文艺》两个刊物的约稿,所以我就给它们写了这两篇小说。写这两篇小说的时候,我已经不在农村里劳动了,也没有工作,我原来在共青团市委,当时我的身份不可能再在共青团市委工作。很快,这两篇小说发表后没多久,我就被分配到北京师范学院现代文学教研室。

记者:去新疆是您自己选择的吗?是觉得那是个浪漫的地方,还是让自己去最艰苦的地方考验自己,让党考验自己,抑或觉得到那个远离是非的地方可以让自己清净一些?

王蒙:是我自己选择的。因为我并不甘心就在大学里头教学。教书当然非常稳定,但是当时我对生活、对人生的认识,让我觉得我还是应该到工农兵中去,到边疆去锤炼自己,要投入火热的生活,当时还是很信奉这一套,就是毛主席说的知识分子要经风雨、见世面,觉得自己要奋力一搏,看看自己能不能从边疆、农村的劳动中得到磨砺,塑造一种个人的写作风格,我原来觉得自己是不符合社会需要的。

记者:您在自传中有时没有用真实的人名,是出于什么样的考虑?

王蒙:这分几种。有的我怕提了以后给家属以刺激。比如我在书中写到一个人叫李鲁,他是在团市委里给揪出来的右派,后来在劳改当中就死了,我想就不要太刺激家属,于是把他的名字给隐了。但是书出版后,他的妹妹看到这一段,她知道我写的是李鲁,她还给我写了一封信,表示非常感谢我,没有忘记她哥哥。另外她告诉我,我书的记述有误,她哥哥并不是在"反右"中死的,而是在监狱里坐了八年的牢,出来之后回到农村,又待了五年,得癌症去世的。

还有一些人是级别太高、地位太高,国家有个规定,进入国家领导人序列的,写到他们的话,都要送到有关部门去审查,这一审查多耽误事?本来俩月能发表的,起码得拖半年,那我就省了这些事吧。我也想,这种自传将来还有出版的可能,再过个三五十年,那些事情都过去了,这些人物都可以还原他的真实姓名。

记者: 自传出版之后,也有许多读者写信来,指出其中一些史实性的错误。

王蒙: 我有一些记忆的错误,此外我有个毛病,我这个人不重视保留文字原始材料。这和历次搞运动有关系,保留这些材料,就怕到时候又给谁惹出麻烦来。别人给我写的信,或者我给别人写的信几乎全部都被毁掉了,或者烧掉,或者撕碎扔到茅坑里、马桶里。这样的话,毕竟我年纪比较大了,有的是笔误,有的是记忆错误,三个字里,可能只有一个字写对了,其他两个字都没有写对。还有些事,是编辑的问题。他们不太了解我所写的事。比如研究《红楼梦》的"索隐派",他们一查字典,说没有这个"索隐",只有"索引",所以就给改成了"索引派"。这些问题,我在第三部出版时特别注意,我自己反复核对,还特别邀请一个特约的校对来帮我改过来改过去,最终是要最大限度地降低错误。

记者: 第一部里涉及的很多历史问题相对已经尘埃落定,而第二、第三部写的是近三十年的历史,是否也会有更多的隐讳?

王蒙: 里头确实牵扯到一些比较敏感的事情。但是我这人有一个特点,我内心特别坦荡。不管我做什么事情,只要我是以善意的、建设性的态度来看待,不管我经历过什么样的困难,包括我个人经历过什么样的挫折,那就没有什么不可言说的事。毕竟国家是往好的方向发展,并不是向坏的方向发展,中间有什么曲折,和别人有过什么意见,这都很正常。我有时候写到和别人意见不一致,我丝毫不隐瞒我的观点。我仍然是带棱带角的,我能体会到他人的恶,与此同时,我也尽我的力量去理解别人,理解他们为什么会和我不是一个观点。我觉得我能做到这一步,很坦然、很有信心地把我经历的许多事吐而后快,但我在其中显然无意去伤害他人,更无意去做什么对国家、对党、对国家领导人不利的事情。所以一些最最难说的事情我都说到了,我也不会制造新的不和谐、制造新的纠葛,这本书不属于那种情况。

记者: 您曾担任文化部长,在任期内,您做了不少在今天看来确实有益的事,比如坚持文化领域的改革开放,制定艺术院校的管理条例和补偿办法,认同支持文化产品的商品属性,发文批准开放营业性舞厅等等。今天会议上也有人提出,您内心其实还是想继续做文化部长的,您是否同意他们的看法?

王蒙: 担任文化部长并非我的本意。关于我当时怎么会去担任文化部长,事情是这样的。从一九八五年就传出了上边正在物色新的文化部长的消息,说法不一,一会儿一个样,我也没当回事。第二年的春天,一天下午,中组部的一位负责同志找我,正式提出了让我当文化部长的事。我一听就很吃惊,对于掌管一个部门,没有心理准备。我也害怕内斗,就找了胡乔木、胡启立,推辞,让张光年去给乔石带话,都未果。后来我和习仲勋谈话,决定只干三年,六月,我正式出任文化部长。

我在自传中对此有很翔实的描述,我当时的心情是:且悲且惊且喜。我突然对他们/她们有了责任、有了义务,也有了说三道四的权力。我能帮助艺术?我会亵渎艺术?我假装要指挥艺术?还是认真地掌握着、规划着、安排着,当然也要保护着——艺术还有无所不包的文化?我想起一位老爷子,他是老新四军,听说我要去当文化部长了,他说,一个文化部长能不糟蹋文化就好了……

我对部长的工作缺少足够的投入与献身精神,缺少对部长的工作以死相许、以命相托的责任感,我自以为是在服役,反正我要回到写字台前,写我的作品。这对于信赖和支持我的上下同志、同事,都是一种辜负,是一种对不住。

我深感愧疚的还有对于文艺家的国家奖励制度与荣誉称号系统的设立,只处于研究阶段,远未完成。

记者:在革命面前,知识分子显得非常天真和脆弱,脆弱与他们不掌握武器有关,但是天真却本不应该是知识分子的核心精神,您觉得中国知识分子的问题何在?为什么在"后革命"时期,中国知识分子会缺乏一种反思和批判的精神?

王蒙:我们面临的是一个新的时期,简单说就是在"后革命"时期的知识分子所面临的时代。在革命之前,知识分子最悲壮,也最容易成为伟大的知识分子。因为在这个时期,一切的不满、一切的牢骚、一切的愤怒都通向革命。我说过一句比较刻薄的话。在极端专制的情况下,哪怕这人有点傻,他跑到十字路口,大喊一声"操你妈",他有可能成为群众心目中的英雄。大家除了喊"万岁"之外什么话都不敢说的时候,有人居然敢破口大骂而成为英雄,但当然,他因为这事给枪决了都有可能。但是相反的情况呢?华东师范大学的刘晓丽讲得很好,这其实也是我书里反复讲到的,你在一个你所追求的革命之中,怎么处理这种矛盾呢?一九八六年,我和南非后来的诺贝尔文学奖得主戈迪默一起去参加第四十八届国际笔会,那时候的戈迪默意气风发,那种斗争性、那种自信、那种精神上的强大和她后来在曼德拉组成新政权之后接受西方记者采访时的情况大相径庭——那时的她茫然、尴尬。鲁迅就说过:"不要以为革命成功了,欢迎革命的作家都会受到优待。"一个作家、一个知识分子如何在客观上去批判旧世界,去呼唤革命,我们可以举无数的例子,鲁迅、戈迪默、高尔基都是这样,甚至反对过革命的托尔斯泰也有批判旧世界的一面。但是革命成功以后呢?流亡?很难成为规律。如果中国的知识分子,革命前要流亡,革命后也要流亡,说明这个社会永远没有正常的发展机会。对于知识分子一般性的责备、求全,有些还是非常幼稚的。比如有人把郭沫若视作软弱的代表,郭沫若当然有软弱的一面,但是郭沫若在反蒋的时候,一直是非常勇敢的,他可以向蒋介石拍桌子、跟蒋介石对骂,你能说他只有软弱吗?究竟知识分子怎么样来完成这样一个历史使命,这是个问题。

记者:您可以算是国内写得最多的作家之一。

王蒙:我从一九九一年就开始用电脑写作,已经用了十七年了,每天至少要敲上两千字。

有一点我得声明一下。我的兴趣比较广泛,我的经历也比较多。我既关注政治和艺术,也关注老百姓的日常生活,我对许多琐事、小事感兴趣,比如说养花、养猫、买菜,我都有兴趣。我们家里一多半采购食品的任务都是我来完成的,我很有兴趣去超市逛逛,去排队,去挑选牛奶、面包、烧饼和甜食,我夫人主要负责做菜。

虽然我年岁比较大了,但我没有中断和生活的联系。在家里,我和我的子女、孙女也有很多的接触,我也到世界各地走走看看,所以我写东西可能比别人快。

发表于《新民周刊》2008 年 6 月 25 日

"相信"是我的光明的基调[*]

记者：您在自传三部中，引用了大量您创作的诗词。这些诗词让我们增加了对您的全面认识，您不仅是个好的小说家，更是位好诗人。但是曾经有人提出来，说一个作家往往不能在诗和小说这两个领域同时取得巨大的成就。您能分别评价一下自己的诗和小说吗？如果打比方的话，诗歌、小说、随笔等不同题材，您愿意分别比做什么？

王蒙：陆文夫特别爱说，王蒙首先是一个诗人。因为即使是写小说，我也羞于去编故事，而常常更多的是去追求情调和余味。我的作品主体仍是小说。我说过，遇到自我感觉特别良好的时候我会去写诗。遇到思索与情绪的同时活跃而且多半是包含着挫折感的酸甜苦辣的时候我当然是写小说。会开得多了，书看得多了，就出评论。当下印象或突然的回忆，而且对不起，常常是自觉没有多少东西可写的时候是散文。此话曾经引起例如某评论家的反感，而且以唐宋八大家为例来批评我。但是我无意贬低散文，更没有影射韩愈。我说的只是我个人写散文的散的状态。懒散状态对于写作人不完全是负面含意，有时候懒散时可能比过分激动时写得好。诗是我的骄傲的公主。小说是我的安身立命的大树、树林——包括乔木、灌木、荆棘。评论是我对于概念的拥抱与组合的深情。散文是我的或有的放松。

---

[*] 本文是《中华读书报》记者对作者的访谈。

此外还有古典文学研究，是对于话题的开拓，也是对于"文友"的开拓。我喜欢与学富五车的老秀才们交友，胜过结交一鸣惊人的纨绔子弟。还有翻译呢，有点小儿科的卖弄炫耀吗？这叫做"裤腰里揣死耗子——假充打猎的"。外语其实是我的弱项，却又是纯真的乐趣，以知识的温习与运用为最大快乐。每个作家都不一样，难以一概而论。

记者：您的文学创作贯穿于中国当代文学史。您的自传以及其他作品，体现了时代变迁以及政治风云与文化动态。您的语言和叙事风格表现出您的才情，但是另一方面，题材上是否也存在五十年代苏联文学中常见的主题，比如个人命运与政治生活、时代与价值理想等等？

王蒙：当然会有这样的题材，同时也有全然不同的，例如一大批微短小说与诗歌。顺便说一下，有人有兴趣评说我的排比句，但是在上述作品中绝无排比的踪迹。

记者：看完自传三部，我个人认为，这不仅是研究中国当代文学史和思想史不可或缺的重要文本，更可以当做年轻人的励志书。您的人生如此坎坷曲折，可是向来处乱不惊，一直都那么乐观自信，积极进取，无论何时都没有丧失过斗志。相信不同层次、不同领域的读者，都会从中吸收到不同的营养。我想知道的是，这种性格是与生俱来的吗？是什么成就了您？

王蒙：我其实是一个生性急躁的人，但同时自幼有一种内在的自信。五十年代的青年亲历了新中国的诞生，造就了我们的基本性格：不是"我们不信"，而是"我们相信！"这是我的光明的基调。各种挫折更使我别无选择，反而幽默并且不可救药地乐观起来。如果不是用幽默和乐观回应挫折，而是用哭天抢地、怒火如焚回应，我早就完蛋了。

记者：很多学者对您书中对于父亲严苛的态度不能够理解，是什么原因造成当前您对父亲的这种态度？您不觉得父亲其实也有可爱之处吗？如果再过几年，您对于父亲的理解会不会有所变化？

王蒙：对于我来说，说出事实真相的愿望，说出我如果不说就再不会有人说出的事实，比一切其他考量都更重要。当然我的父亲有他的特别可爱之处。我的一位异母弟弟，恰恰是读了我的自传才感到了我对于父亲的善意，并缩短了与我的距离。

记者：自传全部写完了，对于您本人来说，具有什么意义？

王蒙：真相摆在那里了，不管你是不是喜欢，我觉得我是做了一件我必须做的事情，而且我要说，其中许多话，甚至是大部分话，我不说，再没有第二个人会这样说。例如关于一九五七年、一九五八年，关于"文革"，关于毛主席，关于四次"文代会""作代会"，关于《人妖之间》，关于当部长，关于当中央委员，关于诺贝尔文学奖，关于周游列国，关于文化讨论，关于政协，关于作协……

记者：您的作品中，被翻译到国外的很多。有人认为您作品中的政治语言会影响到在国外的发行，那么在已经翻译的作品中，是否存在这个问题？

王蒙：当然存在，没有翻译出去的更多。

记者：斯洛伐克汉学家高利克认为您最好的作品是《十字架上》，您自己认同吗？

王蒙：太好了，有人说是这一部，有人说是那一部。

记者：记得有文章说，评论家总是跟不上您的写作，您如何看待评论家的评价？

王蒙：谢谢评论家的关注，只要关注就好。没人关注就考虑歇菜也将很有趣。

记者：看完您的三部自传，觉得汪洋恣肆的挥洒中，在气势磅礴的排比句中，个别处还是有一点刻薄和不原谅。虽然您自己觉得是做到了或尽量做到宽容和中庸。这和您的本意是否相违背？您怎么分析出现的这种理解的偏差？

王蒙：还是自己的修养不到家，有笔下冒火冒气的时候，还需要加强学习与修身的功夫。

记者：在广州签售时，您说过要写一部浪漫的爱情小说，是怎样的一部小说，可否先透露一下？是否已经动笔？

王蒙：是个短篇，已写完，会在近期发表在《上海文学》上。

记者：目前成立的王蒙研究所都有哪些功能？有哪些承担？目前国内研究王蒙其人其作的人很多，您和研究者有没有交流，从而避免一些荒谬的误解？

王蒙：中国海洋大学的此研究所，出版了不定期内部刊物《王蒙研究》，召开或参与了三次研讨会，还吸收了一些青年研究人员。大部分人我没有与之联系，我联系不联系作用并不大。作品属于世界，它们是客观的存在，我不宜多说多道。

发表于《中华读书报》2008 年 7 月 11 日

我把《红楼梦》还原成生活*

记者：二十年来您觉得自己对红楼梦的写作和理解有什么变化么？

王蒙：有变化，也算与时俱进。《红楼梦》里有两条线，一是谈情，一是谈政。《红楼梦》的好处，是当生活发生变化时，总能在里面找到一点参照。比如说冷子兴是一个皮货商人，很关心政治文化，贾雨村是一个文人，又是没落官僚，冷子兴愿意跟贾雨村结交，这就令我想到八十年代初期，讲文艺家和企业家联姻——这不就是联姻吗？那时我读《红楼梦》，对一些大的关节更为注意。

记者：您现在讲的时候《红楼梦》更重视细节？您不止一次反复地评说"宝玉摔玉"。

王蒙：也不完全走向细节，是新的知识新的启发。"宝玉摔玉"是《红楼梦》最关键的情节，此前我始终没有得到也没有作出一个满意的解释。这回一讲，就有了新发现：这是少年之恋，是天生的绝配之恋，是天真无邪的互相认同。贾宝玉初次见到林黛玉就问："妹妹，有玉没有？"这是一种亲切感。就像小孩间相互问：我们家有土鳖，你们家有土鳖吗？这里没有价值判断，而是寻求共同话题。这块玉是一个符号，贯穿了全书，曹雪芹这样写是要从符号上就证明贾宝玉和林黛玉的爱情是不对称的，是注定坎坷的。宝玉摔玉是作者构

---

* 本文是《中华读书报》记者舒晋瑜对作者的访谈。

思的核心情节,表现了核心悲剧。

记者: 能说《红楼梦》是您读得最多的书吗?

王蒙: 是,诗词也读得很多。一些书需要反复地读。《红楼梦》的内容之丰富是令人琢磨不完的。表面上看那么琐碎——很多大人物都说碎,胡适说琐碎,冰心也说琐碎,但是毛泽东喜欢《红楼梦》。《红楼梦》中提到贾政,说他正厅里挂着"世事洞明皆学问,人情练达即文章"。往浅里看,有吃喝玩乐,往深里看,包含着哲学、政治、文化、管理、人情世故……再找不着一本书,像《红楼梦》这么全乎。喜欢《红楼梦》的人也各不一样,有的人是从男女之情上喜欢,越剧看不出别的,就是一场爱情悲剧。朝鲜也改编了《红楼梦》,听看过的人说,最感人的也是爱情悲歌。

《红楼梦》特色之一是生活的同质性。人生就是这样。我就是把《红楼梦》还原成生活,研究它、分析它,打人是怎么打法,喝酒是怎么喝法,是如何说笑,让人如闻其声,如见其人,像是参与了当时的盛况一样。这种心情,有一种把书本上的东西还原成生活的生动亲切的感觉,又包含着无尽的内蕴。

记者: 在《讲说〈红楼梦〉》里,我们看到了您一贯汪洋恣肆的语言风格。但是另一方面,是否也存在语言不够节制的问题?

王蒙: 有的读者喜欢这种言语;如果有人喜欢含蓄的,那就看《不奴隶,毋宁死?——王蒙谈红说事》,那是报纸上的栏目连载,每期都要求八百字,每句话都点到为止。

记者: 写《红楼梦》和讲《红楼梦》,有什么不同的感觉?

王蒙: 讲说是现场的、即兴的,好像和别人在聊天。到现在为止,我讲话是这样的特点,不论提纲列得怎么样,一讲起来稿子全放到了一边。我对讲说的要求是口语化、即兴化、现场化、生活化,有一种交流的情绪,可信性强。我是怎么想的怎么说,不是念稿,不是背稿,不是朗诵,而且我也没有顾忌。我是想给受众这么一种印象:是完全的兴之所至,真情流露,是兴奋之中侃侃而谈,深入浅出;不用显然是费劲的语言,在字里行间留太多的意思,让听众像破译电报密码一样。

写作和讲说是两种体验,写是自我陶醉,自斟自饮,像李白似的"举杯邀明月,对影成三人……我歌月徘徊,我舞影零乱。"有点自我欣赏,那种感觉很美好,也很孤独很凄凉;讲说呢,像三五好友,猜拳行令,高谈阔论。讲完了,想象别人没有完全听懂,反过头来再辩论——我追求这个效果。对普通读者的接受有好处。如果读者有比较深的准备,有比较深的思考,从我的言谈话语中,也能看出我想的还挺深,还值得你回味。我对《红楼梦》的体悟——我还不用研究这个词,不是在钻研学术,而是人生有多少感慨,都能在《红楼梦》里找到同样的参照。这也是一种兴味。用毛泽东的话讲,是兴会。会是机遇,也是碰到的灵感。

记者:《王蒙的红楼梦》分别有"讲说本"和"评点本"?

王蒙: 讲说本,是在山东教育台《红楼梦》开了讲座,讲了十四讲,在此基础进行补充充实。《红楼梦》评点本十五年前在漓江出版社出版过,上世纪末,又做过一次补充,上海文艺出版社又出过一回,也是五年前了。越读越评越觉得有新的琢磨头,越觉得对人生有了新的认识。与原来的评点篇幅相比,这次的增补本的评点内容增加了二分之一,比原本有很大的丰富,也校改了不少错讹,每章加了结语,底本也有变化。观点和讲说一致,评点的方法不一样。

记者: 这么多年来反复地阅读评点讲说,您沉浸在《红楼梦》中,是怎样的心态?

王蒙:《红楼梦》是一个很好的话题,隔长不短地讨论几个,对爱读书的人来说是一个乐,是精神享受,也是知识的拓展。我只是业余研究《红楼梦》,是业余的业余。主业还是写小说,即使研究一辈子红学的人来说,也不敢说弄清楚了。

我从《红楼梦》里体悟到潜力暴力。王熙凤的管理就有潜暴力实质。《红楼梦》第四十四回凤姐忙着过生日,贾琏趁机与鲍二家的"乱搞",一个小丫头为贾琏放风,见了凤姐就跑,凤姐起掌。左右开弓,把小丫头打得两腮紫胀,对后面一个花言巧语的丫头,也是一扬手打得她一个趔趄。我觉得王熙凤这是庄则栋打法,正手反手连续起板。我看外国文学作品中没有这样的打法。

还有《红楼梦》里的时间观念。中国的作家同行们,特别是年轻的同行们,都沉浸在加西亚·马尔克斯的《百年孤独》对于时间感的描述里,其实《红楼梦》早就做到了这一点。《红楼梦》里有四重时间。第一重时间是女娲时间,用基督教的说法是在创世,补天是创世的一部分,是无限的遥远。第二重时间是大荒山无稽崖青埂峰的时间,创世时被闲置的石头,到了青埂峰成为一个蠢物。这块玉来自荒凉的史前,它又能够去人间,一僧一道给了它机会能够下凡入红尘,能够到一个阔佬贵族的家里体会人生的荣华富贵。这叫宇宙时间。第三重时间是贾府时间,包括贾府几代人的创业直到灭亡。第四重时间,是从贾宝玉出生到他成为和尚,是人物的尤其是宝玉的时间。《红楼梦》里也有哲学观念,因为谈到时间和空间问题。

记者: 再说说《你好,新疆》(人民文学出版社)吧,在中国古代文化史和中国古代文学史上,写新疆的题材是文学史和文化史一个重要的题材模式,从最早的《穆天子传》到《法显传》、玄奘的《大唐西游记》,一直到清代,像清朝大臣洪亮吉的《伊犁日记》《天山客话》,林则徐赴戍新疆的《荷戈纪程》,有评论家认为,您的作品是西行文学题材的延续,但是您的写作有另一重深刻的意义,就是对维吾尔族人民生活深入的观察和描写,使汉语的文化和维吾尔族文化达到深入的交融。作品中的字字句句都饱含着充沛的爱意,一句"我天天想着新疆"特别打动人心。

王蒙: 这里大部分是我的旧作,是集中了八十年代的旧作,有九十年代写的散文,也包括了二○○九年我写的一批和新疆有关的散文。这几年,尤其是由于二〇〇八年"七五"事件,有些人很关心这个事情。从我在新疆生活的经验来说,我坚信各民族之间的友谊,团结和互相沟通理解的可能性。

中央党校每年都有新疆班的学员,他们把我的《在伊犁》发给学员作为必读书读,有时候买不着书,也让我帮忙,所以这本书很符合今天的阅读的需要。同时新疆各族的读者,尤其是少数民族的读者,对我也是特别厚爱。《你好,新疆》有很强的纪实性,他们的生活、趣味、聪明,也包含某些地方的愚昧无知,我了解得很深、很细,我真是和他们很有感情。

第十届全国人大常委会副委员长司马义·艾买提说,觉得跟我没有距离,连文化的距离都没有。这是他的说法。二〇〇八年,在新疆举行我的新疆题材作品研讨会。铁凝就说,王蒙一说维吾尔族语,怎么感觉又出来一个王蒙。现任自治区人民政府主席努尔白克力就说,铁凝主席我告诉你,讲维吾尔族话的才是真的王蒙。其实我讲汉族话也是真的王蒙。这虽然是玩笑话,对我来说是一种表扬,是一种接受。我在新疆生活的时候,是我一生最倒霉的时候,说农民不像农民,说干部不像干部,我讲维吾尔语的时候,是我最具有平民意识的时候,就像抡坎土曼(铁锹)的感觉,没有自我的优越感,没有高居于群众之上的感觉,我是和维吾尔族人民打成一片,不是从外面来观看他们的,是没有距离感的。

记者:在作品讨论会上,您特别提到应该加强新疆感情的交流,精神的交流。

王蒙:中央特别重视新疆的工作,指定援助新疆跨越式发展的方案,这方案受到新疆各族人民的欢迎。我觉得援助不仅是物质性的,还应该有精神性的,还要有伟大祖国的这种关怀、爱心、尊重、理解、沟通、交流。我常常想我究竟做了什么?我既没有给维吾尔人争取到多少投资,也没能够解决几个实际的问题。碰到具体问题没有一样我能解决的了。新疆的各族父老兄弟姊妹仍然喜欢我,原因无非是我尊重他们,感情上和他们近一点。我用这本并不厚的书,来表达中国的新疆地区不同民族之间的凝聚和深情,也希望对新疆的局势起一点健康的作用。

我们对俄国人有好感,是和阅读屠格涅夫、普希金等等大量的作品分不开的。我希望多说一点暖人心的话,缩小人心之间的距离,让更多的人知道维吾尔族人的善良纯洁与各族人民谁也离不开谁的真情。

记者: 您觉得自己笔下的新疆,有什么特点?

王蒙: 文学,每个人都是不可替代的。我写新疆的这些作品,用老话说,有扎实的生活的底子,文学是很需要想象力的,靠的是真情实感,靠实际的经验和经历。回过头来再翻这些作品,我自己看仍然非常感动。我说过一句话,文学和爱情是相通的,最打动人的是真情,语言再好没有用。《你好,新疆》里的作品,不是靠语言的华丽,说来说去是靠真情。不止一个爱好文学的青年,看了这书后非要到新疆去。

中国还是处在社会的转型变动之中,小说也在变,增加了娱乐性故事性,相对来说,顾不上注意小说的思想和艺术。不过读者早晚会知道,市场效应只是一时的。《红楼梦》当年写的时候,没有一点效应,靠口碑,居然能有今天的影响。这说明文学当中,还是有比市场和效益更重要的东西,那就是感人,长期地感人。

记者: 您一直都有各种作品源源不断地推出来,但是小说好像写得少了?

王蒙: 各人有各人的情况,我的文学寿命很长,也不是最好的事,集中力量写几部也可能写得更好,各有其长短。这几年我没有忘情于小说创作。近两年我先后在《上海文学》《收获》上发表小说,都是爱情故事,另外在《光明日报》《文汇报》上发表的《尴尬风流》带有微型小说性质。明年也可能写一点农村题材、城市题材的中篇小说各一部。过去文人有一个说法,"青春作赋,皓首穷经"。就是说青春年少时写诗,头发白了的时候,研究经典。去年我在《新民晚报》上发表一首旧诗,鼓励自己,也带几分吹嘘:青春作赋赋犹浓,皓首穷经经自明。我并不是不写小说,肯定我还是要回到小说。

发表于《中华读书报》2011年4月27日

中国还是要提倡理性，
不要动不动就洒热血*

中国新闻周刊：《中国天机》的语言接近于口语，是口述后整理的吗？

王蒙：是写的，直接往电脑里打的。我比较喜欢个性化语言，这本书的特点：一个是实话实说；一个是该带感情的，我就带着自己的经历和感情，所以并没有特别的考究。我跟老百姓，包括比我年轻很多的人，还是有很多共同语言的。

比如现在的网络流行语"神马"，我上小学的时候就这么讲。那时候中小学生最喜欢说"神马"，"神马东西"或者"神马玩意儿"。其实这是老语言。

中国新闻周刊：与之前《我的处世哲学》《我的人生哲学》相较，这次算不算你的政治哲学？

王蒙：也算。但是该书并没有特别哲学，有些地方是生活化、经验化。我讲的是实际的经验，实际的见闻，和我实际的想法。

中国新闻周刊：你提到"红歌"主要是上世纪六十年代唱的。你分别怎么看当下的和曾经那个时代的"红歌"？

王蒙：唱的这些革命歌曲，我都是耳熟能详。我也是很爱唱，其中有些也非常好听。我对它也有感情。比如《大海航行靠舵手》，曾

---

* 本文是《中国新闻周刊》记者对作者的访谈。

经影响很大的。

但"唱红歌",很少这么说。你要是把这一部分说成是红歌,那么不属于红歌的部分算什么颜色?别的颜色你不好说呀,你要说黑歌,法西斯才是黑歌;你要说灰歌,是颓废的;你要说黄歌,那是色情的;你要说绿歌,咱们这没有。所以,对红歌的命名,我认为值得推敲。

中国新闻周刊:《中国天机》中有一句概括性抒发你的感情,"对执政兴国方面不够科学的痛惜之情"。

王蒙:从一九四九年到现在已经六十三年了,在六十三年里头,应该说是十一届三中全会以后,这三十四年发展得还是比较好,但之前近三十年,折腾得大,发展得小,有很多想法是凭着一种热情,凭着一种所谓"革命的意志",而完全不符合经济和生活的规律。

中国新闻周刊:你还提到毛主席曾经说过"共产党的哲学是斗争的哲学",你在书中提到"都斗出瘾了"。你也提到人治社会的问题,这也与你的经验有关?

王蒙:中国自古以来就是人治的,中国人强调的,并且影响最大的还是孔子的学说,强调执政的基础是道德,以德治国嘛,"天下惟有德者居之"。不像法律那样具体、明确,道德很大程度上决定于人的感受,所以就附有人治的特色。这一点来说呢,我们至今也是这样,在执政中,道德因素仍然是被反复强调的。

中国新闻周刊:但你不用"国学"这个词去称谓《论语》《弟子规》《三字经》等儒家著作,也曾提过半部《论语》治天下是很蠢的说法。你对儒学也持保留态度?

王蒙:是的,国学这个词我本身用得很少,我也不是绝对地反对。因为国学的含义不是特别明确。如果你认为这一部分是国学,那另一部分就变成了西学了,政治经济学、社会主义、共产主义和马克思学说都变成西学了。你不能把马克思主义算成国学呀。所以我也觉得这是命名上的问题。

弘扬传统文化我是完全赞成的,但是说成国学就不赞同了。现在人们还在争,《红楼梦》研究算不算国学呢。如果中国固有的学问被算作国学,那中医的养生理论、中医药方为什么不能算呢?这些事情都抠不清楚。大学里头有很多学院,什么工学院、理学院、法学院、文学院,你再弄一个国学院,这没有什么问题,但在媒体上强调"国学",就不怎么准确了。

中国新闻周刊:你更喜欢老庄的道家哲学?

王蒙:对,老庄是我个人的兴趣,而且老庄的解读空间特别大。但我无意于用老庄来贬低孔孟,我丝毫没有这个意思。这是我个人爱好,我从小就开始看的。

我强调过,老庄的学说可以当茶喝,当药吃,但不能当饭吃,当饭吃的还得是孔孟的。你就明白我的意思了吧,哈哈。

中国新闻周刊:你如何看当前人们对公共问题、社会问题的讨论方式,《中国天机》中你提到人们已经忘记了"清谈"这个词了。

王蒙:我每次提到"清谈"的时候,编辑都改成"清淡"。两个词不一样,清谈是说空话,清淡是说吃东西时糖或盐搁得少。我就感觉到,现在很多人都不知道、不熟悉"清谈"这个词。这是一个很好笑的事情。

这个词用得少了,但是我有特别的体会。包括有那种体会……这么说吧,现在动不动就政治学习,其实就变成了清谈,就是聊大天儿。邓小平曾经提出不要进行"姓资还是姓社"的抽象争论,实际上就是避免把意识形态清谈化,而要把它实际一点。

中国新闻周刊:但历史上,魏晋也有清谈的说法。

王蒙:是。魏晋的清谈,那是非常高雅的,而且有一些形而上、终极关怀的东西。

中国新闻周刊:你希望"假大空"少一些,这么多年,你自己也参加过很多会议,体会深吗?

王蒙:当然我说得很婉转,因为这个念稿啊,现在上上下下都已经习惯了,你弄不清楚是不是发言者自己要讲的话,还是别人要他讲的话。你看毛主席讲话,极少念稿,除非特别正规的。比如《关于正确处理人民内部矛盾的问题》,这绝对不是念稿,他是一边抽烟,一边做手势在那里讲的。《邓小平文集》念得也很少。

为什么我希望念稿减少点呢?因为不念稿才能更好地互动和交流。还有一个,我认为领导同志讲话也是一个思考和完善的过程,如何把道理说得清晰。念稿,就是一个诵读的过程。

中国新闻周刊:你也关心网络问题,说网络上"真是有一股戾气在那里游荡"。

王蒙:网络上都是众口一声地声讨某一个人,什么郭美美、药家鑫啊。完全性质不同的人,在网络上以谩骂、刻薄、恶毒来形成自己的包装,来推销自己。

包括那个词,我也不赞成,就是"血性"。网络上提倡的血性我不赞成,中国需要的还是提倡理性,不是说动不动就洒一腔热血,搞得老跟人拼命一样干吗?都二十一世纪了,首先强调的应该是理性。

中国新闻周刊:你也开通了微博,但现在一条都没发?

王蒙:我那个微博啊,哈哈,是一个笑话,一个误会。我之前出了本《老王系列》,出版社就想宣传一下,以微博的形式。当时很多读者很兴奋,点击率很高,后来我一看搞得跟微型小说一样,所以我就让给撤掉了。

中国新闻周刊:你经常上微博去看信息吗?

王蒙:我不经常上微博。我打开网页,如果有一个题目我有兴趣,一点开出来的很多时候就是微博。比如我对自己的书在读者中的反应有兴趣,我输入"中国天机",出来的也并不都是对书的介绍,并不都是网上书店的售书网址,里头也有微博上读者的话,夸两句的,骂两句的,都有。我都不是为了看微博而上微博,都是关注别的事情,就上去了,又比如方舟子和韩寒的骂架。我一搜索"方舟子",出来一大堆,里面大部分都是微博。

中国新闻周刊：你对新闻的关注主要通过什么渠道？

王蒙：上网、看电视，看平面媒体也很多，因为光给我送报纸的也有几十种，我自己也订阅了一些，像《人民日报》《参考消息》都是我自己订的。

中国新闻周刊：你书中提到网络上关于 China 的读音"拆哪"。网络上的民意，你也是比较关注吗？

王蒙：是的。除了网络，还有一个来源就是手机短信，给我发短信的朋友很多，其中包括有社会意义的，调侃的，荤段子，各式各样的，我多少也知道这方面的情况。"拆哪"这个，我早就听说了。

中国新闻周刊：你在《中国天机》后面部分，有一个"舆论阵地"作为小标题。"阵地"这个词是老提法，和网络联系起来是否精准？

王蒙：是的，网络不能都说成阵地，战斗性太强了，说成舆论平台，舆论依托比较好。小标题"舆论阵地"是我希望能对一系列说法的总结。

不管是对什么人，我是主张不尽量用谩骂的态度。我觉得现在网络的发达，好处是大家看什么都方便，空间比过去大；坏处就是弄得非常浅层化，没有分析，没有多少见解，都是情绪化。思维是浅层的、阅读是浅层的、论述是浅层的。你想，骂街能有多深入啊?!

发表于《中国新闻周刊》2012 年 8 月 7 日

"民族复兴"恐怕很难标准化*

燕赵都市报:《中国天机》这本书谈政治一点也不含蓄,在其腰封上也写着"我要跟你讲政治。"是不是您晚年有更多的政治诉求?

王蒙:我有义务跟读者讲讲政治,否则,就对不起时代,对不起人民,对不起党,对不起祖国。当今人们对政治的热情和关注日益增加,但是浅薄与情绪化的见解太多。我从少年时代就深深投入到中国的革命历史中,十一岁的时候就和北京的地下党建立了联系,差五天满十四周岁的时候就加入了中共地下组织,一九四九年三月十四岁半成为团干部,后来我有各种各样的经历,有负面的经历、右派的经历,我觉得我有这样一个义务:说点话。还有一个原因就是,文学活动应该含蓄,我们写小说不能痛痛快快地谈政治,评论者、读者或者网民,他们按他们的角度对我的政治态度做出各种各样的解释,我感觉他们的解释有的非常有趣,也有的有一定的深度,但是更多的是片面的和肤浅的,就产生一个想法,与其让你解释不如让我自己解释,让我说明白。

燕赵都市报:《中国天机》出版后,评论界存在两种极端的声音:一是说写得尖锐,一是说太中庸。您自己怎么看待读者的评论?

王蒙:这本书能写成这样很不容易,读者有不同声音也正常,我在这里就是想给大家"交心"和"坦白",我不会哗众取宠,但是我一

---

* 本文是《燕赵都市报》记者对作者的访谈。

定会语出肺腑，不无独出心裁，我的独出心裁希望不致使朋友们受不了。

燕赵都市报：您已经写过三部《王蒙自传》，还会写第四部吗？

王蒙：不会再写了，我是在写自传的过程中，认清一个事实，就是我很文学我也很政治，所以才萌生了这部《中国天机》。当然其他原因也很多，我年龄越来越大，都七十八岁了，希望把我想说的写下来。

燕赵都市报：网友们对您的政治态度的"瞎分析"让您萌生了写这本书的念头，您怎么看待网络？

王蒙：这只是很小一部分原因。网络对中国的社会生活、文化生活有他的积极贡献，无论如何是有利于民主的手段。现在网络监督起了一定的作用，有很多事都是这么发生的，包括贪官消费的情况，网民很敏感，马上看到揭露出来。一个是贪官污吏，一个是为富不仁，网友的力量对恃强凌弱的人有压力，对伪君子有揭露。但是它也带来很大危险，网络使思维表层化、阅读浏览化。过去我们拿一本书坐在椅子上一看好几个小时，反复看反复读，但是现在呢，网络是秒杀阅读，刚看两句话没兴趣，立刻换别的，所以说它是秒杀阅读。另外网络也使理论简单化，而且语言暴力非常多，有些事往往就是众口一词，没有分辨和讨论的可能。法庭上的死刑犯，是允许请辩护律师和本人申诉的，法律必须给处在劣势的，处在被谴责被质疑的人有一个自我辩护的机会，或者说是给他一个程序。但网络没有，网上如果都在骂一个人的话，你就一声也不能吭，而且别人也不能再说话，如果别人也出来说话，"唰"的一下又都来骂这个替他说话的人。所以我就觉得我们的网络还是处在网络文明的低层次，需要一个更高的网络文明。

燕赵都市报：讲完了政治，您接下来会继续文学创作吗？

王蒙：会，今年夏天我在这里（北戴河）做一件事情，我在"文革"后期，一九七二年到一九七八年用六年的时间写过一部长篇小说《这边风景》，写新疆伊犁的生活，是在我现有的作品中最大的一部，一共有六十多万字。等我写完这部小说的时候中国已经发生了历史性的变化,这里面有些历史构架,在当时有些不太合适。所以就一直搁置近四十年,现在时过境迁,政治构架的问题已经没有那么敏感了。而这本书的生活和文学的内容本身是很有趣味的,所以我正在做这么一件打捞文学记忆的工作,有可能明年这部大书就能和读者见面。现在就是做一些必要的修订工作,大的内容基本还是不动。

燕赵都市报:日前,国家发改委社会发展研究所所长杨宜勇在报告《中华民族伟大复兴进程监测评价指标体系构建及其监测》中提到,经测算,二〇一〇年中华民族复兴指数为0.6274,已完成了百分之六十二的复兴任务。"民族复兴"可否精确测算,成为了舆论焦点。您怎么看待这个争议?

王蒙:(笑)我对这个问题没有什么看法,一个民族的复兴,看跟什么时候相比。如果和晚清时候比,那确实是有很大进展。如果是屹立世界民族之林,我们有强项也有弱项。如果和中国本身的历史、人口、面积、国土相比,我们当然做得还远远不够。恐怕这个很难标准化,一个学者这样提出来,也挺有意思的。他尽量把很多学问变得科学化,不是光凭感想就那么一说,我觉得这是有它的意义的。但是统计"民族复兴"的每一项各占百分之多少,这是很难的。

发表于《燕赵都市报》2012年8月10日

"天机"何以窥破[*]

记者：季羡林先生曾经说过，他说他自己是真话不全说，假话全不说，您自认为您写这本书做到了什么情况？

王蒙：我写这本书，我觉得我算是尽了我自己最大的努力，这还不单纯是一个真话和假话的问题。但是我想把我自己真实的生活经验，真实的想法，尽可能充分地把它表现出来。所谓尽可能充分表现出来，并不意味着绝对的任性和放肆，因为我不管是在谈论任何问题，特别是这么大的一些事情与话题上，你可以在许多的说法当中考虑一个最恰当的说法。我有时候半开玩笑地说，我说任何一句话都有二十五种说法，但是只有一种是最恰当的，因为这个语言一说出来以后，它已经不完全归你掌握了，别人可以有不同的理解，他可以从不同的角度来考虑这个，就必然会有误解。你甭说这么大的事，你就是家里的，比如跟你老伴在一块，跟你的子女在一起，你说的这个话他觉得不好听，可是你的意思不是一个坏的意思。而换一个说法，同样你提出一个问题来，或者提出你的一个建议来，他听着就比较能接受。

为什么呢？因为我的目的不是为了个人要出风头，我都快八十的人了，还有什么风头可出。我的目的是把我看到的真实的政治经验，政治忧虑，也有政治的关怀、愿望、理念，能够说出来，能够起一点

---

[*] 本文是《新京报》记者张弘对作者的访谈。

作用,而且我起的作用不是针对某一部分人的。譬如我希望有某一部分人给我喝彩,那喝完彩又怎么样呢,喝完彩比如说社会上的黑暗现象就减少了吗?还是喝完彩更黑暗了?甚至是喝完彩之后你又往里面加进一些情绪化的因子?我过去看有关政治的这些,我们这些文学同行写的文章里头,我也很重视一个词,我也非常感慨,就是大言欺世,就是你把话说大了,说绝了,说得很极端,它就喝彩的声大。甭管是往哪条道上说,你说得吓人,你说得煽情、吓人、夸张、刺激,喝彩声大。

但是,这种喝彩它不可能是对老百姓、对国家、对社会有真正的好处。相反,它会变得非常情绪化,所以我觉得我不但说这话,而且我要考虑我说话的效果。我并不是一个说是我虽然有真话我也不能全说,不是这个意思。我的意思是说,同样是一个真话,你有二十五种表现的方式,你要找一个效果最好的方式,要有一个最高度的建设性的方式,但是我要想说话我一定要说出来。我现在再不说,我不能说等我九十以后我再说,九十以后也许我还没死,但是我已经没有这个精力了,那时词汇也都不够用的。所以,我更多地考虑的是这个,所以我要写出来,而且这个书也还比较顺利地出版了。

记者:您从政做了几年文化部长的经历,对您在书里面写到的"窥破中国天机",起到了什么作用?

王蒙:当然,从一个写作人来说,这也是很重要的经验,而且这个经验是别人得不到的。比如说我是中央委员,我上美国去人家一介绍说他是曾任中共中央委员,美国人都吓一跳,怎么把中共中央委员请到我们这来讲演了。一位有台湾背景的朋友说,我不知道王先生是中共党官,他还有这个词,咱们都没这个词。所以我就可以从更多的方面,我就觉得这些经验对我更全面地认识问题有裨益,我当干部最低的职务是在伊犁的时候当过副大队长,相当于副村级的干部,大队应该算股级。

我是在基层待过的,那时候做过很多各种具体的事。所以我接触生活还是很多的。

记者：这本书第229页写道："一个只有中华文化才会有的说法，有些事要说也要做，有些事先做着看看，不必急着说。国企的改革，还有要大讲特讲，但是讲讲别忘记也就行了，这就叫心照不宣，这就叫天机不可泄漏。"这个就是您总结出的中国天机吗？

王蒙：这不是我总结出来，最早这是领导同志讲的。改革开放之初，有阻力，有不同看法，有些事就是先做着，不要先说，有些事一边说着一边做，还有一些事你先说着，不一定急着做。所以小平同志就有过不争论的说法。

记者：您的书里面是基于个人的生活经历，对这个国家政治发展过程的观察。您也做过文化部部长，您怎么看您个人和执政党或者这个国家之间的关系？您认为自己保持了独立性，还是有一定的依附性？

王蒙：第一有独立性，第二有依附性，都有。为什么呢？一九四五年十一月我满十一岁了，我已经跳班上了中学了。一九四五年以后，全世界的左翼思潮是在一个高峰时期，由于二次大战苏联的胜利，由于二次世界大战暴露的资本主义世界的这些问题，二次世界大战以后，像法国，像意大利共产党的迅速发展，是咱们现在的人根本不能够想象的。我很偶然地和北京的地下党建立联系了，然后我就是拼命地从他那读这些左翼的书籍，包括毛泽东的著作，包括华岗的著作，沈志远、邓初民的著作，还包括苏联的那些小说。那时候我不能说已经具有了独立的判断能力，但是受到当时社会思潮的影响很大。

记者：当时左翼思想的影响的确很大，包括德国也是。

王蒙：德国也是这样，所以中国知识分子也是大批的喜欢左翼，喜欢共产党。我得到的这些知识都是从左翼的思潮这边来的，我怎么可能不依托于中国的这样一个革命的力量，共产党的力量。一九四五年以后，慢慢国共战争就开始了，我们说的解放战争也开始了，我是随着这个走的,我是全心全意的,我十几岁就每天在那画地图,就研究解放战争的这个形势,而且我像吸收《圣经》一样地吸收所有这些关于共产党、社会主义、共产主义的这些理论宣传小册子。所以,你如果说我依附,当然依附,今天我做的很多事情也是离不开这个体制的。

可是,与此同时我要说明,我是很文学的一个人,我写东西从来不写教条,我即使写很正面的,非常高端的一些语言,里头也有我自己的真情实感,而且我的细胞感觉很灵敏,好事坏事,酸甜苦辣,我的感受都是很锐利、很敏锐的。所以,我是对各种事情有自己的看法,我也爱琢磨事、讨论事。所以即使是完全正确的,就是说和领导,和组织的意见完全一致的地方,我有我的说法,我有我的体会,在这种不同的说法之中也说明里头有自己的选择,有自己的最爱,也有自己不愿意多说的一些话。譬如说重视舆论,我很喜欢这个话,但是说舆论阵地我老觉得别扭,阵地是什么?你要放枪你要大炮?毕竟舆论是大家来,中国字的舆论,我这书里也写了,舆论本来就是抬轿子的人说的话,或者是推车的人、划船的人的话,就是伺候你的这些劳动人他们在议论什么,你把它变成阵地,一变成阵地,变成了人家就只能被议论了,他不能自己议论了。

所以说,在各种词里头,我有不同的说法,有我拥护的也有我不同的拥护,我保留也有我不同的保留,我躲避也有我不同的躲避。如果讲独立思考,那我没有一分钟停止过我的独立思考,我随时都在想,晚上睡觉翻身的时候有时候还想到一个事。我为这个我付出过代价,我也不怕付出这个代价,因为谁让我长了这么一个头脑,还管点事的头脑。

记者:我读您的书有一个很明确的感受,您有一种保守主义的倾向,您保守的不是中国传统文化的保守,而是中共革命传统。是什么原因让您选择了这种保守的态度?

王蒙:第一点,我本人对儒家传统的保守主义有很大的保留,我认为那是自己蒙自己,说中国这个以为靠什么《三字经》《弟子规》那一套,能把中国社会搞好了,这太可笑了。你就让他读一遍《红楼梦》,再读一遍《金瓶梅》,肮脏淫秽的地方可以删去,你再读一遍《三国演义》,再读一遍《水浒传》,你就知道靠《三字经》和《弟子规》,靠《论语》和《孟子》,能把中国搞好吗?所以这是我要说明的第一点。

第二点,中国的革命不是一个个人的喜爱或者是不喜爱的问题,而是说这个社会它所具有的必然性,这种必然性没有这个革命,没有这一步一步的前进,是不可能发展到今天的。发展到今天往回看,你会想到其中很多本来可以做得更好,本来可以付出更少的代价。但是你说这个已经没有意义了。

我觉得毛泽东说了一个真理,书里边我提到没提到我已经忘记了,我估计我会提到,因为这是我常体会的一件事,他说捣乱失败,再捣乱再失败,直至灭亡,这是反动派。然后是斗争失败,再斗争再失败,直至胜利,这是人民。就甭管是人民也好,反动派也好,它的失败经验会多于它成功的经验。毛泽东一上来就这么体会的,所以我觉得如果把革命的这一套否定了,认为本来中国很好,又有孔子,又有孟子,又有中医,又有气功,又有太极拳,我们本来靠这些就能自立于民族之林,半部《论语》就能治天下。这种人还有什么救,这是亡国灭种的理论。这么激烈的话不是共产党说的,是孙中山说的,孙中山还有两个话,第一句话他说中国不是半殖民地,中国是次殖民地,就是你不如人家的正经殖民地,你和印度比还不如印度,因为真正的殖民地多了,那些地方生活也在进步,科技也在进步。所以,孙中山说是次殖民地。孙中山说中国面临的问题是亡国灭种,他比共产党说得都夸张,都厉害。

我觉得我的上述说法是符合事实的话,当然就会有你说的为革命而辩护,肯定这个革命的历史上的进步意义,这一说革命里头,付出了太大的代价,今天想起来有很多事都做得不妥,那又怎么样呢,这就跟那个斗争失败,再斗争,一连串失败,大革命,从中国共产党的眼光来看,大革命也失败了。十年土地革命,苏区的斗争也失败了,它必然会认为自己是失败,一连串失败。但是,恰恰是这些失败酝酿了相对一个发展的可能,一个进展的可能。如果中国现在还是革命以前的状态,是军阀混战的状态,是日本占领着你,日本驻军在你这里的状态,你有可能讨论中国的发展进步这些问题吗?

记者:您刚才也说到了,在这个书里面这个感觉也特别明显,您是在为革命的正当性、合理性做一个辩护。这种辩护,主要是因为您自己从事革命,有这种强烈的感情吗?

王蒙:当然。我可以说从少年时代就扑在这个上头去了,我一回忆起来,我完全能够重新回到那个开始接受革命的圣火的时候,那种崇高感,那种献身的感觉,那种服膺的感觉,五体投地的感觉,就是世界上有这样的理论,有这么伟大的理论,有这么伟大的实践。当然,你事后,很显然你的设想和事实不可能完全一致,除非你要求你的设想就是百分之百兑现,那你就会非常失望。如果你知道你的设想不可能百分之百兑现,你反倒会乐观一些。

张承志的一部小说里有这么一个说法,我记得并不完全是原文了,他说世界上只有彻底的悲观主义者,才有权利乐观,我觉得他这个话说得非常好。就是对什么事所谓彻底的悲观主义者,对一切我都不抱幻想,我对革命也不抱幻想。这样的话,我反倒乐观了,知道它出现一些问题,有一些我们不希望出现的事情出现,这个不足为奇,但是这个世界,这个世道就是这么变化的。

记者:我记得好像您说到了张承志他做第一个红卫兵,不后悔,表示青春无悔的意思。您早年写过《青春万岁》,您现在回忆,是不是也有青春无悔的意思?

王蒙:当然有这个意思。《青春万岁》也许对有些人来说并不是我最重要的小说。但是,这个小说毕竟是一个记录,而且是唯一的记录,现在在你找不着任何一本书能够向你传达一九四九年、一九五〇年、一九五一年、一九五二年,最多到一九五四年左右,那样一个,我也常说革命凯歌行进所给中国人民带来的巨大的希望。这个可是你不能够忘掉的一点，不是一个小小的王蒙，那时候才十四五岁，包括像现在人们都非常尊敬的有些大知识分子，解放以后都是最热情的投入的，比如说我知道的语言学家罗常培，那种热情，语言学家吕叔湘，哲学家冯友兰，现在有一些人攻击冯友兰，但是冯友兰他看着共产党他也服了，你想想国民党那个时候什么效率，什么情况。很简单，北京到处，东长安街全是垃圾，垃圾是一座大山，共产党进来不到一个礼拜全光了。沈从文，现在人们把沈从文捧成了一个孤独的寂寞的一个形象，但是寂寞和孤独这是政策造成的，不是他本人的愿望。他本人的愿望是什么呢？丁玲，他能有机会见到丁玲，他觉得非常荣幸，因为他毕竟和丁玲有过非常密切的接触，密切的关系。他申请是参军的，他要求到人民解放军里头去做文化工作。是丁玲对他非常的冷淡，使他割腕企图自杀。

还有一件事，萧乾和沈从文是朋友，你看书上说是六十年代初萧乾去过一次沈从文家，看到沈从文住的房子太小，萧乾就给领导写了一封信，结果沈从文就大怒，沈从文说我现在正在申请入党，你现在一写信觉得我在闹待遇，我成了什么人了。

记者：您在书里面反复强调，中国的激进革命是有中国历史的内在逻辑，这是它的历史背景所决定的。一直激进到最后，"文革"是总的爆发，大致是这么一个观点。我看过《历史决定论的贫困》，波普尔的那个书里面，他反对这种论调，更强调人自己的主观能动性。是什么原因让您得出激进革命是不可避免的结论？

王蒙：你这个讲得也很好，这些问题大家都可以讨论，因为中国革命后来胜利的迅速，超出了很多人的想象，也超出了毛泽东本人的想象，毛泽东在写《当前形势和我们的任务》的时候那已经是一九四八年了，当时对中国革命进程的估计比后来实际做到的要长得多，他认为还要有三年至五年的时间，才可能取得革命的胜利。可是实际上并不是那样，刚才你的理念还说到有一点，中国革命是从苏联进口的。

记者：是学者们的说法，苏联向中国输出了革命。

王蒙：不是，为什么呢？中国这个革命的性质，它有苏联的影响，不是主体，主体恰恰是中国历代的农民战争，就是改朝换代，很简单地说，中国要改朝换代，这个改朝换代到了清朝那种内外交困的时期，读书人希望改朝换代，工人、农民，工人很少了，主要是农民，农民很容易接受这个改朝换代的观念，大救星出来了，所以这个是中国历史，整个一个历史已经几千年沿袭下来的，搁这么几百年，有的时间会长一点，有的时间都非常之短，唐朝长一点，周朝长一点，但是它有改朝换代，有老百姓的造反，有水能载舟，水能覆舟。

记者：我总体感觉您体现出的政治态度，非常反对急躁，冒进，您主张非常缓慢而稳定的历史变革，您认为历史变革，包括改革也好，应该有一个过程，慢慢进行，要戒急也要戒躁，如果前面走得太快会有问题，如果没想明白宁可慢一点也行。

王蒙：中国发生的这些悲哀，大部分是由于急躁所造成的。包括像大跃进、公社化等等。但是，我同样非常痛切地陈述了目前的这些忧患，乃至于这些危险。而且我说的那些事情在我之前，包括那些抱极端批评否定态度的人，他们并没有说过这些事情。

比如说，对领导首先得让他知道真实的情况，而目前在中国知道真实的情况越来越困难了。因为大家都有一个认识，就是领导同志来了一定要让他高兴，让他看他最高兴的事，让他到你这视察完了以后心情极其愉快，非常满意，这样各种好处都有，这就不用我解释了。像我在书中举的那些例子，视察文化产业，干脆连人带物全都从深圳调来，然后请领导去看，我相信现在没有哪个领导知道这个事。比如说视察菜篮子，干脆临时换一个价钱，原来黄瓜是两块钱一斤，现在一下子变成四毛了。

所以，关键的问题是面对现实问题要有勇气说出真相。党的正式文件上都讲，大家要有忧患意识，其在书中上也讲了许多尖锐的话,讲了许多尖锐的问题。

我写的关于中国革命的内容,与其说是辩护,与其说是保守,不如说我恢复历史以本来的面目。因为如果你对历史的看法是现在网上某些人的看法的话,那中国革命根本不可能发生,土改不可能发生,参军不可能发生,白毛女不可能演,中国共产党根本就胜利不了。所以你必须理解这个历史,是怎么发生的,至于说这个历史,你喜欢不喜欢历史成为这个样,对我来说没有意义。我不喜欢这样,我能设计出另外一个样子吗?我能让它重新再发生一次吗?所以,我觉得与其去设计历史的可能性,和寻找这个历史的责任,不如我们设计当今的可能性,当今的责任,当今能够改善的可能。如果你一边指斥历史,一边又对今天不负任何责任,那样中国就会只能变坏。

记者:谢有顺对您的评论中说,您很难背叛作为精神父亲的毛泽东,那么,您是否有认毛泽东做精神父亲的潜意识?你要遭罪的时候,因为毛曾经保护过您。

王蒙:第一,我没有想过这个,我脑子里没有这个词,套瓷也套不到毛泽东那,高攀也很难高攀到那。第二,你说的那个事对我有很深的印象,但是这也不是绝对的,因为毕竟这不是一件了不起的大事,我也没有机会能够直接比如说与毛泽东谋面,哪怕他是拍拍我肩膀还是摸摸我脑袋,按他的年龄,他年龄比我父亲大,我父亲是一九一一年出生,他是一八九三年出生,他比我的父亲大八岁。所以,这个实际上也没有那么重要,谢有顺那么理解完全没有关系,无所谓。

但是,我是觉得不应该把这个政治人物绝对的道德化,有些对毛泽东的看法就是对他的私德方面有对他各种不利的说法。我觉得我们更多的是看他在历史上实际起的作用。而这里头如果你是用谩骂的方法,你是用道德毁灭或者道德审判的方法,我觉得不见得对中国能有什么好处,而只能会造成中国的一种新的混乱。

记者:查建英说您是国家公仆,我感觉您更多的时候,是一个保守者和中庸者,您做价值判断,对事实认知,提出您的主张的时候,都是非常小心翼翼,非常担心过犹不及,非常主张中庸。您的中庸思想是怎么形成的?

王蒙: 中国因为缺少多元制衡的传统,中国的平衡表现在时间的纵轴上,就是三十年河东,三十年河西,因此中国在政治道德上最强调的是中庸,勿为已甚,留有余地,过犹不及。你说我是一个中庸者,我并不否认,而且我也不觉得这有什么不好,而且这是中国国情和中国的文化所造成的。

别人的看法都对,因为他都有他们的,他又不是恶意的,都有他各种某方面的理解,我为什么要写这本书呢,我就是与其让一些人没完没了地在那瞎猜瞎猜理解,还不如我干脆给你公示一下我到底对很多事情,恰恰是这些最尖锐的大问题上,我是怎么想的。

我不赞成那么急于做价值的判断。我有我的笔法,我的笔法里面并没有杜绝做进一步价值探究,或者价值斟酌的这种可能。但是我更多地要说我所感觉到的真实发生的情况,为什么它会发生。比如说搞运动,一搞运动,一开头大家都想不通,三弄两弄就弄成真的了,这是为什么,我在小说里也写过这些场面,这个书里面我写得更透彻、更清楚。而且那些简单骂一顿那些人,搞运动的时候他不见得不按我这个路子走,他也上这个套,他也按这个路子走。

所以我觉得我这里头实际上更注重认知而不是判断好赖,中国人最大的悲哀就是把他的价值判断放在前头,而不考虑认知判断,就这个事情本身是什么。鲁迅曾经有这么一句话,人们看一个匾,都还没看清楚什么字呢,但是两边已经打起来了,一部书法的匾,他认为比如说这个字写得好,那边认为这个字写得不好,双方的意见非常不一致。但是那匾上到底写的什么还都不知道,他原来想的,因为眼睛都近视⋯⋯鲁迅他就讲过这个。

我是觉得我们谈中国的时候先看看中国近百年来到底发生了一些什么事,为什么发生的。它好也发生了,不好它也发生了,你光说它不好,你没有办法设计出另外一种有意义的新的途径,我是这个意思。

记者：我看到有人对您评论说，您像一个泥鳅一样，前两年您发布书的时候，有人说王蒙是妖精，您也认了。是什么原因让您炼成这样的？

王蒙：说我泥鳅的人就说明他一点都不了解王蒙，因为他太浅了，如果要是泥鳅的话，他写不出这种书来，这样不回避自己的观点，尽管在措词上很慎重，但是毕竟把该说的话说了。说我都成了精了，在香港有这么说的。就是说能够掌握这样一个分寸，能够拿捏这么一个火候，除王蒙外休做第二人想，他这个用词还挺逗的，不像现在年轻人用词，不是说没有第二个人了，它叫休做第二人想，他把这个动词"想"放在最后来了，这个人读过点老书，四十岁以上。

我看了这个评价很得意，不成了精能够做到这一步吗？我还引用，我在银川书市还引用。

记者：您在后面写到民主的时候，特别提到了您不相信少数人，但是也不相信多数人，您认为现在的民主集中制有合理性和好的一面。这些事根据您自身经验得出的结论吗？

王蒙：多数人的暴政我们已经体会到了，如果我们讲毛泽东搞运动，他搞运动的最大的艺术就是不管什么时候他都形成一个多数，他不管什么时候，他都收拾那个尖子，收拾那个官大的人，或者是学问大的人，或者是现在说职称高的人。这样的话，他就使一大批自己要什么没什么的这样的人感到出气，感到痛快。因为在中国优胜劣汰，有被淘汰的感觉的人是绝大多数，有优胜感的人是极少数。如果你随时随地把有被淘汰感的人团结起来去收拾那个自以为优胜的人，你无往而不胜，你信不信？

所以，当然我对多数的，而且我现在对网上的潮流，我也并不相信，网上的一哄而起的那种道德义愤未必可靠，你不可能去对证那些事实。中国尚不具备一种民主讨论的空气，别以为网上是民主，网上那也是可以被左右的，那个舆论也是可以被舆论的，也可以被义愤。

所以我对多数也不是绝对的相信。我很同意少数服从多数并不是民主的真谛的观点，因为这个太容易做到了。你看卡扎非和萨达姆，他们得的是全票，全体人民投票，而且一张反对票都没有，你说那个时候每个人填写那个票的时候都是被机枪逼着的吗？那不可能。说民主的真谛恰恰要看多数对于少数是不是能够尊重，能够保证他拥有的合法的权益，我觉得这个讲得挺好。

记者：现在还有一批知识分子，他们认为用现代的西方的社会科学来解释中国传统的这种儒家，这样一来就说成西方的民主宪政，我们的儒家，老祖宗的遗产里早就有，西方的这个好那个好，我们早就有，早就比你们好了，这个观点您赞成吗？

王蒙：当然这是哗众取宠，而且它根本不知道旧中国是怎么回事。

牵涉到文化的问题，前不久我在凤凰台听世纪大讲堂一位老师讲，他就说周易讲的是自然科学，讲的是数学，讲的是物理学，讲的是化学。他说的当然有理。但中国的悲哀就在这里，就是我们缺少一个，就是那种实证主义和科学主义的传统，周易当然它要研究自然的很多规律，包括某些数学的规律，比如那八卦，已经在探讨不同的排列组合的这种可能性。问题是它没有把它变成科学，而是变成了神学，变成一种神秘的一个，或者是哲学。它变成一个无所不包的带有神秘色彩的那样一些占卜、预言。

如果你说在中国传统文化里面找科学的观念，当然也有，中国人也知道勾股定理、商高定理，说周易里面还提到一个数字五十五，他说这个五十五就是一到十的等差级数的总和，我完全相信，它能算出来，因为这个数也不大，一加二加三加四，一直加到十，等于五十五，这个都能算出来。问题是中国不往数学上发展，而是认为这个数字是命运的表现，中国人讲气数，他是用数字来代表命运，用数字代表神秘，用数字来代表正邪，或者是偶和奇，所以这个恰恰是中国的悲哀。

中国现在要发展科学，我说的那个用价值判断代替认知判断，也是中国没有好好发展科学的一个悲哀。其实你要认真读我这个书的话，你就也知道，我并没有做很多的价值判断，我并没有在这个书上想为谁歌功颂德，或者也没有想专门想恶心谁，而我叙述的是事实，是历史，是发展。如果我说这个东西它存在着危机，这个既不是诅咒，也不是斥骂。如果我说这个是必然的，是历史的必然，是不可避免的，这里头也没有价值判断，这个人是必然要生病的，等于我要提倡病啊？人是必然要死的，老了以后要死的，等于我提倡大家去自杀？那就是对不起，那就是太浅薄了所造成的，如果他不浅薄他会知道我这里面避免做仓促的价值判断，而是做诚恳的认知判断，就是什么事情发生过，为什么它会发生。为什么你现在看着很荒谬，中国人还有一个，就是这一代人看着上一代人荒谬。我觉得这都不是有出息的表现。

有一个比我们这一代人年轻二十岁的朋友写文章说，一九五七年被打过右派的这批人，他们经历了苦难，应该孕育出黄金来。但是由于他们思想不解放，孕育出来的不是黄金，是木头。

这个说法就很有趣了，我现在已经快八十岁了，说这话的人也已经快六十岁了，你把你的黄金拿出来就完了，你责怪我们没有给你黄金，这不是开玩笑吗。你的黄金在哪呢？所以我觉得，与其去责备上一辈人，他却忘掉了他已经早就超过了他那个上一辈人了，上一辈人干这么多大事的时候，即使你觉得这个事干得还不满意，是搞革命的时候，是写作的时候，是发表惊天动地的言论的时候，那时候人家才三十岁，才二十岁，才四十岁，你现在都快六十岁了，你埋怨上一代人没有给你们孕育出黄金来，你觉得可笑不可笑？

记者：您说到社会的时候，主张应该多元化，此前我也注意到，在文学界的一些论争中，您曾经保护过王朔，您说应该有不同的文学作品。您的这种多元的思维，也是基于自身的经验和过去的教训形成的吗？

王蒙：我举个例子就是这样，咱们国家写小说的人，喜欢文学的人，我们最喜欢强调这个话，官方也强调，有时候本人也强调，就是生活，深入生活，从生活出发。但是，我觉得我们的这个政治的理论，社会的理论，同样需要的就是生活。如果你的这个政治理论脱离了生活，你就变成了俗套子，就变成了没有人相信的东西。只有它充满了生活的气息才行。

比如说指导思想，如果指导思想是一元的，马克思列宁主义，被指导的也都是马克思列宁主义，那不就变成了马克思列宁主义指导马克思列宁主义了吗？正因为被指导的思想是千差万别的，有宗教的、有爱情至上的、有金钱至上的、有口是心非的，因为有这种千差万别的思想，社会才需要一个指导思想，否则指导什么？所以说，如果说我有什么独立的思想，如果说我有独立的思考，就是我毕竟年龄也挺大了，我有很多生活的经验，我有北京的经验，我也有新疆的经验，我有汉族的经验，也有少数民族的经验，有当官的经验，也有被打入另册，变成什么五类分子的这个经验，我也有国外的经验，毕竟我这些年走了境外的六十多个国家和地区，好事坏事我都见过。我就是用我的生活，我对生活的感悟，对生活的认知，对生活的挂牵，对生活的坚持，来衡量我们的社会，来衡量一些理论，也来衡量别人对我的呐喊，也包括非常美好的声音。所以我说我要做的就是用生活来解说文学和政治，跟我这人是统一的。有人说你写这个书是转向的，我说我哪转向了，本来这就是写我的生活，而且恰恰是今年又不断在发表中篇小说，这个你们也都看到了。

发表于《社会科学论坛》2012年第12期

《这边风景》就是我的"中段"*

四十年时空穿越

记者:《这边风景》的出版过程非常坎坷,四十年前的旧作到今天才最终得以面世。这在客观上就造成了一种"陌生化"的效果。四十年之间,时代变了,人心变了,人们的阅读经验、阅读方式、阅读期待,甚至是话语方式都在改变。四十年之后的您重新读自己年轻时的作品,有什么不一样的感受?

王蒙:四十年是一个非常长的时间,人的一生有两个四十年就了不得了。不管是我自己还是整个社会,四十年前都是高度政治化的,任何一本书出来,首先要看它政治上的标志和政治上的态度,《这边风景》正是陷入了这样的尴尬之中。我是在"文革"当中写这本书的,虽然它本身并没有写到"文革",但是它的话语必然受到"文革"的标签、命题、说话习惯等的影响。书写完了,"文革"也已经结束,当时书中那些原来摩拳擦掌地想跟上的东西反而令人感到不安,所以我自己觉得这本书已经没救了,就差一把火把它烧了。可是,现在读起来,我看到更多的是这里边的生活和人,这里边的各种细节,各种人的性格和历史的风雨,才是真正的文学内容,这跟过去是一个很大的不同。

---

* 本文是《文艺报》记者刘颋、行超对作者的访谈。

其次,那时候我对新疆,尤其是对少数民族生活了解得非常细致,如今我已经离开新疆三十多年了,所以当我看到书中对少数民族的描写,还是觉得有一种新鲜感。有些细节我自己都忘了,反而要找人再去问。比如,我在书中提到有一个人的名字叫坎其阿洪,"坎其"表示他是家里最小的儿子。我现在看的时候完全不能确信有没有这种说法,于是就找人问,别人告诉我确实是这样的。可以说这既是一个记忆,也显示出了遗忘和沧桑。

另外,《这边风景》在写作手法上跟我后来的作品有极大不同。这本书我是用比较老实的现实主义写法写的,对生活的观察很细致,这跟年龄有很大的关系。三十八九岁应该算是一个人写作的盛年。我记得我在当《人民文学》主编的时候发表过一篇莫言的小说《爆炸》,我看这部小说的时候就感慨,以前自己从来不认为自己老,但是看了《爆炸》就觉得自己老了,莫言小说中的那种感觉我已经写不了了。可现在回过头来看《这边风景》,我又觉得那个时候自己还没有老。

还有一种感觉,就像是穿过时光隧道又回到了当时那个时代。那时候的生活方式跟现在有很大的不同,我看了非常感慨。我在书的后记中也提到,林斤澜曾经有一个打趣。他说,好比我们这些人到饭馆里吃鱼,鱼头给你做出来了,鱼尾也做出来了。中段呢?饭馆人说,我们这儿鱼没中段。鱼怎么可能没中段呢?然后他叹息说,可惜我们这些人都没有中段了。我们这代人年轻时候写了一些东西,后来政治运动越搞越紧,这些作品就无奈消失了。可以说,《这边风景》就是我的"中段"。

记者:您在"小说人语"中多次提到,自己在重读旧作时"热泪盈眶",是什么让您热泪盈眶?

王蒙:《这边风景》中最使我感到激动的就是对爱弥拉克孜的描写。她是个残疾人,她爸爸是一个比较保守的老农,生活处境相当艰难。因为她缺一只手,给她说媒的,不是找个瞎子,就是找个哑巴,但实际上,她的心气特别高,所以她非常坚定地说自己这一辈子都不结婚了。在这种情况下,她收到了一封求爱信,她当即的反应是大哭。这充分说明了她在爱情生活上的不幸,她早已经剥夺了自己爱的权利、婚姻的权利,因为她没法低头,没法委身于一个人。我看到这段觉得特别感动。

另外还有,爱弥拉克孜去还泰外库手电筒的时候对泰外库说,您这屋里这么大的烟,您不该放这么多柴火,泰外库一下就震动了,觉得整个屋子都是爱弥拉克孜的身影。这些地方我现在说起来都特别有感情,每次看到都有体会。这其中包括一种对少数民族的内心深处的爱,也有对他们女性的一种尊重,因为,这恰恰不是一个男女平权的地区,这里歧视妇女的事情太多了。

记者:《这边风景》写的是一个政治荒谬的时代,那个时代的生存逻辑其实并非是正常的逻辑。这便涉及到一个悖论:如果完全遵循那个时代的真实,则必然有损小说本身的逻辑性和艺术性;如果按照小说创作的逻辑来布局,则会与当时的真实情况有一定出入。比如,小说中所有人物的命运突转均来自毛主席的一纸公文,也就是"二十三条"的出现,在正常的小说逻辑中,这显然是一个刻意为之的偶然事件,但在现实中,这又是事实。您是否考虑过这一问题?

王蒙:这是一个很有意思的说法。我在"文革"尚未结束的时候开始写这部作品,当时并没有足够的认识和勇气来挑战"文革",我并不是把它作为一部反叛、"点火"的书来写的。在这个左了又左、荒谬得不能再荒谬的时代中,我抓住了一个机遇,就是毛主席用"二十三条"来批评此前在社教运动中的"形'左'实右"。我于是找到了一个可以合法地批评极左、控诉极左的机会。这已经算是挖空心思了,否则我只能歌颂极左,那既是生活的逻辑不允许的,也是我的真情实感不允许的。

上世纪八十年代初,邓小平接受意大利女记者法拉奇的采访。法拉奇问他,您三起三落的秘密是什么?您是如何经历过三次极大的打击后又恢复过来,继续做党的领导人?我当时想,邓小平会怎么回答呢?他不可能给意大利记者讲马列主义、共产主义信仰,讲共产党员是什么特殊材料制成的。邓小平最后就回答了两个字,"忍耐"。伟大如邓小平,遇到这种时候也没有别的辙,只能是忍耐。所以我在《这边风景》中用汉文和维吾尔语不停地说着忍耐——契达,一个堂堂男子汉,必须咬得住牙,忍耐得了。

另外,我在小说中还是歌颂了毛泽东,这是一个比较复杂的情况。人民公社虽然最后解散了,但是确实表达了毛泽东为新中国找一条路的愿望。所以,小说中有一些对"二十三条"或者对毛泽东的歌颂,并不完全是我的伪装或姿态。更多的是表达了我们这代人在毛泽东的领导下,又碰又撞,艰难前进,把自己都绕进去了的特殊心态。你现在看这书也还能看得出来,就是这些干部也很辛苦,老百姓也很辛苦。帽子扣得特别大,但是他就是发展不了生产,冤枉了很多好人,甚至使很多坏人有可乘之机,所以这就看你怎么读这本书了。

记者:《这边风景》还有一个独特之处就是每一章后面的"小说人语",像您刚才说的,有一种穿越时空隧道,在现在和过去之间穿梭的感觉。"小说人语"的出现使作者还兼具读者和评论者的角色,我们依次看到了作者的创作、作者的感慨和作者的评点。为什么会采用这种方式来完成这部作品?是否担心因此影响读者阅读的流畅性?

王蒙:这本书出来,对于读者来说是新作,对我来说却是旧作,我不想对这部旧作做过多的改动,第一我没有这个能力,第二就会使那个时代的很多时代特色都消失了。但是另一方面,作为新作,二〇一二年我对它重新作了整理归纳和某些小改动,我需要有一个21世纪的态度和立场,需要给读者一个交代,所以出版社的广告词就是:"七十九岁的王蒙对三十九岁王蒙的点评。"一般情况下,小说不这样写,但中国有这传统。《史记》有"太史公曰",《聊斋志异》有"异史氏",所以我觉得中国人能接受这种形式。也可以不写"小说人语"，最后写一篇很长的概述，我觉得那不是好的办法，好像自己给自己做结论似的，更倒胃口。"小说人语"比较灵动，借这机会说说其他的也可以。比如打馕那章，我借机写了我当时的房东大姐，既是亲切的，又是自由的。它是可即、可离、可放、可收的。

生活是无法摧毁的

记者： 书中描写的少数民族地区的环境、生活，对于内地读者来说有一定的距离感，这就让小说产生了一种"陌生化"的效果。您当时在创作的时候是如何做到这一点的？

王蒙： 在写这本书的时候，我可以说是做到了破釜沉舟。在伊犁的六年时间，我住在维吾尔族农民的家里，完全跟他们打成一片，我很快掌握了维吾尔语，跟当地人民的接触不仅是学习的接触、工作的接触，更是生活的、全面的接触，所以我对那里的了解非常细致。小说中的对话我是先用维吾尔语构思好了，再把它翻译成汉语的，所以有的句子与汉语是不一样的。比如汉语说"有没有办法"，维吾尔语说的是"有多少办法""有几多办法"。还碰到一个问题，咱们国家语委正式规定，第二人称尊称没有复数形式，可以说"您"，但不能说"您们"。但是维吾尔语有复数形式，"你们"和"您们"的发音区别非常明确。

小说中的故事和语言都是贴近少数民族生活现实的，比如库图库扎尔和四只鸟的故事，如果看过《一千零一夜》就知道这种写法的文化渊源。还有，当我要跟你说一句比较重要的话的时候，新疆人会说，"我耳朵在您那里"，意思是"我认真听着呢"；"幸福的鸟儿栖息在我的额头上"，表示的是走运了等等。这些说法都不是我编造出来的，而是长期、深入地跟他们打成一片的结果。

记者： 您生长在北京，新疆生活对您的思维、语言产生了很大的影响。这部作品实际上就是内地和新疆的两种文化、两种习惯、两种传统合力的结果,在这个协调作战的过程中,您是如何处理、协调这两种文化的?

王蒙:《这边风景》写作激情的主要来源是对一种跟你不完全相同的文化的兴趣,这既是一种好奇,也是一种欣赏。汉语中有一个词叫做"党同伐异",我能理解"党同",却不赞成"伐异"。《这边风景》对少数民族的描写表现了我对一种新的经验的重视和欣赏,虽然里边我也写到一些少数民族的保守、自私、狡猾,但总体来说,我表达的是对不同民族、对不同文化的欣赏、好奇和爱。

记者:小说创作于一个特殊的时代,我们虽然没有经历,但是可以想象当时巨大的政治高压。但是我在读这本小说的时候,更多感受到的却是您对生活的热情,对山川、人民的热爱。您当时是如何在那种政治高压下保持昂扬向上的情怀的?

王蒙:我想更多是源于自己的一种非常光明的底色。我从少年时代开始就追求革命,欢呼新中国的建立,以后不管碰到多少曲折,那种昂扬、光明的底色都还是有的。另外,我通过整理这个旧作感觉到,生活是不可摧毁的,文学是不可摧毁的。不管上边讲多少大话、空话、过头的话,但生活还是要继续下去。上世纪六十年代的新疆是相对粮食比较富裕的,一九六五年有半年伊宁市买馕都不用粮票,这在全国都是绝无仅有的。那时候酒很难找到,但是大家也没少喝酒,肉也一直在吃。小说中我写了很多细节,新疆人怎么种花、怎么养花、怎么养猫、怎么养狗,还有南疆和北疆如何押面,做面剂子有什么不同等等。不管是左了、右了,人还是人呢,老百姓还是老百姓呀,吃喝拉撒睡、柴米油盐酱醋茶,这些从本质上来说都是不可摧毁的,该做饭还得做饭,该搞卫生还得搞卫生,该念经还得念经,该恋爱还得恋爱,该结婚还得结婚。同时,文学也是不可摧毁的,虽然在创作中不得不考虑当时的政治背景,甚至作品里也搬进了一些政治口号,但是当你进入细节的时候会发现,其中的人的动作、表情、谈吐,都是文学层面的。

有时候极左只是一个标签,实际上,任何时代都有热心的人,也有自私自利的人,这和政治无关,是人性的表现。小说中的尼牙孜,用当时的话说是破坏人民公社、不好好走社会主义道路、不照顾集体利益。现在就是不遵纪守法、不注重公平竞争的原则。标签可以换,但人在任何时代都存在。

记者:《这边风景》可以说是用细节和人物形象支撑起来的,像您所说,生活本身是无法摧毁的,这部作品可以说是一部写生活的力作,从某种程度上说有俄罗斯文学传统的痕迹。在把握这样一部体量庞大的小说时,您的小说学是什么?

王蒙:小说创作的时间大致是二十世纪六十年代到七十年代,那时候我的阅读经验主要是现实主义的作品。当时我所倾倒和崇拜的是托尔斯泰、屠格涅夫、契诃夫、巴尔扎克这样的现实主义文学大家,阅读他们的作品让我很激动。在写作手法上注重对细节、人物形象的描绘和刻画是那个时候文学的一个特点。八十年代以后,这种特点逐渐淡化了,写作方式开始变得自由。在这种自由的环境下,我可以更多地抒发个人的倾诉、议论,敢"抡"起来了。写《这边风景》的时候我还不敢"抡"。

从文艺的政策上说,当然,八十年代以后的政策是好的,七十年代的文艺政策很多都是活活要人命的。可是,具体的文学作品并不是直接用政策引导出来的,它是作者自己写出来的。因此,一个人的写作态度,是无限的自由好,还是在自由当中有所约束、有所收敛好?这是另外一个问题,跟人的精神状态和具体的年龄、经历、见闻也有关系。你现在让我再写《这边风景》这样的作品,我反倒失去了那种亲切、融合的感觉。

记者:读完这部小说我有一个疑惑,小说中描写的边疆地区的汉族与少数民族之间和谐共融在当时确实是真实的吗?少数民族人民是真的像小说中写的那样真心地迎接解放的吗?

王蒙:当然。你知道,共产党始终是站在弱势群体这一边的,实行民族区域自治当然少数民族是欢迎的。解放前,维吾尔、哈萨克这些民族我完全都不知道。当时只承认"五族共和",就是汉、满、蒙、回、藏,伊斯兰也是回族,现在逐渐细分成了维吾尔族、哈萨克族、塔吉克族、柯尔克孜族等等。另外,那时候说民族问题说到底是阶级问题。什么意思呢?不同的民族自个儿斗自个儿的财主,互相别斗,就斗本民族的大阔佬就行了,这个很管用。汉族的斗地主,维吾尔族的斗巴依、伯克。汉族和维吾尔族还能在一块联欢、吃肉,那多好啊。

记者:小说里写到了维吾尔族人跟汉族人的冲突,在这个过程中少数民族显得相当的理智,甚至比我们现在都要理智很多。

王蒙:我已经写得够尖锐了,汉族人包廷贵养猪,这猪还到处乱跑,特不地道,弄得维吾尔族人非常的反感,再加上阶级敌人的挑拨,演变成了一次小小的闹事。其实我是在提醒大家,要尊重彼此的生活习惯和信仰。

时代人物的"满汉全席"

记者:小说中描写了大量性格各异的人物。其中的正面人物,由于受时代的影响,有一点"高大全"的影子,比如伊力哈穆、里希提,都属于那个时代的理想人物。相反,一些反面人物或者说身上有弱点的人物却相对来说更完整、更复杂。您完整地交代了这些反面人物的成长环境、经历,让读者觉得他的"坏"是有原因的,因此并不可恨。我们现在生活在一个价值多元的社会,很难有完美的、理想的人物了,如果您现在再构思作品的人物,会怎样描写像伊力哈穆这样的正面人物?

王蒙:伊力哈穆这个人物身上是可以看得出受到当时的"三突出""高大全"这类文学思潮的影响。让我略感欣慰的是,我在构思这个人物的过程中把他性格的养成与少数民族的一些风俗习惯以及他个人的童年经历结合了起来。比如伊力哈穆小时候曾经碰碎了库图库扎尔的酥糖。如果我现在再写这样的人物,应该会更多地写他内心的困惑,比如,我也许会写他对现实的无奈、写他遭遇的生活的困难、家事的困难等等。

记者:伊力哈穆这个形象在开始是有些距离的,但是到最后,当伊力哈穆被章洋逼着站起来,然后还到县上找赛里木的时候,这个形象逐渐立起来了,也感人了。"小说人语"中有句话是"当面对尼牙孜们却不得不掂量伊力哈穆们的真实性和纯洁性的时刻",这是悲剧的。正面人物特别难写,但是伊力哈穆最后立住了,除了赋予他一种您说的忍耐的品质之外,还有什么别的原因?

王蒙:伊力哈穆的身上其实有许多真实的东西,比如他很喜欢伊犁家乡,这在伊犁太普遍了。就像现在上海人走到哪都觉得上海最好一样,伊犁人都认为伊犁条件好。另外,他希望把公社搞好,希望把集体生产搞上去,他认为在共产党的领导下生活应该天天向上,这都是真实的。他的缺陷是形象相对扁平,这里其实应该多少有点困惑、障碍等等。你说后来写他站起来时候比原来给人的感觉好一点,就是这里表现了他的困境,他并不是一个势如破竹地从胜利走向胜利的样板戏里李玉和似的英雄人物。从纯文学的角度来说,伊力哈穆写得绝对没有库图库扎尔热闹,库图库扎尔一会儿这样,一会儿那样,他和党委书记在一块是一种情形,在会议上发言又是另一种情形。穆萨队长和他老婆马玉琴也很有意思,穆萨好好地突然脑子一热,一下子就蹦起来了,出尽了各种洋相。伊力哈穆就缺少这种个性化的东西。

记者:像您说的,好人有所不为,有所不言。坏人是满汉全席,所以坏人精彩,好人难写。好人难写似乎是文学创作中一个至今难以破解的难题。

王蒙:是的。写坏人是少禁忌的,贪婪可以写;下作可以写,阴谋可以写,狡猾可以写,善变可以写,狠毒可以写;可描写好人却有很多禁忌。

在文学史上也有一些比较成功的好人的形象,但几乎都是带有悲剧色彩的。比如《悲惨世界》中的冉阿让,这显然是一个理想主义的人物,他从因为偷面包而入狱,最后变成一个圣人,一个耶稣式的完美的人。但是这些形象都是悲剧性的,我没办法给伊力哈穆一个悲剧的结局。

记者:小说中的女性形象也很突出。比如雪林姑丽,她的性格从开始的懦弱逐渐成长为敢于反抗、敢于斗争。您在小说第四十五章中对这个人物进行了特别的描写,作者从第三人称全知视角中跳出来,对雪林姑丽这个人物做了主观评价和议论,您似乎对这个人物特别偏爱?

王蒙:是这样的。雪林姑丽这个名字我很喜欢,在小说中还多次考证了名字的来由。另外,我还通过这个人物写了南疆,尤其是喀什地区的风土人情。小说中还有一个女性,虽然没有雪林姑丽那么抢眼,但也倾注了我的深情,就是乌尔汗。小说中写到,经历了种种生活的挫折后,伊力哈穆问乌尔汗,你现在还跳舞吗?乌尔汗听了非常震惊,好像从远处云层里打过来一束光,传来了她年轻时流行的歌曲。这是一个我很喜欢的主题,一个女孩子,年轻时那么热情、那么美丽、那么昂扬向上,结婚之后,短短几年间就被各种的琐碎的家务和岁月摧毁了,你再跟她说年轻时的事,好像是在说另一个人似的。

还有一位女性叫狄丽娜尔,在小说中嫁给了一位俄罗斯青年。小说中有一个细节是我的亲身经历,有一次我骑着自行车从伊犁往伊宁市走,结果一个特漂亮的、十四五岁的大丫头突然坐到了我车上,说:"大队长,把我带到伊犁去!"你说逗不逗?我呼哧呼哧、满身大汗地把她带到了,她突然跳下车就走了。我都不知道她是谁,也没看清她长什么样,但是我满心欢喜。人和人之间如果有一种善良的、友好的关系就会有很多美好的体会。不要认为政策高压对人会有那么大的影响,下放后我和农民在一起过得还挺好的呢。那时候虽然有很多政策,整天贯彻,但是新疆是另一种文化。比如每年打麦子的时候,当地人绝不给牲口戴上拢嘴,汉族人看着就特不习惯。有时候,马一口把好多麦穗都咬进去了,其实根本消化不了,拉出来的全是麦粒,确实是浪费。可是维吾尔族农民说:"这是真主给它的机会,一年就能吃饱这么两三个星期。我们为什么要管它呢?"上级检查的时候,他们赶紧把铁笼嘴给马戴上,上级刚一走就拿下来了。还有,当时社教要在大队中建立文化室,要检查了,大队书记给我五十块钱,让我到伊宁市买点书报。我买回来一堆书报,把木匠房打扫干净、布置好,找几个回乡知识青年坐那儿看报,领导看见了,说这个地方搞得很好。领导走了没三分钟,我们就把这些东西往仓库里一收,还是原来的木匠房。

记者:您刚才提到,爱弥拉克孜的故事多次让您热泪盈眶,这个人物有原型吗?

王蒙:这个故事是我编的,但是这样的人我确实见过。请你们注意,我的小说《淡灰色的眼珠》中也有位一只手的姑娘。那篇小说讲的是另外一个故事,一只手的姑娘爱莉曼爱上了马尔克木匠,但是马尔克木匠只爱一个得了重病的女子,那女子临死时还留下遗嘱,说希望你赶快跟爱莉曼结婚,马尔克木匠却决不跟她结婚。于是,爱莉曼一生气就嫁给了一个老裁缝、老色鬼。可见,一只手的姑娘在那个年代给我留下了很深刻的印象。

记者:小说中还有一个人物很有意思,就是章洋。这个人物有点类似《悲惨世界》中的沙威,他们本身就是时代悲剧的牺牲品,而他们的偏执也在客观上促进了时代悲剧的进一步发生,使更多人成了牺牲品。章洋晚年的情节是您近期加入的,他的死前遗言耐人寻味,似乎带有某种讽刺意味?

王蒙:这两个人物确实有相似性。章洋一直不认为他自己有错,他始终认为自己是最积极、最进步的。在那个特殊的年代,在特殊的政策背景下,这样的人屡见不鲜。我接触过很多这样的人,他们张口闭口积极进步,喜欢搞秘密的扎根串连,小说中章洋多次组织"小突袭",所谓"小突袭"就是不管好人坏人先揍一顿再说,有枣三竿子,没枣三竿子,那真是活活要人命。他们的思想和语言脱离了实际,也是那个时代的特色。

从刻骨铭心到痛心疾首

记者:如您所说,无论政策如何,太阳照常升起,生活照样继续。这部小说最让人感动的地方是它让人感受到生活的力量和文学的力量。另外,小说打动我的还有一点,就是其中呈现出的最真诚的赞美和最真诚的批评,这部小说留给我们史料价值也罢,填补您的"鱼的中段"也罢,都还是其次,更重要的是它所呈现的一种真诚,这种真诚在今天看来特别可贵,也特别稀少,您自己怎么看待这部小说呈现出来的真诚?

王蒙:《这边风景》真实地表达了我个人处在逆境、国家处在乱局的现实。然而,虽然是在逆境和乱局之中,但它仍然表达了我对人生的肯定,我对新中国的肯定,我对少数民族人民,尤其是对少数民族农民的肯定。我时时刻刻地在用一种正面的东西鼓励着自己、燃烧着自己,当然,每个人的情况不一样,谁都用不着拿自己当标准来衡量别人。但是,就像我刚才所说,我有光明的底色,即使在逆境和乱局之中我仍然充满阳光,仍然要求自己充满阳光,我仍然有一种对边疆、对土地、对日常生活的爱。

同时,我也看到了种种敌对的势力、种种下三滥的人物、种种愚蠢和无知、种种章洋式的夸张和伤害别人的冲动,这些东西我写起来是很沉重的。在苏联的解冻文学中有一个说法,斯大林时期对人的诽谤被鼓励,谁能诽谤别人谁就能飞黄腾达。我们的政治运动也有这个特点,它千差万错、阴差阳错,最终也成了对诽谤的鼓励。我在写这部分内容的时候其实是非常沉痛的。比如我写到章洋在"突袭"中几次命令伊力哈穆站起来,口气凶恶。伊力哈穆开始还想扛一下，没有站起来，最后，他终于扛不住站起来了，写到这里时我是很愤慨的。

杨义曾经跟我说，他在读我的作品时感受最深的是四个字——"刻骨铭心"，他认为我的小说对新中国的人生经验包括政治经验的描写让人读了有一种刻骨铭心的感觉。当我自己四十年后再看《这边风景》，尤其看到最后伊力哈穆被迫站起来的时候，我就不仅仅是刻骨铭心了，从刻骨铭心走向了痛心疾首。所以你说我写得很欢乐、很光明、很愉快，但正是在这种欢乐、光明、愉快当中，其实还有这么四个字——"痛心疾首"。

记者：您在创作这部小说的时候可能是有意识地给自己设定了一个相对可信的、可靠的政治背景，给自己找准了对"形'左'实右"批判的时机。但这个小说最终我们看到的批判并不在于以上这些对政策的批判，它让我们看到的是对某些亘古未变的人性弱点的批判，这是穿透时代的。

王蒙：我还有一个看法，那个时代执行了什么政策，这个由党史来研究，我写这部小说的时候，尤其是写"小说人语"的时候，是对那个时代有批判、有怀念的。我们曾经这样设想过，虽然我们设想的并没有完全成功，但是在局部的、某一部分中却分明可以看到美好的情趣。比如说集体生活，它当然有可爱之处，就像很多参加工作不久的人怀念学生时代一样，尽管学生时代可能宿舍不好、校医室不好，这都没有关系，他还是会怀念集体生活。小说中提到了工作队文化，这工作队文化让共产党真正深入到了全中国。从秦始皇起一直到中华民国，没有一个政权能够把工作队派到每个农民家里去，没有哪个政权能够整天组织农民学政治、贯彻文件、选队长。秦始皇做不到，汉高祖做不到，唐太宗做不到，宋太祖做不到，努尔哈赤做不到，孙中山做不到，蒋介石做不到，所以，确实我对那个时代也有一种怀念。这种怀念虽然不意味着我对当时政策的认同，但是，当时总体的政策很难一下子全否定，因为它是一个摸索的过程。

如果用现在的语言来说,"中国梦"那个时候已经在,大家希望中国富强、希望中国大跃进、希望中国变成社会主义强国。毛泽东曾经以一个诗人的心情介绍一个合作社的成功经验,说吃饺子的时候全村的饺子都是一个味儿,我们现在听起来很可怕,但毛泽东兴奋得不得了。他认为他把人民组织起来了,从一个一盘散沙的国家到一个全国吃饺子一个味儿的国家,他认为取得了伟大的胜利。我们可以从政策上总结很多痛心疾首的教训,但是就像长大后怀念儿童时期一样,你的教育好不好、你的营养够不够、父母是不是经常对你体罚,这些都不重要,你不可能因为这些就不怀念童年,这里包含着一种非常复杂的怀念的感情。

记者:"三红一创""青山保林"①等新时期之前的作品更多是依赖于作家个人经验的写作,这个经验既有自己的革命经验、斗争经验,也有对政策的理解的经验。《这边风景》的独特之处在于,它是让生活说话、让自己内心的感觉说话、让文学的规律说话,小说的生活底子很厚,文学的感觉很饱满,人性的表现也很丰富、很层次,可以说是那几年新疆生活经历馈赠您的一个礼物。

王蒙:确实是这样的。当时出版社拿到书稿时问我,是不是就像《艳阳天》似的?我认为不是,书中写到的那些生活、那些角度、那些痛心疾首的问题,《艳阳天》里没有,《金光大道》里没有,《山乡巨变》里也没有。《山乡巨变》是尽量给农业合作化过程唱牧歌,周立波对湖南的山山水水、细妹子太有感情了,而且他也是一个非常有文采的人,所以《山乡巨变》还是好读的小说。周立波很不容易,他先用东北的语言写了《暴风骤雨》,跟之后的《山乡巨变》比起来,就像是两个人写的,《山乡巨变》中的语言是轻飘飘的。

还有一个问题,毛泽东《在延安文艺座谈会上的讲话》,拥护、感

---

① "三红一创""青山保林"指二十世纪五六十年代出版的长篇小说《红日》《红岩》《红旗谱》《创业史》《青春之歌》《山乡巨变》《保卫延安》《林海雪原》。

动的人都非常多，我并不以拥护、热爱《讲话》著称，我也不想做这方面的表现。但是，在实际行动上能够做到真正践行《讲话》的没有人能超过我。毛主席号召和新的时代、新的群众相结合，希望作家们来一个思想改造。谁真的做到改造了？谁真的做到跟农民打成一片，而且是和边疆地区、民族情况最复杂地区的农民彻底打成一片？除了我没有第二个人了。柳青是非常践行《讲话》的。他践行到什么程度呢？他能到长安县兼一个县委书记或者县委副书记。柳青是一个非常好的作家，但是他一直在拼命地理解农业合作化的政策，简直到了咬牙切齿的地步。丁玲曾经下去在工作队待了一段，写了《太阳照在桑干河上》，但是《太阳照在桑干河上》一看还是丁玲写的，她是一个观察者，没有真正钻进去。

　　我不想借这本书来证明《讲话》是多么正确，也不想证明《讲话》还有一些令人遗憾之处，我只是讲述自己生活的回忆。回忆是中性的，没有好也没有坏。我一个北京的左翼学生，而且是地下党员的学生，还当过多年的干部，然后突然一下子到新疆去了，跟少数民族生活在一块了，作为生活的遭遇这很好玩呀。这个是我的不可多得的经验，也是别人没有的经历，这是咱老王的一绝。这个样本我现在找不到，也做不到了。实话实说，我现在身体也不行了。现在你把我再送到那儿，送到我劳动过的公社，叫我务农三年，肯定就嗝儿屁着凉了。

发表于《文艺报》2013 年 5 月 17 日

荀子不那么浪漫，更求真务实[*]

记者：由西汉刘向编定、传之后世的《荀子》一书，内容非常丰富，有劝学修身的篇章，有对"王道""强国"的设计，有对"礼""乐"的论述，有"名""道""性恶"的辨思，甚至还有"赋"和对"十二子"的批评。在您看来，荀子的思想有哪些特征？其精髓何在？

王蒙：作为儒家的一个代表人物，荀子的特点是，突出仁政的推行。他认为，一个诸侯国家，实力不全在疆域与军备，而在于以仁德获得人心。同时，他又将礼治与法治结合起来，把音乐的节奏、旋律、动人与礼文化、礼仪式、礼敬畏结合起来，把权力的使用与保持规范化，也可以说是文化化、礼义化、道德化，甚至是审美化与心灵化。

荀子强调对生死的重视，反对墨子的薄葬理论，同时表示对俗世的神鬼之说不屑与评——这是古代"不争论"的智慧。他重视丧葬礼数，表达的是尊敬先人长辈，珍惜文化与知识经验积累，重视历史传承发展，慎终追远，反对虚无主义与自我作古，同时也表达对生命的珍惜与敬畏。他承认天命，又不是一味敬畏，"大天而思之，孰与物畜而制之？从天而颂之，孰与制天命而用之？望时而待之，孰与应时而使之？"就是说，与其只明白天很伟大，想着记着时时在心，不如掌握天——世界的走向，有所利用；与其老想着要符合天意天心，不断地歌颂敬礼于天，不如把握住天道，使用天道天心天意；与其只知

---

[*] 本文是《光明日报》记者韩寒对作者的访谈。

道等待时机,不如赶紧利用现实的机遇,治国平天下。这些观念,其精彩与能动,直接通向毛泽东思想中关于中国革命的论述,并令人想起俄苏马克思主义理论家普列汉诺夫关于历史发展规律的客观性与人的主观能动性的理论,也完全适用于我们所处的新时代。

记者: 孔子与孟子倡导儒学,荀子亦是儒家代表人物之一。在您看来,荀子的儒学与孔孟的儒学,有哪些相通之处,又有哪些不同?

王蒙: 荀子更务实一些,才能同时成为儒家、法家先行者。荀子说:"人之生固小人,无师无法则唯利之见耳。"人都有欲望,荀子认为欲望本身不必扼杀,也无法消除,关键是要使人的行为符合礼义,加以教化与管控规范。这些思想在今天也极有意义。应该说,这是一种更求真务实的说法,是古代中国少有的对于"人欲"的恰当对待,比起叫得更响亮的"存天理,灭人欲"的说法,要合理开放得多。

荀子的性恶论是大贡献,是对孔孟的性善论的有力补充,但是不可能扭转性善论的主流地位。性善比性恶更易于被生民接受,因为性善即天性,为恶就是逆天,亲善即亲天,是天、人、善(德)的三位一体,对于中华文化具有基本的意义。

记者: 您在书中对荀子多有评价,如"一个真正追求经世致用,并能联系治国平天下实际的大儒","真有两下子";又如"有些时候,荀子的斗争性、鲜明性、排他性非常强,横扫千军,口气有点像现在的某些网红大咖"。在您看来,荀子是一个怎样的人?

王蒙: 第一,他正视社会转折的现实、道德危机的现实、争权夺利的现实,他希望用礼与义、法与治,挽狂澜于既倒。第二,他重视教化与礼制礼治,用文化治理引领君心、臣心、士心、民心。第三,他坚持己见,排斥异见,不喜欢、不接受什么百家争鸣,特别是那些墨家、名家、空谈家的哗众取宠。第四,他重视大道理,也重视具体而微的规范秩序;重视君王,也重视宰相;重视君权,也重视君王的用人与奖惩力度;重视软实力,也重视硬实力。他的思想有理想性,也有实践性、现实性。

孔子长于制定创立,循循善诱,准确妥善;孟子长于浩然之气,义正词严,清晰坚定;荀子长于思虑周全,可操作性,弹无虚发。

记者: 由荀子的观点出发,您对中华传统文化的核心概念多有论述。例如,"修齐治平之道,有其理想性、美善性与动人性""从道不从君""道比君王还根本,还重要,这个观念有它的严肃性与终极性"。在您看来,何为中华传统文化追求的"道"?

王蒙: 道,是中华文化的终极概念,是中国的概念神,其释义连篇累牍也讲不全。但这里,我只想说,对荀子这样的思想家、政论家来说,天道就是圣贤之道、人道、仁道、王道、君子之道、教化之道,这才是中华传统文化"天人合一"的核心要义。

记者: 荀子之"道"之于当下,有何意义?

王蒙: 荀子的"道",放在今天,就是指真理,指历史发展与社会发展的规律,就是政治文明,政治科学,就是源于中华民族五千多年文明所孕育的中华优秀传统文化,熔铸于中国共产党领导人民在革命、建设、改革中创造的革命文化和社会主义先进文化,植根于中国特色社会主义伟大实践所揭示的真理。客观真理高于一切,当然。

记者:《荀子》在《致士》一章里写道,"川渊深而鱼鳖归之,山林茂而禽兽归之,刑政平而百姓归之,礼义备而君子归之",并引《诗经》"惠此中国,以绥四方"来论证"礼"的归心作用。您解析,这段话,用现代话来说,就是"文化立国"的作用。

请问,由《荀子》可得,中华传统文化具有怎样的特征?这样的特征于当前有何意义?

王蒙: 研究中国历史可知,帝王并非无所不能。历史上不但有大权旁落、势单力薄、可怜兮兮的帝王,有夏桀商纣式的昏暴帝王,还有不少受到来自礼法、谏争、廷争、先帝制式、圣贤典籍、老臣权臣长辈约束的帝王。有的帝王想做的事硬是一辈子做不成。中华传统,包括了权统、法统、君统,也高悬了道统、学统、文统。这些说法都在实践中发挥了作用。

中华传统文化的积极性、实践性、礼义性已经深入中华人心。五四运动、中国共产党领导的人民革命与社会主义事业,深刻反思、继承、弘扬、激活、转变与创新了绵延数千年的中华文化。不实行现代化,就无法摆脱贫穷落后、愚昧无知、挨打受辱的悲惨命运;不与传统文化接轨,搞历史虚无主义,割断历史,自绝于民心,就不可能成功地再造重塑,振兴中华;不实行中国特色社会主义,就只能停滞不前,亡党亡国。对于中国特色社会主义的建设,讨论掂量,荀子的理念,强调礼义法度,强调后天的努力和治理,给人启发,令人奋起、活跃。结合新时代新变局,汲取传统智慧,可以增强我们的文化自觉与文化自信,增强我们认识世界、分析局势、有效应对的能力。

记者:《治国平天下——王蒙读荀子》是您点评老子、庄子、孔子、孟子等书籍出版之后,解读中国传统经典的又一著作。是怎样的契机,让您在文学创作之余,有盎然的兴致,解读传统经典?

王蒙:与其说是解读,不如说是一个写作者的阅读学习心得,兼有发挥和开掘。

先秦经典的特色之一是言简意赅,抽象概括,一以当十。我们文学人最喜欢讲的一句话是,生活是文学的源泉。我要说的是,生活也正是思想的源泉,理论的源泉。生活之树长青。我越来越体会到,孔孟老庄荀等大家,他们著书立说,并不只是为了"究天人之际,通古今之变,成一家之言"地著述,更是要为帝王师,为君子士人、社会精英的导师与模范,为圣为贤,为家国天下的权力系统与民间社会,指出一条内圣外王,至少是玄圣素王,治国平天下的路子。他们不止于认识世界,他们意在改变世界,回答混乱变局下面临的种种新问题、新挑战,助导君王、卿相、士大夫作出正确的选择,以亲民之心,行顺应之道。

我试做的是,把源头性圣贤大师的典籍,与古代的、其后的、现代的、当下的生活源流与经验教训打通,理解传统,弘扬传统,拓展传统,尝试一点传承、弘扬、发展与创意。

比如荀子对四种臣子的论述,生动活泼,宛在眼前。他说,一种臣子叫"态臣",他们做不成多少事情,但是善于表态,易获宠幸;接下来,"功臣"则富有执行力,忙于事务,成绩卓著;"篡臣"最坏,篡夺权力财富,是野心家;而最理想的是"圣臣",他们不但有良好的态度,事功厚积,而且以其圣贤人格,成为万古流芳的榜样。这样的"臣子论"在他处很少见到。荀子有的不仅是忠义、清廉、公正、智慧、顾全大局、明镜高悬般的概括,更有逼真如实的描绘。这样的描绘,自然能激发起读者包括我在内的阐扬兴趣。

我个人,长期缺少对荀子的认真关注与足够重视。近四年来,我读荀思荀,发挥荀,极有兴趣,痛感需要看重,再看重,多多看重荀子。

记者: 在书写《与庄共舞》时,您曾提出一个有趣的观点——您是在与两千五百年前的庄子对话,但这绝非"我注六经",而是"六经注我",而且,这个"我",又并非某一独立的个体,而是当下的现代人。您认为以怎样的方式和人生阅历读书,才能让"六经注我"?在解读《荀子》时,您又如何做到入乎其内、出乎其外?

王蒙: 庄子十分神奇,但其实他的想象也脱离不开生活。他说"虚室生白",空屋子最亮,讽喻一个塞满了成见偏见、精神垃圾、情感病毒的人,只能是阴暗混乱、难以成事的人。他又讲,一种保护洗衣妇皮肤的药品,被精明的商人购去知识产权,成为吴王的军用物资,取得了江南水战的胜利,商人成功,裂土封侯。这应该说是彼时唯一的对知识产权的关注,而这故事竟然来自"南华真人"庄周,请读者们为庄老师鼓掌吧。

《荀子》体量很大,荀子的政治经验不俗,他是儒家的大贤,又是法家的先行者。内圣外王,是庄子最先提出来的,它实际上也是荀子的理念提倡,乃至被中国的修齐治平文化传统所接受,这是古代中国对于权力系统中的君王的理想。内圣是指人格、德性、仁政、教化等取得民心的软实力,外王是指战车、武备、奖惩、权威、震慑的硬实力。这些想法,至今仍然有效、有力。

至于如何让"六经注我",解读《荀子》时如何入乎其内、出乎其外,我想,待读者人生经历逐渐丰富时,自然会懂这句话的含义,会有源源不断的经典,来注解大家的人生。

发表于《光明日报》2022 年 4 月 23 日

我怎么能冷漠,我怎么能躺平*

记者: 英语德语日语(片假名的出现)苏联式的俄语齐上阵,老子曹雪芹陀思妥耶夫斯基雨果康德都出现,化学数学哲学一起运用,京剧相声电影都点缀……这本书几乎可以看成是百科全书,十八般武器全操,纵横捭阖,指点江山,大到对生命哲学的体悟,小到对一个词语的解释(比如"挂")。这部作品仍然写得诗意充沛、酣畅淋漓,您现在的写作是否如入无人之境,全然不用考虑技巧啊读书啊?……您在写作中最关心的是什么?

王蒙: 我说过,近七年,恢复了以写小说为主业,掀起一个小高潮。写起小说来,每个细胞都在跳跃,每根神经都在抖擞——嘚瑟。

我还说过,耄耋写小说,回忆如潮涌,思绪如风起,感奋如雷电,言语如铙钹轰鸣。任何一个细节,任何一个句子,都牵连着光阴,亲历,亲睹,亲为,联系着逝者如斯夫不舍昼夜,联系着四面八方,千头万绪,酸甜苦辣,悲欢离合,联结着多少爱恋挂牵,明明白白和回味无穷;你不撒开写,难道要缩手缩脚地抠哧吗? 一天等于二十年,一辈子等于多少天呢? 纪念着一个又一个一百年,怀想着几千年几万里,用八十七年的生聚教训与几万里的所见所闻写,与用十几岁的少年初恋之情写,能是一个样儿的吗?

记者: 很喜欢书里的一句话"所有的哨子,都吹起来吧!"还是青

---

* 本文是《中华读书报》记者舒晋瑜对作者的访谈。

春万岁的饱满热烈的情绪！还是诗意的、激情的王蒙！为什么八十七岁的您还能保持十九岁的少年心和少年性？您是怎么做到依然葆有十好几万立方的激情？

王蒙：我赶上了激情的年代，沉重的苦难，严肃的选择，奋勇的冲锋，凯歌的胜利，欢呼与曲折，艰难与探索，翻过来与掉过去，百年，也许是更长的时间未有的历史一个变局又一个更大的变局，千年，未曾有过的社会与生产生活的发展变化，而我活着经历了参与了这一切，我能冷漠吗？我能躺平吗？我能麻木不仁吗？我能不动心、不动情、不动声色，一式三十六度五吗？

记者："小猴又有什么不同呢？"小说讲述九十高龄的外国文学专家施炳炎的人生往事，叙述视角和"王蒙"的出现，总让我在阅读中有一种代入感。总觉得施炳炎确有其人，"三少爷"也确有其猴。为什么想到采取这样的叙述方式？怎么想到给猴子起这么一个名——"大学士三少爷"？

王蒙：这里有一个自我认同与自我分离的问题。每个人都是他自己，每个人又都是自己的发现者、观察者、评点者、挑剔者与顿足批评者或怜悯宽恕者。大约四五岁的时候，我突然发现世界上有一个小孩，他正是"我"啊！惊奇、畏惧、被吸引，同时百思不得其解。《红楼梦》里有贾宝玉与甄宝玉，一分为二，合二为一，这才是小说啊。

我们的传统文化中早有沐猴而冠的说法，猴儿自以为是，自作聪明，有弼马温气质，有天真的官迷气质，又有少爷的任性与骄矜，又有学士的多才多艺，能干机灵啊。

记者：猴子与其他宠物的不同，是作品中施炳炎的思考，相信更是您的观察和结论；作品中以陶制原始乐器埙的闭口吹奏声音比拟猴儿鸣叫，对它的各种动作观察细致入微。您对于猴子是不是也有特殊的感情？

王蒙：小时候没有少看耍猴儿戏。有了孩子，动辄带他们到动物园看猴山。我在尼泊尔首都加德满都到处是猴子的大街上，由于对猴儿们指指点点,受过猴子的奚落和抗议,做鬼脸、出怪响。我也通过各种渠道,线上线下找猴子的生物学与社会学资料。为了写这篇小说我还特别请教过善画动物的美术天才韩美林兄,得到他的帮助,写起猴子来,其乐无穷。

记者: 施炳炎从乡民们对于三少爷照镜子的言语中,想起《红娘》中红娘侍候莺莺照镜子,也是自恋自怜场面。您观察过猴子照镜子的真实反应?

王蒙: 照镜子是人生的一大奇迹。镜子与镜子相对而照,出现了无数镜子的映象,叫做长廊效应。贾宝玉曾经在园子中睡觉,梦见了甄宝玉,这个构思极其有趣,哲学的趣、人生的趣、文学小说学的趣与我要学的趣。甄宝玉没有宗传写生动写起真实写丰富,这是《红楼梦》的一个遗憾,但是,这个构思仍然是超级观察与相像的绝门儿。许多读者与评论家注意猴儿照镜子的情节,使我至为满意。

记者: 大核桃树峪的民歌,是确有其歌?第六章"高峰大树",开篇有说诗歌不是诗歌,像词不是词,又押韵上口的一段,是性之所至随手写下的吗?总之这部小说充满音乐的节奏感,您觉得音乐的爱好对小说是有影响的吧?

王蒙: 除文学外,音乐对于我也是最迷恋的。这也是中国小说的传统,里头加诗歌体、辞赋体、绕口令体,乃至其他文体的笔墨,使小说变得充分立体化,其范例就是《红楼梦》。抡起来了,您就飕飕飕地往圆里抡吧。

记者: 刘长瑜说吴素秋是"女才子",小说中王蒙回应施炳炎的疑问时,提到部里有文件"避免男孩子的女性化伪娘化",是真的吗?作品中赞赏红娘,讥讽张君瑞是"爱情的乞儿",是否也是对当下有些男人阳刚不足甚至女性化的一种反讽?

王蒙: 似乎网上报道过教育部有类似的文件,请帮助核一下吧。

记者: 施炳炎转述给王蒙、侯东平的"有活儿论",很经典,充满生命的哲学。这部作品也是充满哲思的作品,处处有学问,句句有真理。既有古今中外的名言警句,也有"炸糕八里地,白薯一溜屁"的民间谚语,整部小说如您所说"生活的热气蒸蒸腾腾"。孔孟老庄易经您都有研读,您的创作从中国传统文学中汲取了很多智慧?

王蒙: 如果你接地气,如果你接触过老百姓特别是农民,如果你听过地方戏,就会自然而然地中国特色了。艺术从业人员喜欢用"活儿"一词,我听一位歌唱家说到国外的一位乐队资深指挥,说"他社会地位很高,就是活儿糙",我明白了,你喜爱了进入了从事了文学艺术,关键是您得出点活儿。让活儿说话,靠活儿立身,以活儿贡献,为活儿忙活。

记者: 小说借主人公说:这是中国,您要到山里来,您到村里来,否则仍然是没见闻过中华醇香。这是主人公对土地的眷恋,是对人生过往的总结和怀念,我理解为也是一种深入生活的呼唤,您觉得呢?是我过度诠释吗?

王蒙: 您诠释得太棒啦!评论的角度、视野、心气大不相同,有优化也有劣化的评论,有本土化也有西洋化的感受,还有找别扭找心病的评说。而且,在中国,我们说生活,常常离不开山沟,今年纪念中国共产党建立一百周年,好多朋友大讲毛主席喜欢讲"山沟里的马克思主义",今年更讲山沟里脱贫的伟大成就,当然还要结合社会主义现代化、全球化、人类命运共同体,讲山沟文化的创造性转变与创新性发展。

记者: 您在小说中提到吴素秋的演出时,有一句说"人民是艺术的母亲,艺术与红娘与山村山民拥抱到了一起"。在第十次作代会上,习近平讲话中,提出的第二点希望就有"人民是文艺之母"。您的小说最后一章是"山清水秀",习总书记的讲话,最后也提出"建设山清水秀的文艺生态"——是偶然巧合吗?您参加几次作代会了?有怎样的体会?

王蒙: 从作协三大,参加作代会,应该是第八次了,但作协九大没有参加,上次开会时我正在圣彼得堡参加文化论坛,忙着见各国的文化人与俄罗斯的领导人了。会上与会下,国外与国内,我都没有忘记我们的父老兄弟姊妹。我们的人民,我们的土地,当然。生活经验是基础,文学想象是翅膀,多方面的经验与知识学问是资源。然后,要的是热情与勇气。

记者:"后世的小友,不懂得我们那一代人的快乐和天真天趣与哭笑不得。"您写的时候,除了纪念、怀念,是不是也有些怅然,有交流的欲望?

王蒙:与其说什么怅然,不如说是经历过实实在在的艰难,还有克服困难,化险为夷,遇难呈祥,终结善果。薪尽火传,一代与又一代不会断裂,不要用断裂吓唬人。但一代一代不会重复,各有各的青春万岁,各有各的万里长征。谁都会成长成熟老练坚定;谁都不是吃素的。

记者:施炳炎和王蒙一样都是乐观的,但他也不出声地大哭过一场,哭得昏天黑地荡气回肠天旋地转痛快淋漓落地扎根刻骨铭心,为什么哭,我看得不是很清晰,能麻烦您简单点拨一下吗?

王蒙:你再看三分钟,我保证立刻明白,不明白我交罚金。小小农村少年居然对我们的主人公做出政治思想的正面结论,您也不妨为之一恸啊。

记者:写革命人的故事,离不开革命。政治在作品中出现,言简意赅。通过主人公的经历概括中国社会发展之变化,高度浓缩,高度凝练。您是如何处理政治?如何把握分寸?

王蒙:二十与二十一世纪,政治是中国人的生活的决定性因素,谁的生活脱离了政治呢?对政治的体悟、感受、态度,当然各有特色。友人诗有句:"为人不革命,此生不足论",此警世警文坛之语也。

记者:"病乎"一章,耐人寻味,您在小说里凝聚了自己对生命、对生活、对当下、对历史的种种思考。您希望通过这部小说传达什么?

王蒙:没有更多的想法。我有一些这方面的实际遭遇与观察体验,急剧的发展变化,带来个中角色的心理健康问题,这是具有文学意义的医学话题。一切的发展,都令人欢呼歌唱,一切的进步,也都有自己的代价与新的挑战与麻烦,这才是真实的生活啊。

发表于《中华读书报》2021年12月22日,发表时略有增删